Breanne Randall

Das Geheimnis von Liebe und Magie

GOLDMANN

Buch

Sadie Revelare hat magische Kräfte, genau wie ihre Großmutter Gigi. Gemeinsam betreiben die beiden Frauen ein gemütliches Café in der Kleinstadt Poppy Meadows. Und auch ihre Backwaren sind etwas ganz Besonderes: Sie vertreiben Kummer, sorgen für Gesundheit oder helfen der Liebe auf die Sprünge.

Sadie selbst hält sich von der Liebe allerdings lieber fern. Denn sie fürchtet, ihre Magie zu verlieren, wenn ihr noch einmal das Herz gebrochen wird. Drei geliebte Menschen haben sie bereits im Stich gelassen und ihr damit das Herz gebrochen: ihre Mutter, ihr Zwillingsbruder Seth und Jake, ihre erste große Liebe. Seitdem lässt Sadie niemanden mehr zu nahe an sich heran. Stattdessen lebt sie ganz für ihr Café, ihre Backwaren und die Gemeinschaft in Poppy Meadows. Ihr geregeltes Leben gerät jedoch ins Wanken, als Jake zurückkehrt …

Autorin

Breanne Randall ist freie Redakteurin von Beruf und Autorin aus Berufung. Sie hat Englische Literatur, Psychologie und Religion studiert und lebt mit ihrem Mann, zwei Töchtern und vielen Tieren in Nordkalifornien. Neben dem Schreiben liebt sie es, nach Feenhöhlen zu suchen, Teekränzchen für Kuscheltiere zu veranstalten oder für die Weihnachtszeit zu dekorieren.

BREANNE RANDALL

Das Geheimnis von Liebe und Magie

Roman

Aus dem Englischen
von Kerstin Winter

GOLDMANN

Die amerikanische Originalausgabe erschien 2023 unter dem Titel
»The Unfortunate Side Effects of Heartbreak and Magic«
bei Alcove Press, an imprint of The Quick Brown Fox & Company LLC.

MIX
Papier | Fördert gute Waldnutzung
FSC® C014496
FSC www.fsc.org

Penguin Random House Verlagsgruppe FSC® N001967

1. Auflage
Deutsche Erstveröffentlichung November 2025

in der Penguin Random House Verlagsgruppe GmbH,
Neumarkter Straße 28, 81673 München
produktsicherheit@penguinrandomhouse.de
(Vorstehende Angaben sind zugleich
Pflichtinformationen nach GPSR.)

Published in agreement with the author,
c/o BAROR INTERNATIONAL, INC.,
Armonk, New York, U.S.A.
Umschlaggestaltung: UNO Werbeagentur, München
Umschlagmotive: FinePic®, München
Innenillustration: © Adobe Stock 372106765
Redaktion: Michelle Stöger
LS · Herstellung: ik
Satz: Uhl + Massopust, Aalen
Druck und Bindung: GGP Media GmbH, Pößneck
Printed in Germany
ISBN: 978-3-442-49600-6

www.goldmann-verlag.de

Für GG, die immer an mich geglaubt hat
Für Mom, die es noch immer tut
Und für Evelyn, meine kleine Tagträumerin

EINS

~

DIE SONNE WAR KALT AN DIESEM Morgen, der Kessel weigerte sich, das Wasser zu kochen, und als Sadie Revelare das Feuer entfachte, stieg ihr der Geruch alter Erinnerungen in die Nase. Selbst die Standuhr, die normalerweise stillstand, stieß zehn traurige Töne aus. Es klang wie das Keckern einer Elster.

Ein Zeichen, das ich nicht missachten darf.

Sadie warf der Uhr einen verärgerten Blick zu und trat gegen ihren Sockel. Prompt schwang das goldene Pendel hin und her wie ein mahnender Zeigefinger. Sadie bekreuzigte sich mit einer Zimtstange und zertrat sie anschließend mit dem Stiefelabsatz auf der Veranda. Das sollte genügen.

Wieder im Haus, hallte ihr die Stille wie ein milder Vorwurf entgegen. Gigi war bereits zur Arbeit gefahren, und Seth war nun schon fast ein Jahr fort. Nicht dass sie die Tage gezählt hätte. Diesen Triumph gönnte sie ihrem Zwillingsbruder nicht. Als sie sich im Bad das Gesicht wusch, fiel ihr Blick auf den Zahnputzbecher. Eine einsame Bürste.

Vor langer Zeit hatte sie von einem eigenen Haus geträumt, von einem Zahnbürstenpaar, ja vielleicht sogar von Zahnpastaspritzern auf dem Spiegel, weil sich ein Kind zu dicht davor die Zähne geputzt hatte. Aber das mit der Liebe hatte sie schon vor langer Zeit aufgegeben, ihr Fluch machte es unmöglich. Manche Menschen brauchten Blumen und schöne Worte. Sadie brauchte Ehrlichkeit und Versprechen, die eingehalten wurden. Sie machte sich fertig, und als sie mit einer Tasse Kaffee in der Hand aus der Haustür trat, schlug die Standuhr schon wieder.

»Ich hab mich schon drum gekümmert!«, brüllte sie ins Haus hinein.

Doch das war nicht alles. Auf der kurzen Fahrt zur Arbeit musste sie zweimal ausweichen: zuerst einer Schlange auf der Straße, dann einer Krähe, die beinahe gegen ihre Windschutzscheibe geflogen wäre. Sadie schauderte. Das alles waren Vorboten von Veränderung und Tod. Dennoch musste sie zur Arbeit. Das Geschäft blieb durch böse Omen nicht stehen. Im Gegenteil – sie beflügelten es.

Die Bäume an der kurvenreichen Straße zeigten ihre volle herbstliche Pracht, und Sadie kurbelte das Fenster herunter. Die frische Luft küsste ihr Gesicht, als sie den Duft von Laub und moosigen Felsen inhalierte. Dann sah sie noch etwas anderes. Schwemmsand.

»Nein, nein, nein.« Sie trat fester aufs Gaspedal und brauste schneller, als sie sollte, um die letzte scharfe Kurve, hinter der die Two Hands Bridge in Sicht kam.

Obwohl es nicht geregnet hatte, war die Brücke überflutet. Zwar nur ein bisschen, aber es war nicht zu übersehen. So sicher wie das Amen in der Kirche war das – nach der Uhr und den Tieren auf der Straße – das dritte böse Omen an diesem Morgen. Selbst die Leute im Ort, die nicht an

Magie glaubten, wussten, was eine Überschwemmung bedeutete: Jemand kehrte zurück.

Sadie drosselte das Tempo, und die Reifen rauschten durch das schlammige Wasser. Ihre Finger umklammerten das Lenkrad so fest, dass die Knöchel weiß hervortraten.

Cindy McGillicuddy, die ein paar Häuser weiter wohnte, drosselte ebenfalls die Geschwindigkeit, als sie sich in ihrem Allrad-Truck näherte, auf dessen Ladefläche sie ein Dutzend Heuballen für ihre Pferde transportierte. Sie kurbelte ihr Fenster herunter und deutete auf die Brücke.

»Hochwasser, obwohl es nicht geregnet hat«, bemerkte sie wissend. Sie war eine nüchterne Frau von einem Meter achtzig mit den definierten Muskeln einer Landwirtin. Und sogar sie war besorgt wegen der Überschwemmung.

»Ich weiß.« Sadie seufzte.

»Vielleicht kommt ja dein Bruder zurück«, sagte Cindy hoffnungsfroh. »Wäre das nicht schön?«

Sadie zwang sich zu einem Lächeln. Klar. Schön wär's. »Vielleicht. Na ja, wird schon alles gutgehen.«

Sadie fuhr in dem Wissen davon, dass sich die Neuigkeit dank Cindy wie ein Lauffeuer verbreiten würde. Sie nahm ihre Rolle in der Stadt sehr ernst. Sie hatte es sich zur Aufgabe gemacht, überall ihre Finger im Spiel und alles im Blick zu haben, und wer Hilfe oder Informationen brauchte, wandte sich zuerst an sie. Cindy mischte sich immer und überall ein, aber sie tat es so unbemerkt wie eine gute Fee, die bedürftigen Familien heimlich Essen vor die Tür stellte oder älteren Nachbarn Feuerholz brachte, weil sie selbst keins mehr hacken konnten.

Alles okay, beruhigte Sadie sich selbst. *Alles wird gut.*

Sie hasste diese Floskel. Sie war wie ein Pflaster, wie eine Pille, deren zuckrige Hülle die Bitterkeit überdecken sollte. *Alles okay* sagte man immer dann, wenn gar nichts okay war. Aber Sadie musste für Ordnung sorgen, sonst würde alles aus dem Ruder laufen. Sie bewegte sich so oft auf dem schmalen Grat zwischen dem, was man von ihr erwartete, und dem, wie sie wirklich war, dass die Grenzen verschwammen und sie manchmal vergaß, wer sie eigentlich sein wollte. Die Leute in der Stadt hatten Erwartungen an sie. Und die wollte sie so oft wie möglich übertreffen.

Ihre Finger kribbelten vor Angst. Jemand kehrte zurück.

Wer, wer, wer? Die Frage hallte in ihrem Kopf wider, als sie vor *A Peach in Thyme* ankam, dem Café, das ihr gemeinsam mit ihrer Großmutter gehörte. Der Tag war noch nicht einmal gänzlich erwacht, doch ihre Gedanken waren bereits in einem Hamsterrad gefangen. Das Wörtchen *Wer* wiederholte sich in ihrem Kopf wie das konstante Tropfen von Wasser. Um sich abzulenken, begann sie, drei Bleche Möhrenkekse mit Frischkäse-Glasur zuzubereiten. Der Ingwer darin sollte Demut lehren, Karotten führten zu den Wurzeln zurück.

Vielleicht dachte Sadie an ihren Bruder, vielleicht auch nicht. Jedenfalls lief alles so reibungslos wie immer. Die Küche war warm und tröstlich wie eine Umarmung, und der Geruch des Ofens versicherte ihr, dass wirklich alles gut werden würde. Sie gab sich den Geräuschen hin. Das *Tschick* vom Schneebesen an der Metallschüssel, das Scheppern des Backblechs auf der Arbeitsfläche, das Flappen des

Küchentuchs, das sie sich über die Schulter warf. Die Wiederholung und das Ritual besänftigten ihr hartnäckiges Gedankenkarussell. Die aufdringlichen Sorgen verschwanden, als sie sich im gewohnten Rhythmus der Arbeit verlor.

Doch das erste Blech Kekse erwies sich als so scharf, dass Sadie das erste Stückchen, das sie abbiss, in die Spüle spucken musste. Dann setzte ein Kribbeln in ihren Zehen ein, das sich nach oben zu schlängeln begann. Sie versuchte, es loszuwerden, indem sie ein wenig Ingwer über die Schulter warf und sich Lavendelöl hinter die Ohren tupfte, aber es hörte nicht auf. Die Rituale zeigten keine Wirkung. Und immer wieder tauchten die Bilder vor ihrem inneren Auge auf: Die zum Leben erwachte Standuhr. Die Schlange und die Krähe auf dem Weg hierher. Der über die Ufer getretene Fluss.

»Regel Nummer sechs«, sagte Sadie leise.

Es war eines der unglückseligen Prinzipien, die ihre Großmutter ihr seit ihrer Kindheit eingebläut hatte: Sieben böse Omen nacheinander bedeuteten, dass ein Albtraum im Anmarsch war. Und sie war gerade bei Omen Nummer vier angelangt.

Sadie hatte die Regeln der Revelare-Magie von ihrer Großmutter gelernt, bei der sie aufgewachsen war. Ihre plumpen Kinderfingerchen hatten Regenwürmer ausgebuddelt, während Gigi ihr erklärt hatte, warum Senfsaat dabei half, über Gefühle zu reden, und wie Sternanis Menschen miteinander verbinden konnte. Der süße Duft von Mandarinenschale hatte dabei die Luft durchzogen, und Sadies kleine Fingernägel waren dauerhaft orange gefärbt gewesen.

Stets hatte Gigi sie darauf hingewiesen, dass ihre Kreationen zu ihnen sprachen. War man verliebt, neigten Pies und Tartes dazu, zu süß zu werden. Wenn das Essen langweilig schmeckte, brauchte es mehr Abenteuer im Leben. Und wenn eine Nachspeise anbrannte – tja, dann bahnte sich ein Unglück an.

Sadie lauschte diesen Lektionen zwischen Runkelrüben und Duftwicken, sog begierig jedes Wort auf und ließ es in ihrem Herzen Wurzeln schlagen. Sie wuchs in dem vollkommen unbelasteten Wissen auf, dass sie seltsam war, und wand die Magie um sich herum wie Bänder um einen Maibaum.

Und nun verdiente sie genau damit ihren Lebensunterhalt. Eine Prise Träume in den Rührteig, ein kleiner Tropfen Hoffnung zwischen die Knethaken. Die Magie strömte schon so lange durch ihre Adern, dass sie ein Teil von ihr geworden war. Wie bei einem Blätterteig ließen sich die einzelnen Schichten unmöglich voneinander trennen.

Gigi war vorne im Café und »werkelte herum«, wie sie es nannte. Sadie hörte das Rascheln der Plastikfolie, die von Krügen genommen wurde, und das *Klink* der Einmachgläser, die aneinanderstießen. Die üblichen kleinen Geräusche des Cafés, die sich zu einer Symphonie zusammenfügten.

Sadie holte das zweite Blech Kekse aus dem Ofen, die diesmal auf den Punkt gewürzt waren. Ihr Duft beschwor süße Kindheitserinnerungen herauf und würde schon bald die ersten Kunden in das Café locken. Gläser mit frischem Lavendel und Butterblumen schmückten bereits die Tische, und die Dose mit Ingwerzucker stand neben dem Kännchen mit Haselnuss-Sahne bereit.

In der Vitrine türmten sich Orangen-Croissants, die mit kandierter Schale bestreut waren. »Für Begeisterung, Aufmunterung und Erfolg« war auf dem Schildchen davor zu lesen. Vor den Obst-Basilikum-Törtchen daneben, die verheißungsvoll glänzten, stand: »Für gute Wünsche, Liebe und ernste Absichten.« Und der Zimtstreuselkuchen, von dem einige Leute schworen, dass er Glück brachte, trug schlicht die Beschreibung »Für Stabilität«.

In vergangenen Zeiten hätten die Stadtbewohner eine derart unverhohlene Zurschaustellung von Magie noch gemieden oder sogar verurteilt. Inzwischen waren sie und ihre knurrenden Mägen dankbar dafür, selbst wenn sie sie nicht wirklich verstanden. Das war Teil der Routine, die zur DNA von Sadies Alltag gehörte. Und so sollte es auch heute sein.

Sadie war eine Meisterin der Routine, genau wie das Städtchen Poppy Meadows. Sie beobachtete, wie überall in den Geschäften auf der Hauptstraße die Lichter ansprangen, Kassenbestände gezählt und die »Geschlossen«-Schilder an den Glastüren umgedreht wurden. Sadies Schultern entspannten sich, als sie den Gehweg entlangblickte, der die Backsteinfassaden miteinander verband. Am Ende der Straße stand eine weiße Kirche aus dem 19. Jahrhundert. Ihre Buntglasfenster, die der Legende nach Gebete im Wind fingen, warfen Juwelen aus Licht auf den Gehweg, als Sadie eine Gestalt auffiel. Nein. Das konnte nicht sein …

»Spätzchen?«, rief Gigi mit ihrer Nebelhornstimme.

»Komme!«, rief sie hastig. In ihrem Magen brannte es, als sie die Vergangenheit abschüttelte und durch die Doppeltür in die Küche trat. Das konnte nicht sein. Es war absolut unmöglich. Wie bei so ziemlich allem in ihrem Leben schloss Sadie die Tür vor diesem Gedanken. Vor der Möglichkeit, *wer* es sein könnte. Sie hatte sich angewöhnt, alle hartnäckigen Gedanken zu verbannen, damit sie in sicherem Gewahrsam waren und keinen Schaden anrichten konnten. Andernfalls würden sie außer Kontrolle geraten und zu einer ausgewachsenen Panik führen. Leider funktionierte es nicht immer. Auch jetzt wurde ihr die Brust eng.

»Schätzchen, wenn du diesen Riesensack Mehl nicht langsam wegräumst, wird eine von uns noch drüberstolpern und sich den Hals brechen.« Bei Gigi lief man immer Gefahr, sich etwas zu »brechen«, zu »verrenken« oder sich »die schönen Hände zu ruinieren«.

»Vielleicht haben manche Hälse es verdient zu brechen«, erwiderte Sadie liebreizend und hievte den Zehn-Kilo-Sack auf ihre Hüfte.

»Hör sofort auf! Ich weiß genau, wann du über Seth sprichst. Dann kriegst du dieses gemeine Leuchten in den Augen.«

Ehe Sadie antworten konnte, stolperte sie über die Gummimatte auf dem Boden und sah entsetzt zu, wie das Mehl sich fast wie in Zeitlupe aus dem Sack ergoss und sich zu ihren Füßen zu einer riesigen weißen Wolke aufbauschte.

Ein Missgeschick in der Küche war das fünfte böse Omen an diesem Tag.

»Du kleiner Tollpatsch.« Gigi – ein Spitzname, der sich

eher nach französischer Eleganz anhörte als nach der praktischen Unerschrockenheit ihrer Großmutter – stieß ihr tiefes, rumpelndes Raucherlachen aus. Ihr kurzes, gelocktes Haar sah aus wie Zuckerwatte, wenn auch in einem eigenartigen Farbton, irgendwo zwischen Kupfer und Rost.

»Ich weiß, ich weiß. ›Das Chaos läuft mir nach wie die Dummheit einem Betrunkenen‹«, zitierte Sadie und presste die Kiefer aufeinander, während sie den Mehlsack oben zuband.

»Sagt wer?«, wollte Gigi wissen, baute sich mit einer Hand in der Hüfte vor Sadie auf und bedachte sie mit einem drohenden Blick.

Sadie zuckte mit den Schultern.

»Dein Bruder ist noch nicht zu alt, um ihm den Mund mit Seife auszuwaschen«, sagte Gigi seufzend.

»Nur müsste er dazu erst einmal hier sein.« Sadies Stimme wurde flach wie Haferkekse, als sie geistesabwesend ihre Schürze glatt strich.

»Ach, Spätzchen«, sagte Gigi. »Es ist nicht deine Schuld, dass er gegangen ist.«

Sadie schürzte die Lippen. »Ich bin sicher, dass er das anders sieht.«

»Der Junge hat seine ganz eigenen Dämonen zu bekämpfen«, gab Gigi zurück. »Und das wird er auch. So, ich kümmere mich jetzt um diese Schweinerei hier, ehe wir aufmachen, und du siehst zu, dass du bis dahin wieder halbwegs präsentabel aussiehst.«

Vor dem Waschbecken in der Toilette spülte Sadie sich den Mund aus und kämmte sich mit den Fingern das Mehl aus ihrem langen kastanienbraunen Haar. Sie konnte nur hoffen, dass das ausreichte, denn in den Spiegel sehen würde sie mit Sicherheit nicht. Das tat man aus Furcht davor, was sonst noch darin zu sehen sein könnte, nur in der Morgen- oder Abenddämmerung oder um Punkt zwölf Uhr mittags. Auch das gehörte zu den vielen Regeln, die den Alltag der Revelares bestimmten – genau wie die Gewohnheit, gefundene Münzen um Mitternacht im Garten zu vergraben, immer irgendetwas Grünes zu tragen und niemals in geschlossenen Räumen zu pfeifen.

Die Glocke bimmelte fröhlich, als Sadie schließlich die Eingangstür öffnete. Sie blieb einen Moment stehen und atmete tief die frostige Morgenluft ein. Sie roch frisch gebackene Waffeln von der Eisdiele ein paar Häuser weiter und den Duft von Speck aus dem Restaurant gegenüber. Die Ringelblumen in dem halben Weinfass auf dem Gehweg wiegten sich in einem schläfrigen Guten-Morgen-Gruß. Die Straßenlaternen erloschen, wobei eine ein paarmal blinkte, als wolle sie ihr Morsezeichen übermitteln. Sadies Schultern entspannten sich. Selbst ohne Magie wäre Poppy Meadows für sie der beste Ort zum Leben.

Als sie das Schild auf »Geöffnet« drehte, stand auch schon Bill Johnson auf der Schwelle, das freundliche, zerfurchte Gesicht von einem Lächeln erhellt. Er war etwas jünger als Gigi und hatte einen besonderen Platz in Sadies Herzen, weil er heimlich in ihre Großmutter verliebt war. Sein Flanellhemd, das wie immer frisch und sauber war, saß locker an seinem schlaksigen Körper. Sein schütteres graues Haar glänzte im morgendlichen Licht, schaffte es aber nicht, seine zu groß geratenen Ohren zu verstecken, die wie die Griffe eines Krugs abstanden.

»Morgen, Sadie«, sagte er und neigte den Kopf.

»Guten Morgen, Bill. Was darf's heute sein?« Sadie trat hinter die Theke und überprüfte rasch, ob ihre Schürze richtig saß.

»Was empfiehlt Gigi Marie denn?«, fragte er und starrte über die Theke hinweg, als könnten seine Augen sich durch die Wand zur Küche brennen.

»Sie empfiehlt, dass du dich auf deinen eigenen Geschmack verlassen solltest, du Dummkopf«, rief Gigi von hinten.

»Dann überrasch mich bitte«, sagte er mit einem nachsichtigen Lächeln zu Sadie.

Mit geradem Rücken und gestrafften Schultern schenkte sie ihm Kaffee ein – schwarz mit zwei Stückchen Zucker –, weil dieser Teil seiner Bestellung immer gleich blieb. Dann schnitt sie ihm ein Stück Pfirsich-Mascarpone-Pie ab und gab es in einen To-go-Behälter.

»Und was bewirkt das?«

»Falls du irgendwelche Zipperlein hast, wirst du dich danach pudelwohl fühlen.« Sadie grinste. »Und ein bisschen zusätzliche Energie gibt es gratis obendrauf.«

»Die kann ich gebrauchen.« Bill hob den Blick gen Himmel.

»Macht das Old Bailer wieder Ärger?«, riet Sadie, und Bill nickte. Bei der Restaurierung des städtischen Wahrzeichens hatte es ein paar unerwartete Rückschläge gegeben.

»Das Ding bedeutet tausend Quadratmeter geballten Ärger«, sagte er. Dann wurde sein Blick unweigerlich von Gigi angezogen, die aus der Küche trat und sich die Hände an der Schürze abwischte. Er räusperte sich und wünschte beiden einen wunderbaren Morgen, ehe er das Café verließ, aber Sadie sah noch, wie ihm die Röte in die Wangen stieg.

»Du kannst einfach nicht anders, was?«, fragte Sadie grinsend. »Der arme Billy macht dir seit Jahren schöne Augen. Warum bist du nicht ein bisschen netter zu ihm?«

»Ach Quatsch!«, stieß ihre Großmutter mit einem harschen Lachen hervor. »Niemand interessiert sich für eine tattrige Alte wie mich. Du bist diejenige, der die Hälfte aller Kerle im Dorf hinterherschmachtet. Was denkst du denn, warum dieser Kerl dir einen Antrag gemacht hat?«

Im gleichen Moment schauderten beide, und Sadies Nacken wurde warm. Sie blickten auf und entdeckten Ryan Wharton, der am Café vorbeiging. Als er Sadies Blick begegnete, lächelte er traurig und hob die Hand zu einem halben Winken. Er war die Versuchung, der Sadie beinahe nachgegeben hatte. Nicht aus Liebe – ganz und gar nicht. Aber um der Geborgenheit willen. Der Nähe und der Gemeinschaft. Um jemanden zu haben, der ihre Hand hielt und ihr zuhörte. Aber letztendlich wäre es ihm gegenüber nicht fair gewesen. Er hatte mehr verdient als lauwarme Zuneigung, zumal er seit der Schulzeit in Sadie verliebt war. Ihr Bedürfnis, sich richtig zu verhalten, war größer als ihre Sehnsucht nach einer Beziehung. Sie hatte sich schon mehr als einmal gewünscht, etwas nur für sich tun zu können, ganz gleich, welche Konsequenzen sich daraus für andere ergaben, doch ihr schlechtes Gewissen behielt stets die Oberhand.

»Wenn man vom Teufel spricht …« Gigi lachte nachsichtig. »Keiner der Jungs hier ist gut genug für dich. Denn genau das sind sie bloß – Jungs.«

»Na, dann ist es ja nur gut, dass ich ohnehin nicht zu haben bin«, sagte Sadie trocken und schenkte sich Kaffee ein. Sie gab eine Mischung aus Zimt und süßem Kakao dazu und rührte nachdenklich um.

»Ich habe es dir schon hundertmal gesagt, Spätzchen. Liebe ist wichtiger als Magie.« Bei diesen Worten legte Gigi, die nur selten ihre Zuneigung zeigte, ihr für den Bruchteil eines Augenblicks sanft die Hand an die Wange.

»Du hast gut reden. Auf dir lastet kein Fluch, der dir die Magie nehmen kann«, gab Sadie zurück und schlang einen Arm um ihre Großmutter.

»Liebes, auf mir lasten jede Menge Flüche.«

»Ernsthaft?«, fragte Sadie verdattert.

»Ach, vergiss es.« Gigi umarmte sie kurz und tätschelte ihre Taille. »Jetzt geh schon und mach die Kekse fertig, ehe ich sie zu Tode zuckere.«

Sadie eilte zu ihrem Teig zurück, warf einen Blick auf den Timer am Backofen und überlegte, von welchen Flüchen Gigi gesprochen und was sie zu dieser zärtlichen Geste bewegt haben mochte. Da ihr noch acht Minuten blieben, rührte sie kontemplativ im Zuckerguss.

Für Sadie war Liebeskummer kein vorübergehendes Leiden, das sich mit Zeit, Schokolade und Tränen kurieren ließ. Ihr Fluch machte die Liebe zu einem Risiko, das einzugehen sie nicht bereit war.

Etwas zog sie zum Ofen, obwohl der Timer noch sechs Minuten Backzeit anzeigte. Panik machte sich in ihr breit, als sie sah, dass die Kekse am Rand schwarz zu werden begannen. Die Botschaft war eindeutig: *Etwas Böses ist im Anmarsch.*

»Nein, nein, nein«, flüsterte Sadie und griff nach dem nächstbesten Küchenhandtuch. Aber das Blech verbrannte ihre Hand durch den Stoff.

Sie stieß einen Schrei aus und ließ es mit einem lauten Klappern auf den Herd fallen. Jemand – oder *etwas* – hatte die Temperatur auf zweihundertsechzig Grad hochgestellt. Sie wedelte hektisch mit dem Handtuch, um den Gestank zu vertreiben, denn falls Gigi auch nur einen Hauch davon aufschnappte, würde sie Sadie für den Rest des Tages aus der Küche verbannen.

Rasch kratzte sie die verbrannten Kekse in die Spüle. Ein vertrautes Feuer entflammte in ihren Adern, und ihre Faust sehnte sich danach, auf irgendetwas einzuschlagen. Das war das sechste böse Omen. Das Säckchen mit Lavendel und Bitterklee in ihrer Schürzentasche, das sie eigentlich beruhigen sollte, schien keine große Wirkung zu haben.

Sadie beäugte die Behälter, die vor ihr auf der Arbeitsfläche und den langen Regalbrettern standen. Jeder war mit einem Etikett versehen, das Gigi beschriftet hatte. Es gab keinen »Zimt«, kein »Basilikum« oder »Majoran« und keine »Nelken«. Stattdessen stand »Jugend« neben »Freundschaft«, in einem anderen Fach fanden sich »Liebe«, »Güte«

und »Vergesslichkeit«. »Stabilität«, »Gesundheit« und »Fruchtbarkeit« leisteten »Guten Wünschen« Gesellschaft, während »Missgeschick« wie ein finsteres Geheimnis ganz nach hinten geschoben worden war.

Sadie griff nach »Traditionen« und »Schutz« und atmete tief den Duft von frisch gemahlenem Zimt ein, ehe sie etwas davon über den Teig streute. Traditionen – konnten die helfen?

Behutsam nahm sie eine Prise Salz aus dem Töpfchen, flüsterte einen raschen Segen und gab es ebenfalls in die Schüssel. Blieb zu hoffen, dass es das, was auf sie zukam, in Schach halten konnte.

Sadie vermengte die Zutaten mit dem hölzernen Löffel, der von Hand aus dem Holz der Weißeiche im Wald hinter Gigis Garten geschnitzt worden war. Ihr Großvater hatte das Schnitzen geliebt. Er war gestorben, als Seth und sie sechs Jahre alt gewesen waren, und sie konnte sich an nicht viel mehr erinnern als an seine berühmten Pastrami-Sandwiches und die kleinen Figuren, die er ihr geschnitzt hatte. Als Monteur war er viel unterwegs gewesen und hatte Gigi aus jedem Staat, den er bereiste, einen Sammellöffel mitgebracht. Sadie hatte sich an ihrem filigranen Design und den Kunstbildchen nie sattsehen können. Seit Jahren hatte sie nicht mehr an die Löffel gedacht.

»Dios mío!« Eine hohe, melodische Stimme drang in Sadies Heiligtum, als sie das nächste Backblech in den Ofen schob. »Ist hier ein Wirbelsturm durchgezogen?«

Sadie wandte sich um und sah Raquel stirnrunzelnd entgegen. Seit Kindertagen waren sie beste Freundinnen. Jetzt blickte Raquel sich mit großen, ausdrucksvollen Augen um. Selbst wenn sie nur dastand, schien sie stets in Bewegung zu sein. Immer trommelten die Finger, wippte ihr rabenschwarzes Haar oder tappte ein Fuß, und ihr Blick verriet eine solche Gedankenfülle, dass man sie praktisch reden hörte, auch wenn sie stumm blieb.

»Ich dachte, ich hätte dich aus der Küche verbannt, solange du nichts Nettes zu sagen hast«, gab Sadie zurück und hielt Raquel den Holzlöffel wie ein Schwert entgegen.

»Ich mache mir immer Sorgen, wenn ich dieses Feuer in deinen Augen sehe.« Raquel lachte. »Denn dann weiß ich, dass wir ein echtes Problem haben.«

Sadie umarmte ihre Freundin und kniff sie anschließend in den Arm.

»Au!«, machte Raquel und blickte sie finster an.

»Kneifen ist mein Ausdruck von Liebe«, sagte Sadie mit einem Schulterzucken und blickte auf den Timer.

»Was ist los?«, wollte Raquel wissen, lehnte sich an die Küchentheke und sah sie abwartend an.

Sadie schürzte die Lippen. Vor Raquel hatte sie noch nie etwas verbergen können. Es war wirklich ungemein lästig, dass beste Freundinnen einen durchschauten, obwohl man selbst den Blick nach innen gerade tunlichst vermied.

»Hallo!« Raquel schnippte mit den Fingern. »Ist da jemand?«

»Ich denke nach.«

»Du denkst immer nach. Manchmal ist es ganz heilsam, einfach mal zu sagen, was einem durch den Kopf geht.«

Sadie lachte. »Ich … ach, ich suhle mich nur gerade ein bisschen im Selbstmitleid. Der Gedanke, dass ich für den Rest meines Lebens allein bleiben werde, ist nicht schön, weißt du? Der Anblick meiner Zahnbürste hat heute Morgen eine mittlere Panikattacke in mir ausgelöst. Also alles wie gehabt.«

»Hat sie gebrannt, die Zahnbürste? Dich beschimpft? Beleidigt?«

»Es ging eher darum, dass es nur eine ist.«

Raquel zog eine perfekt gezupfte Augenbraue hoch. »Wie viele genau brauchst du denn?«

»Ich werde immer nur eine haben. Weil ich mir immer allein die Zähne putzen werde.« Sadie fuhr mit dem Finger über die Arbeitsfläche, ohne die Sehnsucht in ihrer Brust unterdrücken zu können.

»Möchtest du, dass ich mir mit dir die Zähne putze? Du musst nur fragen, weißt du.«

»Hör auf.« Sadie lachte, dann fügte sie hinzu: »Es ist nur der Fluch …«

»Der Fluch, der Fluch«, äffte Raquel sie nach. »Kannst du damit nicht mal aufhören? Du *bist* nicht allein, Sadie. Niemand verlässt dich. Dein Bruder kommt irgendwann zurück. Gigi geht nirgendwohin und ich auch nicht. Du führst ein erfolgreiches Unternehmen. Du wirst geliebt. Wir alle sind hier, um dich zu unterstützen.« Die Worte kamen in einem Schwall heraus, wie einstudiert. Wann war Sadie bloß zu einer Freundin geworden, die so häufig aus ihrem Elend herausgeholt werden musste, dass Raquel schon eine Rede dafür bereithielt?

Sadie holte tief Luft und ließ die Worte auf sich wirken. Doch aus irgendeinem Grund drangen sie nicht vollständig durch ihren Schutzschild. Denn es war nun einmal Fakt, dass Seth noch nicht zurück war, und selbst wenn er heimkehrte, gab es keine Garantie, dass er blieb. Gigi würde auch nicht ewig hier sein. Beide würden sie verlassen. Wie ihre Mutter. Wie Jake.

»Und nun, da ich dir genug Honig ums Maul geschmiert habe …«, begann Raquel.

»O nein.« Sadie stöhnte. »In was willst du mich jetzt wieder reinziehen?«

»Ich fange am besten mit der guten Nachricht an.« Raquel strahlte sie an. »Sie haben Ja gesagt.«

»Hast du jemandem einen Antrag gemacht, von dem ich nichts weiß?«

»Haha, sehr lustig. Nein, hab ich nicht. Du bist die Einzige für mich. Aber die Schule hat Ja zu *Carrie* gesagt!« Raquel quiekte begeistert.

Sadie musste lachen. Raquel war Musiklehrerin an der Highschool und führte regelmäßig bei Musical-Aufführungen Regie. Sadie hatte sich schon oft genug breitschlagen lassen, ihr zu helfen, und stundenlanges Vorsprechen und diverse pubertäre Nervenzusammenbrüche über sich ergehen lassen müssen.

»Wofür brauchst du mich?«, fragte sie vorsichtig.

»Du bist ein Engel, das weißt du, oder? Ich habe mich gefragt, ob du und Gigi mir mit den Kostümen für den Ball helfen könntet. Diese Toga-ähnlichen, weißt du?«

»Deine Eltern haben ein Kostümgeschäft – das *einzige*

Kostümgeschäft in der ganzen Stadt. Haben sie nichts Passendes im Angebot?«

»Entschuldige mal. *Mad Hatter* ist ein Smoking-Verleih, der auch Kostüme führt. Und ja, wir haben Ballkleider, aber nicht das, was ich brauche. Außerdem dachte ich, du hättest vielleicht Lust, einen Kuchenverkauf zu organisieren, um Spenden zu sammeln.« Raquel sah Sadie bittend an.

»Okay, okay«, antwortete sie lachend. »Ich mach's.«

»Jetzt brauche ich nur noch jemanden, der mir mit der Beleuchtung hilft. Die muss richtig gut werden. Fällt dir jemand ein?«

Ehe Sadie antworten konnte, pulsierte plötzlich die Luft in der Küche – mit einer Energie, die sich anfühlte wie eine endlose Sommernacht, in der alles möglich ist, oder wie der erste Frost am Weihnachtsmorgen. Aufgeregte Erwartung, rein und unverfälscht.

Sadie rutschte das Herz in die Hose, und sie schlug sich die Hand vor den Mund. »Traditionen« und »Schutz« hatten noch keine Zeit gehabt, ihre Kraft zu entfalten.

»Nein, nein, nein«, stöhnte sie kraftlos. Die Geräusche um sie herum verblassten zu einem Summen, das in ihrer Brust vibrierte wie eine schmerzende Erinnerung. In der Küche wurde es unheimlich still, sogar das Knacken und Ächzen des Ofens war verstummt.

Irgendetwas auf der anderen Seite der Doppeltür zog sie an. Etwas Warmes, das nach süßen Sommerpfirsichen duftete.

Sie schob die Türen einen Spalt auf und spähte durch das Schaufenster hinaus auf die Straße. Das Summen schwoll zu einem Sausen an, und ihre Ohren begannen zu glühen, als sie ihn sah.

Jacob McNealy.

Er stand auf dem Gehweg wie ein wandelnder Tagtraum. Ihr Mund war staubtrocken, als hätte sie jahrelang Durst gehabt, ohne es zu bemerken. Sein bloßer Anblick fühlte sich an, als strecke sie nach einem Nickerchen genüsslich die Glieder.

Er war der Erste gewesen, der ihr das Herz gebrochen und damit den Fluch in Kraft gesetzt hatte.

Und vor zwölf Uhr mittags altem Kummer zu begegnen, war das siebte schlechte Omen. Ein Albtraum bahnte sich an.

Möhrenkekse mit Frischkäseglasur

Diese Kekse lehren Demut und rücken die eigenen Wurzeln in den Vordergrund. Die Möhren helfen zu verstehen, dass man die Antworten in der Vergangenheit suchen muss, um ein erfülltes Leben zu führen – so finster sie auch sein mag. Salz und Zimt sorgen dafür, dass Traditionen und Erinnerungen gewahrt werden. Beim Backen unbedingt auf eine positive Einstellung achten, sonst werden die Kekse bitter. Dieses Rezept stammt ursprünglich von meinem Onkel Sun, der von seiner Reise durch Vietnam eine Tüte Karottensamen der Marke *Lunar White* mitgebracht hat.

Zutaten

Für die Kekse

1 Tasse Weizenmehl (Type 550)
1 TL Natron
½ TL Salz
1 ½ TL Zimt
⅛ TL Muskat
½ TL gemahlener Ingwer

¼ Tasse Kokosöl, geschmolzen und auf Zimmertemperatur abgekühlt
½ Tasse brauner Zucker
¼ Tasse Kristallzucker
1 großes Ei
¼ Tasse Pfirsichpüree (Babykost im Glas oder einfach Dosenpfirsiche pürieren)
2 TL Vanilleextrakt
1 Tasse Möhrenraspeln
1 Tasse kernige Haferflocken
½ Tasse Kokosflocken, gesüßt
½ Tasse Rosinen

Für die Glasur

30g Frischkäse (Doppelrahmstufe) in Raumtemperatur
1 Tasse Puderzucker
1 EL Milch
¼ TL Mandel- oder Vanilleextrakt

Zubereitung

1. Ofen auf 175°C vorheizen. Backblech mit Backpapier oder Dauerbackmatte auslegen und beiseitestellen.
2. Mehl, Natron, Salz, Zimt, Ingwer und Muskat in einer mittelgroßen Schüssel mischen. Beiseitestellen.
3. Kokosöl und beide Zuckerarten in einem Standmixer oder einer Küchenmaschine glatt rühren. Ei und Vanille-

extrakt hinzufügen und schlagen, bis sich alles verbunden hat. Dann Möhren und Pfirsichpüree zugeben und unterrühren.

4. Mehlmix nach und nach zugeben und nur so lange unterrühren, bis die Zutaten sich gerade vermischt haben. Haferflocken, Kokosflocken und Rosinen unterziehen.
5. Keksteig mithilfe von zwei Esslöffeln im Abstand von 5 Zentimetern aufs Blech setzen. 10–12 Minuten backen oder bis die Kekse an den Rändern goldbraun werden. Kekse auf einem Gitter auskühlen lassen.
6. Während die Kekse abkühlen, die Glasur zubereiten. Frischkäse, Puderzucker, Milch und Extrakt in einer Schüssel mischen. Mit einem Löffel die Glasur auf die ausgekühlten Kekse tröpfeln. Ruhen lassen, bis die Glasur fest wird.

Zwei

~

»WAS IST DENN JETZT LOS?«, SCHRIE RAQUEL, als der Rauchmelder losschrillte.

Nach einem Moment purer Panik schnappte sich Sadie ein Geschirrtuch, sprang auf einen Stuhl und versuchte hektisch, die sich plötzlich bildende Qualmwolke wegzuwedeln. Der beißende Geruch trieb ihnen die Tränen in die Augen, als Raquel sich ebenfalls ein Geschirrtuch nahm und wie wild mit den Armen zu fuchteln begann. Im gleichen Moment, in dem Gigi durch die Tür stürzte, brach das Piepen abrupt ab, und die plötzliche Stille hallte in ihren Ohren wider.

»Willst du, dass unsere Kunden einen Herzinfarkt erleiden?«, fragte Gigi scharf, verstummte aber, als sie in Sadies entsetzte Miene blicke. »Okay, Herzchen. Schluss für heute.«

»*Dios mío*. Ich hab doch eben gesehen, wie sie die Kekse in den Ofen geschoben hat«, sagte Rachel und bekreuzigte sich. »Wie können die denn so schnell anbrennen?«

»Ich bitte Gail, einzuspringen«, sagte Gigi sanft und tätschelte Sadies Arm. Gail, Gigis älteste Freundin und Teilzeitkraft im Café, würde in weniger als zehn Minuten hier sein und ohne Umschweife und mit einem Lächeln im

Gesicht anpacken. »Du musst von hier verschwinden, ehe du uns den ganzen Laden in die Luft jagst. Wie lautet Regel Nummer einundzwanzig?«

»›Leg dich nicht mit Revelare-Magie an‹«, seufzte Sadie. Ihr Herz flatterte schnell wie ein Kolibri. Obwohl es noch nicht einmal Mittag war, begann ihre Welt bereits einzustürzen. Ihre Brust wurde eng, ihr Rücken verkrampfte sich. In der Küche, in der es eben noch drückend warm gewesen war, herrschte plötzlich Eiseskälte. Es gab nur noch Rauch und Kälte und Stille, als läge über allem eine dicke Schneedecke.

»Ganz genau. Manche Dinge kann man ändern, und was man nicht ändern kann, sollte man besser akzeptieren. Hier, nimm das mit.« Gigi drückte Sadie ein Fläschchen mit Salz und Engelwurz in die Hand und scheuchte sie aus der Küche.

Sadie folgte Raquel in den Cafébereich, nicht ohne sich jedoch vorher zu vergewissern, dass Jake verschwunden war. Die Gäste begrüßten sie auf dem Weg nach draußen, und mehrere äußerten ihre Begeisterung über die Orangen-Croissants. Sadie lächelte geistesabwesend, während eine schwüle Hitze ihren Nacken emporkroch.

Die Luft war knackig wie ein frisch gepflückter Apfel, aber das machte das feuchte Gefühl auf ihrer Haut nur schlimmer. Obwohl es noch so früh war, füllte sich *Cutsie's Diner* gegenüber schon jetzt mit Frühstücksgästen, und Sadie kam es vor, als befände sie sich in einem Traum, den sie nicht richtig zu fassen bekam.

»Na, das lief ja großartig«, riss Raquel sie aus ihren Gedanken. Ihre dunkle Haut schien im ersten Licht des Morgens von innen heraus zu leuchten. Sie hakte sich bei Sadie unter und zog sie über die Straße. Wenn Raquel das Kommando übernahm, war man machtlos, also ließ Sadie es geschehen – ein befremdliches Gefühl für jemanden, der immer alles unter Kontrolle hatte.

»Zehn Jahre«, brachte Sadie schließlich hervor.

Raquel seufzte. »Ich weiß.«

»Er war der erste Mann, der mir das Herz gebrochen hat. Durch ihn wurde der Fluch aktiviert.« Die Erinnerung an damals ließ ihr das Blut in die Wangen steigen.

»Jetzt sei nicht so dramatisch«, sagte Raquel und schürzte die Lippen. »Ich hab's dir schon oft gesagt: Flüche sind nur echt, wenn du daran glaubst.«

»Das denkst du!«, flüsterte Sadie und blickte den Gehweg auf und ab. »Aber erinnerst du dich, was mit meiner … meiner … du weißt schon, passiert ist, nachdem er weggegangen ist?«

Raquel zog die Augenbrauen hoch. »Deine Andeutung macht mir gerade große Angst.«

»Mit meiner Magie«, zischte Sadie.

»Oh, stimmt. Immer, wenn du in die Küche kamst, ist irgendwas spontan in Flammen aufgegangen«, sagte Raquel nachdenklich. »Das war wirklich schräg.«

»Und im Garten ist alles verwelkt, der Strom im Haus fiel ständig aus … Es war furchtbar. Dasselbe passierte, als Seth gegangen ist. Beide Male hat es fast ein Jahr gedauert, bis sich die Dinge normalisiert haben.«

Raquel lachte. »Dein Verständnis von Normalität könnte

eine Überarbeitung gebrauchen.« Ihr glattes schwarzes Haar wehte in der morgendlichen Herbstbrise, die den Duft von Erdbeeren mit sich brachte. Gespannte Erwartung war allgegenwärtig.

Nervös blickte Sadie sich erneut um, aber es war niemand zu sehen. Sie schauderte. Sie warteten am Zebrastreifen der Kreuzung, deren Straßen in kleinere, verwinkelte Viertel oder zu großen Weiden mit großen Scheunen führten. Statt eines Stoppschilds gab es hier nur ein blinkendes Licht und einen mit Efeu umrankten Mast, auf dessen Schild die freundliche Aufforderung »In beide Richtungen schauen!« stand.

»Wenn ich wirklich magische Kräfte hätte, hätte ich dich längst verzaubert«, murmelte Sadie, aber es klang halbherzig.

»Magische Kräfte.« Raquel verdrehte die Augen. »Ich bitte dich! Wer hat denn in der Schule den Tee gebraut, der Annabelle Bennett dazu gebracht hat, der gesamten Klasse zu erklären, wie sie ihren BH ausstopft?«

»Sie war eine gemeine Ziege! Sie hat über uns alle hergezogen, weil wir nicht so frühreif waren wie sie. Sie hatte es verdient.«

»Uh-oh. Und dafür hasst sie dich immer noch. Und wer hat die Quiche gebacken, die den armen pickeligen Phillip Lee mutig genug gemacht hat, besagte Annabelle zum Winter-Ball einzuladen?«, fuhr Raquel fort, während sie Sadie die Tür zum Diner aufhielt.

»Ich musste ihm doch helfen. Das war ich ihm schuldig.« Sadie lachte. Langsam kehrte sie ins Hier und Jetzt zurück. Beim Duft von Kaffee und Bratkartoffeln begann ihr Magen zu knurren, obwohl er sich zu verkrampft für Nahrungsaufnahme anfühlte.

»Und deswegen kommen deine Gäste immer wieder. Es geht nicht nur um Kuchen und Gebäck. Oder um Hoffnung, Versprechen, Liebe und all das. Es geht um Magie. Oder wie würdest du es sonst bezeichnen?«

»Ich mache von meinem Recht zu schweigen Gebrauch.«

»Ich habe also recht.« Raquel grinste, als sie das Diner betraten.

Immer noch lachend ließen sie sich auf ihrem Lieblingsplatz in der Ecke an den Fenstern nieder, die zur Straße hinausgingen. Das rissige Leder ächzte, als sie sich setzten. Einen Moment später kam Janie zu ihnen. Sie war nur ein paar Jahre älter als sie, arbeitete hier aber schon, seit die Mädchen in der Middle School gewesen waren, und schien ebenso eine feste Größe in der Stadt zu sein wie das Diner selbst.

»Wie geht's meinen Lieblingsgästen?«, fragte sie lächelnd, als sie ihren Block hervorholte.

»Das sagst du bestimmt zu jedem, der hier durch die Tür kommt«, gab Raquel grinsend zurück.

»Nur zu denen, die ein so gutes Trinkgeld geben wie ihr.« Janie zwinkerte ihr zu. »Was kann ich euch bringen?« Sadie bemerkte, wie sie den Stift über dem Block in der Hand hielt, und nahm sich vor, ihr Katzenkralle-Salbe gegen Arthritis vorbeizubringen.

»Goldrausch-Rührei mit Eiweiß, bitte«, sagte Raquel, ohne auf die Karte zu blicken.

»Nur Kaffee, danke«, sagte Sadie.

»Sie nimmt auch Goldrausch. Aber mit Brötchen statt mit Toast.«

»Ach ja?«

»Du hattest wahrscheinlich schon vier Tassen Kaffee und zwei Tassen Tee, ohne einen Happen gegessen zu haben, also ja.«

Janie lachte, notierte die Bestellung und spreizte die Finger, als sie den Stift in die Tasche zurückgesteckt hatte.

»Du bist ganz schön herrisch«, bemerkte Sadie. Sie schloss die Augen und lauschte dem Stimmengewirr und den Geräuschen. Wasser wurde in Gläser geschenkt, Messer und Gabeln klapperten auf den Tellern.

»Das macht meinen unwiderstehlichen Charme aus«, grinste Raquel. »Außerdem sollte ich dich daran erinnern, nicht zu viel Koffein zu dir zu nehmen.«

»Das war, bevor ich herausgefunden habe, dass Du-weißt-schon-wer wieder in der Stadt ist«, gab Sadie zurück.

Raquel zog eine Augenbraue hoch. »Was – Voldemort?«

»Haha, sehr witzig!« Sadie bedachte ihre Freundin mit einem vorwurfsvollen Blick.

»Übrigens bin ich eben vorbeigekommen, um dir genau das zu erzählen. Nur hat dein blöder sechster Sinn mir vorgegriffen. Er soll jetzt Feuerwehrmann sein. Bin gespannt, wie er in Uniform aussieht – ich hoffe, er ist fett geworden.«

Sadie wusste, dass Raquel eine Reaktion provozieren wollte, was genau der Grund dafür war, warum sie keine Miene verzog. Sie musste sich an den letzten Rest Selbstbeherrschung klammern, ehe sie die Kontrolle gänzlich verlor. Ihr Herz spielte verrückt, seit sie Jake auf dem Gehweg hatte stehen sehen, aber sie durfte es nicht zeigen, weil ihre beste Freundin sie sonst nur mit Fragen löchern würde. Schon jetzt suchte Raquels Blick in ihrem Gesicht nach dem kleinsten Anzeichen irgendeiner Emotion.

Sadie blickte sie finster an. »Hör auf, mich so anzustarren.«

»Sag mir nicht, was ich mit meinen Augen anstellen soll. Wie auch immer. Ich glaube, er war bei einer großen Feuerwache in Südkalifornien, wollte aber wohl etwas Ruhigeres und hat deshalb beschlossen, wieder nach Hause zu kommen.«

»Und woher weißt du das alles?«, fragte Sadie, die ihre Neugier nicht im Zaum halten konnte.

»Ich bin heute Morgen an der Tankstelle Nancy begegnet, und die hatte es von Katie Sutherland gehört.«

»Na toll«, stöhnte Sadie. Vor Katie Sutherland musste man sich in Acht nehmen. Ihr Mantra lautete »Wenn es wahr ist, ist es kein Gerücht«, und wer möglicherweise die Leidtragenden waren, interessierte sie nicht. Vor vielen Jahren hatte sie Sadie einmal dabei erwischt, wie sie beim Treffen der Jugendgruppe einen Jungen hinter dem Pfarrhaus geküsst hatte, und dann überall herumerzählt, dass Sadie mit »teuflischen Methoden« unschuldige Knaben zur Sünde verführte. Natürlich war Gigi daraufhin mit einem in »Missgeschick« getränkten Kuchen bei Katie zu Hause aufgetaucht und hatte ihr versichert, das nächste Mal mit einer Schrotflinte vorbeizukommen, wenn sie weiterhin fiese Gerüchte verbreiten würde.

»Es heißt, dass er sich bei der Feuerwache hier in Poppy Meadows bewirbt«, fuhr Rachel fort.

»Dabei konnte er es damals kaum erwarten, hier wegzukommen. Ich meine, ich wusste es. Ich wusste doch, dass er nicht hierbleiben wollte. Und trotzdem habe ich mich verliebt.«

»Du hattest immer schon einen Hang zum Masochismus.«

»Keine Ahnung. Wahrscheinlich dachte ich einfach, dass … Ach, was soll's. Ich war dumm. Naiv.«

»Nein, *cariño,* dein Problem ist, dass du praktisch niemanden in dein Herz lässt. Aber wenn du es doch tust, liebst du diese Person für immer und ewig. Was auch geschieht und wie gemein man sich dir gegenüber auch verhält.«

»Raquel, wenn du nicht sofort die Klappe hältst, ersteche ich dich mit meinem Teelöffel.«

»Die Wahrheit tut weh.« Raquel zuckte mit den Schultern. »Aber mal ehrlich. Hast du es nicht satt, ständig nur nach deinen starren Routinen und Listen zu leben? Willst du nicht vielleicht ein klitzeklitzeklitzekleines bisschen die Kontrolle abgeben und einfach nur, na ja, ein bisschen Spaß haben? Hör auf, dich darüber aufzuregen, dass Jake wieder da ist, und lass uns lieber einen Mädelsabend planen. Wein. Junkfood. Kitschige Filme.«

»Erstens dreht sich mein Leben nicht um Jacob McNealy.« Bittere Gallensäure sammelte sich in Sadies Magen, als sie den Namen schließlich doch laut aussprach. »Ich denke nicht mal an ihn.«

In diesem Moment wehte ein kalter Luftstrom durch das Lokal, als sich die Tür öffnete, und Sadie, die mit dem Rücken zum Eingang saß, wandte den Kopf so hastig, dass es in ihrer Wirbelsäule knackte. Als sie feststellte, dass es sich nur um den Bürgermeister handelte, stieß sie bebend den Atem aus.

»Ist klar«, bemerkte Raquel trocken. »So was von klar.«

»Ich habe ihn seit zehn Jahren nicht mehr gesehen. Es sollte mich nicht einmal kümmern, dass er wieder in der Stadt ist.« Frustriert massierte Sadie sich den Nacken. Sie wusste sehr gut, dass *sollte,* wenn es um Jake ging, keine große Bedeutung hatte. »Es ist mir total egal, selbst wenn …«

»Bürgermeister im Anmarsch«, zischte Raquel und schnitt ihr das Wort ab.

Sadie setzte sich augenblicklich etwas gerader hin. Raquel glättete die Serviette in ihrem Schoß und fuhr sich mit der Hand übers Haar.

»Sadie, Raquel«, sagte er, als er sich näherte.

»Bürgermeister Elias.«

»Und, wie geht es meiner Wählerschaft an diesem schönen Morgen?«, fragte er und strich sich über die Krawatte, ehe er die Daumen in die Hosenträger hakte. Wie immer tadellos gekleidet, gab er mit seinem dunklen Teint und dem noch dunkleren Haar eine stattliche Figur ab.

Sadie und Raquel antworteten murmelnd. Unter Elias' Blick, der nun streng wurde, fühlten sie sich stets wieder wie ungehorsame Teenies. Er hatte das einzigartige Talent, einem das Gefühl zu geben, etwas falsch gemacht zu haben, selbst wenn dem nicht so war, weil er genau wusste, dass es irgendwann zutreffen würde. Er hielt eine Hand hoch.

»Gut, gut, prima. Nun, was die Herbstdekoration im Schaufenster angeht«, begann er und brach ab, als sein Mann James von einem Ecktisch rief. »Schön, später mehr dazu. Mein Frühstück wartet.« Er klopfte sich auf den Bauch und ging.

»Puh, das war knapp«, flüsterte Raquel. »Zurück zu Jake.«

Sadie stöhnte.

»Schau, die Sache mit Jake ist jetzt ein Jahrzehnt her. Da darf man durchaus wieder nach vorne blicken.«

»Ich … wir … Es war kompliziert.«

»Aha?« Raquels Stimme war an Skepsis nicht zu überbieten.

»Der über die Ufer getretene Fluss und sieben böse Omen hintereinander können nur eins bedeuten: Er ist der Albtraum.«

»Da sind wir uns ausnahmsweise mal einig. Er ist ein Arschloch. Schon immer gewesen.«

»Das sagst du nur, weil er mir das Herz gebrochen hat.«

»Du bist meine beste Freundin. Du würdest auch jeden verabscheuen, der mir das Herz bricht.«

Janie kam und brachte ihr Goldrausch-Rührei und Sadies Kaffee. Sadie inhalierte den köstlichen Geruch, der vom dampfenden Teller aufstieg, und blickte hungrig auf die Ahornfrikadellen. Ihr Magen knurrte, und Raquel bedachte sie mit einem »Was hab ich gesagt?«-Blick. Ohne auf sie zu achten, nahm Sadie einen krossen Speckstreifen und tunkte ihn in ihren Kaffee, ehe sie ihn sich ganz in den Mund steckte. Jetzt war Stressessen angesagt.

»Also, *das*«, begann Raquel und deutete mit der Gabel auf Sadies Kaffee, »war ja wohl eklig. Du hast dein Getränk mit Schweineteilen kontaminiert.«

Sadie verdrehte die Augen. »Landet doch sowieso alles im gleichen Magen.«

Einen Moment lang aßen sie schweigend. »Das wird schon alles wieder«, sagte Raquel schließlich in einem beiläufigen Tonfall, der nicht überzeugen konnte. »Ich weiß, gerade ist alles doof, aber …« Sie stocherte weiter in ihrem Essen.

Sadie nahm den Becher in die Hand und spürte die Wärme, doch als sie ihn an die Lippen hob, kühlte ihre launische Magie den Becher rasant herunter, sodass der Kaffee eiskalt und bitter schmeckte. In ihrem Nacken begann es zu prickeln, und sie zog die Schultern hoch, um sich davon abzuhalten, sich erneut umzudrehen. Der Drang, eine Prise Salz hinter sich zu werfen oder wenigstens nach dem Bitterklee in ihrer Tasche zu tasten, war schier übermächtig. Gänsehaut überzog ihre Arme. *Etwas Böses ist im Anmarsch.* Wie immer versuchte sie, es unter den Teppich zu kehren, aber keine Chance. Manche Dinge ließen sich nirgendwo drunterkehren.

»Camilla versucht, Mom und Dad zu überreden, ihr ein Tattoo zu erlauben«, sagte Raquel aus heiterem Himmel und riss Sadie mit dem Themenwechsel aus ihren Gedanken.

»Was?!« Sadie musste lachen. »In welcher Parallelwelt

soll das denn gehen?« Raquels Eltern waren strenger als streng. Raquel hatte einmal Hausarrest bekommen, weil sie als Aprilscherz so getan hatte, als hätte sie sich ein Nasenpiercing stechen lassen. Als Sadie dasselbe versucht hatte, hatte Gigi ihr versichert, wie entzückend sie damit aussah.

»Wem sagst du das? ›Was glaubst du, was für ein schlechtes Vorbild du für Sofía bist?‹« Sie imitierte Stimme und Akzent ihrer Mutter. »Man bedenke: Camilla ist neunzehn, Sofía sechzehn, aber Gott bewahre, dass sie sich gegen *Mamá y Papá* Rodriguez auflehnen. Ich weiß, wovon ich rede. Weißt du noch, wie ich in der Schule einmal meine Therapiesitzung schwänzen wollte? Ich dachte, Papa kriegt einen Herzanfall.« Sie lachte. »Danach hat er jedes Mal im Wartezimmer gesessen. Wenn ich ihn lassen würde, täte er es heute bestimmt immer noch.«

»Nur weil du seine Prinzessin bist«, erwiderte Sadie lächelnd. »Wie läuft es übrigens jetzt mit deinen Medikamenten?« Normalerweise erkundigte sie sich in regelmäßigen Abständen danach, aber Raquel hatte in letzter Zeit so stabil gewirkt, dass sie es vergessen hatte, wie sie nun mit schlechtem Gewissen feststellte.

»Dr. Attenburg hat vor ein paar Monaten die Dosis erhöht, und es …« Sie zuckte die Achseln. »Es ist gut so. Manchmal dämpft es mich etwas zu sehr, aber es ist besser als die Alternative.«

Die Alternative konnte verheerende Ausmaße annehmen, wie Sadie wusste. Sie hatte bei ihrer Freundin gesessen, während sie in einen katatonischen Zustand verfiel, war an ihrer Seite geblieben, wenn sie sich in ihren manischen Phasen selbst in Gefahr brachte, und hatte mit ihr geweint, wenn sie Gott angefleht hatte, nicht zugrunde zu gehen. Raquels bipolare Störung war eine Achterbahnfahrt, aber eine, die ihre Freundin zur stärksten und mutigsten Person machte, die Sadie kannte, auch wenn diese selbst es nicht so sah.

»Und wie läuft's beim Yoga?«

»Ich übe gerade die Acht-Winkel-Haltung. Ein spannender Anblick, sag ich dir«, antwortete Raquel. »Aber je mehr ich mich um meinen Körper kümmere, desto besser geht es mir.«

In diesem Moment kam Annabelle Bennett vorbei und bedachte sie beide mit einem herablassenden Lächeln. Sie hatte Sadie nie recht verziehen, dass diese damals ihren BH-Inhalt geoutet hatte, und es zu ihrer Lebensaufgabe gemacht, Sadie bei jeder Gelegenheit runterzuputzen. Dennoch lächelte Sadie zurück, während Raquel finster die Stirn runzelte.

»Ich kann mich nie entscheiden, ob ich versuchen soll, netter als du zu sein, oder dich stattdessen lieber zu einem eiskalten Biest wie mich zu machen«, sagte Raquel, als Annabelle sich im Diner einen Tisch suchte.

»Ich bin nicht nett«, konterte Sadie.

»Du würdest buchstäblich jemanden auf deine Schwelle kacken lassen und dich dann noch entschuldigen, dass du nicht schnell genug sauber machst.«

»Das … das ist widerlich, erstens. Und zweitens mag es vielleicht so aussehen, als sei ich nett, aber in Wahrheit bin ich versteckt sarkastisch. Du weißt schon, die subtile

Kunst, jemanden so zu beleidigen, dass er nicht weiß, ob man es ernst meint oder nicht. Die gute Annabelle versucht es auch, aber man sieht ihr ihren Zorn einfach zu sehr an.«

»Ja, ist klar, *cariño*. Jeder weiß, dass du ein ganz, ganz großes Weichei bist.«

Sadie rührte nachdenklich in ihrem Kaffee, öffnete den Mund, stellte fest, dass ihr nichts Schlagfertiges einfiel, und klappte ihn wieder zu.

»Hör auf, schon im Vorhinein zu korrigieren, was du sagen willst, und spuck's einfach aus.«

»Na schön«, schnaubte Sadie, »obwohl das eine rhetorische Aufforderung ist, weil du als meine beste Freundin längst weißt, was ich sagen möchte. Bei dem Gedanken, mit ihm in derselben Stadt zu sein, krampft sich mein Magen zusammen – ganz zu schweigen von der Möglichkeit, ihm über den Weg zu laufen. Zumindest weiß ich jetzt, worauf all die bösen Omen hingedeutet haben. Und ein Albtraum, den man kennt, ist besser als ein unbekannter, denn so kann man damit umgehen. Was immer Jake hier in der Stadt vorhat, ich will nichts mit ihm zu tun haben.«

Damit war für Sadie das Thema erledigt.

~ ~ ~

Nachdem sie gegessen hatten, erlaubte Raquel ihr nicht, nach Hause zu gehen, sondern zwang sie, mit ihr Arm in Arm über die Main Street zu schlendern.

»Stell dich deinen Ängsten«, sagte sie. »Nur ein kleiner Stadtbummel, dann darfst du nach Hause fahren und die Hände in der Erde vergraben, wie du es garantiert tun wirst.«

»Ich werde deinen Kopf in der Erde vergraben«, murmelte Sadie, ließ ihren Blick in alle Richtungen schweifen und suchte verstohlen die Gesichter nach dem einen ab, das zu sehen sie zugleich fürchtete und hoffte.

Meera Shaan, die vor *Shaan's Salon* fegte, winkte ihnen zu. Die Goldfäden, die ihren pfirsichfarbenen Sari durchzogen, blinkten in der Sonne wie kleine Versprechen. Mrs. Shaan schnitt und frisierte Gigis Haare, seit sie den Salon vor ein paar Jahren eröffnet hatte.

»Richte deiner *dadi* bitte aus, dass der Tee, den sie mir für Akshay gegeben hat, wirklich hilft«, sagte sie mit einem dankbaren Lächeln. »Er schläft jetzt viel besser.« Ihr Zehnjähriger litt, wie Sadie wusste, unter einer Zwangsstörung, und seine Unruhe hielt ihn häufig wach.

»Mach ich«, versprach Sadie.

Sie kamen an *Delvaux Candles & Curiosities* vorbei, dessen Schild leicht im Wind schwankte. Wenn man den Kopf in einem bestimmten Winkel neigte, hatte man den Eindruck, die drei Kerzen, die in das alte Holz gebrannt worden waren, flackerten, als habe man sie soeben entzündet.

Und dann spürte Sadie den Sog von Poppy Meadows' Buchhandlung. Sie hörte das Flattern von rasch blätternden Seiten, die nach ihr riefen – ein Sirenengesang, dem sie normalerweise nicht widerstehen konnte. Das Logo auf dem Schild im Schaufenster stellte ein aufgeschlagenes Buch dar, aus dem leuchtend orangefarbene Mohnblumen wuchsen, und bei dem Anblick hatte sie immer schon das Gefühl gehabt, in das Buch hineinzufallen wie Alice in den Kaninchenbau. Hinter der Scheibe war eine Vielzahl an Titeln in weißen Emaille-Vogelkäfigen ausgestellt oder hingen an unsichtbaren Fäden von der Decke.

»Nichts da«, sagte Raquel und zog an Sadies Arm, als sie automatisch langsamer wurde. »In Buchläden verlierst du jedes Zeitgefühl, und ich denke nicht daran, drei Stunden lang danebenzustehen, während du dich für Bücher begeisterst, die du sowieso nicht kaufen willst.«

»Aber sie brauchen mich«, argumentierte Sadie, deren Hand schon auf der Türklinke lag. »Selbst wenn ich sie nicht kaufe, müssen sie doch wissen, dass sie geliebt werden. Dass jemand sie ansehen und über ihre zarten Seiten streichen will.«

»Du bist total bescheuert«, seufzte Raquel und folgte ihr in den Laden.

Sadie atmete tief ein.

»Und dein Hang zur Vermenschlichung unbelebter Dinge hat pathologische Züge, das ist dir klar, oder?«, fügte Raquel hinzu, als Sadie den Büchern zuwinkte.

»Psst. Du kränkst sie doch nur.«

»Hallo, Ladies«, sagte Mr. Abassi hinter der Theke. Seit Sadie klein war, hieß seine volle Stimme sie in seinem Laden willkommen, und wie immer wurde das strahlende Weiß seines Turbans nur von seinem noch strahlenderen Lächeln übertroffen.

»Ich bin froh, dass du vorbeigekommen bist. Deine Nanni will für die Arthritissalbe, die sie mir gegeben hat, kein Geld annehmen, daher habe ich das hier für dich zur

Seite gelegt.« Er holte ein Buch unter der Theke hervor, und Sadie schnappte nach Luft, als sie das Cover sah: *Illustrierter Führer seltener Floriographie und ihres Gebrauchs.* Noch vergangene Woche war sie über die wunderschönen Aquarelle darin in Verzückung geraten, hatte jedoch vor sich selbst nicht rechtfertigen können, ihrer stetig wachsenden Büchersammlung noch ein weiteres Werk hinzuzufügen.

»Das müssen Sie wirklich nicht tun, Mr. Abassi«, sagte sie, obwohl ihre Hände bereits gierig nach dem Buch griffen.

»Bitte«, gab er zurück. »Das ist das Mindeste, was ich tun kann. Ich wüsste nicht, was Poppy Meadows ohne Gigi Revelare machen würde.« Und mit einem »*Khuda Hafiz*« – einem Abschiedswunsch – schickte er sie ihrer Wege.

»Das ging doch diesmal, oder?«, fragte Sadie und strich mit den Fingerspitzen über die erhabenen Blumen auf dem Buchdeckel.

»Diesmal ja.«

»Darf ich jetzt nach Hause?«

»Geht's dir besser?«

»Ein bisschen«, gab sie zu und küsste ihre Freundin auf die Wange.

Auf der Heimfahrt stieß Sadie einen langen Atemzug aus, den sie gefühlt angehalten hatte, seit die Standuhr am frühen Morgen geschlagen hatte. Sie fuhr auf die Auffahrt, schaltete den Motor ab, und Stille hüllte sie ein.

Das Haus der Revelares befand sich etwas weiter zurückgesetzt von der Straße als die anderen Häuser in der Gegend. Mit seiner großzügigen Veranda und den weißen Säulen wirkte es fast wie noch vor dem Bürgerkrieg gebaut, obwohl der Zitronenbaum vorne mit seinen ausladenden Ästen eher in eine afrikanische Steppe als nach Kalifornien gepasst hätte. So heiß es auch sein mochte – unter diesem Baum war es so schattig und kühl, dass man sogar im Hochsommer fröstelte. Und es hieß, dass man nur eine Zitrone vom Baum der Revelares aussaugen müsse, um vor sich zu sehen, was man sich am meisten wünschte.

Sadie hatte es in ihrer Jugend zigmal probiert, doch das Einzige, was sie, die Wangen eingesogen und die Augen zu Schlitzen zusammengekniffen, gesehen hatte, war das Haus vor ihr gewesen.

Auf der anderen Seite des Gartens stand ein großer, stolzer Rot-Ahorn. Als Seth und Sadie noch Kinder gewesen waren, hatten sie mit einem Messer, das sie aus der Küche stibitzt hatten, sorgfältig ihre Namen in die Rinde geschnitzt, und der Baum hatte wochenlang Sirup geblutet. Jedes Mal, wenn die Zwillinge nachgeschaut hatten, musste Sadie weinen, da sie dem Baum Schmerzen zugefügt hatten, während Seth mit seinem Finger durch die klebrige Süße fuhr und ihn ableckte. So war es immer gewesen. Wenn er mit einer Lupe ein Feuer entfacht hatte, war sie diejenige gewesen, die es gelöscht hatte, und wenn er vergessen hatte, den Mülleimer zu leeren, hatte sie es für ihn getan, damit er keinen Ärger mit Gigi bekam. Rückblickend hätte ihm das sicherlich nicht geschadet; vielleicht hatte sie zu seinem sorglosen Verhalten beigetragen. Oder es war schlicht einfacher, anderen zu helfen, als sich selbst zu helfen. Was auch immer der Grund war – sobald sie jemanden in Not sah, war sie zur Stelle.

Aber der Vorgarten beschwor nicht nur Erinnerungen an Seth herauf; sie musste auch an Picknicks im Sommer denken, wenn Onkel Brian zu Besuch kam und den Grill anwarf. An Tante Anne und Onkel Steven, die das Badminton-Netz spannten. An Cousins und Cousinen, endlose Versteckspiele, an Geheimnisse und den Rasensprenger. An tropfende Wassermelonenstücke und Straßenkreide. Die Erinnerungen waren geblieben, die Zusammenkünfte nicht. Manchmal vermisste Sadie ihre Verwandtschaft so sehr, dass es sich anfühlte, als suchten Fragmente von ihr Fragmente von ihnen.

Energisch verdrängte sie die Erinnerung, warf die Tür ihres ramponierten Subaru zu und streifte ihre Stiefel ab. Sie seufzte, als die Wärme des Straßenpflasters in ihre Füße drang. Sie inhalierte den Duft von feuchtem, warmem Asphalt, wo der Rasensprenger die Auffahrt benetzt hatte. Ausnahmsweise hatte der Wind sich gelegt, und es war still. In einem Baum zeterten zwei Eichhörnchen, und auf Cindys Wiese gegenüber wieherte ein Pferd. Auch in Sadie kam etwas zur Ruhe. In Poppy Meadows war nie viel los, aber hier draußen, weg von dem Lärm, dem Café-Betrieb und ihrer Arbeit, löste sich auch die Enge in ihrer Brust wieder.

Mit den Fingern strich sie über die himmelblauen Hortensien, die das Haus umgaben und deren zarte Blüten ihr Zuversicht einflößten. Endlich im Garten setzte sie sich unter den Kartoffelstrauch auf den Boden, vergrub die Zehen im Kies und steckte die Finger in die Erde, um sich wieder aufzuladen. Normalerweise war der Garten für sie ein Ort des Friedens, aber heute fühlte er sich anders an. Sie sah sich um. Die Feenlaternen schwankten leicht, die Tomatenstauden raschelten, aber etwas stimmte nicht. In diesem Moment nahm sie am Waldrand eine Bewegung wahr. Sie war nur minimal und rasch hinter einem Baum verschwunden; ein Streifen Weiß, der ein Tier, ein Geist oder ein Eindringling sein konnte.

Im nächsten Moment fuhr sie beim Geräusch von scharfen kleinen Krallen auf Steinfliesen auf. Gigis Zwerg-Manchester-Terrier Abby, mit tonnenförmiger Brust und viel zu dick für seine Größe, kam aufgeregt keuchend auf sie zugewackelt. Sadie blickte noch einmal zu den Bäumen hinüber, aber dort war nichts mehr zu sehen. Sie beschloss, sich nichts dabei zu denken. Der Wald barg alle möglichen Geheimnisse, und bisher hatte sie noch keines davon beeinträchtigt. Abby hatte derweil erkannt, dass es sich nicht um Gigi handelte, schnüffelte herablassend und kehrte durch ihr Hundetürchen ins Haus zurück.

Der Garten war klein, aber dicht an dicht bepflanzt mit Kräutern, Obst und Gemüse. Fingerhut und Lavendel fassten das Grundstück ein, um das Rotwild abzuhalten. Der Duft von grünen Tomaten, Erde und Kiefern mischte sich zu einer Erinnerung, die Geborgenheit verhieß. Sadie hatte jedes Gewächs in diesem Garten klassifizieren und benennen können, ehe die meisten anderen Kinder überhaupt erst ihren Namen schreiben konnten. Mit dreizehn hatte sie gewusst, woher die Pflanzen stammten, wofür sie symbolisch standen, wie sie historisch einzuordnen waren und welche Heil- oder Zauberkraft in ihnen steckte. Manchmal fragte sie sich, ob vielleicht sogar ihr Blut mit dem Nektar all der Blüten durchsetzt war. Der Weg von der rückwärtigen Veranda zum Garten war mit Lichterketten gesäumt, im Garten selbst steckten Solarleuchten, die ein warmes Licht verbreiteten, und die Stämme der Pfirsich- und Pflaumenbäume waren mit Girlanden winziger, gedimmter weißer Lichter umhüllt, die wie Sterne funkelten. Nachts spürte Sadie oft, wie der Garten sie rief, bis sie sich hinausschlich, zwischen Wicken und Mangold tanzte und Kräuter und Gemüse sich verstohlen mit ihr wiegten.

Seth dagegen war von den Pflanzen selbst aus dem Garten verbannt worden. Wann immer er als Kind versucht hatte, zu lauschen oder sich hineinzuschleichen, wand sich eine Ranke um seinen Fuß und brachte ihn zu Fall.

»Nur Revelare-Frauen haben diese besondere Magie«, hatte Gigi ihm freundlich, aber bestimmt mit ihrer tiefen Stimme gesagt. »Die Revelare-Männer haben eine andere.«

»Ich will eure blöde Magie überhaupt nicht«, hatte er gebrüllt und war davongestampft.

»Was für eine Art Magie haben Revelare-Männer denn?«, hatte Sadie wissen wollen.

»Das wird er zur gegebenen Zeit schon herausfinden. Mach du dir darüber keinen Kopf«, hatte Gigi geantwortet, und ihr Tonfall war unmissverständlich gewesen: *Thema beendet.*

»Und was ist mit dem Fluch?«, hatte Sadie nachgehakt. Sie hatte noch nie gewusst, wann man den Mund halten musste. Der Fluch war das große Mysterium ihres Erbes. Alle Revelares besaßen magische Fähigkeiten, aber damit ging auch ein Fluch einher. Denn die Natur verlangte ein Gleichgewicht, das war ihre Methode, die Ordnung aufrechtzuerhalten.

»Eigentlich solltest du von dem Fluch noch gar nichts wissen, Spätzchen. Aber vermutlich hat dir deine Tante Tava den Floh ins Ohr gesetzt, also reden wir besser darüber.« Gigi, die im Beet kniete, setzte sich seufzend auf die Fersen zurück. »Jeder Fluch ist anders. Manch einer entfaltet seine Wirkung erst, wenn man ihn schon vergessen hat: Man denkt vielleicht, man ist noch einmal davongekommen, doch in Wahrheit hat er nur wie die Königin der Nacht geschlummert und auf den richtigen Moment gewartet. Du und dein Bruder, ihr werdet eure Magie schon finden«, fuhr sie fort. »Aber der Fluch … tja, der wird euch finden. Und nun beschwöre das Schicksal nicht herauf, bis du so weit bist, es damit aufnehmen zu können.«

Das Versprechen, besondere Fähigkeiten zu haben, schien den Preis des Fluchs wert zu sein. Und als sie das erste Mal an einem feuchtheißen Julitag mit einem einzigen Wort Jasmin zum Blühen gebracht hatte, war ihr klar geworden, dass ihre Magie genau wie die ihrer Großmutter in der Erde lag. In ihr war beides miteinander verschlungen. Die einzige Wahrheit, an der sie immer festhielt, war die, dass Familie wichtiger als Magie war. Denn wenn sie die verlor, war sie nichts. Ein driftendes Schiff, ein Drachen ohne Schnur. Und da Seth fort war, war Gigi ihre Familie. Ihre Großmutter war der Anker, der ihr Halt bot, die Schnur, an der sie emporsteigen konnte.

Ihr Grundstück grenzte hinten an den Waldrand, wo

die großen Kiefern und Pinien vor sich hin träumten. Das Licht, das durch das Grün hindurchsickerte, verlieh dem Ort eine Atmosphäre, die sich nach ihrem ganz eigenen geheimen Garten anfühlte.

Weniger als eine Meile entfernt stand zwischen hohen Bäumen ein Haus. *Das* Haus.

Sie hatte seit Jahren nicht mehr daran gedacht. Es war ein großes, zweistöckiges Gebäude wie aus einem Bilderbuch, in hellem Grünblau gestrichen und mit weiß abgesetzten Fenstern. Durch das fast drei Hektar große Grundstück in Hanglage floss der Rock Creek, dessen plätscherndes Wasser die Tiere des Waldes unwiderstehlich anzog. Der Spitzboden des Hauses mit seiner Dachgaube war zu einer Leseecke ausgebaut worden.

Sadie wusste das, weil sie und Jake sich vor über zehn Jahren hineingeschlichen hatten, als das Haus zum Verkauf stand. Sie hatten im schwindenden Tageslicht auf der abgewetzten Ledercouch gesessen, dem Ächzen der Mauern zugehört und Pfirsich-Rum-Muffins mit Streuseln gegessen, die Euphorie auslösten und nur schöne Erinnerungen bewahrten. Die Luft war frisch und süß gewesen, als sie sich darüber unterhalten hatten, wie sie dieses Haus renovieren würden.

»Ich würde eine Rutsche vom Dachboden bis hinunter zum Bach bauen«, sagte er.

»Na super! Das klingt, als würdest du darauf spekulieren, verklagt zu werden.« Sadie lachte.

»Und eine Seilbahn von hier bis zum Haus deiner Großmutter«, fügte er hinzu, nahm ihre Hand und zeichnete die Linien in der Innenfläche nach.

»Dafür würde sie dich umbringen«, antwortete Sadie und versuchte, ihr dummes Herz, das nie auf sie hören wollte, dazu zu bringen, sich an seine Berührung zu gewöhnen. Tief atmete sie den modrigen Geruch des alten Hauses ein und lauschte dem Knarzen der Balken, während die Sommerhitze sie wie etwas Kostbares in einen Kokon hüllte; wie sehr sie sich wünschte, dass der Augenblick niemals vorbeigehen würde.

»Aber diese Couch hier«, sagte er leise, »müsste weg. Hier ist definitiv ein Bett nötig. Schau.« Er deutete auf das Dachfenster. »Ideal, um in die Sterne zu sehen.« Er lehnte sich zurück und zog sie mit, bis sie sich, dicht an dicht wie zwei Sardinen in einer Dose, auf dem schmalen Sofa zusammenquetschten. Sein Körper schmiegte sich an ihren und entfachte eine Glut in ihrem Inneren, die nichts mit der lauen Luft zu tun hatte. Sie hasste es, dass er ihr nah, aber nicht nah genug war. Sie wollte mit ihm verschmelzen, bis sie nicht mehr wusste, wo er aufhörte und sie begann. Ihr Blick fing seinen ein, der zu ihren Lippen huschte, und noch heute, zehn Jahre später, erinnerte sie sich genau an den Hunger, den sie in seinen Augen gesehen hatte. Wie ein elektrischer Strom war er durch sie hindurchgefahren und hatte die Luft um sie herum knisternd aufgeladen, bis er den Blick abgewandt hatte.

»Ja, das Ding ist viel zu klein. Hier ist nur Platz für einen«, hatte er lachend gesagt und sie hinuntergeschubst.

Sie war mit einem dumpfen Laut auf dem Holzboden geplumpst und hatte in gespieltem Zorn einen Schrei ausgestoßen. Dann war sie aufgesprungen, hatte sich wie eine

Katze auf ihn gestürzt und mit den Fäusten gegen seine Schultern geboxt. Aber er hatte nur gelacht und ihre Handgelenke gepackt.

»Du weißt genau, wie das ausgeht. Du hast keine Chance gegen mich, also gib auf, bevor du dir noch selbst wehtust.«

Sadie hatte mit aller Macht gezogen und gezerrt, aber er hatte sie in einem eisernen Griff gehalten, an sich gezogen und ihre Arme nach hinten geschoben, bis sie schweratmend Brust an Brust gelegen hatten.

Nun, da sie mit geschlossenen Augen in ihrem Garten saß, konnte sie noch immer den Duft nach Seife und Holzfeuer wahrnehmen, der von ihm ausgegangen war. Und wie es typisch für ein Holzfeuer war, hatte seine Essenz noch lange, nachdem das Feuer gelöscht worden war, an ihr gehaftet.

Zehn Jahre lang hatte sie sich bemüht, die Existenz des Hauses im Wald zu verdrängen. Denn damit verbunden war ein unausgesprochenes Versprechen gewesen, an das zu denken noch quälender war als die Erinnerung an ihren ersten Kuss. Ein Verlangen, das so stark war, dass sie um Luft ringen musste. Nicht mehr klar denken konnte. Sich nur noch wünschte, dass seine rauen Hände sie überall anfassen würden. Die Erkenntnis, endlich etwas gefunden zu haben, das es wert war, sich gehen zu lassen.

Sie atmete tief ein. Die Erinnerung an seinen Geruch war so stark, dass sie seine glatte Haut beinahe spüren konnte. Als sei er bei ihr.

Jemand räusperte sich.

Sadie riss die Augen auf.

Und da stand er. Eine köstliche Erinnerung, die zum Leben erwacht war.

Ihr Inneres krampfte sich zusammen – und alles kam mit Macht zurück.

Das befriedigende Knirschen eines scharfen Messers durch eine reife Wassermelone. Eine grüne Zitronella-Spirale, die herunterbrannte. Sonnenmilch, die heiß aus der aufgeheizten Tube gequetscht kam, Bananen-Pancakes ohne Ende und der herbe Geruch von Flussschlamm auf sonnengebräunter Haut. Es war Sommer. Freiheit. Und Jugend. Und so brennender Liebeskummer, dass er Wundränder hinterließ, ehe sie sich schließen konnten.

»Wie lange stehst du schon da?«, fragte sie barsch, während ihr Herz zu rasen begann.

»Lange genug, um zu erkennen, dass du dich nicht verändert hast«, erwiderte er dunkel.

Er hatte Kummer in seinen Augen, das war immer schon so gewesen. Nur ein Hauch Traurigkeit, die sich hinter den Fältchen in den Augenwinkeln verbarg, wenn er lächelte. Sie hatte es damals zu ihrer Mission gemacht, ihm Freude zu bereiten, und diejenige zu sein, die sein schallendes Lachen auslösen konnte, war wichtig gewesen. Es hatte eine Tür in ihr geöffnet und ihr bewusst gemacht, wer sie sein wollte – nämlich der Mensch, der seine Augen zum Lächeln bringen konnte. Dennoch hatte sie niemals herausfinden können, woher seiner Traurigkeit überhaupt rührte.

Seine Stimme war Erinnerung pur, der Sirenengesang der Vergangenheit, und – verdammt! – wie sehr sie sich wünschte, zurückzukehren und wieder dort zu leben. Ehe sie noch begriff, was ihre Beine taten, ging sie schon auf das Gartentörchen zu.

Er breitete die Arme aus, und sie zögerte. *Nur eine Umarmung. Nur ein freundliches Drücken,* sagte sie sich selbst. Und dann rannte sie auch schon los.

Er schlang seine Arme um sie und zog sie an sich, und sie fühlte sich klein an seiner breiten Brust und den starken Schultern. Ihr Körper erinnerte sich und schmiegte sich an ihn, sodass ihr Kopf in seiner Halsbeuge ruhte. Das hier war der Grund, warum sie sich nie mit Ryan würde zufriedengeben können – mit etwas Geringerem als dem wilden Hämmern ihres Herzens, das im Takt eines ewigen Sommers längst verworfener Hoffnungen widerhallte.

Zu Hause sang alles in ihr.

Doch als sie sich zurücklehnte und die feinen Linien um seine Augen wahrnahm, machte sie sich bewusst, dass zehn Jahre vergangen waren, seit sie sich zum letzten Mal gesehen hatten, und der Rhythmus in ihrem Inneren brach ab. Sie löste sich aus der Umarmung und trat zurück, und ihre Wangen waren heißer, als es sich gehörte.

»Bevor du mich anschreist – ich habe dir etwas mitgebracht. Lass es mich dir erst geben, dann kannst du loslegen.« Er zog ein kleines blaues Kästchen aus seiner hinteren Hosentasche und reichte es ihr. Sie verengte die Augen. Im Deckel war ein Sichtfenster eingelassen, und auf einem Futter aus weißem Satin lag ein …

»Du hast mir einen Andenkenlöffel mitgebracht?«, fragte sie zwischen Verwirrung und Unglaube schwankend.

»Ich weiß noch, wie schön du es fandest, dass dein Großvater Gigi immer welche mitgebracht hat. Und du hast damals gesagt, du wolltest Poppy Meadows zwar nicht verlassen, fändest aber den Gedanken toll, kleine Teile der Welt zu besitzen. Und dann war ich vor ein paar Jahren bei einer Konferenz in Texas und sah das Ding und … Schau, ich weiß, es kommt ungefähr zehn Jahre zu spät.« Er brach ab und setzte neu an. »Ich weiß, du hasst mich dafür, und ich hasse mich selbst auch. Ich war ein Arschloch. Aber ich war jung. Und dumm. Und ich wusste nicht, was ich wollte. Nicht dass es eine Entschuldigung wäre. Ich habe mich gedanklich bei dir in den vergangenen Jahren zigmal entschuldigt, aber ich war zu feige, es auch in Realität zu tun.«

Je länger er redete, desto schneller verpuffte das anfängliche Leuchten, ihn zu sehen. Ja, sie hasste ihn – vor allem aber dafür, dass er sich an dieses Detail erinnerte. Dass es sie nachsichtiger stimmte, obwohl sie doch vor allem wütend auf ihn sein wollte.

»Ich habe dir vertraut«, sagte sie ruhig. »Und du hast mich verletzt.« Sie hatte zehn Jahre lang darauf gewartet, ihm das zu sagen. Aber nun, da die Worte ausgesprochen waren, fühlte sie sich keineswegs besser. »Hast du eine Ahnung, wie schwer es mir inzwischen fällt, jemandem zu vertrauen? Wie sehr du mich für andere verdorben hast?« Doch im nächsten Moment verzog sie das Gesicht. Wie immer hatte sie in seiner Gegenwart zu viel gesagt, zu viel von sich preisgegeben. Er war der einzige Mensch gewesen, bei dem sie sich erlaubt hatte, so zu sein, wie sie war – mit allen Stärken und Schwächen. Sie hatte ihm ihre Selbstkontrolle geopfert, und dann war er gegangen, und sie hatte sich geschworen, dass niemand je wieder eine solche Macht über sie haben würde.

»Ich weiß.« Er fuhr sich mit der Hand durchs Haar, und in seiner Miene spiegelte sich der Seelenschmerz, den Sadie seitdem jeden einzelnen Tag verspürt hatte. »Ich dachte bloß, ich könnte vielleicht etwas tun, damit du mir verzeihst. Du warst meine beste Freundin, Sade. Ich weiß … ich hätte nicht einfach so gehen dürfen.«

Hunderte Gedanken stürmten gleichzeitig auf Sadie ein. Der dunkle Anteil in ihr sehnte sich danach, sich auf ihn zu stürzen und sich an ihm zu rächen. Der rationale Teil versicherte ihr, dass sie einfach nur Freunde sein konnten. Doch ihre emotionale Seite, die sie permanent zu verbergen versuchte, flüsterte ihr beharrlich ein, dass das unmöglich war. Kontrolle. Sie musste ihre Kontrolle zurückerlangen. Alles in ihrem Leben musste wohl geordnet sein. Es gab keine Überraschungen – nur zu erfüllende Erwartungen. Und nun kam er daher und brachte alles durcheinander.

Am liebsten hätte sie ihn angeschrien. Hätte der wilden Wut in ihr nachgegeben, die sie gewöhnlich in Erde oder Teig fließen ließ. Aber sie musste sie in den Griff bekommen. Sie hatte seit zehn Jahren niemanden mehr gebraucht. Sie würde jetzt nicht wieder damit anfangen.

»Was willst du, Jake? Ich kann dich nicht einfach wieder einlassen«, sagte sie schließlich und war entsetzt über den gekränkten Unterton in ihrer Stimme.

»Deswegen bin ich auch nicht hier. Ich wollte … ich wollte mich nur entschuldigen.«

Der Boden unter ihren Füßen wurde warm, und die Wärme schlängelte sich ihre Beine aufwärts, wand sich um ihre Brust und presste ihr Herz zusammen. Es war Herbst. Die Luft sollte frisch sein. Stattdessen war das Gegenteil der Fall, und sie hätte schwören können, den Duft von Geißblatt wahrzunehmen. Es war, als wolle ihr Garten ihr jenen Sommer in Erinnerung rufen, in dem sie sich in ihn verliebt hatte. Als wäre das nötig! Jake lehnte am Zaun. Er sah aus, als gehöre er dorthin, als sei er im Nebel umhergeirrt und habe den Leuchtturm nun endlich gefunden.

Der Gedanke daran, Jake die nächsten Jahre über jeden Tag zu begegnen, brachte ihr Blut endgültig in Wallung. Der Boden dampfte inzwischen, und die Schwaden stiegen wie Ranken um ihre Beine auf. Jake blickte nach unten und sprang zurück.

»Du solltest jetzt gehen«, sagte sie, stolz auf sich, so bestimmt zu klingen, obwohl ihre Hände zitterten. »Ich brauche Zeit zum Nachdenken.«

»Das verstehe ich«, sagte er leise und sah sie an.

Sie erinnerte sich an jeden bernsteinfarbenen Sprenkel in seinen Augen, zwang sich aber, sie zu ignorieren.

»Ich möchte wirklich, dass wir wieder Freunde sind«, fuhr er fort, auch wenn er gequält klang. »Glaubst du, dass es irgendwann wieder möglich ist?«

»Weiß ich nicht«, flüsterte sie, ohne ihn anzusehen. »Vielleicht. Ich hoffe es.«

Sie wandte sich ab, ehe sie etwas tat, das sie bereuen würde – ihm verzeihen zum Beispiel oder sich den Erinnerungen oder ihrem Herzschmerz hingeben. Das erste Jahr, nachdem er fortgegangen war, hatte sie es sich komplett versagt, an eine Versöhnung zu denken. Es war ein unausgesprochenes Revelare-Gesetz, dass Tagträumereien über Herzenswünsche niemals in Erfüllung gingen. Das zweite Jahr war härter. Sie stellte sich immer wieder vor, was für Beleidigungen sie ihm an den Kopf schleudern würde. Im dritten Jahr träumte sie davon, auf welche Art sie ihn büßen lassen würde, wenn er auf Knien zu ihr zurückkam und um Verzeihung bat. Sie spielte das Szenario gedanklich so oft und in so vielen unterschiedlichen Varianten durch, dass es sich wie eine Soap in Endlosschleife anfühlte.

Meistens stellte sie sich vor, ihn anzuschreien, bis sie heiser war. Andere Male überlegte sie, ihn einfach zu ignorieren. Aber in ihren Lieblingsszenarien, an die zu denken sie sich fast immer verbot, weil Freundlichkeit ihr Kryptonit war, tauchte er unangekündigt mit einem Blumenstrauß in der Hand und einer Entschuldigung auf den Lippen auf, während sie im Garten arbeitete. Und ja, aus den Blumen war ein Löffel geworden, doch wie es schien, hatten ihre Tagträume doch eine gewisse Kraft. Nur, dass diese Begegnungen in ihrer Vorstellung mit weitaus weniger Klamotten endeten.

Einen Moment später hörte sie schließlich das Knirschen seiner Schritte im Kies, und sie blickte sich verstohlen um. Erst als er außer Sicht war, kehrte langsam das Gefühl in ihre Beine zurück. Sie stieß zittrig den Atem aus. Vielleicht hatte Raquel recht und sie war masochistisch veranlagt. Aber die kleine blaue Schachtel wog schwer in ihrer Hand, und sie nahm den Deckel ab. Ihre Fingerspitzen erwärmten sich, als sie über das kühle Metall strich. Der Löffel war ungefähr acht Zentimeter lang, und das emaillierte Bild am Griffende zeigte einen Stier vor dem Umriss von Texas in Weiß, Rot und Blau. Sadie fand ihn wunderschön. Sie würde ihn nicht einfach wegpacken. Gigi hatte ihr immer erlaubt, die Löffel ihres Großvaters für Spiel-Zaubertränke und zum Füttern ihrer Puppen zu verwenden; sie war der Meinung, dass besondere Dinge nicht nur betrachtet, sondern benutzt und geschätzt werden sollten. Sadie wollte mit diesem Löffel Zucker in ihren Kaffee rühren und sich daran erfreuen, dass Jake an sie gedacht hatte, während er unterwegs gewesen war. Behutsam legte sie den Löffel wieder in die Schachtel und schob sie in die hintere Hosentasche, wo sie sich anfühlte wie ein Talisman.

Nur einen kurzen Moment blickte sie in die Richtung, in der das Haus am Rock Creek lag, dann schüttelte sie sich. Erinnerungen brachten sie nicht weiter. Sie musste sich ablenken.

Sadie kniete sich ins Beet, und die Erde setzte sich unter ihren Fingernägeln fest, da sie auch zum Unkrautjäten niemals Handschuhe trug. Sie zog ein Büschel wilde Karotte aus dem Boden und schauderte bei der Erinnerung an das Gefühl, in Jakes Armen zu liegen.

Verdammt, verdammt, verdammt.

Sie war erledigt, das war schon mal klar.

Sie hörte auf zu rupfen, als sie an die pastellfarbenen Gladiolen gelangte, die an ihren Stängeln aufragten wie mit Zucker bestäubte Bonbons. Erinnern.

Die Stauden neigten sich ihr zu, als wollten sie sie locken.

Sie legte ihre Schere ab, pflückte eine der glockenförmigen Blüten, drückte einen Tropfen aus den Blättern und schmeckte den süßen Saft auf ihrer Zunge.

Sie *musste* sich erinnern. Sie durfte den Schmerz von damals nicht vergessen, denn es stand zu viel auf dem Spiel. Jake wollte ihr Freund sein, und das war genau dieselbe Falle, in die sie schon einmal getappt war.

Aber als ein Nebel aufzog, der ihre Sicht nahm, war es nicht Jake, den sie sah, sondern eine Reihe dunkler Symbole auf dem Boden einer blau gemusterten Teetasse.

Und ehe ihr die Augen zufielen, erschien am Waldrand erneut ein weißes Flirren.

Pfirsich-Rum-Muffins mit Streuseln

Schön vorsichtig mit diesem Gebäck. Es löst Euphorie aus und bewahrt nur die glücklichen Erinnerungen. Pfirsiche stehen für Jugend und Unsterblichkeit und symbolisieren die Energie, die sich vor allem zu Beginn neuer Projekte einstellt. Nach diesem Rezept sollte nur selten gebacken werden, sonst kann es übel ausgehen – sei also gewarnt. Menschen, die nicht auf die Weisheit der Alten hören, sind meist auch zu dumm, Pisse aus dem Stiefel zu kippen, ehe sie ihn anziehen.

Zutaten

Für die Muffins

¼ Tasse Weizenmehl (Type 550)
½ TL Backpulver
½ TL Salz
⅔ Tasse weißer Zucker
¼ Tasse brauner Zucker
1 Tasse gehackte und gezuckerte Dosenpfirsiche
½ Tasse Milch

1 Ei
¼ Tasse Öl
1 TL Vanilleextrakt
2 EL brauner Rum

Für die Streusel
¼ Tasse Mehl (Type 550)
3 EL weißer Zucker
½ TL Backpulver
½ TL Zimt
3 EL kalte Butter

Zubereitung

Für die Muffins
1. Ofen auf 175°C vorheizen und ein Muffinblech mit zwölf Mulden vorbereiten.
2. Pfirsiche, braunen Zucker und Rum in einen Topf geben, zum Kochen bringen. Hitze reduzieren und köcheln lassen, bis die Flüssigkeit stark reduziert ist. Abkühlen lassen.
3. Mehl, Backpulver, Salz und Zucker in eine Schüssel geben und vermischen.
4. ¾ Tasse Pfirsiche dazugeben und gründlich verrühren.
5. Milch, Ei, Öl und Vanilleextrakt dazugeben und mit einem Gummispatel vermischen, bis das Mehl nicht mehr zu sehen ist.
6. Teig gleichmäßig in die Mulden verteilen (¾ voll).

Für das Topping

1. Mehl, Zucker, Zimt und Backpulver in eine Schüssel geben und vermengen.
2. Kalte Butter in Stücken dazugeben und mit den Fingern in die Mehlmischung einarbeiten, bis grobe Streusel entstehen.
3. Restliche Pfirsiche und Streusel auf die Muffins geben.
4. Bei 175°C 20 Minuten backen, bis die Muffins goldbraun sind und kein Teig mehr am Zahnstocher kleben bleibt.

Drei

~

Sadie war dreizehn und wischte sich die Hände an ihren fleckigen Jeans ab. Sie musste sich irgendwie beschäftigen, während Seth mit Gigi drinnen war. Sie hatte keine Ahnung, was ihr bevorstand, nur dass es wichtig war. Eine Art Zeremonie – der Tag, an dem sie herausfinden würde, welche Art Fluch auf ihr lag. Seth, der vier Minuten eher auf die Welt gekommen war – woran er sie immerzu erinnerte –, war zuerst an der Reihe. Sadie, die draußen im Garten wartete, richtete sich so oft auf, um durch die Hintertür zu blicken, dass sie sich vorkam wie ein Murmeltier, das den Kopf aus dem Bau steckte. Aber Seth würde ihr schon erzählen, was sie erwartete, darauf konnte sie sich verlassen. Mit dem Unterarm wischte sie sich den Schweiß von der Stirn; trotz der Frühlingsregenwolken über ihr war ihr warm.

Sie hatte sich gerade wieder in die Erde gekniet, als die Gittertür aufflog.

»Du bist dran«, rief er und sprang die Treppe mit einem Satz hinunter.

Sie musterte sein Gesicht auf der Suche nach einem Hinweis.

»Und was hast du machen müssen? Was ist passiert? Was ist denn dein Fluch?«

»Sag ich nicht. Ich hab beim Zitronenbaum geschworen.« Er zuckte mit den Schultern, aber die Geste hatte etwas Angespanntes.

»Du hast *was*?«, verlangte sie zu wissen. »Wieso?« Sie versuchte, sich nicht anmerken zu lassen, wie gekränkt sie war, aber es gelang ihr nicht.

»Sie hat's mir befohlen. Geh schon. Sie wartet auf dich.«

»Du bist das Allerletzte«, fauchte sie, schob sich an ihm vorbei, stieg die Treppe hinauf und riss die Gittertür auf. Seth hatte ihr noch nie etwas verschwiegen. Aber sie würde sich den Tag nicht verderben lassen. Sie hatte darauf gewartet, seit Tante Tava ihr mit sieben Jahren in verschwörerischem Flüsterton davon erzählt hatte, während sie ihr die Nägel mit pinkem Glitter lackiert hatte.

Sie konzentrierte sich darauf, unbeteiligt zu wirken, auch wenn ihr Magen sich anfühlte, als tobten zahllose wütende Glühwürmchen darin. Sie wusste, wie man äußerlich ruhig und gelassen wirkte, auch wenn man alles andere als das war. Diese Kunst hatte sie schon früh – zu früh – lernen müssen. *Nimm deine Sorgen und räum sie weg.*

Im Haus war es ungewöhnlich warm. Aufgeregt stellte Sadie fest, dass der Küchentisch mit feinem Leinen und Gigis bestem Porzellan gedeckt war. Die Keramikblaubeeren, mit denen die Teekanne verziert war, wirkten so appetitlich und prall, dass sie beinahe echt aussahen. Der zarte Duft von Muskatellersalbei und Weihrauch lag in der Luft, was der Zeremonie einen zusätzlichen Hauch von Magie und Mysterium verlieh. Sadie wusste, dass beide Kräuter Klarheit und Konzentration fördern sollten.

»Er kann mir das doch nicht verheimlichen«, fiel sie mit der Tür ins Haus, nachdem sie die Szenerie einen Moment lang auf sich hatte wirken lassen.

»Er kann, und das wird er auch. Und jetzt bist du dran, Spätzchen«, gab Gigi zurück. »Setz dich.« Sie schob ihr eine leere Tasse hin. »Und iss«, fuhr sie fort und deutete auf den Teller mit Granatapfelkeksen.

»Wozu brauche ich Mut?«, fragte Sadie und verengte die Augen, während sie die Kekse beäugte.

»Die Zukunft verlangt immer nach Mut, Spätzchen. Iss.«

Die Granatapfelkerne platzten in ihrem Mund und mischten sich auf ihrer Zunge mit dem süßen buttrigen Keksteig, als Gigi ihr Vanille-Jasmin-Tee mit einem Hauch Pfeffer und Zimt einschenkte.

»Vorsicht, heiß«, warnte sie sie.

Sadie pustete über die Oberfläche, sah den winzigen Wellen zu und atmete den Duft von Vanille ein.

»Also, was wünschst du dir für die Zukunft?«, begann Gigi im Plauderton.

»Mit Magie zu arbeiten. Schöne Sachen anbauen. Anderen helfen«, antwortete Sadie, ohne nachzudenken.

»Und was bedeutet die Magie dir?«, fragte Gigi, und Sadie glaubte, einen Hauch Traurigkeit in ihrer Stimme zu hören.

»Alles. Oder fast alles. Seth bedeutet mir genauso viel.«

»Ich weiß. Trink«, befahl Gigi.

Sadie spürte, wie sich in ihr der Wagemut aus dem Granatapfel entfaltete. Ließ Klarheit und Konzentration des Weihrauchs auf sich einwirken. Ihr Fluch konnte nicht so schlimm sein. Was immer es war, solange sie ihre Magie ausüben durfte, würde er es wert sein.

Sie trank den Rest aus, stellte die Tasse ab, drehte sie und schob sie wieder Gigi zu.

»Du kennst das Vermächtnis. Jede und jeder Revelare ist mit bestimmten magischen Fähigkeiten ausgestattet, aber wir sind auch verflucht. Ich habe dir gesagt, dass deine Zeit kommen wird, und nun ist es so weit. Du hast natürlich die Wahl, den Fluch zu umgehen, indem du deine Magie opferst.«

»Was hat Seth gesagt, als du ihm das erzählt hast?«, wollte Sadie wissen.

»Das Gespräch mit deinem Bruder war ein ganz anderes, genau wie die Zeremonie, von der du nichts zu wissen brauchst. Konzentriere dich auf deine eigene Zukunft«, sagte Gigi streng.

»Aber seine Zukunft ist auch meine«, wandte Sadie ein. »Wir sind Zwillinge. So muss es doch sein. Und ich kenne Seth: Er gibt nichts auf, ehe er nicht den Sinn dahinter versteht, und das tut er noch nicht. Also kann ich auch nichts opfern.«

»Aber das hier wird alles ändern«, warnte Gigi.

Sadie erwiderte nichts, nickte nur knapp und sah zu, wie Gigi endlich in ihre Tasse blickte. Sie neigte sie hierhin und dorthin und schwenkte die verbliebenen Teeblätter, die Lippen zu einem dünnen Strich zusammengepresst.

»Da ist ein in vier Teile gebrochenes Herz und eine Kette. Auch ein Kleeblatt, aber so nahe am Grund, dass das Glück vielleicht erst kommt, wenn du alt bist. Und eine Schlange. Immer ein schlechtes Omen.«

»Was bedeutet das alles?«, fragte Sadie mit pochendem Herzen.

»Es ist ein Fluch, der viermaligen Herzschmerz prophezeit, Schätzchen.« Gigi schüttelte den Kopf, als sei sie wütend. »Jeder wird schlimmer sein als der vorherige. Es wird dir solchen Kummer bereiten, dass es auch deine Seele zerreißt. Wenn du nicht aufpasst und dir viermal das Herz gebrochen wird, kann der Fluch dich gänzlich vereinnahmen und deine Magie vertreiben– zurück bliebe nur Chaos, bitter wie die Mariendistel. Der Fluch wird dir folgen wie eine Gewitterwolke und sich dir zuneigen wie Weizen im Wind. Liebe nur, wenn du gewillt bist, deine Fähigkeiten zu opfern.«

Und von jenem Tag an hatte ihre Magie sich um ihr Herz gewunden, bis es ganz und gar von einem dichten Geflecht aus Ranken umgeben war, durch das kein noch so zarter Keimling Hoffnung sprießen konnte.

Obwohl sie jeden Tag an den Fluch dachte, hatte sie die Weissagung aus den Teeblättern seit Jahren nicht mehr vor ihrem inneren Auge gesehen. »Regel Nummer sieben«, murmelte sie seufzend. *»Wenn es geschehen ist, kann es nicht mehr ungeschehen gemacht werden.«*

Sie hatte vergessen, was ihre Großmutter damals über die Zeremonie mit Seth gesagt hatte, und fragte sich zum ersten Mal seit drei Blutmonden, worin Seths Magie denn nun bestand.

Einst waren sie unzertrennlich gewesen: von der Angewohnheit, die Sätze des jeweils anderen zu beenden, bis hin zu dem instinktiven Wissen, wann der andere Schmerzen hatte, erfüllten sie jedes Zwillingsklischee. Aber Seth war nie zufrieden; er bohrte immer nach und stellte Fragen nach ihrer Magie und ihren Eltern, was ein gut gehütetes Geheimnis war. Gigi sagte zu diesem Thema nie mehr, als dass ihr Vater nie eine Rolle gespielt hatte und ihre Mutter fort war. Nicht verstorben, nicht gegangen, einfach nur – fort. Wie ein Staubwölkchen im Sommerwind.

Sadie hatte nie verstanden, warum Seth unbedingt Antworten wollte oder wieso er vor Scham rot wurde, wenn die Kinder aus der Nachbarschaft sie neckten, dass sie die Enkel der verrückten Marie Revelare waren. Seth versuchte, sich vor dem Anderssein zu verstecken, ihm zu entfliehen, es zu leugnen, und irgendwann stellte er auch keine Fragen mehr. Anders als Sadies Magie, die sich äußerlich zeigte, wann immer sie im Garten oder in der Küche arbeitete – sie rührte zum Beispiel mit dem Finger in kaltem Wasser, das kurz darauf zu kochen begann –, war Seths Magie innerlich. Sie war etwas Verborgenes, das er, soweit sie wusste, niemals benutzte. Und so oft sie ihn auch fragte, anflehte, ihm drohte oder schmollte, er verriet nichts und reagierte nur mit Schweigen oder bösen Blicken. Doch in den Vollmondnächten ihrer Jugend, wenn die Wolken flüsternd über den Himmel zogen und in der Ferne Kirchenglocken läuteten, schlich Seth mit Schokokeksen und einem Krug Milch in ihr Zimmer, wo sie eine Decke auf dem Holzboden ausbreiteten und sich darauf niederließen. Die Knie an die Brust gezogen und im hellen Mondlicht, fing er endlich an zu reden. Fragte nach ihrer Magie, nach ihrer beider Zukunft und vor allem nach ihrer Mutter. Wie mochte sie gewesen sein? Warum war sie gegangen? Wo war sie jetzt?

Sadie fand, wenn ihre Mutter hatte gehen wollen – bitte schön! Gut, dass sie sie los waren! Die Magie war das Wahrhaftigste, was sie kannte, und sie war gut darin. Und wenn sie sich darauf konzentrierte, die Beste zu werden, dann musste sie auch nicht darüber nachdenken, dass Seth sie genauso verlassen hatte wie ihre Mutter. Seths Verschwinden hatte ihr Herz zum zweiten Mal gebrochen. Sie hatte das vergangene Jahr damit verbracht, einen hübschen Karton zu finden, in dem sie den Schmerz verstauen konnte. Etwas, das sie mit einem Etikett versehen und mit einer Schleife verschnüren konnte. Doch der Herzschmerz war hässlich und sträubte sich gegen jede Vernunft. Sie hasste das. Keine Antworten zu haben. Keine Kontrolle zu haben. Und selbst in jenen geheimen Vollmondnächten hatte sie nie herausgefunden, worin seine Magie nun eigentlich bestand.

»Ich bin nicht wie du«, hatte er ihr eines Nachts gestanden. »Ich glaube nicht, dass das, was ich kann, gut ist.« Sie waren schon älter damals, vierzehn, und er hatte statt Keksen und Milch Gigis Kochsherry mitgebracht.

Sadies Herz hatte zu hämmern begonnen. War das endlich der Moment?

»Ich kann's dir nicht sagen, weil ich es nicht weiß«, hatte er sie angefaucht. »Im Ernst jetzt, hör auf, mich ständig danach zu fragen.« Doch als er ihren gekränkten Blick sah, wurde seine Stimme sanfter. »Eines Tages, okay? Versprochen.«

»Schwörst du es beim Zitronenbaum?«

»Ich schwöre es beim Zitronenbaum.«

Aber gegangen war er dennoch.

»Jeder Revelare geht irgendwann«, hatte Gigi ihr mit geistesabwesender Traurigkeit erklärt.

Die Finger, die eben noch behutsam die Beete durchkämmt hatten, waren inzwischen zu Fäusten geballt. Bewusst öffnete sie die Hände und begann zu ernten, bündelte Kürbisse und Zucchini, mied die stacheligen Stängel und gab alles, um nicht zum Rock Creek House zu blicken oder an Jake zu denken. Vergeblich.

Schließlich hatte sie einen kleinen Haufen Zucchini für das Essen am Sonntagabend zusammen, einen größeren für die Tafel in der Kirche; es war üblich, den Überschuss an Obst und Gemüse mitzubringen, damit sich andere davon bedienen konnten. Nach einem Moment legte sie noch ein paar Früchte für Bill zurück. Sie würde für ihn und seine Leute, die am Old Bailer arbeiteten, Zucchinibrot mit Koriandersaat backen.

Als sie sich vorbeugte, um ein verirrtes Kraut auszurupfen, das ihr zuvor entgangen war, richteten sich plötzlich die Härchen in ihrem Nacken auf, und ein Schauder lief ihr über den Rücken. Einen Moment später hörte sie hinter dem Lavendel ein Scharren.

»Hey!«, rief sie und griff nach einem Kürbis, um damit zu vertreiben, was für eine Kreatur sich auch durch ihren Garten futtern wollte. Doch als sie mit verengten Augen durch das Unterholz spähte, entdeckte sie einen schokoladenbraunen Labradorwelpen, der zu ihr aufblickte.

Sofort schmolz sie dahin. »Hey, Kleiner. Was machst du

denn hier? Komm her.« Sie streckte die Hand aus, und der Welpe sprang mit einem Satz über den Lavendel und landete auf dem Bauch, weil seine kurzen Beinchen in alle Richtungen wegrutschten.

»Hey, Bambi«, sagte sie und knetete seine samtigen Ohren, als er es sich in ihrem Schoß gemütlich machte. »Wem gehörst du denn, hm?«, fragte sie, während sie an seinem Halsband nach einem Schildchen tastete. Sie fand eins und las die Gravur. »Chief?«

Der Hund spitzte die Ohren und sah sie mit – wie Sadie fand – traurigen Augen an.

»Du hast ja recht. So heißt doch kein Welpe. Ich nenne dich lieber Bambi.« Sie drehte die Marke um, entdeckte aber keine Nummer. Wieso einem Hund ein Namensschild umhängen, wenn man nirgendwo anrufen konnte? Empört richtete sie sich ein Stückchen auf.

»Hab keine Angst, Kleiner. Ich kümmere mich um dich.«

Sie würde später im Tierheim nachfragen – er hatte ja schließlich ein Halsband. Aber irgendwie hatte sie das Gefühl, dass Bambi für sie gedacht war. Ein Hund war treu. Einen Hund konnte man mit Leckerlis, Häppchen vom Tisch und Lob erziehen. Vielleicht konnte sie ihn halten – vielleicht war er der eine, der sie nicht verlassen würde.

Sie nahm die Körbe mit Gemüse, richtete sich auf und rief lächelnd den Hund. Immerhin etwas lief heute gut.

Bambi legte sich hinten auf die Veranda, während sie rasch drei große Laibe Zucchini-Brot zubereitete. Da sie voll konzentriert bei der Sache war, ging auch nichts fürchterlich schief. Seth hatte ihr immer gesagt, dass sie sich ein Bein ausreißen würde, damit alle sie mochten; sie hatte gekontert, dass es ihr einfach Spaß machte, anderen Gutes zu tun.

»Es gibt keine wirklich selbstlose Tat«, hatte er behauptet.

»Es muss ja auch keine sein. Wenn es mir doch auch guttut – wieso nicht?«

»Andere sollten dich mögen, weil du du bist. Nicht weil du etwas für sie tust. Du hast solche Angst davor, verlassen zu werden, dass du alles gibst, um jemanden an dich zu binden.«

Sie konnte nicht ausstehen, wie er sie durchschaute. Und dass er Wahrheiten ansprach, denen sie sich nicht stellen wollte. Gerne hätte sie ihm gesagt, dass das alles gar nicht stimmte. Aber die Lüge wollte ihr nicht über die Lippen kommen.

»Man kann die Menschen nicht in Schwarz und Weiß einteilen«, sagte sie stattdessen. »Wir bestehen aus zu vielen Erinnerungen und Vorurteilen.«

»Und wenn du endlich aufhörst, dich vor der Einsamkeit zu fürchten, wirst du deinen eigenen Wert erkennen und niemandem mehr erlauben, dich auszunutzen.«

Energisch schüttelte sie den Nachhall von Seths Worten ab. Stattdessen belud sie mit Feuereifer den Wagen mit den Kisten mit Lavendel-Honig für *Wharton's Market*, Bitterkleesäckchen als Glücksbringer und einen Satz silberne Glöckchen für *Poppy Meadows Blumen- und Geschenkeladen* und eine Auswahl verschiedener Eiscreme-Sorten für *Lavender and Lace's*. Die Glöckchen sollten bei Ankunft von Gästen als Zeichen des Willkommens erklingen und

Dankbarkeit für Freundschaft ausdrücken. Sadie hatte sie unter einem Vollmond in Veilchensud getaucht, um einen friedvollen Besuch zu gewährleisten.

Als alles verstaut war, machte sie sich auf den Weg zu *Lavender and Lace's Ice Cream Parlor*, der immer das erste Ziel auf ihrer Route war. Die Kühltaschen hielten die Kälte nicht ewig.

»Warte, ich helf dir«, rief Lavender, die auf der Theke saß, als Sadie eintrat. Ihr langes, glänzend schwarzes Haar wippte, als sie herabsprang.

»Nein, ich mach schon!«, rief Lace noch lauter und beeilte sich, Sadie die Tasche abzunehmen. »Was ist es heute?«

»Honig-Vanille mit Toffee und Kürbis-Stracciatella«, antwortete Sadie, während sie sich in der Eisdiele umsah. Sie war im Stil der 50er-Jahre mit einem langen Tresen, viel Chrom und mit Vinyl bezogenen Hockern eingerichtet, aber statt einem Schachbrettmuster in Rot oder Schwarz war hier alles in zartem Lavendel und Crème gehalten. Wenn man die Zunge herausstreckte, schmeckte die Luft, die nach frisch gebackenen Waffelhörnchen duftete, süß.

»Deine Sorten sind immer als Erstes weg«, bemerkte Lavender freundlich.

»Hör auf, dich einzuschleimen. Sie weiß das schließlich selbst.« Lace verdrehte entnervt die Augen. Während das Haar ihrer Schwester fast bis zur Taille reichte, trug sie einen exakt geschnittenen Bob, der ihrem Gesicht eine beängstigende Intensität verlieh.

»Ich wollte nur nett sein«, gab Lavender zurück und schürzte die Lippen.

»Du weißt doch gar nicht, wie das geht«, höhnte Lace.

Dann wandten sich beide plötzlich Sadie zu und sagten unisono: »Du weißt es also schon, wie man sieht?«

»Was meint ihr?«, fragte Sadie misstrauisch.

»Du hast Sternchen in den Augen«, sagte Lavender mit einem verträumten Lächeln.

»Und deine Aura ist umwölkt«, fügte Lace in ihrem typisch nüchternen Tonfall hinzu.

»Sexy Jake McHotty natürlich«, erklärte Lavender, als Sadie sie nur ausdruckslos anstarrte.

Sadie stöhnte auf, als die beiden sich auch schon zu zanken anfingen, wie sich Sadies Liebesleben nun entwickeln könnte.

»Ich … ähm … ich geh dann mal.« Sadie deutete mit dem Daumen zur Tür und wandte sich zum Gehen, doch Lace hielt sie mit einer Hand an der Schulter zurück.

»Hast du in letzter Zeit etwas gesehen?«

Sadie schürzte die Lippen und versuchte, die dumpfe Vorahnung, die sich in ihrem Magen ausbreitete, zu ignorieren. Aber da sie Lace und den Tonfall ihrer Frage kannte, musste sie augenblicklich an das weiße Aufblitzen am Waldrand denken.

»Warum?«

»Irgendetwas geht um. Ich kann noch nicht sagen, was, aber … Soll ich dir vielleicht die Karten legen?« Lace deutete nach hinten, wo ein lavendelfarbener Samtvorhang eine Kammer verbarg, die, wie Sadie wusste, das komplette Gegenteil zum Design der Eisdiele war. Das letzte Mal war sie darin gewesen, nachdem Seth verschwunden war und sie verzweifelt nach Antworten gesucht hatte, aus welcher Quelle sie auch stammen mochten. In dem Zimmer war es dunkel, die Wände waren dekoriert mit Perlenstickereien und Plakaten zur Handlesetechnik. Es gab einen kleinen Tisch mit einem schwarzen Spitzendeckchen und weißen Kerzen, und dort legten die Schwestern Karten, konsultierten Kristallkugeln und lasen Auren, Handflächen und prophezeiten Schicksale. Eine ganz andere Magie als ihre, aber ebenso machtvoll. Vor allem dann, wenn die, die sie praktizierten, keine Scharlatane waren.

»Es ist kein präzises Handwerk«, hatten die beiden sie gewarnt, als sie damals bei ihnen geklopft hatte. »Wir können uns nicht immer aussuchen, was wir sehen.«

Und tatsächlich: Als sie versucht hatten, Seth zu finden, konnte sie ihr nur sagen, dass er nicht gefunden werden wollte.

»Heute nicht, danke«, sagte sie nun. »Ich kann mir nicht vorstellen, dass die Karten etwas Gutes zu verkünden hätten, und ihr wisst ja, was man über mies gelaunte Tarotkarten sagt.«

»Eigentlich nicht.« Lavender sah sie neugierig an.

»Oh. Ähm, na ja, also ... man soll sie nicht lesen, weil man sie sonst nur darin bestärken würde, den Leuten Schlechtes zu prophezeien«, fabulierte Sadie hastig ins Blaue hinein.

»Du meinst, man müsste ihnen eine Lektion erteilen?«, fragte Lace mit einem schelmischen Leuchten in den Augen. »Weil sie wie Kinder sind?«

»Eher wie Männer, denke ich. Jedenfalls danke, aber nein danke. Ich muss jetzt weiter.« Sie deutete mit dem Kopf in

Richtung Auto. »Und was immer es ist, es wird schon alles gut.« Da war es wieder. Sie wünschte sich, sie hätte diesen Spruch aus ihrem Repertoire löschen können.

Sie warf einen Blick zu ihrem Café auf der anderen Straßenseite und sehnte sich danach, sich in die Sicherheit ihrer sauberen Küche einschließen und den Rest der Welt aussperren zu können, um ihre Ängste und Probleme an einem anspruchslosen Teig auszulassen.

Es ist alles in Ordnung, rief sie sich in Erinnerung. *Es ist ein ganz normaler Tag. Tu einfach, was du immer tust.* Doch sie musste die aufsteigende Unruhe niederkämpfen, als ihr die Brust trotz der – zugegeben hohlen – Worte eng wurde.

Entschlossen nahm sie die nächste Kiste und brachte sie zu *Wharton's Market*. Die alte blaue Tür knarrte, und eine Glocke läutete. Sie roch Salami aus der Feinkosttheke und Jasmin von dem Ständer mit der Kerzenauswahl zu ihrer Linken. Der Laden hatte sie schon immer an eine Suppe erinnert, die Gigi gerne im Winter kochte und »Alles, was der Kühlschrank hergibt« nannte. Bei *Wharton's* gab es alles, was man sich vorstellen konnte, und noch viel mehr. Babykleidung und Stofftiere neben Kunstobjekten aus Metall und Motoröl, Lampen mit handgefertigten Schirmen und Feuerzeuge mit eingravierten Cannabis-Pflanzen.

»Ich bin hier hinten, Sadie«, rief eine tiefe Stimme von der kleinen Feinkosttheke aus. Jimmy Wharton, der Bass im Kirchenchor und zur Weihnachtszeit Solist von *Christmas Shoes*, war freundlich und umgänglich, wenn er nicht gerade in seiner Trinkerphase war. Gerade steckte er mit dem Kopf in der Auslage und arrangierte die Würste. »Das

Geld liegt auf der Theke. Und könntest du noch etwas von dem Brombeerwein machen? Der war beim letzten Mal in wenigen Tagen ausverkauft.«

»Geben Sie mir ein paar Wochen, dann habe ich wieder etwas für Sie«, sagte Sadie und steckte das Geld ein.

»Wie geht's deiner Großmutter?«

»Gesund und munter wie immer«, antwortete Sadie mit einem Lächeln.

Er räusperte sich, und ihr sank der Mut.

»Und? Willst du diese Woche noch ein paar Herzen brechen?« Sein bärtiges Gesicht lächelte, doch in seinem Blick lag eine gewisse Schärfe. Er war nie so recht darüber hinweggekommen, dass sie seinen Sohn Ryan abgewiesen hatte.

»Ich hab nichts geplant, aber es ist ja noch früh«, scherzte sie mit einem schmallippigen Lächeln. Dann wandte sie sich ab und ging, ehe er sah, wie sie die Augen verdrehte. Musste sich in dieser Stadt eigentlich jeder in alles einmischen? Jake war noch keine zwölf Stunden zurück und richtete schon Chaos an.

Ein paar Meilen hinter der Main Street passierte sie das Schild, das auf den Old Bailer verwies, und fuhr auf den neu gepflasterten Parkplatz. Das historische dreistöckige Backsteingebäude stand nah am Highway, wurde jedoch von dicht an dicht gepflanzten Birken geschützt. Die Fenster waren mit Brettern vernagelt, und die niedrige Mauer vorne bröckelte traurig vor sich hin, doch nichts davon trübte die Pracht der vergangenen Zeit. Wann immer Sadie vorbeifuhr, meinte sie, das dezente Plaudern der Ladies im Reifrock und ferne Walzerklänge hören zu können.

Old Bailer war von T.J. Bailer gebaut worden, einem wohlhabenden Unternehmer, der nicht von hier gewesen war. Er hatte sich in Evanora Revelare verliebt, die aus einer der sieben Gründerfamilien Poppy Meadows' stammte und Gerüchten zufolge eine Hexe war.

Die Legende besagte, dass Evanora T.J. mit Magie dazu gebracht hatte, das Haus auf dem geheiligten Land ihrer Familie zu bauen. Als es beinahe fertig war, warf sie ihn hinaus und verfluchte ihn. Aus Rache legte er ein Feuer, das die prächtige Freitreppe niederbrannte und den Mauern jahrzehntelang als Gestank des Unglücks anhaftete. So hatte es fast zweihundert Jahre unvollendet überdauert – bis es unter Denkmalschutz gestellt wurde und renoviert werden sollte.

Sadie lieferte die Gläser mit Honigbutter und Boysenbeerenmarmelade ab sowie die Zucchinibrote mit Koriandersaat, die Bill dabei helfen würden, den verborgenen Wert der Dinge zu erkennen. Sie hätte schwören können, dass Old Bailer ihr etwas zuflüsterte, als sie davonfuhr, doch sie verstand nicht, was es ihr sagen wollte.

~ ~ ~

Und weil ihr Tag offenbar noch nicht aufregend genug gewesen war, bekam sie beinahe einen Herzanfall, als sie sich keine zwanzig Minuten später ihrem Zuhause näherte. Denn dort, auf der obersten Sprosse einer vier Meter hohen Leiter, balancierte Gigi und säuberte die Dachrinne.

Sadie trat das Gaspedal durch und bog quietschend in

die Einfahrt. Als Gigi hörte, wie Sadie die Autotür zuwarf, blickte sie herab, die behandschuhten Hände voller Blätter und Moder, und die Leiter schwankte.

»Gigi!«, rief Sadie mühsam beherrscht. Ihr Herz hämmerte wild, und Hitze stieg in ihr hoch. »Komm da runter. Dafür kann ich doch jemanden anheuern.«

»Unfug«, war alles, was Gigi antwortete. »Ich bin fast fertig.«

Sadie packte daraufhin die Leiter und hielt sie fest. Sie wusste, dass es keinen Sinn hatte, Gigi zu etwas zu überreden. Überall im Gras lagen bereits Haufen von Blättern und Grünschnitt.

Als ihre Großmutter ungefähr zehn Minuten später wieder festen Boden unter den Füßen hatte, drückte Sadie sie an sich. »Tust du das bitte nie, nie wieder?«

»Ich sehe nicht ein, anderen meine Probleme aufzuhalsen«, sagte Gigi geschäftsmäßig. »Und deshalb lautet meine Antwort: ›Doch.‹ Ich weiß noch, wie dein Großvater einmal nach Hause kam, nachdem ich stundenlang im Vorgarten gearbeitet hatte. Er sah sich um und meinte, der Rasen hätte durchaus noch kürzer sein können. Also hab ich Benzin geholt, es über das Gras gekippt und es angezündet. Er hat nie wieder ein Wort über den Vorgarten verloren.«

Bei dem Gedanken daran, dass ihre Großmutter hier etwas in Brand steckte, entfuhr Sadie ein erstickter Laut. Aber warum wunderte sie das eigentlich?

»Komm, gehen wir rein. Auf dem Herd steht Hühnchen für Abby.«

Hausgemachtes Hundefutter, eine weitere Spezialität

Gigis. Gott behüte, dass ihre Abby etwas so Ordinäres essen musste wie Dosenfutter aus dem Geschäft.

»Okay, aber lass die Blätterhaufen liegen, ja? Ich räume sie nachher weg. Was ist denn das da?«, fügte sie hinzu, als sie eine Dose Farbe und eine Abdeckplane im Eingang entdeckte.

»Ich wollte die Fußleisten ausbessern, die sind unansehnlich geworden.« Auf Sadies Blick hin fügte sie hinzu: »Der Tag, an dem ich nutzlos werde, ist der Tag, an dem ich lieber sterben möchte.«

»Erwarten wir Gäste?«, fragte Sadie. Es hatte den Anschein, als bereite Gigi sich auf etwas vor.

»Ich habe dieses Haus verkommen lassen«, sagte ihre Großmutter, goss kochendes Wasser über den löslichen Kaffee und schaltete die Flamme unter dem Hühnchen aus.

Sadie sah sich in der makellosen Küche mit dem blitzblanken Boden um, erwiderte aber nichts.

»Und jetzt komm mit nach hinten, damit ich eine rauchen kann«, fuhr Gigi fort.

»Oh … ähm … ich hab ganz vergessen, es dir zu sagen …«, setzte Sadie an, aber es war zu spät. Als Gigi die Gittertür nach hinten öffnete, begann Bambi zu winseln.

Gigi blickte auf den Hund, dann zu Sadie. »Was, bitte schön, soll denn der Mist hier?«

»Du nimmst doch ständig irgendwelche Streuner auf«, protestierte Sadie, als sie das Törchen öffnete und Bambi heraussprang und sich begeistert an Sadies Fersen heftete.

Gigi lachte, zündete sich eine von ihren langen dünnen Zigaretten an und ließ sich in ihren Schaukelstuhl sinken.

Abby rutschte mit klackernden Krallen hektisch über das Holz und sprang auf ihren Schoß, um aus Bambis Reichweite zu gelangen.

»Na schön, du freches Gör.« Ihr polterndes Lachen milderte ihre Worte. »Hab ich dir jemals erzählt, wie ich als Kind ein Huhn adoptiert habe?«

Sadie schüttelte den Kopf, obwohl sie die Geschichte mindestens ein Dutzend Mal gehört hatte. Sie hatte keinerlei Bedenken zu schwindeln, wenn sie dafür Gigis unnachahmlich kratziger Raucherstimme lauschen konnte. Und so hörte sie verzückt zu, wie das Huhn jeden Tag nach der Schule auf Gigi wartete, ihr Vater ihr drohte, es zum Abendessen in die Pfanne zu hauen, und Gigi ihm wiederum drohte, *ihn* zum Abendessen in die Pfanne zu hauen.

»Und das Café hat alles unbeschadet überstanden?«, fragte Sadie später in der Stille, die darauf folgte.

»Gail hatte alles unter Kontrolle. Es war auf jeden Fall gut, dass du gegangen bist. Würdest du mir jetzt endlich erklären, was zum Teufel überhaupt los war?«

»›Sieben böse Omen hintereinander.‹«

»Oh, verdammt. Regel Nummer sechs.«

»Ja.«

»Und der Albtraum?«

»Wenn ich raten müsste, würde ich auf Jake McNealy tippen.«

»Dieser kleine Scheißer.« Gigi schüttelte den Kopf, obwohl ein kleines Lächeln ihre Lippen umspielte. »Was macht er wieder in der Stadt?«

»Ich habe nicht vor, es herauszufinden.«

»Du hast dich von dem Jungen noch nie fernhalten können.« Gigis dröhnendes Gelächter machte den Tag ein ganzes Stück heller. »Du und deine Mutter. Deine Momma war ein Freigeist, ein Stromer und immer unterwegs zum nächsten Abenteuer.«

Sadie verharrte reglos. Gigi sprach selten, wenn überhaupt, über ihre Mutter. Und die Andeutung, Sadie könnte etwas mit ihr gemein haben, gefiel ihr gar nicht. Ihre Mutter war gegangen. Das würde Sadie niemals tun.

»Einmal dachte ich, dass jemand unser Fleisch aus der Tiefkühltruhe in der Garage klaute«, fuhr Gigi fort. »Eine Woche lang sah ich jeden Tag nach, und unser Vorrat schrumpfte tatsächlich. Also legte ich mich eines Nachts mit dem Gewehr auf die Lauer, um den Dieb auf frischer Tat zu ertappen. Und es war deine Mutter. Ein paar Orte weiter lag ein Schiff vor Anker, und sie benutzte all das Fleisch als Bezahlung für die Überfahrt zum Schiff.« Gigi schüttelte den Kopf.

»Was soll ich tun?«, fragte Sadie. Schon unzählige Male hatte sie hier auf der Veranda dieselbe Frage gestellt.

»Wenn dein Herz eines nicht ist, dann wankelmütig«, sagte ihre Großmutter und bedachte sie mit einem Blick, der einer Warnung nahekam. »Regel Nummer zwölf.«

»Ein Fluch ist für immer, also sieh zu, dass er es wert ist«, zitierte Sadie. »Und das ist er. Er ist es wert, meine ich.« Sie dachte an die vielen Jahre, die sie versucht hatte, ein Schlupfloch zu finden. »Aber manchmal wünschte ich doch … ach, egal. Ich habe noch zweimal Liebeskummer gut, die werde ich nicht an Jacob McNealy verschwenden.«

»Wir werden sehen.« Diesmal endete Gigis polterndes Lachen in einem Hustenanfall. »Dein Problem ist, dass du niemanden wirklich an dich heranlässt. Du hast Angst, zu vertrauen, weil es dann umso mehr wehtut, wenn du verlassen wirst.«

»Seth hat immer gesagt, ich bin nett zu anderen, weil ich will, dass sie mich mögen.«

»Es besteht ein Unterschied zwischen Wollen und Brauchen. Du setzt deine scharfe Zunge als Schutzschild ein und nutzt deine geschickten Hände, um Wunden zu heilen.«

Sadie lehnte sich an das Geländer und streckte die Beine aus. Hier mit Gigi zu sitzen, war jeden Tag ihr liebster Moment, aber die harten Worte, die ihr unter die Haut gingen, gefielen ihr nicht. Es war, als hielte ihre Großmutter ihr einen Spiegel vor, in den sie nicht blicken wollte.

»Ich brauche ohnehin niemanden«, gab sie zurück. »Ich habe ja dich und Raquel.«

»Und deinen Bruder.«

»Ach ja?« Sadie blickte sich in gespieltem Ernst um. »Denn zufällig kann ich den Mistkerl nirgendwo entdecken.«

»Dass er nicht hier ist, bedeutet nicht, dass er verschwunden ist«, konterte Gigi.

»Weg ist weg«, bemerkte Sadie. Lieber wollte sie so wütend auf ihn sein, dass ihr sein Verschwinden egal war. Sie wollte auch das letzte bisschen Hoffnung loswerden. Denn letztendlich war es die Hoffnung, die so wehtat.

»Hör mal, Spätzchen.« Gigi räusperte sich. »Es gibt etwas, über das wir reden müssen.«

Sadie riss die Augen auf und beugte sich vor. Etwas in der Stimme ihrer Großmutter ließ eine Alarmsirene losschrillen.

»Ich hatte jetzt eine Weile Zeit, um mich an den Gedanken zu gewöhnen, und das wirst du auch, das weiß ich«, begann sie, und Sadies ganzer Körper erstarrte. In ihren Ohren entstand ein Druck, der alle Geräusche um sie herum dämpfte.

»Es ist Stadium vier«, fuhr Gigi fort, und Sadies Herz krampfte sich zusammen. »Ich bin eine alte Schachtel, ich hatte ein langes Leben. Mehr kann man sich nicht wünschen.« Die Gewissheit in ihrer Stimme gab Sadie den Rest.

Sie regte sich nicht. Konnte es nicht.

Das böse K-Wort.

Krebs.

Sie starrte Gigi an, während ein Sturm in ihren Adern zu tosen begann.

»Magie«, krächzte sie.

»Liebes, Magie kann Krebs nicht heilen. Falls ja, wäre ich längst eine Heilige, und wir beide wissen, dass ich weit davon entfernt bin.«

»Bist du nicht.« Sadie schüttelte den Kopf wie eine Butterblume im Wind. Ihre Augen brannten, aber wenn sie jetzt zu weinen begann, würde sie nicht mehr aufhören können, und ein Zusammenbruch vor Gigi kam nicht infrage. »Okay«, sagte sie und atmete tief durch die Nase ein. »Das wird schon alles. Wir stehen das durch. Alles wird gut.«

»Nein, Spatz, wird es nicht. Zumindest eine ganze Weile

nicht. Und es gibt einiges, was ich dir erklären muss. Traditionen, die du weiterführen musst. Vermächtnisse, über die du Bescheid wissen solltest.«

»Nein.« Wieder schüttelte Sadie heftig den Kopf. »Ich hör mir das nicht an. Wie kannst du so ruhig bleiben? Wieso hast du schon aufgegeben?« Ihre Stimme wurde immer schriller. Das konnte nicht wahr sein. Das ließ sie nicht zu. Sie versuchte, die Gedanken säuberlich zu falten, aber sie ließen sich nicht knicken. Sie waren starr wie Beton. Gigi war ihre Familie. Und die löste sich nun auf.

»Spätzchen«, sagte Gigi und legte ihre Hand auf die ihrer Enkelin. »Ich weiß, dass es hart ist. Dass es dein ganzes Leben auf den Kopf stellt. Ich bin so ruhig, weil ich so etwas schon lange erwartet habe. Viel eher bin ich überrascht, dass es nicht schon früher passiert ist.«

Sadie starrte auf Gigis Hand auf ihrer, die Altersflecken und die Falten in starkem Kontrast zu ihrer glatten Haut. Sie sprang auf die Füße.

»Ich habe den Fluch akzeptiert, um meine Magie zu behalten. Und das hier wieder hinzubiegen, ist ja wohl das Mindeste, was dabei herauskommen muss. Ich finde einen Weg, glaub mir.«

Sie ballte die Fäuste an den Seiten und stapfte, ehe Gigi noch etwas sagen konnte, durch den Garten und in den Wald hinein, wobei das Brennen in ihrer Magengrube immer stärker wurde.

Gigi durfte nicht sterben. Das würde sie nicht zulassen. Seth war bereits gegangen. Und wenn jetzt Gigi noch … *Nein.* Das würde sie nicht.

Und doch kreiste der eine Gedanke immer beharrlicher in ihrem Bewusstsein. *Eines Tages werde ich ganz und gar allein sein.*

Nie hatte sie den Fluch mehr gehasst als in diesem Moment.

Wütend wischte sie sich die verräterischen Tränen aus den Augen und stählte ihr Herz gegen den Schmerz. Sie konnte sich jetzt nicht damit befassen. Sie durfte nicht riskieren, dass ihr Herz ein drittes Mal gebrochen wurde, wenn sie doch ihre Magie dringender denn je benötigte.

Vanille-Jasmin-Tee mit schwarzem Pfeffer und Zimt

Der würzig-blumige Tee schmeckt nicht jedem. Aber er verschafft Klarheit über das, was im Leben fehlt, und hilft, das Fehlende durch glückliche Fügung näherzubringen. Glück ist jedoch immer nur der erste Schritt. Für den Rest braucht es Verstand und Einfallsreichtum.

Zutaten

Jasmintee
1 Vanillestange
1–2 Tropfen Zimtöl
1–2 Tropfen Schwarzer-Pfeffer-Öl

ZUBEREITUNG

1. Vanillemark aus der Schote kratzen, in kochendes Wasser geben, durch ein Sieb gießen und Wasser dafür verwenden, den Tee aufzugießen.
2. Mit Zimt- und Pfefferöl würzen und genießen.

Um Klarheit und Konzentration noch zu fördern, vor dem Trinken jeweils 4 Tropfen Muskatellersalbei und Weihrauch in eine Duftlampe geben.

VIER

~

SADIE SCHLIEF SCHLECHT IN JENER NACHT und erwachte mit steifem Nacken und einem säuerlichen Geschmack im Mund. Als sie schließlich in der Dämmerung aufstand, folgte ihr der Phantomgeruch kalter Asche wie eine falsche Entscheidung.

In der kleinen Küche setzte sie Wasser auf und betrachtete nachdenklich das Sammelsurium an Blechdosen, die mit Tees und Kräutern gefüllt waren. Sie nahm ein Filtersäckchen und mischte mit Mango aromatisierten Schwarztee für Konzentration und Energie, gab etwas getrockneten Lavendel für innere Ruhe dazu und ein paar Nelken, die für Widerstandskraft bei Problemen sorgten. Dann band sie das Säckchen zu und tauchte es in einen Becher mit Wasser, das exakt hundert Grad hatte. Während der Tee zog, gab sie noch eine Prise Zimt – Stabilität – und ein bisschen Honig zum Süßen hinein.

Der alte Holzboden knarrte, als gleichzeitig das rasche Tappen von Pfoten erklang. Einen Moment später setzte sich Bambi aufgeregt wedelnd neben sie.

»Heute wird es besser«, sagte Sadie und streichelte sein Köpfchen. »Heute wird ein guter Tag. Wir haben viel zu tun. Solange ich da bin, wird Gigi nichts passieren.«

Sie nippte an ihrem Tee, schmeckte der blumigen Erdverbundenheit nach und versuchte, nicht an Seth zu denken. Oder sich zu wünschen, er wäre hier.

Ihr letzter Streit war schlimm gewesen. »Du nutzt die Leute aus«, hatte er ihr voller Zorn vorgeworfen. »Du hast solche Angst vor dem Fluch, dass du dich von anderen lieben lässt, bis sie dir zu nahe kommen – und dann stößt du sie weg. Nur für deine Magie. Du manipulierst dein Umfeld und benutzt deine Mitmenschen nur für das, was sie für dich tun können.«

»So was habe ich bei dir nie getan!«, hatte sie protestiert.

»Das musstest du ja auch nicht. Herrgott, Sade! Ich bin dein Zwillingsbruder, du kannst gar nicht anders, als mich zu lieben. Aber ich sehe, wer du sein könntest, wenn du nicht solche Angst davor hättest, einfach du selbst zu sein. Irgendwann werden die Leute es kapieren und dann die Nase voll davon haben, dass du immer nur nimmst, ohne je Liebe zurückzugeben.«

»Ich nehme nicht nur, das ist nicht wahr. Ich gebe auch. Deswegen ist meine Magie ja so wichtig – ich kann anderen damit helfen!«

»Anderen zu helfen, ist nicht dasselbe, wie sie zu lieben, Sadie.«

Sie schüttelte die Erinnerung ab, trank die abgekühlten Reste ihres Tees und machte sich eine Liste von Heilkräutern. Sie liebte Gigi. Die Magie würde sie retten. Und was sie betraf, gab es daran nichts zu rütteln.

Sie ging die verschiedenen Möglichkeiten durch. Hundszahn und Amaranth natürlich, ganz zu schweigen von

Geißraute und Sonnenwende. Sie würde mit etwas Kleinem beginnen. Vielleicht zunächst einmal eine abgestorbene Pflanze wiederbeleben, und wenn sie im Wald ein verletztes Tier finden konnte, umso besser. Das hier würde funktionieren. Es musste einfach.

Sie klappte ihr Notizbuch zu und machte sich mit wilder Entschlossenheit an die wichtigste Aufgabe ihres Lebens.

Viel früher als nötig fuhr sie ins Café, um die selteneren Kräuter zusammenzusuchen, die sie dort aufbewahrte. Nach der Arbeit würde sie die restlichen aus dem Garten holen und sie für den Zauber vorbereiten.

Sadie ließ die wohlige Geborgenheit des Cafés auf sich wirken. Der lange Tresen aus recyceltem Holz war makellos. Sie goss die Pflanzen und Kräuter in den Tontöpfen, die auf naturbelassenen Regalbrettern standen. An den Wänden hingen gerahmte Schwarz-Weiß-Fotos von Poppy Meadows in den 1940er-Jahren. Klassische Glühbirnen hingen in verschiedenen Höhen von der Decke, und die aufgehängten Manzanitazweige schmückten Glaskristalle, die das frühe Morgenlicht reflektierten und Regenbögen auf alle Oberflächen warfen. Es duftete nach dem Reiniger, den sie selbst hergestellt hatte; Nelken-, Zitrus- und Eukalyptusbestandteile beschworen das Gefühl eines Weihnachtsmorgens herauf. Und es war still. Die friedliche Art von Stille, die mit Hoffnung und Erwartungen durchzogen war.

Die großen Glasvitrinen waren mit den Angeboten des Tages bestückt, Bezeichnung und Nutzen jedes Gebäcks wie immer auf einer handgeschriebenen Karte daneben. Es gab Mürbeteigtörtchen mit Aprikosen und Basilikum als Schutzvorkehrung, kleine Auflaufförmchen mit Thymian-Pfirsich-Crumble für den Fall, dass man etwas neben der Spur war, und Zitronen-Lavendel-Rührkuchen in Mini-Gugelhupfform, der den Schlaf förderte und besonders gut zu entkoffeiniertem Duchess-Grey-Tee mit Milch und Kleehonig passte.

Sadie setzte sich an die hohe Theke an der hinteren Wand, deren Hocker zwar nicht zueinanderpassten, aber schön zusammen aussahen. Sie holte tief Luft. Alles war bereit. Alles fühlte sich richtig an.

»Heute wird ein guter Tag«, sagte sie erneut in die morgendliche Stille des Cafés.

~ ~ ~

Sadies Optimismus hielt bis genau zehn Uhr zwei an.

Sie hatte versucht, Gigi dazu zu bewegen, nach Hause zu gehen. Sich zu entspannen. Und ihre Kräfte zu schonen. Aber ihre Großmutter hatte sie nur ausgelacht und sie schwören lassen, Stillschweigen über ihre Krebserkrankung zu bewahren. Und Sadie hatte beim Zitronenbaum schwören müssen, einen Eid, den man nicht ohne ernsthafte Konsequenzen brechen konnte. Während sie ihre Großmutter im Geschäft werkeln sah, fiel es ihr tatsächlich schwer zu glauben, was Gigi ihr am Abend zuvor erzählt hatte. Und das machte es wiederum irgendwie leichter, zuversichtlich zu sein, dass sie ein Heilmittel finden konnte. Machte es leichter, ihrer Arbeit nachzugehen und so zu tun, als gerieten Alltag, Gedanken und ihr Herz nicht gerade aus den Fugen.

Es war Samstag, an dem immer am meisten zu tun war, und Gail und Gigi kümmerten sich vorne um die Kunden, während Sadie ein halbes Dutzend Zitronencrème-Lavendel-Pies zubereitete, die gekühlt serviert wurden.

Drei waren für den Laden, die drei anderen würde sie morgen mit zur Kirche nehmen. Sie hatte eine Schüssel geschmolzener Butter oben auf das Regal gestellt, damit sie sie nicht versehentlich umstieß, doch als sie sich nun streckte, um danach zu greifen, rutschten ihre Finger ab, und die Butter schwappte heraus.

Die glitschige Pampe ergoss sich in einem fettigen Schwall über ihre rechte Gesichtshälfte, über ihr Haar und ihre Schulter. Das Auge zugekniffen, damit keine Butter hineinfloss, tastete sie halb blind und erfolglos nach einem Küchenhandtuch. Fluchend polterte sie durch die Tür in den Laden, um sich von den Servietten hinter der Theke zu nehmen, und sah mit dem unversehrten Auge, wie im gleichen Moment ein paar Männer eintraten.

Nein, nein, nein. Das konnte nicht wahr sein. Drei waren Feuerwehrleute, die Sadie kannte. Der Vierte …

Sie erstarrte. Die Butter war irgendwie in ihr Hirn gelangt und hatte dort alles verklebt.

Ihr Blick huschte panisch zurück in die Küche, und als sie ihn wieder nach vorne richtete, sah sie schon in die dunklen Augen von niemand anderem als Jake McNealy.

Hier stand sie also einäugig blinzelnd wie ein Pirat und

vor ihr die Ursache allen Übels, die angestrengt versuchte, nicht zu lachen – und damit phänomenal scheiterte.

Großartig! Ganz, ganz großartig!

»Sadie macht die besten Desserts in der Stadt«, sagte einer der Männer und klopfte Jake auf die Schulter.

Gestern Abend hatte sie noch geglaubt, dass es leicht werden würde, ihn wieder aus ihren Gedanken zu verbannen. Ihn erneut zu vergessen. Und jetzt machte das Universum sich über sie lustig, indem es ihn ihr auf einem Silbertablett präsentierte, während sie einseitig fettig glänzte.

»Sadie«, sagte er zum Gruß, wobei er noch immer Mühe hatte, das Lachen zu unterdrücken. »Du … ähm … hast da was.« Er deutete auf sein eigenes Gesicht.

»Ich … das war… ich hab versehentlich … Ich meine, Butter«, stammelte sie.

»Ah«, gab Jake zurück und biss sich auf die Unterlippe. »Eloquent wie immer. Das hat sich also nicht geändert.«

Sadie stieß ein ersticktes Stöhnen aus und verdrehte die Augen, dann griff sie sich eine Handvoll Servietten und begann, sich abzuwischen.

»Was machst du überhaupt hier?«, wollte sie wissen. »Ich dachte, ich hätte gesagt, dass ich Zeit bräuchte.«

»Oh, ich bin nicht wegen dir gekommen. Ich hatte Lust auf was Süßes, und Vinny meinte, ich müsste unbedingt eure Zimtapfeltörtchen probieren.«

»Das stimmt«, meldete sich Vinny zu Wort. »Ich hab ihm gesagt, ich wüsste genau den richtigen Laden. Sorry, Sadie, ich hab nicht nachgedacht …«

»Ja. Na ja. Ich … ähm … wartet eine Sekunde. Ich bin gleich wieder da.« Sie stürzte zurück in die Küche und hielt sich an der Arbeitsfläche fest, um sich zu beruhigen.

»Gigi Marie«, hörte sie seine dröhnende Stimme rufen. »Wie kommt es bloß, dass du immer jünger zu werden scheinst?«

Sadie spähte durch den Spalt zwischen den Türen. Gigi umarmte Jake und klopfte ihm auf den Rücken. Ihr Kopf reichte ihm gerade bis zum Bauchnabel.

»Du kleiner Schleimer.« Sie lachte. »Ich fasse es nicht, dass du den Nerv hast, hier aufzutauchen.« Gigi tat gerne so, als nehme sie ihm übel, dass er vor vielen Jahren die Stadt verlassen hatte, was vermutlich auch der Wahrheit entsprach. Aber sie war zufällig auch empfänglich für seinen Charme, wann immer er beschloss, ihn einzusetzen.

Sadie wischte sich den Rest Butter ab und bemühte sich, ihr Herz zu beruhigen, das im Dreivierteltakt aus ihrer Brust zu springen versuchte.

Du bist eine erwachsene Frau von 28 Jahren. Reiß dich verdammt noch mal zusammen, ermahnte sie sich stumm.

Als sie ihr Haar zurückzerrte, um es zu einem Pferdeschwanz zusammenzufassen, riss das Gummi, und sie stöhnte frustriert auf. Ihr normalerweise gewelltes Haar hatte sich zu dicken Kringellocken verfilzt. Die Erdbeeren, die auf dem Herd standen, kochten plötzlich über, und ein durchdringend süßlicher Geruch erfüllte die Küche. Als sie die Hand ausstreckte, um den Herd auszuschalten, entlud sich statische Elektrizität an ihren Fingerspitzen.

Gigi marschierte in die Küche und betrachtete die Schweinerei auf dem Herd, Sadies Haar und ihre sich hebende und senkende Brust.

»Alles gut. Ich sammle mich gerade nur«, versicherte Sadie ihr.

»Regel Nummer neun, Herzchen.«

»Starke Emotionen gleich unberechenbare Magie«, sagte Sadie automatisch auf. »Jaja, Ich weiß.«

»Erinnerst du dich noch, was passiert ist, als der Junge damals ging?«

Sadie nickte. Sie hatte Gigis Küche beinahe in Schutt und Asche gelegt.

»Hüte dein Herz, denn aus ihm entspringt der Quell des Lebens«, zitierte Gigi. »Aber hüte es nicht so sehr, dass du nicht mehr verletzt werden kannst. Denn wenn du nicht verletzt werden kannst, kannst du auch nicht lieben, und wenn du weiterhin so leben willst, dann hätte ich dir besser nie diese verdammten Teeblätter gelesen. Und jetzt raus mit dir.« Und damit schob sie sie durch die Tür.

Sadie hätte gerne etwas über den Fluch gesagt, über den Grund, warum sie nicht lieben wollte, und wie absurd der Rat war, da sie Jake in zwei Tagen zusammen keine fünf Minuten lang gesehen hatte. Aber Gigi konnte eisern sein, wenn sie wollte, und Sadies Füße hatten sich schon in Bewegung gesetzt.

»Vinny hatte recht«, sagte Jake mit vollem Mund. »Dieses Apfeltörtchen ist wirklich das Beste, was ich je gegessen habe.«

»Du versuchst nur, dich bei mir einzuschmeicheln.«

Er sah ihr direkt in die Augen. »Selbstverständlich. Warst *du* mal mit dir verfeindet? Das ist die Hölle.«

»Dann wärst du heute wohl besser nicht hier hereinmarschiert«, sagte sie, ehe sie sich zurückhalten konnte. Vinnys Blick schoss zwischen ihnen hin und her, als verfolge er eine Partie Tischtennis.

»Das habe ich wohl verdient«, stimmte Jake ihr zu. »Dennoch, als ich damals ging, hattest du gerade erst zu backen angefangen. Und jetzt – Respekt. Besitzerin eines eigenen Ladens.«

»Mitbesitzerin«, korrigierte sie ihn. »Gigi ist der Kopf des Ganzen.«

»Quatsch«, schalt Gigi sie. »Sadie ist die, die hier zaubert. Alles hat mit Pfirsichen angefangen, weißt du noch, Spätzchen?«

»Ach, wirklich?«, fragte Jake und fing Sadies Blick ein.

»Na ja, das hat zumindest meine Backleidenschaft ausgelöst. Begonnen habe ich mit traditioneller Pfirsich-Pie. Dann war es Pfirsich-Thymian-Crumble oder mit Bourbon-Blaubeer-Essenz beträufelte Mini-Pies«, plapperte sie, ohne Jake anzusehen.

»Sadie macht das beste Pfirsichgebäck im gesamten County«, meldete sich Gail zu Wort, die an der Kasse stand. »Sie hat beim Pie-Wettbewerb auf dem Jahrmarkt fünfmal hintereinander den ersten Preis gewonnen.«

Gail, eine kompakte Frohnatur Ende vierzig, stellte mit ihrer Energie sogar das Duracell-Häschen in den Schatten. Sie erzählte immer und überall, was Sadie alles konnte und machte, als sei sie ihre eigene Tochter. Ihr kurzes schwarzes

Haar war mit Grau durchzogen und schien ständig in Bewegung zu sein.

»Was war es noch, womit du diesmal gewonnen hast?«, fragte sie. »Oh.« Sie schnippte mit den Fingern. »Pfirsichtaschen mit Zitronencrème-Guss und Minz-Julep-Eis. Hm, ich schmecke es noch auf der Zunge. Göttlich!«

»Aber das Minz-Julep-Eis ist Gigis Rezept«, wandte Sadie ein.

»Ich habe das immer für dich und deinen Bruder gemacht, wenn ihr in heißen Sommernächten nicht schlafen konntet, ihr kleinen Monster. Aber du machst es besser, als ich es je konnte. Und es hat gut zu den Pfirsichen gepasst.«

»Ich hatte schon immer eine Schwäche für Pfirsich-Pie«, bemerkte Jake, und sein Blick schwenkte zu Sadie zurück.

»Hm«, machte Sadie. »Daran kann ich mich gar nicht erinnern.« Als ob. Unwillkürlich sah sie zu dem Holzschild, das draußen über dem Eingang hing. *A Peach in Thyme*. Damals, als es ihr eingefallen war, hatte es sich unverfänglich genug angehört. *Pfirsiche für Jake. Thymian für den Mut*. Den einen ziehen lassen, sich auf das Neue einlassen. Und dann das Wortspiel: Ein Pfirsich zur rechten Zeit … Sie hatte Stunden damit zugebracht, das Schild zu gestalten: ein praller, reifer Pfirsich im Hintergrund, ein halbierter mit sichtbarem Kern vorne. *A Peach in Thyme* in einem Halbrund darüber, *Café und Bäckerei* darunter. An beiden Seiten prangten Thymianzweige, die so naturgetreu wirkten, dass man den Duft wahrzunehmen glaubte. Und nun schien das Schild wie ein Leuchtturm, der ihn ohne Umwege wieder in ihr Leben zurückgeholt hatte.

»Tja, dann kannst du dich glücklich schätzen, Herzchen, denn Sadie hat immer etwas mit Pfirsich da«, erklärte Gail, an Jake gewandt. »Egal, was sie sonst noch backt – denn sie backt immer das, worauf sie gerade Lust hat –, aber darauf kannst du deine Stiefel verwetten. Keine Ahnung, wie sie das ganze Jahr über drankommt, aber wir wissen ja alle, dass Marie Revelares Garten irgendeine Art von Magie innewohnt.«

»Ach, das war mir nicht bekannt«, sagte Jake, riss seinen Blick endlich von Sadie los und schenkte Gail ein Lächeln.

»Jeder in der Stadt weiß das«, mischte Vinny sich ein. »Der Garten ist legendär.«

»Jedenfalls wirst du dich hinten anstellen müssen, wenn du unsere Sadie wegen ihrer Pfirsichkreationen umwerben willst«, fügte Gail mit einem scharfen Blick auf Jake hinzu.

»Nicht nötig«, sagte Sadie hastig, als sie sah, wie Jake den Kopf einzog. Na ja. Geschah ihm recht.

»Das reicht jetzt, ihr abergläubischen Spinner.« Gigi hatte die Lippen geschürzt und schüttelte den Kopf. »Also, Jake, morgen Abendessen um sechs. Du kommst. Keine Widerrede. Sei pünktlich.«

»Was?«, entfuhr es Sadie. »Gigi, er hat bestimmt längst etwas anderes vor. Oder …«

»Nein, eigentlich nicht.« Jake grinste. »Aber danke für den Versuch, mich auszuladen, Sade.«

Beim Klang des Spitznamens zuckte Sadie zusammen. Es gab nur zwei Menschen, die sie so nannten. Beide hatten ihr das Herz gebrochen.

»Tatsächlich bin ich sogar praktisch um die Ecke. Ich

habe am späten Nachmittag einen Besichtigungstermin für das Rock Creek House«, fügte er mit einem schiefen Lächeln hinzu.

Sadie erstarrte. Machte er das mit Absicht? Sie zermarterte sich das Hirn nach einer schlagfertigen oder nonchalanten Bemerkung, aber vor ihrem inneren Auge sah sie nur eine winzige Couch auf einem Dachboden und Jakes Finger, der die Linien ihrer Handfläche nachzeichnete.

»Wieso da?«, brachte sie schließlich hervor.

»Ach, ich suche einfach nur nach Ruhe und Frieden«, antwortete er, ohne ihrem Blick zu begegnen. »Das erzähle ich dir morgen alles in der Kirche«, fuhr er fort. »Jetzt muss ich zur Wache zurück, um diverse Papiere auszufüllen, daher nehme ich gerne, was immer ihr gerade mit Pfirsich dahabt.«

»Geht aufs Haus«, sagte Gigi, die bereits mehrere To-go-Behälter mit etwas von allem füllte.

Sadie konnte nicht anders, als sich ein wenig verraten zu fühlen.

»Du weißt, wie man Männerherzen gewinnt, Gigi Marie«, verkündete Jake. »Hat mich gefreut, Sadie.« Er zwinkerte ihr zu, ehe er endlich – endlich! – auf die Eingangstür zusteuerte.

~ ~ ~

»Er will sich Rock Creek ansehen!«, zischte Sadie ins Handy. »Dann würde er weniger als eine Meile von uns entfernt wohnen. Was soll das?« Sie stand im Hinterhof des Cafés, wo sie sich meistens in den Pausen hin flüchtete, um sich einen Moment Verschnaufpause zu gönnen. Davon war sie jetzt weit entfernt. Aber der Duft nach dem Zimt-Challa-Brot, der aus der Küche wehte, erdete sie, und sie atmete durch.

Raquel stieß eine Salve spanischer Wörter aus. Sadie, deren Spanisch so gut wie nicht existent war, schnappte dennoch die Worte *idiota* und *imbécil* auf und konnte nur zustimmen.

»Vielleicht mag er das Haus einfach nur«, sagte Raquel, obwohl der Satz am Ende nach einer Frage klang. »Hör zu, ich schau mal, was ich über Gina herausfinden kann. Ich glaube, sie hat das Haus auf ihrer Liste. Und du, komm runter, okay? Atme durch. Und brenn nichts nieder.«

»Wenn ich ihn ignoriere, benehme ich mich kindisch. Aber wenn ich ihn zu nah an mich heranlasse, bin ich erledigt. Und ich brauche meine Magie jetzt dringender denn je.«

»Wieso?«, fragte Raquel misstrauisch.

»Weil … weil Weihnachten vor der Tür steht«, dachte Sadie sich hastig aus, »und ich absolut professionell sein muss, wenn ich genug verdienen will, um das Dach neu decken zu lassen.«

»Träum groß«, sagte Raquel, und Sadie konnte ihr Augenrollen förmlich hören. »Hör zu, Jake McNealy ist immer schon in deinem Leben gewesen, selbst wenn er nicht anwesend war. Versuch einfach, nicht durchzudrehen, ja?«

»Gut. Ich will Knoblauch- und Fenchelknoten backen«, fügte Sadie hinzu, als ob das alles erklären würde.

»Wieso? Ist Jake zum Vampir geworden?«, fragte Raquel verwirrt.

»Knoblauch wehrt Böses ab, und Fenchel verleiht Stärke. Ich schaff das schon. Alles wird gut. Wenn Jake unbedingt wieder in die Stadt zurückkommen will, werde ich ihm zeigen, wie super es mir geht.«

Raquel seufzte. »Wie du meinst, *cariño.*«

»Wie läuft es mit *Carrie*?«

»Ich habe Jenny beschwatzt, beim Vorsprechen dabei zu sein, du bist also von der Aufgabe befreit. Als Englischlehrerin fordert es ja quasi der Anstand, mir zu helfen. Sie hat mich übrigens gefragt, ob sie in ihrer Thermosflasche Wodka mitbringen kann, weil das ja dann kein offizieller Unterricht mehr ist.«

»Ist nicht wahr!« Dankbar für die Ablenkung, lachte Sadie auf. Sie hatte Jenny ein paarmal getroffen. Sie war erst vor wenigen Jahren hergezogen und setzte sich ständig über die Gepflogenheiten der Kleinstadt hinweg, was Raquel geradezu händereibend beobachtete.

»Doch. *Aber was ich nicht weiß, macht mich nicht heiß*, habe ich ihr nur gesagt. Hör mal, hast du Lust, nach der Arbeit zu *Milestone* zu kommen? Vielleicht hast du ja eine Idee, wie ich mit der Beleuchtung umgehen soll.«

»Ich … ähm … ich kann nicht.« Sie hätte ihrer Freundin so gerne die Sache mit Gigi erzählt, aber Sadie brach nie ein Versprechen. »Ich habe im Garten zu tun«, sagte sie ausweichend.

Die nächsten Stunden verbrachte Sadie mit den Knoblauch- und Fenchelknoten, überzog anschließend getrocknete Lavendelblüten mit weißer Schokolade und verlor sich in Wiederholung und Routine. Solange ihr Verstand mit niederen Aufgaben beschäftigt war, brauchte sie an nichts und niemand anderen zu denken.

Sie holte die Zitronen-Lavendel-Pies aus dem Kühlschrank und bestreute sie mit dem Lavendel, bis es aussah, als seien sie mit einer dünnen Decke aus süßem Schnee bedeckt. Da sie anschließend immer noch nicht bereit war, ihr Hirn denken zu lassen, mischte sie mit geübten Händen die Zutaten für Croissants zusammen.

Zehn Minuten lang knetete sie energisch, bis der Teig glatt und geschmeidig war, dann formte sie ihn zu einer Kugel und gab ihn in einen Gärbeutel. Croissants herzustellen, war aufwendig und langwierig: Die Butter musste zu einer Platte ausgewalzt und vorsichtig in den Teig gefaltet, der Teig selbst in den nächsten drei Stunden jede Stunde einmal bearbeitet werden, bis er schließlich über Nacht im Kühlschrank ruhte – die ideale Aufgabe, um sich zu beschäftigen. Als Gigi in die Küche zurückkam, setzte Sadie zum Sprechen an, aber Gigi schnitt ihr das Wort ab.

»Nein, Ma'am«, sagte sie in einem Tonfall, der keinen Widerspruch duldete. »Wir werden das nicht hier diskutieren. Und was für einen Plan du dir auch ausgedacht haben magst – vergiss ihn einfach wieder.«

»Wenn wir nicht darüber reden können, kannst du mir auch nicht sagen, was ich tun soll«, konterte Sadie.

»Ach, Spätzchen«, murmelte Gigi.

Der Rest des Tages verstrich ereignislos, und als sie Feierabend machten, war Sadies Notizbuch voll mit Ideen für potenzielle Heilmittel. Einige davon waren »ein Haufen Schrott«, wie Gigi sagen würde, andere aber hatten Potenzial, wie Sadie fand. Sie hatte drei Sommer gebraucht, um ihr Brombeer-Basilikum-Tarte-Rezept zu perfektionieren – bei unzähligen Versuchen hatte *irgendetwas* nicht gestimmt, doch sie hatte hartnäckig weitergemacht, bis sie sicher gewesen war, dass der Kuchen den überregionalen Dessert-Wettbewerb gewinnen würde. Und das hatte er. *Aufgeben* war ein Wort, das es in ihrem Vokabular nicht gab. Und dieses besondere Rezept, wie auch immer es am Ende aussehen würde, würde Gigi retten. Ein Leben in der Schwebe nötigte einen dazu, den Fokus drastisch zu verengen und Prioritäten zu setzen. Sadies gesamte Welt hatte sich auf das kleine Büchlein, das in ihrer Tasche steckte, verengt.

Als Gails Tochter Ayana Sadie von ihrer Schicht erlöste, fuhr sie hinter Gigi nach Hause. Ihr alter Subaru ächzte unter der Anstrengung, mit dem PT Cruiser ihrer Großmutter Schritt zu halten. Die Frau fuhr wie eine gesengte Sau.

Sadie zog sich eine bequeme Leinenhose und einen weichen Pulli an und steckte ihr Haar locker auf. Die Kringellocken hatten sich wieder in Wellen zurückverwandelt. Als sie nach unten kam, saß Gigi bereits vor dem Fernseher, Bambi zu ihren Füßen, Abby auf dem Schoß. Sadie schenkte sich ein Glas Johannisbeerwein ein und ging hinaus, wo sie an dem symbolhaften Neubeginn nippte und dem Mix aus Stimmen im Fernsehen und Vogelgezwitscher lauschte. Vom Westen wehte ein sanfter Wind, und

Sadie folgte ihm mit den Augen zum Waldrand, darüber hinaus und weiter in die Richtung, in der Rock Creek lag.

Seufzend streifte sie ihre Schuhe ab, bohrte die Zehen wie jeden Abend in den Kies und schloss die Augen. Der Zwergorangenbaum hatte gerade zu blühen begonnen, und der süße Zitrusduft brachte den Sommer zurück, obwohl es, wie sie wusste, bald schon kälter werden würde. Trotz der sanften Brise raschelte es im Garten kräftig, als würde er sie rufen.

»Scht«, zischte sie, und die Pflanzen kamen wieder zur Ruhe.

Im Kopf ging Sadie den Tag noch einmal durch und drosselte das Tempo, als sie zu der Stelle kam, an der Jake die Bühne betreten hatte. Langsam und genüsslich wickelte sie die Erinnerung aus und genoss sie wie ein Zitronenbonbon.

In ihrem Magen zog es prickelnd, als sie sich jedes Detail in Erinnerung rief, das sie heute so angestrengt zu vergessen versucht hatte. Sein Haar noch immer dasselbe sommerliche Honigweizenblond, noch immer vollkommen frei von Grau. Feine Fältchen um die Augen, die von seiner Bereitschaft zeugten, oft und ungezwungen zu lachen. Und seine Schultern … ganz eindeutig hatte er das Training im Fitnessstudio nicht aufgegeben, was natürlich nur klug war, da er seinen Traum lebte und Feuerwehrmann geworden war. Sie konnte förmlich die glatte Haut seines flachen Bauchs spüren, wenn sie mit den Fingern darüberstrich …

Aber das waren eben nur Erinnerungen. Und sie würde dafür sorgen, dass es dabei blieb.

Mit Jake war es stets ein Tanz gewesen. Ein Tanz um Verlangen und Konventionen. Der Fluch machte ihr Angst, aber am Ende vertrieb die Liebe sie, und sie erkannte ohne jeden Zweifel, dass sie für ihn ihre Magie opfern würde, falls es zu einer Entscheidung kommen musste.

Und das machte ihr am meisten Angst.

An einem lauen Sommerabend, als sie achtzehn gewesen war, hatte sie Chrysanthemen-Brötchen gebacken und dick mit Wildblütenhonig bestrichen. Als er sie aß, fiel es ihm wie Schuppen von den Augen, und er erkannte die Wahrheit. Er gestand ihr seine Liebe, und mit klebrigen Fingern und reiner Stimme schwor er beim Zitronenbaum, dass sie für immer zusammen sein würden. Niemals würde er sie verlassen.

Doch am Morgen, als die Magie nachgelassen hatte, war er gegangen. Und hatte jedes einzelne Versprechen gebrochen.

Jahrelang hatte Sadie sich Vorwürfe gemacht, dass sie ihm auf diese Art die Wahrheit abgerungen hatte. Aber trotz schlechten Gewissens wurde ihr Zorn immer größer. Er war ein Feigling. Kannte die Wahrheit und weigerte sich, sie zu akzeptieren. Er leugnete alles und belog sich selbst, aber schlimmer noch war, dass er Sadie die Liebe versagte, für die sie bereit gewesen war, ihre Magie zu opfern. Sadie klammerte sich an die Vergangenheit wie ein Trinker an den letzten Schluck Whisky. Solche Laster spendeten Trost, wenn man die Zukunft fürchtete. Wenn sie ihre Bitterkeit der Vergangenheit gegenüber aufrechterhalten konnte, schützte das in gewisser Weise auch in Zukunft ihr Herz. Das zumindest redete sie sich ein.

Der Garten begann erneut zu rascheln, wiegte sich unruhig und forderte ihre Aufmerksamkeit.

»Ja, ich komme ja schon«, murmelte sie, trank den Wein aus und nahm ihre Schere. Aber als sie an der Duftwicke vorbeiging und sich dem Kräutergärtchen näherte, wurde ihr beinahe übel.

»Nein«, flüsterte sie. Ihre Hände zitterten, und ihre Kehle war wie zugeschnürt, als sie auf die Knie sank. Mehr als die Hälfte des Beetes war verbrannt. Das Entsetzen darüber, wer so etwas tun mochte – und, wichtiger noch, *warum*? –, ließ sie am ganzen Körper zittern.

Konnte jemand die Revelares wirklich so hassen, dass er hier einbrach, um so etwas Wundervolles zu vernichten? Angesichts der Zerstörung begann es in ihrer Brust zu ziehen. Der Herzschmerz vergeudeter Schönheit.

Sie wollte schon zurückgehen, um es Gigi zu sagen, hielt dann aber wieder inne. Sie durfte ihre Großmutter damit nicht belasten. Sie würde das mit sich selbst ausmachen müssen.

Mit zugeschnürter Kehle und mechanischen Bewegungen zog sie die Harke über die verbrannte Stelle und versuchte, sich zu beruhigen. Doch das Atmen fiel ihr schwer, und sie konnte kaum noch schlucken, als der Drang zu weinen fast übermächtig wurde.

Sie warf die Harke zu Boden und schnitt stattdessen die Heilkräuter ab, die nicht verbrannt waren. Lorbeer und Fenchel. Sie grub sogar eine Knoblauchknolle aus und zupfte ein paar Dornen vom Brombeerstrauch am Rand des Gartens, der stets alles zu überwuchern drohte.

Sie zerquetschte die Dornen mit Bernstein und legte sie mit einem Stück Marienglas und den Kräutern in eine Kupferschüssel und füllte sie mit Wasser. All das musste sich sechs Tage lang unter dem Mond anreichern, ehe sie es verwenden konnte.

Der Garten begann erneut zu rascheln und zu rauschen.

»Was ist denn?«, fragte sie, nahm einen Kiesel und warf ihn in die Tomatenpflanzen. Diese zitterten heftig, hielten dann aber abrupt inne, als in der Ferne eine Männerstimme erklang. Sadie verharrte, spitzte die Ohren und beugte sich instinktiv vor, während sie versuchte zu verstehen, was die Stimme rief.

»Chief!«, brüllte der Mann. »Komm her! Komm nach Hause, Kleiner.«

Und prompt hörte Sadie Bambis leises Winseln durch die Gittertür.

Sie kannte die Stimme. *Verdammt.* War ja klar, dass Bambi Jakes Hund sein musste.

Eine Bewegung am Waldrand weckte ihre Aufmerksamkeit.

Es war nichts zu sehen, aber das Gefühl, dass da etwas war, eine Präsenz, beunruhigte sie. Die Luft schien sich zu kräuseln, und der Geruch nach verbrannten Kräutern war plötzlich so stark, dass ihre Augen tränten. Die Tomatenpflanzen zitterten heftig.

Sadie spürte ein Prickeln in ihrem Nacken.

Und das Schaudern, das einem langsam über den Rücken kroch und die Vorstellung von knochigen, spinnenartigen Fingern weckte, die sich über die Schulter schoben.

Und dann hörte sie es.

Ein tiefer, gespenstischer Laut, der ihr unter die Haut ging und ihr bis ins Mark drang. Keine Worte. Aber Sadie erkannte eine Drohung, wenn sie sie hörte.

Am liebsten wäre sie ins Haus gerannt und hätte Salz hinter sich verstreut.

Stattdessen zwang sie sich, gemäßigten Schrittes zurückgehen, obwohl ihr Herz die ganze Zeit vor Angst hämmerte.

Minz-Julep-Eis

Nützlich, um die Vergangenheit zu entrümpeln und neu anzufangen, indem man quälende Erinnerungen in ein fröhlicheres Licht taucht. Nicht zu viel davon essen, sonst vergisst man auch andere Sachen, bis man eine tattrige alte Närrin ist wie ich, die sich nicht mehr erinnern kann, welchen Wochentag wir gerade haben. Altwerden ist echt kein Spaß.

Zutaten

1 Tasse Zucker
½ Tasse Wasser
½ Tasse Bourbon
1 TL Vanille
2 Tassen Milch
2 Tassen Sahne
6 große Eigelb
8–10 Zweige frischer Minze (plus etwas zur Deko)

ZUBEREITUNG

1. Minzblättchen zerdrücken, um Öl und Aromen freizusetzen. Zucker, Wasser und Minze in einen kleinen Topf geben und bei mittlerer Hitze zum Kochen bringen, dabei umrühren, damit sich der Zucker auflöst. 2 Minuten kochen lassen. Von der Flamme nehmen und vollständig auskühlen lassen. Dann durch ein feinmaschiges Sieb gießen und Bourbon und Vanille hinzufügen.
2. Milch und Sahne in einem großen Topf geben und langsam zum Kochen bringen. In einer kleinen Schüssel Eigelbe aufschlagen. Eine Tasse der heißen Sahnemischung mit dem Schneebesen in die Eigelbe einarbeiten, dann die Eigelbmischung langsam und gleichmäßig in die restliche heiße Sahnemischung geben. 4 Minuten weiterköcheln, dabei gelegentlich umrühren, bis die Mischung so angedickt ist, dass sie am Löffel hängen bleibt. Von der Flamme nehmen und vollständig abkühlen lassen.
3. Bourbon-Mix mit dem Schneebesen in die Sahnemischung rühren. Damit sich keine Haut bildet, die Oberfläche komplett mit Frischhaltefolie bedecken und darauf achten, dass sich zwischen Folie und Sahnemix keine Luftbläschen bilden. Mindestens 2 Stunden kalt stellen.
4. Aus dem Kühlschrank nehmen und Mischung in eine Eismaschine füllen. Laut Herstellerangaben anstellen. Für den Extrakick Eis vor dem Servieren mit Bourbon beträufeln.

FÜNF

~

»HÖR AUF, RUMZUZAPPELN«, SCHIMPFTE GIGI FINSTER und schlug halbherzig nach Sadie. Gigi war auf dem Weg zur Kirche immer griesgrämig, denn, mit ihren eigenen Worten: »Wenn man mich schon in Gottes Haus schleift, soll der Herr gefälligst auch wissen, dass ich nicht freiwillig komme.«

Doch ihre baptistischen Wurzeln erlaubten es ihr nicht, der Kirche zu lange fernzubleiben, ganz gleich, wie sehr sie sich innerlich sträubte. Und heute brauchte Sadie ihre Unterstützung. Denn alles schien, wie ihre Großmutter es ausdrücken würde, den Bach runterzugehen. Der verbrannte Garten. Der gruselige Laut aus dem Wald. Gigi. Bambi, der Jake gehörte. Es gab zu viele Gedanken, die säuberlich hätten gefaltet werden müssen; sie hätte einen Origami-Meister gebraucht, um sie in ihrem Kopf sinnvoll unterzubringen.

Doch sobald sie – dreißig Minuten zu früh – auf den Parkplatz von Poppy Meadows' Gemeindekirche einbog, stieß sie bebend den Atem aus. Die Kirche war nicht besonders schön, doch sie weckte tröstende Erinnerungen an die Bibelschule in den Sommerferien und unkomplizierte Feiern, Spendensammlungen und Talentshows. Das

Haupthaus war größer, als es für Kirchen aus dem 19. Jahrhundert üblich war, und immer wieder durch Nebengebäude erweitert worden, die ein Stück von der Straße zurückgesetzt und durch einladende, mit fröhlichen Blumen gesäumte Wege verbunden waren. Es gab eine große Küche, Räume für die Sonntagsschule und Versammlungssäle, und in der Mitte befand sich eine sorgfältig gepflegte Rasenfläche. Die schmiedeeisernen Bistrotischchen und die hängenden Bougainvilleen erinnerten allerdings eher an eine hübsche Pension als an ein Gotteshaus.

Sie hatte kaum die Autotür geöffnet, als Miss Janet bereits strammen Schrittes auf sie zumarschierte. Ihr geblümtes Kleid spannte sich über ihrer Brust und schwang wie im Tanz nach, als sie schnaufend zum Stehen kam.

»Sadie Revelare, hast du die Pies?« Miss Janet war für die Küche zuständig, was bedeutete, dass sie die Liste verwaltete, wer was für den Kaffeestand mitbrachte.

»Ja, hier«, antwortete Sadie und holte die drei Kartons vom Rücksitz.

»Gut, gut. Komm mit mir.« Janet setzte sich bereits wieder in Bewegung. »Also, du schneidest die Pies in Stücke und gibst sie einzeln auf Teller. Nicht dass die Leute alles mit ihren schmutzigen Fingern angrabschen und eine Sauerei veranstalten. Und die Stücke bitte nicht zu groß, ja?« Ihr Mundwerk lief schneller als ein Motorboot. »Und hast du schon über den Stand beim Herbstfest nachgedacht? Du weißt, dass ich bis Ende der Woche das Formular haben muss. Oh, und das ist Jake – er hilft dir heute Morgen bei der Vorbereitung.« Inzwischen hatten sie die Küche betreten. »Ich kümmere mich jetzt um die Kaffeespender. Und du beeil dich, Kind, wir haben nicht viel Zeit.«

Sadie erbleichte, als sie Jake, eine Schürze um die Taille, in der Küche stehen sah. Seine dunkle Jeans war zehnmal schicker als alles, was er früher getragen hatte, und das gebügelte Hemd hatte genau den richtigen Blauton, um seine Augenfarbe zu unterstreichen. Der enge Sitz von Hemd und Hose ließ Sadie an Dinge denken, an die man in der Kirche eigentlich nicht denken sollte.

Mann! Musste der Kerl eigentlich überall sein?

Sie ließ den Blick durch die Küche schweifen – alles, nur nicht auf seine Hände sehen, die auf der Arbeitsfläche lagen. Hände, die sie einst an der Innenseite ihrer Oberschenkel gespürt hatte, die rauen, schwieligen Finger, die … *Stopp! Denk an was anderes,* tadelte sie sich selbst. Heißes Blut stieg ihr in die Wangen. Wieder blickte sie sich in der Küche um, die zwar alt, aber blitzsauber war und stark nach chemischem Reiniger roch. Die Tür war inzwischen hinter Miss Janet zugeschwungen und sperrte den Gitarrensound des Pastors aus, sodass nun nur noch das Summen des riesigen, uralten Kühlschranks zu hören war.

»Die Frau wäre gut beraten, ab und zu Luft zu holen. Kannst du dir vorstellen, dass sie tatsächlich meine Hände kontrolliert hat, nachdem ich sie gewaschen habe?«, fragte er in gespieltem Unglauben.

»Was machst du hier?« Sadie bereute sofort, wie dumm die Worte klangen, sobald sie aus ihrem Mund gekommen waren. Fiel ihr eigentlich nichts anderes mehr ein?

»Meinst du das im metaphorischen Sinn?«

»Nein. Eher im Sinne von: Was genau hast du hier in dieser Küche und bei diesem Gottesdienst zu suchen, du lästige Nervensäge?«

»Hey! Hüte deine Zunge. Gott könnte dich erschlagen.«

»Wenn hier irgendjemand wen erschlägt, dann bin ich das«, brummelte Sadie. Sie wich seinem Blick aus, zog sich die Kartons heran und holte die Pies heraus.

»Ich habe mich freiwillig gemeldet«, erklärte Jake, während er ihr die Pappteller hinstellte. »Ich war vergangene Woche hier und habe mich fast eine Stunde lang mit Pastor Jay unterhalten. Es gab viel aufzuholen. Dass Mom ein Ferienhaus in Florida gekauft hat. Und was Jessie so vorhat. Es tut gut, wieder in einer Kleinstadt zu sein, wo man sich umeinander kümmert.«

»Wie geht's Jessie?«, fragte Sadie, diesmal herzlicher. Jessie, die mindestens genauso ein Hitzkopf wie ihr Bruder und wahrscheinlich noch sorgloser war, hatte sie immer schon zum Lachen gebracht.

»Sie ist Immobilienmaklerin in New York«, antwortete er stolz.

»Wow!«, hauchte Sadie. »New York? Kaum vorstellbar. Ich bin noch nie aus Poppy Meadows rausgekommen.«

»Moment mal – ernsthaft jetzt?« Jake zog die Brauen zusammen. »Nie?« Er verharrte reglos, seine ganze Aufmerksamkeit war allein auf Sadie gerichtet. Sie schluckte.

»Na ja, ich war schon in dem einen oder anderen Nachbarcounty.« Sie zuckte mit den Schultern und tat nonchalant. »Aber ich bin gerne hier. Ich hatte noch nie das Bedürfnis zu gehen.« Sie bedachte ihn mit einem vielsagenden Blick.

»Poppy Meadows ist toll, aber da draußen ist doch noch eine ganze Welt, Sade«, sagte er kopfschüttelnd.

Sie schnaubte. »Klar, dass du das sagst.«

»Nicht jeder kann wie die großartige Sadie Revelare sein. Manch einer muss erst herausfinden, was er will.«

Einen Moment lang überlegte sie, ihm zu sagen, dass es auch Nachteile hatte, wenn man wusste, was man wollte. Denn nur dann wurde einem auch klar, dass man es niemals bekommen würde. Nicht zu wissen, bedeutete dagegen Hoffnung, Träume, Möglichkeiten. Doch Sadie wandte den Blick von seinen durchdringenden Augen ab.

»Teller«, befahl sie und schob ihm den geschnittenen Pie hin. »Und mach nichts kaputt, oder ich hau dich.«

»In der Stadt munkelt man, dass Magie in deinem Backwerk steckt. Was ist das Geheimnis? Drogen?«

»Nein, eine Superkraft. Ich würde es dir ja erklären, aber es kommt aus dem Inneren und leitet sich von großer Weisheit und Reife ab, und da bist du ja offensichtlich noch nicht angekommen.«

»Offensichtlich nicht. Ich bin noch ein bisschen ungestüm.« Er lehnte sich gegen die Arbeitsplatte und sah sie herausfordernd an. Herausfordernd und einladend. Sie hatten sich immer schon einen kleinen verbalen Schlagabtausch geliefert.

Sie nahm eine berauschende Mischung aus Rasierschaum und Aftershave wahr und wusste nicht, ob sie aus der Küche flüchten oder seinem Duft so nahe wie möglich kommen sollte. Er duftete holzig und süß und …

Vielleicht sollte sie der Versuchung nachgeben. Nur einmal. Dann war sie es los und konnte ihn wieder verabscheuen. Hier ging es nur um die Befriedigung eines Bedürfnisses. Wo war das Problem?

Ohne ihr Zutun bewegte ihr Körper sich auf ihn zu, als könne er nicht anders. Der Raum um sie herum schrumpfte zusammen und schien von allen Seiten näher zu rücken. Sein Atem ging plötzlich schwer, und als sie zu ihm aufschaute, waren seine Augen dunkel wie eine stürmische See.

Er stand absolut reglos da.

Wärme breitete sich in ihr aus, und sie ertappte sich dabei, sich unwillkürlich zu ihm zu neigen – als plötzlich alle Brenner am Herd hinter ihnen gleichzeitig aufflammten.

»Was ist das denn?«, schrie er, schob Sadie automatisch hinter sich und schirmte sie mit ausgestreckten Armen ab. »Die Küche kann nicht den Vorschriften entsprechen. Hier herrscht ja akute Brandgefahr.«

Sadie lachte zittrig und trat um ihn herum. Ihre Hände bebten, als sie die Schalter drehte und die Flammen erstarben.

»Vielleicht muss ich die Dinger einfach nur ersetzen«, sagte er stirnrunzelnd. Sein Blick huschte hierhin und dorthin, als ginge er davon aus, dass jeden Moment anderswo ein Feuer aufflammen konnte. Sadie hatte immer gedacht, dass Jake eine Ahnung von ihren Fähigkeiten hatte, aber entweder hatte er sie nie lange genug in Aktion gesehen, oder sie hatte ihm mehr Kombinationsgabe zugetraut, als er verdiente.

Nachdem er gegangen war, atmete sie tief durch, um sich zu beruhigen. Ihr Körper hatte sich enger an ihn schmiegen wollen, als sie es getan hatte. Aber Jake brach Versprechen wie Zimtstangen. Vielleicht war es doch ein zu gefährliches Spiel. Selbst wenn der Fluch nicht in die Gleichung einfließen würde. Selbst wenn Gigi nicht krank gewesen wäre. Das Risiko war einfach zu groß.

Sie entdeckte Raquel, die mit Alice Grossman sprach, einer älteren Frau, die vorgab, praktisch taub zu sein, obwohl sie das Gehör einer Fledermaus besaß, und marschierte geradewegs auf sie zu.

»Du musst dich zu mir setzen«, zischte Sadie und packte Raquels Arm.

»Entschuldigen Sie mich, Mrs. Grossman«, sagte Raquel in ohrenbetäubender Lautstärke. »Meine unhöfliche Freundin braucht anscheinend Hilfe.«

»Gott schütze dich«, brüllte Mrs. Grossman und nickte mit dem Kopf wie ein Wackeldackel im Auto auf einer holprigen Straße.

»Setz dich zu mir«, sagte Sadie erneut und sah sich suchend im Altarraum um.

»Ich helfe heute im Kindergarten aus«, sagte Raquel stirnrunzelnd. »Was ist denn das Problem? Warum bist du so komisch?«

Raquels Blick schwenkte just in dem Moment zum Eingang des Foyers, als Jake eintrat.

»Ah, *das* ist das Problem. Deins, nicht meins.« Sie setzte eine angewiderte Miene auf und sah Jake fest entgegen, damit es ihm auch ja nicht entging.

»Ich brauche einen Puffer!«, zischte Sadie, als Jake auf sie zukam.

»Jake«, wandte Raquel sich mit einem schmallippigen Lächeln an ihn.

»Freut mich auch, dich zu sehen, Raquel«, antwortete er in einem Tonfall, der keinen Zweifel daran ließ, dass er Raquels unterkühlte Begrüßung erwartet hatte. »Wie geht's dir? Was machst du so?«

»Oh, du weißt schon, Musik an der Schule lehren, mich um meine Katze kümmern. Überlegen, welches Blut man am besten wieder von der Bühne abkriegt – so was eben.«

»Immer das auf Wasserbasis nehmen«, gab Jake ungerührt zurück.

Raquels verengte die Augen zu Schlitzen. »Will ich wissen, woher du das weißt?«

»Jungenstreiche.« Er zuckte die Achseln. »Was ist mit dir und Seth? Seid ihr endlich zusammen?«

»Was?«, fragte Sadie scharf.

»Wo ist Seth überhaupt?«, fragte er an Sadie gewandt. »Ich hab ihn noch gar nicht gesehen. Ihr beiden seid doch praktisch unzertrennlich.«

»Nicht da«, antwortete Raquel für sie. »Und was genau machst *du* hier?«

»Tja, das scheint ja die Frage der Woche zu sein. Eigentlich habe ich nur Gigi Maries Kochkünste vermisst.«

»Sie ist nicht in der Nähe, wie du wahrscheinlich gemerkt hast. Du musst nicht schleimen, wenn sie es nicht einmal hören kann«, sagte Sadie und verdrehte die Augen.

»Dann habe ich vielleicht dein charmantes Augenrollen und deine spitze Zunge vermisst«, gab er zurück. Er begegnete ihrem Blick und zog herausfordernd eine Augenbraue hoch.

»Wenn du sie vermisst hast, hättest du vielleicht nicht gehen sollen«, konterte Raquel bissig. »Wenn ihr mich jetzt bitte entschuldigen wollt. Ich muss in den Kindergarten.«

»Wo sitzen wir, Sade?«, fragte Jake, ohne sich von Raquels schnippischer Bemerkung aus dem Tritt bringen zu lassen.

»Da drüben.« Resigniert führte sie ihn zu ihrer Reihe.

Als sie zum Beten aufstanden, stießen sie immer wieder mit den Schultern aneinander. Sadie versuchte, das sonore Timbre seiner Stimme zu ignorieren, das wie Lavendelhonig in ihre Seele sickerte.

Als Pastor Jay die Gemeinde bat, einander zu begrüßen, lag seine Hand auf ihrer Schulter, als sie ihn widerstrebend den Familien um sie herum vorstellte. Verstohlen versuchte sie, seine Hand abzuschütteln.

»Entschuldigung«, flüsterte er und zog die Hand zurück. »Es ist seltsam, der Neue in einer Stadt zu sein, in der ich eigentlich aufgewachsen bin. Du bist mein Puffer.«

Puffer. Genau das, was Raquel hätte sein sollen, damit Sadie sich Jake vom Leib halten konnte. Die Glut in ihrem Bauch, auf der Jakes Name stand, pulsierte ein wenig. Sie blickte zu ihm auf, und er sah auf sie herab. Das Pulsieren verwandelte sich in ein Leuchten. Hastig gab sie Sand darauf, um es zu ersticken.

Als sie sich wieder setzten, spürte sie seinen Schenkel warm an ihrem.

Warum sind diese verdammten Stühle nicht breiter?

Sadie versuchte, der Predigt zu lauschen, die sich um die

sieben Schalen des Zorns aus der Offenbarung drehte, doch Jake drückte immer wieder sein Knie an ihres.

»Wenn du damit nicht aufhörst, kriegst du *meinen* Zorn zu spüren«, flüsterte Sadie.

»Hört sich gut an«, flüsterte Jake zurück und neigte sich zu ihr, sodass sein Atem über ihren Hals strich. Prompt richteten sich die Härchen an ihren Armen auf.

Verstohlen piekste sie ihn in die Rippen, und sein Brustkorb bebte in stummem Gelächter.

Gigi, die nun zu ihrer Linken saß, versetzte ihr einen Klaps aufs Bein.

Sobald der Pastor den letzten Segen gesprochen hatte und allgemeines Geplauder einsetzte, sprang sie auf.

»Ich muss Gigi nach Hause bringen«, verkündete sie und wandte Jake den Rücken zu.

Während sie aufs Foyer zusteuerten, hörte Sadie ein aufgesetzt perlendes Lachen, drehte den Kopf und sah, dass Annabelle Jake abgefangen hatte. Mrs. Bennett, Annabelles Großmutter, stand mit einem geistesabwesenden Blick neben ihnen. Sadie hatte immer den Eindruck, dass Mrs. Bennetts Verstand ein Kaninchenbau war, in dem die Frau sich schon vor längerer Zeit verirrt hatte.

Jake blickte flehend zu Sadie hinüber, aber sie schenkte ihm nur ein kleines, boshaftes Grinsen.

»Ich freu mich sehr, dass du wieder da bist«, sagte Annabelle mit ihrer zuckersüßen Stimme. »Wir hatten damals wirklich nicht genug Zeit miteinander, nicht wahr?«

Sadie wusste, wie ihr Lächeln aussehen musste, denn vor lauter Süße taten ihr die Zähne weh.

»Oh, ich weiß nicht so recht«, sagte Jake und versuchte, unbemerkt von ihr abzurücken. »Ich bin gar nicht so toll, wenn man mich näher kennenlernt.«

»Quatsch! Vielleicht kann ich dich ja überreden, dem Stadtrat beizutreten.« Sie schnurrte förmlich, als sie die Finger mit den rot lackierten Nägeln um seinen Oberarm schloss. »Wir könnten jemanden wie dich gebrauchen.«

»Oh … ähm …«, begann Jake nervös.

»Spätzchen?«, rief Gigi von der Tür.

»Komme«, antwortete Sadie schadenfroh.

~ ~ ~

»Erinnere mich daran, dass ich für das nächste halbe Jahr bedient bin«, bemerkte Gigi, als sie wieder zu Hause waren. »Sollen die ihren Blödsinn doch unter sich ausmachen.«

Sadie hatte ihre Großmutter genötigt, sich hinzusetzen, und bereitete nun Eiskaffee für sie beide zu. Bambi lag zu Gigis Füßen auf dem kühlen Boden und wartete sehnsüchtig auf die dick mit Butter bestrichenen Toasthäppchen, die sie ihm hin und wieder zu warf.

Sadie hatte es noch nicht geschafft, ihrer Großmutter zu gestehen, dass sie Jakes Welpen gekidnappt hatte. Abby lag auf Gigis Schoß und betrachtete Bambi mit einem, wie Sadie hätte schwören können, überlegenen Blick.

»Komm, so schlimm war's doch gar nicht«, bemerkte Sadie halbherzig, während sie das Karamell in den Gläsern schwenkte. In der Küche war es stickig, also öffnete sie das Fenster über der Spüle und ließ die apfelfrische Luft herein.

»Pfff. Ein Haufen selbstgerechter, bibeltreuer Kleinstadthinterwäldler allesamt.«

»Ein paar vielleicht«, gab Sadie zu. »Aber nicht alle. Und wir sind eine Gemeinschaft.«

»Ich weiß, ich weiß. Ich bin bloß eine griesgrämige, alte Schachtel. Aber du machst immer die Arbeit für alle. Du hörst nie auf. Wenn es nicht das Café ist, tust du etwas für mich oder die Nachbarn oder die Kirche.«

»Da fragt man sich doch, woher ich wohl diese Arbeitsethik habe«, erwiderte Sadie und sah sie bedeutungsvoll an.

»Wahrscheinlich von einer sehr dummen Person.« Gigi lachte laut auf.

»Jedenfalls kennst du meine Einstellung: Lieber *für* andere etwas tun, als sie zu lieben.«

»Liebes, du hast solche Angst vor einem gebrochenen Herzen, dass du es dir eines Tages selbst brichst. Und jetzt gehe ich raus eine rauchen und setze mich danach vor den Fernseher, bis es Zeit fürs Abendessen ist.«

»Denkst du wirklich, dass es schlau ist, wenn du rauchst?«

»Weil der Krebs verschwindet, wenn ich aufhöre? Er sitzt in meinem Bauch, nicht in meiner Lunge, Spätzchen. Und da wir schon dabei sind – ich weiß, dass du noch nicht bereit bist, mir zuzuhören, aber es gibt dennoch einiges, was du wissen musst.«

»Das Einzige, was ich wissen muss, ist, dass der Mond gerade eine Schüssel Kräuter anreichert, damit ich einen Heiltrank brauen kann.«

Gigi schüttelte den Kopf.

»Ich habe gestern *Der Marshal* für dich aufgenommen«, fügte Sadie hinzu. Gigi liebte John Wayne.

»Diesen Schrottfilm? Der Mann sollte sich schämen, diesen Schwachsinn gedreht zu haben«, gab Gigi verächtlich zurück. »Ich suche mir irgendeine alte Folge von *Navy CIS*. Und erinnere mich daran, dass ich den Boden wische, ehe Jake hier eintrifft. Hier sieht es ja schlimm aus.« Den letzten Satz rief Gigi aus dem Wohnzimmer.

Sadie blickte nach unten und sah nicht den Hauch von Schmutz oder Staub. Der Kirschholzboden war voller Schrammen und Kerben, und hier und da waren tiefe Furchen zu sehen, doch er wurde monatlich auf Hochglanz poliert. Gigi pflegte die Böden mit Ehrfurcht und wischte, saugte und schrubbte sie so oft und gründlich, dass sie, wie Sadie annahm, wahrscheinlich gepflegter waren als sie selbst. In Gigis Augen spiegelte ein sauberer Boden ein sauberes Leben wider.

»Jetzt setz dich schon«, sagte Gigi, als beide mit dem Kaffee in der Hand auf der Veranda waren. Sie klopfte auf den Platz neben sich, und Sadie gehorchte. »Und erzähl mir, was du aus deinem Leben machen willst.«

»Was?« Sadie lachte.

»Ich mein's ernst. Es war immer klar, dass ich nicht ewig leben werde. Jetzt kommt zwar alles ein bisschen plötzlich, aber du kannst mir nicht erzählen, dass du nicht schon einmal drüber nachgedacht hast, was passiert, wenn ich nicht mehr da bin.«

»Hab ich aber nicht«, antwortete Sadie wahrheitsgemäß.

»Kindchen, du musst doch mehr wollen, als in einem

ollen Haus mit einer Alten und einem dusseligen Hund zu leben. Du tust doch nichts, außer zu lesen und das Café zu führen.«

Sadie widersprach nicht, denn es war die Wahrheit.

»Okay, diese Stadt steckt uns im Blut. Ich will nicht sagen, dass du unbedingt fortmusst, um es zu etwas zu bringen. Aber ich habe Angst, dass der Fluch dich davon abhält zu träumen. Also noch einmal: Was willst du in deinem Leben erreichen?«

»Ich …«, begann Sadie und suchte nach Worten. »Ich bin glücklich mit meinem Leben.«

»Ich habe auch nichts anderes behauptet. Aber es gibt einen Unterschied zwischen glücklich sein und erfüllt sein. Das Glück spürt man auf der Haut. Die Erfüllung in den Knochen.«

»Ich habe das Gefühl, du willst auf etwas hinaus«, sagte Sadie angespannt.

»Du brauchst keinen Partner, um dich erfüllt zu fühlen. Aber es ist verdammt nett, jemanden zu haben, bei dem man sich anlehnen kann. Und was ist mit dem Kochbuch, dass du schreiben wolltest? Warum hast du das aufgegeben? Oder die Online-Kochkurse, die du mal leiten wolltest?«

Sadie hatte seit Jahren weder an das eine noch an das andere gedacht. Sie war so sehr damit beschäftigt gewesen, das Café zu führen und sich um die Leute aus der Stadt zu kümmern, dass ihr Traum, Rezepte zu teilen und anderen beizubringen, wie man sie richtig nachkocht, auf Eis gelegt worden war.

»Also, hör zu, Herzchen«, fuhr Gigi fort, legte ihre Hand

auf Sadies und tätschelte sie. »Ich gehe noch nicht weg, aber bald wirst du dir die Frage stellen müssen, ob du zufrieden damit bist, einfach nur zufrieden zu sein, oder ob du dich erfüllt fühlen willst.«

Als Sadie kurz darauf allein war, verstärkte sich die Enge in ihrer Brust. Durch Gigis Fragen und ihr Geständnis, an Krebs erkrankt zu sein, einerseits und Jakes Rückkehr andererseits, war ihr bisher vorhersehbares Leben völlig aus dem Ruder gelaufen. Das Wissen, dass ihr seine Anwesenheit egal sein sollte, und diesen Gedanken tatsächlich auch *umzusetzen,* waren zwei komplett unterschiedliche Dinge.

Sie gab einen Tropfen Engelwurz-Öl in ihre Handflächen und inhalierte den Earl-Grey-Duft nach Bergamotte, blumigem Ylang-Ylang und erdigem Sandelholz. Das Öl versprach Schutz und Positivität, und davon brauchte sie jeden noch so jämmerlichen Fetzen, den sie bekommen konnte.

Sie blickte auf die Uhr. In ein paar Stunden würde Jake kommen. Wenn sie ehrlich war, schuldete er ihr nichts. Nicht wirklich. Klar, er hatte ihr ein *für immer* versprochen, aber das war ein übermütiger Schwur eines Teenagers gewesen, der mit klebrigem Beerensaft und den wahrheitsfördernden Eigenschaften der Chrysantheme durchsetzt gewesen war.

Zumindest ging Sadie davon aus, dass er es so empfunden hatte. Für sie war es natürlich der Katalysator gewesen, der den Kurs ihres Lebens festgelegt hatte. Aber vielleicht, ganz vielleicht konnten sie ja doch freundlich miteinander umgehen.

Auf jeden Fall würde es das Leben einfacher machen.

Denn selbstverständlich würde sie ihm in der Stadt über den Weg laufen, aber sie musste ihn ja nicht in ihr Herz lassen. Sie konnte ihre Schutzmauern verstärken.

Mit diesem Gedanken begann sie mit der Zubereitung der Orangen-Balsamico-Marinade für das Hähnchen, das sie später grillen würde, und der Zitrusduft weckte Erinnerungen an den Sommer. Der Lärm des Fernsehers drang vom Wohnzimmer in die Küche, und als sie gerade die Orangeschale reiben wollte, klopfte es an der Eingangstür.

»Ich geh schon«, trällerte sie und wischte sich die Hände an der Schürze ab. Sie trug noch immer das kurzärmelige rote Wickelkleid, das sie für die Kirche angezogen hatte, und stellte fest, dass ein paar Tröpfchen Olivenöl auf ihrem Rock gelandet waren. Das war so typisch. Ihr Hirn arbeitete in der Regel schneller als ihre Hände, was häufig in Zahnpasta auf ihrem T-Shirt, Kaffeesatz auf der Küchentheke und aus dem Regal fallende Gegenstände resultierte, die sie zu hastig dort hineingestopft hatte.

»Jake!«, schrie sie überrascht, als sie die Tür öffnete. »Du bist … ähm … zu früh.« Hastig zog sie die Tür wieder ein bisschen weiter zu und warf einen Blick ins Wohnzimmer, wo Bambi es sich auf der Couch gemütlich gemacht hatte.

»Ich dachte, ich könnte dir beim Kochen helfen, weil ich ja nichts mitbringen sollte. Obwohl ich mich drüber hinweggesetzt habe.« Er hielt zwei Flaschen Wein hoch. »Pinot Grigio, weil ich ja weiß, dass du nicht gerne Roten trinkst, und einen Zinfandel für den Fall, dass du dich heute verwegen fühlst und etwas Neues ausprobieren willst.«

Sadie stand einfach nur da, starrte ihn an und überlegte

verzweifelt, was sie sagen sollte, als sie ein ganz leises Winseln aus dem Wohnzimmer hörte.

»Willst du mich nicht reinlassen?«, fragte er.

»Ich … oh, klar. Nur … ähm … eine Sekunde, okay?« Und damit machte sie ihm die Tür vor der Nase zu. »Bambi!«, zischte sie. »Hierher!«

»Was hast du denn mit dem Hund vor?«, fragte Gigi in voller Lautstärke.

»Scht.« Sadie wedelte mit den Händen, um Gigi zum Schweigen zu bringen. »Ich bring ihn in mein Zimmer. Jake ist hier, und ich … äh … weiß nicht, wie er auf Fremde reagiert.«

»Jake oder der Hund?«, fragte Gigi mit verengten Augen.

Sadie gab keine Antwort, sondern eilte die Treppe hinauf, während Bambi ihr neugierig folgte.

»Braver Junge«, sagte sie und streichelte ihn. »Ich bieg das hin, versprochen.« Dann befahl sie ihrem Herzen, das wilde Pochen einzustellen, aber wie gewöhnlich gehorchte es nicht. *Hier geht's bloß um den Hund*, redete sie sich ein und widerstand dem Bedürfnis, in den Spiegel zu sehen und sich zu vergewissern, dass der Eyeliner nicht verschmiert war.

Eine Sekunde später öffnete sie die Haustür erneut. Jake drehte sich zu ihr um, und sie lächelte und vergaß sogar einen Moment lang, sich den Kopf darüber zu zerbrechen, wie sie sich ihm gegenüber verhalten sollte. Schließlich war er ja immer noch Jake. Es konnte doch nicht so schwer sein, ganz normal miteinander umzugehen. Sie musste ihre gemeinsame Vergangenheit bloß mit einem Pflaster in der Größe von Texas verdecken.

»Okay. Komm rein.« Sie trat zur Seite.

»Und? Alle Zauberbücher und Tropfkerzen versteckt?«, fragte er mit hochgezogenen Brauen.

»Und auch die Tiereingeweide, die wir zum Weissagen brauchen. Aber du musst wirklich nicht beim Kochen helfen.«

»Na ja, was hätte ich sonst machen sollen? Allein in meinem Motelzimmer sitzen?«

»Du kannst deine eigene Gesellschaft nicht ertragen? Da bin ich ganz bei dir.«

»Sei nett zu unserem Gast«, rief Gigi aus dem Wohnzimmer.

»Hör auf deine Großmutter«, bemerkte Jake in feierlichem Tonfall und mit einem Funkeln in den Augen.

Sadie holte aus, um ihm einen Klaps auf den Arm zu verpassen, aber er sprang zur Seite. Am liebsten hätte sie ihn darauf hingewiesen, dass nicht sie ihn eingeladen hatte. Verflixte Gigi und ihre Ideen. Was hatte sie damit überhaupt bezweckt?

»Gib mir die«, sagte sie, nahm ihm die Weinflaschen ab und machte auf dem Absatz kehrt.

Jake folgte ihr in die Küche und sah zu, wie sie den Pinot Grigio entkorkte. Natürlich erinnerte er sich, dass sie keinen Rotwein mochte.

»Was kann ich tun?«, fragte er, wie immer viel zu hilfsbereit.

Dorthin verschwinden, woher du gekommen bist?

Nie weggegangen sein?

Mich vielleicht küssen?

Klappe, Sadie.

Stumm reichte sie ihm ein Glas Wein und ignorierte das sanfte Zupfen an ihrem Herzen.

»Und danke noch mal, dass du mich Annabelle ausgeliefert hast.«

»Manchmal ist es die beste Strafe, jemanden sich selbst zu überlassen. Ich meine, was hast du erwartet? Du bist *das* Stadtgespräch.«

»Schön zu wissen, dass sich manches dann doch nicht ändert.« Er grinste.

»Klarer Fall von Selbstüberschätzung. Entzückend!«

»Du kümmerst dich nie darum, was andere denken. Das habe ich immer schon an dir bewundert.«

Auf der Stelle beschloss sie, ab jetzt immer ein kleines Sträußchen weißes und lila Heidekraut bei sich zu tragen, nur um sicherzugehen. Denn es waren Bemerkungen wie diese, die Erinnerungen entstaubten und ihr ins Gedächtnis zurückriefen, wie gut er sie kannte. Besser als jeder andere außer Seth.

Statt zu antworten, gab sie ihm ein Messer und deutete auf einen Haufen Zwiebeln, die gehackt werden mussten.

»Ja, Ma'am«, erwiderte er lächelnd.

Sie arbeiteten in angenehmem Schweigen und bewegten sich wie Wasser umeinander herum, geübt und geschmeidig. Als sein Arm gegen ihren stieß, reagierte ihr Körper sofort mit Gänsehaut. Und als sie die Butter aus dem Kühlschrank holte, war sie in ihrem Behältnis bereits geschmolzen.

Von oben kam ein scharrendes Geräusch.

»Gigi nimmt immer noch Streuner auf?«, riet Jake.

»Ähm … ja.« Ihr Lachen klang sogar in ihren eigenen Ohren irre, und sie wich seinem Blick aus.

»Weißt du, eine Sache, auf die ich mich richtig gefreut habe bei dem Gedanken, wieder herzuziehen, war, dass ich mir endlich einen Hund zulegen konnte. Ich habe einen wunderbaren schokobraunen Labrador-Welpen bekommen, aber der Dussel ist abgehauen, als ich das Haus besichtigt habe.«

»Oh, echt jetzt? Also, das ist ja … ähm … blöd«, sagte sie mit weit aufgerissenen, unschuldigen Augen, obwohl ihre Brust sich mit etwas füllte, das sich erschreckend nach schlechtem Gewissen anfühlte. »Vielleicht hättest du die Telefonnummer auf sein Halsband gravieren sollen. Wie man es als verantwortungsbewusster Hundebesitzer tut.«

»Der Prägeapparat in der Tierhandlung war kaputt. Ich hab ein Schildchen bestellt und es mir ins Motel schicken lassen, Miss Besserwisserin.«

»Oh.« Sadie machte ein langes Gesicht. *Verdammt!*

Bambi winselte und bellte, und Jake verengte die Augen. Auf seiner Miene zeichnete sich ab, dass es ihm zu dämmern begann.

»Ich lasse Bambi raus«, rief Gigi, ehe Jake noch etwas sagen konnte.

»Nein!«, brüllte Sadie, aber ein paar Sekunden später sprang besagter Labrador bereits in die Küche.

»Chief!«, rief Jake und ließ sich auf die Knie fallen, als der Hund ihn auch schon mit seiner nassen Schnauze küsste. Mit geschürzten Lippen blickte Jake vom Boden zu Sadie auf. »Du hast meinen Hund geklaut?«

»Was? Ich meine … *nein*! Er … er ist einfach in unseren Garten gekommen. Und wollte unbedingt bleiben. Ich habe versucht, ihn zum Gehen zu überreden. ›Fort, Hund, fort!‹, hab ich gesagt. Aber er wollte nicht hören, und … und … und ja! Ich hab ihn geklaut. Aber ich wusste es doch nicht«, stammelte sie, während ihr der Schweiß ausbrach.

Jake schnaufte verärgert. »Sadie, wir sind hier auf dem Land! Lärm wird weit getragen. Hast du mich gestern Abend nicht nach ihm rufen hören?« Er stand auf und verschränkte die Arme, und Sadie hätte schwören können, dass er sich ein Lächeln zu verkneifen versuchte.

»Es war gedämpft«, murmelte sie und starrte auf ihre Schuhe.

»Sadie Kathryn Revelare«, sagte Gigi barsch, die im Türrahmen erschienen war. »Hast du gewusst, dass das sein Hund war?«

»Ich hatte die Möglichkeit in Erwägung gezogen, ja.«

In diesem Moment begann der Welpe zu bellen, als es erneut an der Tür klopfte. Raquel trat mit den Armen voller Stoff ein, während der Hund sich diesen Augenblick aussuchte, um sich zu erleichtern, der Timer zu schrillen begann und das Wasser auf dem Herd überkochte.

So lief das üblicherweise nicht, und in Sadies Schläfen begann es zu pochen.

»Jake, mach du bitte den Grill an«, sagte Gigi, die sofort das Kommando übernahm. »Sadie, du bringst den Hund nach hinten, damit er sein Geschäft zu Ende erledigen kann, und bring mir auf dem Rückweg Basilikum mit.

Und Raquel, Liebes, hol mir bitte ein paar Tücher, damit ich den Boden wischen kann.«

Alle zerstreuten sich, um ihre jeweiligen Aufgaben zu erledigen. Sadie folgte Jake und Bambi mit gesenktem Kopf nach draußen.

»Ich kann noch immer nicht fassen, dass du mir meinen Hund geklaut hast«, sagte Jake, der sich wieder ein Lachen verkneifen musste. »Ernsthaft jetzt? Dognapping? Los, Kleiner«, fügte er, an den Hund gewandt, hinzu und führte ihn hinter den Lavendel.

»Es war Zufall«, sagte sie, kniete sich in die Erde und zupfte behutsam Basilikumblätter ab.

»Na klar«, bemerkte er und lachte endlich laut auf. Sadie ließ das auf sich wirken. Sie musste Jake nicht in ihr Herz lassen, aber sie konnte dennoch genießen, wie angenehm es bei seinem Lachen in ihrem Inneren zog.

»Ich hätte ihn dir schon zurückgegeben. Ich wollte nur vorher sicherstellen, dass du es auch wert bist. Sich um einen Hund zu kümmern, ist viel Arbeit.«

Sadie hörte das Klicken und Aufflammen des Grills von der Terrasse und fuhr heftig zusammen.

»Ganz schön arrogant, Madame«, bemerkte er und lehnte sich an einen Pfosten. »Ich bin vielleicht nicht besonders gut darin, mich ausschließlich einer Aufgabe zu widmen, aber wenigstens raste ich nicht gleich bei der kleinsten Störung meines perfekt gestalteten Lebens aus.«

»Wenn mein Leben perfekt gestaltet wäre, wärst du wohl kaum zum Essen hier, oder?«, konterte sie, aber es fehlte die Schärfe in ihren Worten.

Gigis Stimme erklang aus der Küche. Sie sahen einander einen Moment lang an, dann gingen sie hinein. Wenn Gigi rief, folgte man besser. Sie gab weitere Marschbefehle, und dann war keine Zeit mehr für müßiges Geplauder, da Huhn und Zucchini auf den Grill gelegt, der Salat geschleudert und das mit Honig glasierte Maisbrot in den Ofen geschoben werden musste.

Sadie genoss die Hitze, als sie die Zucchini wendete, damit sie von jeder Seite gegart und gebräunt waren. Aufgaben ließen sich leichter handhaben als Gefühle.

Der leichte Wind schmeckte süß nach einer Prise Versprechen und einem Hauch Holzkohle. Bambi kläffte fröhlich, und in der Küche klapperte Geschirr. Wenn sie die Augen zumachte, würde sich nichts verändert haben. Ein ganz normaler Abend. Ein Essen mit Familie und Freunden. *Ich schaff das*, sagte sie sich, ohne es wirklich zu glauben, aber gewillt, es dennoch zu tun – und war nicht eigentlich das entscheidend?

»Essen ist fertig!«, rief Gigi, als Sadie die Teller mit Fleisch und Gemüse hereinbrachte.

»Wo ist Seth?«, fragte Jake und sah sich um, als alle ihre Plätze einnahmen.

Sadie blickte aufmüpfig in die Runde. Gigi runzelte die Stirn. Raquel antwortete.

»Er ist nicht in der Stadt«, sagte sie schlicht, und das stimmte schließlich. »Ich habe die Rechte an *Carrie* bekommen«, fügte sie hinzu und sah zu Sadie hinüber, die dankbar für den Themenwechsel war. »Als der Musical-Film rauskam, floppte er ziemlich, daher war es vergleichsweise billig für die Schule. Und es ist zum Glück nicht allzu viel Choreografie drin. Ich will den Kids nicht unbedingt meine Dance Moves aufzwingen.«

»Soll ich helfen?«, fragte Jake. »Ich bin bekannt für mein tänzerisches Talent.« Er bewegte den Arm im Roboterstil.

»Ähm … danke, aber nein danke.«

Sadie war überrascht, ihre beste Freundin lachen zu hören.

»Was ich wirklich brauche, ist jemanden, der das mit dem Licht übernimmt. Mr. Mason, der Mathelehrer, hilft mir mit dem Konzept – anscheinend ist er masochistisch veranlagt –, kann aber bei der Aufführung selbst nicht dabei sein.«

»Kann ich machen«, sagte Jake, diesmal ernst.

»Warum?« Raquel verengte die Augen zu Schlitzen.

»Ich war auf derselben Schule, weißt du noch? Du musst mir nur sagen, was ich tun soll.«

Sadie sah den Gewissenskonflikt in Raquels Miene. Sie wollte seine Hilfe nicht annehmen, aber einem geschenkten Gaul sah man bekanntlich nicht ins Maul. Oder in diesem Fall einem geschenkten Feuerwehrmann.

»Okay«, sagte sie langsam. »Sobald wir das Lichtdesign fertig haben, zeige ich es dir. Aber wenn du mich hängen lässt, hetze ich dir die Kinder auf den Hals.«

»Deal.« Sein tiefes, rumpelndes Lachen fand seinen Widerhall in Sadies Herzen.

»Better to screw than get screwed«, sagte Raquel und sah Sadie erwartungsvoll an.

»You probably think it's bizarre«, fuhr Sadie mit der nächs-

ten Zeile aus dem Song »The World according to Chris« aus *Carrie* fort.

»*But that's the way things are*«, schmetterten beide gleichzeitig.

»Ihr zwei macht mir Angst«, bemerkte Jake und sah von einer zu anderen.

»Raquel hat mich genötigt, die Texte sämtlicher Musicals seit Anbeginn aller Zeiten auswendig zu lernen, und *Carrie* war nun mal immer schon eines ihrer Lieblingsstücke.«

»Kleinstadt, irre Mutter, eine Pubertierende, eimerweise Blut – das ist praktisch meine Biografie. Mehr kann man sich doch gar nicht wünschen.«

Während des Essens saß Sadie wie auf glühenden Kohlen, und wenn sie nicht gerade im Geist an den Nägeln kaute, reichte sie den Brotkorb herum, schenkte Wasser nach und drängte Raquel und Jake, sich eine weitere Portion zu nehmen.

Stumm verzehrten sie schließlich Sadies Kürbis-Ingwer-Pie. Sie hatte das Dessert eigentlich für sich gebacken und dabei Don McLeans *American Pie* vor sich hin gesummt. Der Ingwer sollte den Traditionen Stabilität hinzufügen, der Kürbis Mut verleihen, Neues zu wagen.

In der Stille am Tisch aß Sadie geistesabwesend ein paar Happen Pie. Jake, der bereits ein zweites Stück hatte, wischte den Teller mit den Zinken der Gabel sauber. Sobald er fertig war, sprang Sadie auf und begann, die Teller einzusammeln.

»Stell das sofort wieder hin, junge Dame«, befahl Gigi.

»Ich habe nachher noch alle Zeit der Welt, in Ruhe abzuwaschen.«

»Gigi, Sadie, ich habe seit Monaten nicht mehr so lecker gegessen«, sagte Jake und rutschte mit seinem Stuhl zurück. An Gigi gewandt, fügte er hinzu: »Sicher, dass ich nicht helfen soll?« Als sie nur drohend eine Augenbraue hochzog, lachte er, dann warf er Sadie einen Blick zu. »Lass uns gehen.«

»Gehen? Wohin?«

»Einfach nur ein bisschen spazieren.«

Das »Nein« lag auf ihrer Zungenspitze. Aber Kürbis und Ingwer arbeiteten schwer in ihrem Körper, sickerten ein und pulsten durch ihr Blut. Ihr fiel ein halbes Dutzend Unhöflichkeiten zu sagen ein, aber nichts davon kam heraus.

Sein Blick wurde weich. »Bitte, Sade. Ich … ich muss dir etwas sagen.« Sie zog die Brauen hoch und verschränkte die Arme, und als erwarte er ein barsches *»Na, dann sag doch«*, fügte er »Unter vier Augen« hinzu.

Irgendetwas war in seinen Augen, als er sie ansah. Herrje, was sollte er schon zu sagen haben? »Ich sollte Gigi helfen…«

»Wag es ja nicht, mich als Ausrede zu benutzen. Ich komme hier bestens zurecht. Und Raquel und ich arbeiten an den Kostümen. Geh schon.«

Sadies Blick verschränkte sich mit Gigis, und sie rangen stumm, doch wie immer verlor Sadie. Sie seufzte, und Jake grinste.

»Wir sind gleich zurück, Bambi«, sagte er und rieb den Bauch des Welpen, der sich auf dem Boden ausgestreckt hatte. Als Sadie ihn mit hochgezogener Braue ansah, zuckte er die Achseln. »Passt besser als Chief. Er fällt immer über die eigenen Pfoten.«

Sie blickte zu Raquel, die den Tisch abräumte und dabei ein bisschen zu überschwänglich *Unsuspecting Heart* – ebenfalls aus *Carrie* – trällerte.

Ihr eigenes Herz schwamm in ihrer Brust, als sie den Pfad am Waldrand entlang nahmen. Die Grillen zirpten, und Sadie wünschte sich, dass sie ein Glas Wein mitgenommen hätte. Das Schweigen dehnte sich aus. Wenn er etwas zu sagen hatte, würde sie es ihm nicht aus dem Kreuz leiern.

Und als die Sonne unterging und sich alles golden färbte, versuchten sie, inmitten der tosenden Wellen von Unsicherheit und Nervosität über Wasser zu bleiben.

»Also, was ist los mit Seth? Warum wird so ein Geheimnis darum gemacht? Ist er im Knast gelandet, oder was?«, durchbrach Jake schließlich das Schweigen. Sie zuckte zusammen.

»Er ist weg«, antwortete sie, und es war nicht einmal gelogen. Das war eine der Regeln zwischen ihnen, die sie vor zehn Jahren aufgestellt hatten, und in Sadies Verständnis war sie noch gültig. Diese Art von Versprechungen änderten sich einfach nicht, nicht bei jemandem wie Jake. Was immer auch geschah – sie würden sich die Wahrheit sagen.

»Wo ist er hin? In die Unterwelt? Nach Mexiko?«

»Ich habe absolut keine Ahnung, okay? Er war eines Tages weg. Das war's. Mehr weiß ich nicht.« Die Worte kamen hart heraus, härter, als sie es beabsichtigt hatte.

Obwohl es schon ein Jahr her war, ertrug sie es nicht, darüber zu reden. Keine Antworten zu haben. Es war wie ein Kontrollverlust, und Sadie mochte die Dinge eben lieber klar, übersichtlich und geordnet.

»Verdammt«, sagte er sanft. »Das tut mir leid, Sade.«

»Schon okay – merkst du nicht, dass ich drüber hinweg bin?« Sie lachte verbittert. »Wie auch immer – Rock Creek, hm?« Sie musste das Thema wechseln. »Willst du es kaufen? Ich habe das Haus immer geliebt.«

»Weil du auf kaputte Dinge stehst«, sagte er betont.

»Sie haben eben einen gewissen Charme, der von allen anderen übersehen wird, oder so ähnlich.« Wieder lachte Sadie, aber nun klang es halb erstickt. Der Pfad verengte sich, und Jakes Arm stieß gegen ihren. Sie versuchte zu ignorieren, dass prompt Funken über ihre Haut rasten.

Sie wanderten gute zwanzig Minuten weiter, bis sie an einen Teich kamen, und Sadie hielt an, trat die Schuhe von ihren Füßen und ließ die Erde in sich dringen.

Die Luft war feucht, die Grillen zirpten hier lauter – leider nicht laut genug, um das Hämmern ihres Herzens zu übertönen. Sie blickte zu den Seerosen, die verschlafen auf der Wasseroberfläche dümpelten, zum Dickicht am Ufer und den Brombeersträuchern dahinter. Sie erinnerte sich noch gut, wie Seth und sie stundenlang Beeren gepflückt hatten, nur um mit lila Zungen, zerstochenen Fingern und fast leeren Körbchen nach Hause zu kommen. Wenn sie doch nur die Vergangenheit hätte loslassen können, wie andere es anscheinend konnten – vielleicht wäre die Zukunft dann nicht mehr so beängstigend. Aber Erinnerungen lebten in Sadie ewig. Unauslöschlich. Die guten wie die schlechten.

»Was geht gerade in deinem Kopf vor?«, fragte Jake, der hinter sie trat.

»Was mache ich hier?«, erwiderte sie stattdessen. »Was machen *wir* hier?«

Jake seufzte und legte ihr die Hände auf die Schultern. Sadie blieb absolut reglos stehen und erlaubte sich, einen stillen, leuchtenden Moment lang in dieser Berührung zu schwelgen. Wärme sickerte in sie und sammelte sich in ihrer Magengrube, wo sie sich jeden Moment zu Verlangen wandeln würde.

»Wenn du nicht mit mir hast gehen wollen, warum hast du dann Ja gesagt?«, fragte er.

»Wann habe ich dir je etwas abschlagen können?«

»Oft, wenn ich mich richtig erinnere.« Sein Lachen war leise und randvoll mit Erinnerungen. »Hör zu. Ich habe dich gebeten, ein Stück mit mir zu gehen, weil ich dir etwas sagen muss.«

Ihr sank der Mut.

»Fast dieselben Worte habe ich vor wenigen Tagen schon einmal gehört, und dann musste ich Dinge erfahren, von denen ich lieber nicht gewusst hätte. Deshalb – nein danke. Was immer es ist, ich will es nicht wissen.«

»Du kannst nicht alles kontrollieren, Sadie.« Er seufzte. »Das habe ich auf die harte Tour gelernt.«

»Glaubst du nicht, dass ich das auch weiß?« Sadie wandte sich zu ihm um. Was, wie sie sofort erkannte, als sie ihm in die Augen blickte, ein böser Fehler war. Sie wich einen

Schritt zurück und spürte den kalten Ufersand unter ihren Füßen.

Sei nicht blöd, Sadie, schalt sie sich selbst. *Du willst das hier nicht.* Aber die Lüge schmeckte bitter und scharf wie weiße Pfefferkörner. *Geh doch einfach.* Nur wollten ihre Füße sich nicht bewegen.

»Was ist aus dem ungezähmten Mädchen geworden, das ich mal kannte?«, fragte er und trat einen Schritt vor, während sie erneut einen zurück machte.

»Mir ist mein Herz zweimal gebrochen worden«, antwortete sie.

Das Wasser schwappte an ihre Fersen, und sie schloss die Augen, als ihr Atem plötzlich stoßweise kam. Sadie störte sich nicht an schmutzigen Füßen, sie ging barfuß, wann immer möglich, aber nur an Land. Trübes oder gar schlammiges Wasser war ihr unheimlich. Es gruselte sie, nicht zu sehen, was unter der Oberfläche war. Nicht kontrollieren zu können, worauf ihr Fuß landete.

»Vielleicht brauchst du einfach nur jemanden, der dir dabei hilft, mal wieder ein wenig zu leben.« Er kam noch einen Schritt auf sie zu, und das Wasser überspülte Sadies Füße.

»Warum tust du mir das an?«, fragte sie.

»Weil ich es immer noch liebe, dir dabei zuzusehen, wie du lockerer wirst«, antwortete er mit tiefer Stimme.

»Du bist ein Arschloch.« Fest stieß sie ihn gegen die Brust, doch er bewegte sich kaum.

»Und du ein Kontrollfreak«, konterte er und schubste sanft zurück. Sadie taumelte rückwärts und stand plötzlich bis zu den Waden im Wasser. Ein Schauder schüttelte ihren Körper. Bestimmt befanden sich unter Wasser alle möglichen schrecklichen Dinge: Fische, die sich an ihren Zehen gütlich tun würden, oder mit schleimigen Algen überzogene Steine.

»Komm schon«, neckte er sie. »Trau dich und spring rein.« Er zog sein Sweatshirt über den Kopf, knüllte es zusammen und warf es ans trockene Ufer. Als Nächstes kam das T-Shirt. Sadie hielt ihren Blick starr auf sein Gesicht gerichtet, und ihre Augen brannten vor Anstrengung.

»Du spinnst doch«, hauchte sie.

Aber schon bewegte er sich wieder auf sie zu und schob sie immer weiter ins Wasser und raus aus ihrer Komfortzone – wie er es immer schon getan hatte. Der Saum ihres Kleids berührte die Wasseroberfläche, dann klebte er schon an ihren Beinen.

»Einfach weiteratmen«, sagte er mit ruhiger Stimme.

Doch das war leichter gesagt als getan. Diese neue Version von ihm, dieser sanfte, freundliche, behutsame Jake … er würde ihr Untergang sein.

»Was war das?«, quiekte Sadie entsetzt, als sich die Oberfläche keine drei Meter entfernt kräuselte.

Jake lachte und drehte sich zu der Stelle um, auf die sie deutete. In exakt demselben Moment berührte etwas Sadies Wade. Sie schrie auf und sprang in der Not auf Jakes Rücken, umklammerte verzweifelt seinen Hals und schlang ihre Beine um seinen Torso – alles, nur raus aus diesem trüben Wasser.

»Hey, was soll das?«, brachte Jake halb erstickt vor Lachen hervor.

»Da war was an meinem Bein«, rief sie atemlos und umklammerte seinen Hals fester. Sein Körper war warm, und sie überlegte einen Moment, ob sie ihre Wange auf seine Schulter legen sollte, nur ganz kurz. Wie leicht es wäre, so zu tun, als sei sie, wie man in ihrem Alter eben war. Und zum ersten Mal seit Jahren fragte sie sich, wie viel ihre Magie ihr genommen hatte.

Jake tastete im Wasser und zog einen Büschel Seegras heraus.

»Du hast echt Glück gehabt. Es hätte dir dein Bein ausreißen können«, sagte er todernst.

Sadie stöhnte. »Haha. Okay, ich bin ein großes, dickes Baby. Du darfst dich ewig über mich lustig machen. Solange du mich jetzt bitte ans Ufer trägst.« Je länger sie um ihn geschlungen war, umso deutlicher wurde ihr sein Körper bewusst. Und seine Nähe. Alte Empfindungen drohten zu erwachen, und sie war sich nicht sicher, wie lange sie dagegen ankämpfen konnte. Oder ob sie es überhaupt wollte.

»Oh, das könnte ich«, sagte er, und sie hörte das Lächeln aus seiner Stimme heraus. »Aber ich glaube, das hier macht viel mehr Spaß.«

»Wag es ja nicht«, zischte sie, als er tiefer ins Wasser stapfte. »Jacob Theodore McNealy«, brüllte sie und trommelte mit den Fäusten auf seine Brust ein. »Hör sofort damit auf.« Er stand jetzt bis zur Taille im Wasser, und Sadie versuchte, seinen Körper weiter hinaufzuklettern.

»Okay«, sagte er. Und ohne weitere Warnung sprang er hoch und ließ sich mit ihr auf dem Rücken wie ein gefällter Baum rückwärts ins Wasser plumpsen. Die Kälte raubte ihr den Atem und fuhr ihr in die Glieder.

»Du Mistkerl«, spuckte und prustete sie, während sie sich das Wasser aus den Augen wischte. »Du bist wirklich das Hinterletzte.« Aber sie konnte nicht verhindern, dass auch in ihr Gelächter aufblubberte.

»So schlecht war das nicht, oder?« Mit Sadie auf dem Rücken watete er zurück ans Ufer. Seine Haut war glitschig und glänzte im schwindenden Licht. Ihre Zunge fühlte sich plötzlich dick in ihrem Mund an. Als sollte sie etwas damit anstellen. Etwas, das mit der Stelle direkt unter Jakes Ohr in Verbindung stand.

Sobald Jake festen Boden unter den Füßen hatte, sprang sie von seinem Rücken. Ihr rotes Wickelkleid klebte an ihrem Körper, und Wasser tropfte vom Saum. Sie schauderte in der kühlen Herbstluft, als Jake ihr behutsam eine nasse Strähne von der Wange strich.

»Hat es Spaß gemacht?«, fragte er.

»Es hat Spaß gemacht«, stimmte sie zu und nickte widerstrebend.

Ihre Hände zuckten an ihren Seiten. Hätte sie ihre Schürze getragen, hätte sie sie nun daran abwischen oder das Band um ihren Finger wickeln können. So aber juckte es sie, mit den Händen seine Arme und Schultern aufwärts zu streichen und die Finger in seine Haare zu schieben.

Ohne es zu wollen, trat sie einen Schritt auf ihn zu. Zu gerne hätte sie ihn angefasst. Nur um sicherzustellen, dass er wirklich echt, dass er tatsächlich zurückgekommen war.

»Sadie«, sagte er leise.

Er beugte seinen Körper nach vorn, als sei sie ein Magnet.

Das Quaken der Frösche, das Zirpen der Grillen und das Plätschern des Wassers fügten sich zu einer ganz eigenen Symphonie zusammen.

Sie beide waren vollkommen still.

Sie wartete. Auf etwas. Irgendetwas. Dass er ihr sagte, er sei wegen ihr zurückgekommen. Dass er noch einmal von vorne beginnen wollte. Dass ihm in den vergangenen zehn Jahren ein Stück von sich selbst gefehlt hatte.

Sein Schweigen klang ohrenbetäubend laut.

»Ich kann nicht glauben, dass du wirklich hier bist«, flüsterte sie. Ihr Körper, der in der kühlen Luft dampfte, sehnte sich danach, sich an ihn zu schmiegen und von seiner Wärme zu profitieren. Und ganz plötzlich veränderte sich etwas in ihm. Er versteifte sich, wich zurück und nahm die Wärme mit.

»Darüber wollte ich mit dir reden.« Seufzend sah er sie an.

Bevor sie reagieren konnte, klingelte ihr Handy. Und der Klingelton trieb ihren Puls blitzartig in die Höhe.

Sie riss ihren Blick von Jake und sah sich hektisch nach der Jacke um, die sie ausgezogen hatte, als sie angekommen waren. Das Geräusch des plätschernden Wassers verblasste. Ihre Hand umfasste das Handy so fest, dass ihre Finger wehtaten, und ihr Blick verschwamm, als sie die Nummer und das Bild auf dem Display sah.

Sie hätte ihn ignorieren sollen. Das würde ihm recht geschehen. Aber sie hatte den Gedanken noch nicht einmal im Kopf zu Ende formuliert, als sie das Handy schon am Ohr hatte.

»Was ist?«, fauchte sie.

»Gigi«, sagte er nur. Am liebsten hätte sie seine Stimme umarmt und ihn gleichzeitig erwürgt. »Sie ist gestürzt. Wir sind auf dem Weg ins Krankenhaus. Du musst kommen.«

Orangen-Balsamico-Marinade

Orangen stehen für Anziehungskraft, Entschlossenheit und Erfolg. Kombiniert helfen sie dem, der sie zu sich nimmt, die Person zu verführen und zu erobern, auf die man ein Auge geworfen hat. Wenn die betreffende Person bereits Interesse zeigt, umso besser.

Zutaten

¼ Tasse Olivenöl (Extra Vergine)
3–5 EL Balsamico-Essig (je nach Geschmack)
2 EL Dijon-Senf
½ TL Salz
½ TL Pfeffer
Zesten und Saft einer Orange (oder ¼ Tasse Orangensaft)
¼ Tasse Honig

ZUBEREITUNG

1. Öl, Essig, Senf, Salz, Pfeffer, Orangensaft und -schale verrühren. Huhn mindestens eine Stunde darin marinieren.
2. Marinade in einen Topf geben und auf die Hälfte einkochen lassen.
3. Hähnchen während der Brat- oder Grillzeit alle 5–10 Minuten damit glasieren.

Sechs

~

Sadies Inneres war in heller Aufregung. Bei jeder Bewegung rebellierte ihr Magen. Mit Jake dicht auf den Fersen, war sie nach Hause gesprintet, wo er darauf bestanden hatte, sie ins Krankenhaus zu fahren, das sich zwanzig Minuten außerhalb von Poppy Meadows in der etwas größeren Stadt Aurelia befand. Panisch, wie sie war, hatte sie ihm nicht widersprochen.

Jake parkte den Wagen, und Sadie lief hinein, nur um zu erfahren, dass Gigi gerade geröntgt wurde. Ihr Herz setzte einen Takt aus, als sie Seth im Flur an der Wand lehnen sah. Er war nur ein paar Zentimeter größer als sie, aber stämmiger und breiter, und im Krankenhauslicht wirkten die Sommersprossen wie ausgewaschen. Es war das Gesicht ihrer Kindheit, die männliche Version dessen, was sie Tag für Tag im Spiegel sah. Er hatte dunkle Ringe unter den Augen und etwas Schwermütiges in seiner Miene.

»Seit wann bist du wieder da?«, fragte sie, während sie ihn an sich zog.

»Seit ungefähr fünfundvierzig Minuten.«

Jake kam zu ihnen und drückte Sadie einen Kaffee in die Hand. Sie blickte in den Becher und entdeckte erstaunt, dass ihre Arme in seinem Sweatshirt steckten. Wann hatte sie es über ihr noch immer feuchtes Kleid gezogen? Jetzt erinnerte sie sich, dass er die Heizung im Auto voll aufgedreht und die Lüftung auf sie gerichtet hatte.

»Danke«, brachte sie hervor. Ihr hell leuchtender Zorn auf Seth erlosch so schnell, wie er aufgeflammt war. »Aber du musst nicht hierbleiben. Du kannst ruhig fahren.« Ihre Stimme klang kratzig, als mussten die Worte sich selbst durch ihre Kehle kämpfen. Der Geruch des bitteren Kaffees stieg ihr in die Nase und mischte sich mit der abgestandenen Krankenhausluft.

»Ich muss gerade nirgendwo sonst sein«, sagte er und stupste sie mit der Schulter an.

Ein Arzt bog um die Ecke. Die Brille rutschte ihm von der Nase, der weiße Kittel spannte über seinem Bauch.

»Revelare?«, fragte er. Sie nickten, und er bedeutete ihnen, ihm zu folgen, während er sich schon wieder in Bewegung setzte. »Scheint nichts gebrochen zu sein, sie hat nur ein paar Prellungen.« Er klang erschöpft. »Ehrlich gesagt ist ein Sturz dieser Art in einem solchen Alter nicht ungewöhnlich, vor allem nicht bei ihrer Diagnose. Ich habe ihr Ibuprofen verschrieben, und viel mehr können wir nicht tun. Haben Sie darüber nachgedacht, ihr ein Armband mit Sturzsensor oder einen Notruf fürs Haus zu besorgen? Oder sie vielleicht in betreutem Wohnen unterzubringen?«

»Ich wohne mit ihr zusammen«, sagte Sadie trotzig.

»Oh, okay.« Er nickte knapp. »Gut. Ich sage der Schwester, dass sie die Entlassungspapiere fertig machen soll. Hier ist ihr Zimmer.«

Und damit ging er.

»Blöde Ärzte«, zischte Seth. »Und was meinte er mit ihrer Diagnose? Was für eine Diagnose?«

Ehe sie noch etwas sagen konnte, vernahmen sie ein vertrautes Hüsteln. Sadie stieß die Tür auf und rannte hinein.

»Mir geht's gut, Spätzchen«, sagte Gigi und streckte ihrer Enkelin die Hand entgegen. »Aber wenn diese Schwestern mich nicht bald zum Rauchen rauslassen, dann gibt's Ärger.«

Sadie stieß ein ersticktes Lachen aus, als sie Gigis Hand in ihre nahm und sich auf die Bettkante setzte.

»Was ist denn passiert?«, fragte sie. »Warst du mich so leid, dass du dich für eine kleine Auszeit von mir einweisen lassen wolltest?«, scherzte sie in dem Versuch, nicht zu weinen.

»Mein blöder Rücken ist schuld, Liebes. Aber mir wäre es recht, wenn ihr aufhören würdet, so ein Theater zu machen. Mir geht's gut. Ich ...« Sie brach ab. »Mist, ich hab vergessen, was ich sagen wollte. Alt zu werden, ist wirklich nichts für Feiglinge, das kann ich euch sagen.«

»Ich glaube nicht, dass das etwas mit dem Alter zu tun hat«, wandte Sadie mit einem kleinen Lachen ein. »Ich vergesse ständig, was ich sagen wollte. Vielleicht ist das typisch für uns Revelares.«

»Oder es liegt an den Schmerzmitteln«, entgegnete Seth von der Tür aus.

»Seth«, sagte Sadie durch zusammengepresste Zähne. »Wie wär's, wenn du dich nützlich machst und eine Schwester umgarnst, damit wir Gigi ein bisschen schneller hier rausbekommen?«

»Herrgott, Sade, mach mal halblang. Gigi ist eine Kämpferin, okay? Ein kleiner Sturz ist nichts.«

»Ich weiß, was Gigi ist«, fuhr Sadie ihn an und erhob sich vom Bett. »Ich weiß, *wer* sie ist. Aber du? Was weißt du denn? Du bist abgehauen. Und jetzt tauchst du plötzlich hier auf, als sei damit alles wieder okay, aber das ist es nicht.«

Sie *hasste* ihn. Immer brachte er sie dazu, mehr zu sagen, als sie eigentlich wollte. Immer war sie diejenige, die die Kontrolle verlor.

»Sadie Kathryn«, warnte Gigi.

»Nein, Gigi. Er ist hier, weil es ein Notfall war, mehr nicht. Ich bin sicher, dass er morgen früh wieder verschwindet.« Sie wandte sich ihm zu. »Ich meine, was sollen wir sonst von dir erwarten, hm?«

»Du benimmst dich wie ein Kleinkind«, konterte er. In seinen Augen spiegelte sich ihr Zorn.

»Das reicht jetzt, ihr zwei«, unterbrach Gigi scharf. »Sadie, du siehst aus wie eine streunende Katze. Fahr nach Hause und ruh dich aus. Seth bleibt hier bei mir. Ehe du dich versiehst, bin ich schon wieder zu Hause. Hör auf, dir Sorgen zu machen. Alles wird gut.«

»Soll das ein Witz sein?«, fauchte sie. Ihre Kehle zog sich zu, aber sie weigerte sich, vor ihrem Bruder zu weinen.

»Komm her, Spätzchen«, sagte Gigi und streckte erneut ihre Hand aus. Automatisch trat Sadie ans Bett und nahm sie. »Schau mich an. Mir geht's gut. Versprochen. Ich hab noch ein bisschen Zeit.«

Und Sadie gehorchte und schaute sie an – schaute sie wirklich an. Die Farbe war in ihre Wangen zurückgekehrt, ihre Stimme klang kräftig, und sie hielt Sadies Hand in einem festen Griff. Plötzlich war Sadies Drang, in ihren Garten zu flüchten und mit den Kräutern an einem Zauber zu arbeiten, der Gigi heilen würde, so stark, dass er ihr beinahe die Luft abschnürte.

»Okay, schön. Ich gehe. Aber nur, weil du es so willst«, gab sie schließlich nach.

»Ich fahr dich nach Hause«, sagte Jake, der an der Tür stehen geblieben war. Er schien nicht sicher zu sein, ob er eintreten durfte.

»Komm her, du kleiner Scheißer«, sagte Gigi. »Pass auf meine Kleine auf, ja?«

Jake nickte feierlich und beugte sich herab, um Gigis Hand zu küssen.

»Und jetzt verschwindet. Die alte Schachtel braucht Ruhe. Seth ist der Einzige hier, der sich nicht wie eine Glucke benimmt. Und ihr beide vergesst Bambi und Abby nicht. Im Kühlschrank stehen Hühnchen und Reis für die beiden.«

»Wie soll es auch anders sein?«, bemerkte Seth amüsiert.

Sadie seufzte und küsste ihre Großmutter auf die Stirn, ehe sie das Zimmer verließen.

Jake schwieg, als sie zum Auto gingen. Er wirkte ruhig. Sadie hatte sich inzwischen ebenfalls gesammelt und ihre Gefühle wieder unter Kontrolle gebracht. Nur Seth schaffte es, sie derart aufzubringen. Und obwohl sie am liebsten ihre Faust gegen die Tür von Jakes Truck gerammt hätte, wirkte sie äußerlich, als sei sie gerade aus ihrem Yoga-Kurs gekommen.

»Willst du drüber reden?«, fragte Jake, als er den Wagen anließ.

»Nein.«

»Wo ist Seth gewesen?«

»Wenn ich das wüsste!«, gab sie zurück.

»Und du hast keine Ahnung, warum er gegangen ist?«

»Jake, ich sagte, ich will nicht drüber reden.«

»Stimmt, sorry. Es ist bloß komisch, euch beide so zu sehen. Aber Gigi erholt sich schon wieder, das weißt du.«

Sobald er die Worte ausgesprochen hatte, bildete sich ein Kloß in ihrer Kehle.

»Ja, natürlich«, sagte sie gepresst.

Den Rest des Weges schwiegen sie, doch Sadies Schulterblätter schmerzten vor lauter Anstrengung, ihre Gefühle im Zaum zu halten. Sie würde jetzt nicht zusammenbrechen. Nicht vor Jake.

Als sie auf die Auffahrt einbogen, wurde Sadie leichter ums Herz; Raquels Wagen stand noch immer dort. Noch ehe Jakes Truck richtig hielt, hatte sie schon die Tür geöffnet.

»Danke, wirklich«, sagte sie. »Ich komm klar. Wir hören uns.«

»Sadie, warte«, rief er und ließ das Beifahrerfenster herunter.

Sie wandte sich zu ihm um, viel länger konnte sie sich nicht beherrschen. Er wirkte, als wolle er etwas Tröstendes oder Lebensveränderndes oder Herzzerreißendes sagen. Doch dann wurde sein Blick ernster, und er schien sich zu besinnen.

»Kann ich jetzt meinen Hund wiederhaben?«

Ein fast hysterisches Lachen brach aus ihr heraus.

»Nein«, sagte sie und wandte sich ab, doch das Lächeln, das sich auf seinem Gesicht ausbreitete, hatte sie noch gesehen. Es war sanft, dieses Lächeln, aber höchst gefährlich, weil es durch ihre Rüstung zu dringen drohte, und sie versuchte, sich dagegen zu wappnen, ehe es ihr Herz erreichte.

Raquel wartete mit ausgebreiteten Armen auf sie, und Sadie seufzte, ließ sich an ihre beste Freundin sinken und erzählte ihr, was der Arzt gesagt hatte.

»Siehst du? Natürlich ist alles gut gegangen«, bemerkte Raquel erleichtert.

»Mein dummer Bruder«, stöhnte Sadie an Raquels Schulter.

»Ich weiß«, murmelte sie, führte Sadie herein und schob Abby behutsam mit dem Fuß aus dem Weg.

»Seit wann weißt du es?«, fragte Sadie scharf.

»Seit er dreißig Sekunden vor Gigis Sturz aufgetaucht ist. Als hätte er genau gewusst, wann es passiert.«

»Arschloch.«

»Da würde ich nicht widersprechen.« Raquel lächelte, doch etwas lag dahinter. »Auf jeden Fall muss man sein Timing bewundern.«

»Hauptsache, er kann mal wieder den Helden geben.«

»Sadie …« Raquels Stimme war sanft, aber ein wenig vorwurfsvoll. »Ich glaube nicht, dass das seine Absicht war.«

»Wer weiß schon, wie es war. Es spielt keine Rolle. Ich bin ziemlich sicher, dass er wieder verschwindet, sobald sie zu Hause ist.«

»Das glaube ich nicht«, gab Raquel zurück. »Ich habe

Koffer gesehen, als ich ihm geholfen habe, Gigi ins Auto zu verfrachten.«

»Vielleicht will ich ihn ja gar nicht hier haben.«

»Er ist Familie, Sadie. Er gehört hierher. Gib ihm eine Chance.«

»Ich geb ihm eine Chance, eine fette Chance: in der Hölle.«

Beide lachten, dann verstummte Sadie und legte ihre Hände um den warmen Teebecher, den Raquel ihr gereicht hatte.

Ihre beste Freundin gab ihr beinahe eine volle Minute, ehe sie die Geduld verließ.

»Also?«, fragte sie und zog den ersten Vokal in die Länge, während eine Augenbraue aufwärts wanderte. »Drehst du innerlich gerade total am Rad? Ich weiß das nämlich nie, weil du immer zur Salzsäule erstarrst, wenn du es mit irgendwelchen Gefühlen zu tun hast.«

»Also ich …« Sadie holte tief Luft. »Ich weiß nicht. Wie soll's mir gehen? Ich meine, Gigi ist im Krankenhaus. Gigi. Die Frau, die einmal nur mit einer Schaufel und den bloßen Händen einen massiven Baumstumpf aus der Erde geholt hat. Die Frau, die auf eine scheißhohe Leiter steigt, um die Regenrinnen sauber zu machen, weil sie niemanden um Hilfe bitten will. Wie soll ich mich da fühlen?«

»Ich glaube nicht, dass du dich auf irgendeine Art fühlen *sollst*. Ich glaube, du darfst fühlen, was immer du willst.«

Sadie wurde die Kehle so eng, dass sie glaubte, kein Wort mehr herauszubekommen. Sie zwang den Klumpen herunter und kniff die Augen zu. »Sie ist alles, was ich habe.«

»Hey.« Raquel nahm Sadies Hand. »Ich bin hier. Wir stehen das zusammen durch. Man darf sich Sorgen machen, weißt du?«

»Ich weiß«, sagte Sadie und wischte sich die Nase mit dem Ärmel von Jakes Sweatshirt ab. »Urgh, tut mir leid.«

»Was tut dir leid? Dass du Gefühle hast?« Raquel schnaubte. »Du entschuldigst dich zu viel.«

»Du bist im Augenblick die Einzige, bei der ich heulen kann, wusstest du das?« Sadie lachte durch die Tränen und bekam prompt Schluckauf.

Raquel seufzte. »Schau, ich weiß, dass Gigi alles ist, was du hast. Und ich weiß auch, dass du sauer auf Seth bist, weil er die Frechheit besessen hat, zu verschwinden *und* wiederzukommen. Du versuchst, Jake auf Abstand zu halten, gleichzeitig das Café zu betreiben, weiterhin ein guter Mensch zu sein und bla, bla, bla. Aber vielleicht wäre es gar nicht so dumm, wenn du das, was vergangen ist, einfach vergangen sein lässt. Zumindest könntest du in Erwägung ziehen, Seth zu verzeihen.«

Sadie schnaubte und bewegte ihren Kopf von Seite zu Seite, um ihren Nacken zu entlasten, der sich in den letzten Stunden immer mehr verspannt hatte.

»Was bist du – seine neue Fürsprecherin?«

»Dein Problem«, fuhr Raquel fort, »ist, dass du so tust, als seist du knallhart. Als sei dir alles egal. Aber du gibst die Hoffnung nie auf. Solange es noch eine winzige Chance gibt, dass jemand rehabilitiert werden könnte, gibst du keine Ruhe.«

»Weil ich so blöd bin«, stöhnte Sadie. »Dabei müsste gerade ich es doch aus eigener Erfahrung besser wissen. Aber nein – mein Schädel ist dicker als ein Drei-Meter-Zaun.«

Raquel lachte. »Der Vergleich ist absoluter Unsinn.«

»Du weißt, was ich meine. Ich bin dumm. Eine echte hohle Nuss. Unfähig, erledigt, schubs mich doch einfach irgendwo vor den Zug. Gott, ich weiß nicht einmal mehr, an was ich glauben soll. Ich will doch bloß … okay, okay, du hast recht. Und jetzt halt die Klappe, ich will nichts hören. Klar, ich kann wirklich nicht gut loslassen. Trotz gebrochenem Herzen. Und diese verdammte Hoffnung ist es doch, die einen umbringt, oder? Deswegen muss ich sie ersticken. Kein Rauch, keine Glut. Drauftreten, auslöschen.«

»Mein Dad meint, wenn etwas richtig schlimm gewesen ist, dann wird man sich immer und ewig an den Schmerz erinnern. Bei Freude dagegen, selbst wenn es nur ein winziges bisschen Freude war, vergisst man all die beschissenen Dinge, die damit einhergegangen sind – und du weißt, dass ich das *beschissen* hinzugefügt habe, weil er natürlich niemals so was sagen würde. Aber das ist der Grund, warum die Leute immer und immer wieder völlig bescheuerte Entscheidungen treffen.«

»Du meinst, ich treffe immer und immer wieder bescheuerte Entscheidungen?«

»Ich meine, du solltest dir selbst mehr zutrauen.«

»Gigi hat mich gefragt, was ich mit meinem Leben anstellen will.«

»Na, wenn das mal keine heikle Frage ist«, bemerkte Raquel.

»Sie wollte wissen, warum ich meinen Traum, ein Kochbuch zu veröffentlichen, noch nicht wahr gemacht habe. Oder Kochkurse zu geben.«

»O mein Gott! Weißt du noch, wie du bereits die Idee für eine ganze Reihe ausgearbeitet hattest? Du hattest sogar schon Farbcodes und all so was, du kleiner Freak. Ja, warum *hast* du das eigentlich aufgegeben? Ach, weißt du, was? Spar dir die Antwort. Schau, ich weiß, dass du hier glücklich bist. Niemand liebt die Stadt mehr als du. Aber deswegen kann man doch trotzdem Träume haben.«

Das Knirschen von Reifen auf Kies kündigte Seths Ankunft an. Sadie war schon draußen, ehe Seth noch den Motor abstellen konnte.

Er trug Gigi trotz ihres Protests zur Couch, und Sadie erkannte an seiner Miene, dass Gigi ihm von ihrer Krebserkrankung erzählt hatte. Es lag eine Traurigkeit in seinen Augen, die sie noch nie gesehen hatte. Raquel küsste Gigi, drückte Seth an sich und legte Sadie die Hände an die Wangen.

»Du schaffst das«, flüsterte sie, ehe sie ging.

»Mach nicht so ein Tamtam«, zischte Seth, als Sadie zum dritten Mal Kissen und Decken um Gigi drapierte.

»Kümmer dich um deinen eigenen Kram«, fauchte sie zurück.

»Gott, ich hab ganz vergessen, wie sehr du nervst.«

»Schade, dass ich nicht vergessen habe, was für ein Arsch du bist.«

»Schluss, ihr zwei«, krächzte Gigi, deren Stimme zwar müde klang, aber immer noch die Befehlsgewalt besaß, mit der sie sich in Sadies und Seths Kindheit hatte durchsetzen können.

»'tschuldigung«, riefen sie unisono.

»Ich habe euch beiden gesagt, dass ihr ein paar Dinge erfahren müsst«, begann Gigi, sobald man draußen Raquels Wagen davonfahren hörte. »Und jetzt ist es so weit. Ich habe eine Geschichte zu erzählen, die euch nicht gefallen wird, und euch wird auch nicht gefallen, wie sie endet. Aber so laufen die Dinge nun einmal. Ich habe die Ordnung aufrechterhalten, solange es ging, aber es ist Zeit, dass ihr davon erfahrt. Es müssen Angelegenheiten geregelt werden.«

»Na, wenn das mal nicht unheilvoll klingt«, bemerkte Seth und stieß den Atem aus.

»Halt die Klappe und lass sie reden«, fuhr Sadie ihn an.

»Es beginnt mit eurer Mutter. Ich weiß, sie war von all meinen Kindern diejenige, über die ich selten gesprochen habe. Fünf Kinder großzuziehen, ist … na ja, man tut, was man kann. Aber es gibt da einiges, was ihr wissen müsst. Behaltet nur immer im Hinterkopf, dass ich mein Bestes gegeben habe, und ich konnte nicht ahnen … aber ich greife schon wieder vor. Eure Mutter – Junge, Junge, sie war von klein an kaum zu bändigen und unberechenbar. Je älter sie wurde, desto schlimmer wurde es. Manchmal konnte man meinen, dass das Mädchen kein Hirn im Kopf hatte. Florence war das mittlere Kind, die Wilde. Eure Tante Tava war …«

»Die Gestörte?«, half Seth aus.

»Die Schrullige«, korrigierte Sadie ihn. »Sie fehlt mir.«

»Ja. Sie war die Älteste«, fuhr Gigi fort. »Sie musste

herausfinden, wer sie war, ohne dass ihr jemand sagte, wer sie sein sollte. Und dann Kay, die Zweitgeborene. Es ist so viele Jahre her, dass ihr beide sie gesehen habt.«

»Ich weiß noch, dass ich mir immer die Ohren zugehalten habe, wenn sie zu Besuch war«, sagte Seth.

»Sie wusste einfach nicht, wie man leise spricht«, erwiderte Gigi vergnügt. »Sie ist die Dramaqueen in der Familie. Ihre Magie war immer instabil und unberechenbar. Eure Tante Anne, die Zweitjüngste, war dagegen furchtbar ängstlich. Sie war lange krank in ihrer Kindheit, und vielleicht habe ich sie ein bisschen zu sehr verhätschelt. Und dann unser Baby, euer Onkel Brian. Der geniale Mr. Allwissend. Alle hatten eine andere Magie. Jede und jeder ließ sich auf ganz eigene Art darauf ein. Aber Florence – sie war der absolute Hitzkopf. Erst als sie ungefähr acht war, begriff ich, dass sie ein Verstärker war, eine Leitung.«

»Ein was?«, fragte Seth, als Sadie gleichzeitig »Oh« hauchte.

»Ein Verstärker«, wiederholte Gigi und wandte sich an Sadie. »Du weißt es, Spätzchen?«

Sadie nickte wie betäubt.

»Tut mir leid, ich hab mein Hexenlexikon vergessen«, sagte Seth barsch. »Was zum Teufel heißt das?«

»Ungefähr alle hundert Jahre wird in jeder Familie mit magischen Kräften eine Art Wunderkind geboren. Dessen Magie ist stärker und schwerer einzuschätzen, und sie schwillt an, bis sie überquillt.«

»Aha. Na und? Unsere Mutter war also – was? Die Superhexe?«

»Hör auf, immer von Hexen zu reden«, sagte Sadie. »Wir

sind keine Hexen. Wir nutzen Symbolik und die Kraft der Erde, das ist alles. Magie hat nichts mit Hexerei zu tun.«

»Die einen sagen so, die anderen so.« Seth verdrehte die Augen. »Was bedeutet es denn jetzt?«

»Es bedeutet, dass sie wie eine Leitung sind, ein Durchlass, der die Magie anderer verstärkt. Was eine Art von Signal aussendet.«

»Ein Signal wie bei Fledermäusen?«, fragte Seth.

»Kannst du einmal ernst bleiben?«, fragte Sadie verärgert.

»Ein Signal«, fuhr Gigi unbeirrt fort, »das andere Personen für ihre eigenen, meist finsteren Zwecke ausnutzen können. Aber eure Mutter dachte nicht daran, in Angst zu leben, ganz und gar nicht, und Pech für jeden, der sie sich holen wollte. Sie versuchte, ihre Magie loszuwerden. Im Teenie-Alter zog sie, wo immer sie ging, Funken hinter sich her. Legte unabsichtlich Brände. Na ja, wie auch immer.« Gigi machte eine kurze Pause. »Sie zog aus, sobald sie achtzehn war – sie wollte den ganzen Magiekram hinter sich lassen. Ähnlich wie jemand anderes, den wir nur allzu gut kennen.« Sie warf Seth einen scharfen Blick zu. »Aber es funktionierte nicht. Es funktioniert nie.« Sie seufzte, schüttelte den Kopf und zog sich eine Decke über den Schoß, als müsse sie sich gegen frostige Erinnerungen schützen. »Alle liebten eure Mutter. Selbst wenn sie hart und grausam agierte und vor allem, wenn sie einen dazu überredete, etwas zu tun, was man nicht tun sollte. Die Männer verliebten sich auf den ersten Blick in sie, und sie wurde sie nicht wieder los. Als sie dann Julian anschleppte, wusste ich, dass es übel ausgehen würde. Auch er hatte Magie in sich, aber von der dunklen Sorte. Er war ein Suchender, der Mistkerl. Er wollte eure Mutter als Verbindung nutzen.«

»Kapier ich nicht. Was konnte er denn machen? Mit dem Zauberstab wedeln und ihr – was weiß ich?– Magie klauen? Ihre Essenz?«, fragte Seth.

Sadie seufzte entnervt. »So funktioniert das doch nicht.«

»Still, ihr zwei«, sagte Gigi. »Er hat sie eingelullt. Eure Mama war geblendet. Zuerst von seinem Charme und seinen Versprechungen. Er hat behauptet, dass er ihre Magie auslöschen könnte, und zusammen haben sie ein dunkles Ritual vollzogen. Doch es war nicht dazu gedacht, sie von ihrer Gabe zu befreien. Es sollte sie fruchtbar machen.«

»Was?«, fragten die Zwillinge gleichzeitig.

»Na, das ist mal eine unerwartete Wendung«, fügte Seth trocken hinzu.

»In den meisten Fällen ist das der Fluch der Verstärkerin – niemals Kinder gebären zu können. Das ist einer der Gründe, warum sie so extrem selten sind.«

»Moment mal – wir sollten also eigentlich gar nicht auf die Welt kommen?« Seth klang ungläubig, und diesmal konnte Sadie es ihm nicht verdenken. Sie war genauso verblüfft.

»Aber … wie?«, war alles, was sie hervorbrachte.

»Genau kann ich es nicht sagen. Aber es hatte mit dunkler Magie zu tun. Und ich wusste, dass die Natur alles versuchen würde, euch daran zu hindern, auf die Welt zu kommen. Die Magie war zu stark. Zu unberechenbar. Nun, um ein Leben zu retten, muss man ein Leben nehmen, und ich habe Julians genommen. Nur wusste ich nicht, dass ihr

Zwillinge wart. Und als wir es herausfanden, war es zu spät. Kein Opfer hätte noch ausgereicht.«

Stille. Eine Stille, die auf sie einwirkte, als neigten sich die Wände ihnen neugierig zu, um Geheimnissen zu lauschen, die jahrzehntelang verschwiegen worden waren. Die Zeit schien durch eine Sanduhr zu rieseln. Die Standuhr tickte lauter. Sadie wollte schreien. Oder lachen. Oder beides. Sie war sich nicht sicher.

»Jetzt mal langsam«, sagte Seth und streckte die Hand aus. »Lass uns mal einen Schritt zurückgehen. Willst du andeuten, du hast diesen Julian getötet? Unseren Vater?«

Gigi nickte. Einfach so.

Dann seufzte sie. »Eure Mutter kam zurück nach Hause. Wollte ihn verlassen. Hat ihm gesagt, dass sie sich nie wiedersehen würden. Doch obwohl ich ihm gedroht habe, blieb er in der Nähe. Und als ich eines Tages weg war, hat er sich eurer Mutter aufgezwungen, das miese Schwein. Ich habe das natürlich erst viel später begriffen, als man es zu sehen begann. Nicht dass das eine Entschuldigung wäre. Ich hätte es wissen müssen. Ich hätte …« Sie räusperte sich, während ihre Hand hektisch an einem imaginären Fädchen in ihrem Pullover zupfte. »Ich hätte fast das Gewehr geholt, um ihm das verdammte Herz aus der Brust zu pusten. Aber auch wenn ich dumm sein mag, so dumm war ich dann doch nicht.«

»Sie sah schlimm aus. Er hatte sie überall da geschlagen, wo die Babys nicht waren. Ihr wart zu kostbar. Zu wichtig für seinen Plan. Das einzige Ritual, das ich kannte, um ein Leben zu retten, erforderte ein Leben. Man muss das

Gleichgewicht wiederherstellen. Und er…« Gigi brach ab und räusperte sich. »Nun ja. Er war dann das Opfer.«

Sadie war zu schockiert, um etwas zu sagen. Gigi saß da, als sei nichts passiert. Als habe sie nicht gerade gestanden, jemand ermordet zu haben. *Ihren Vater* ermordet zu haben.

»Für einen von euch zumindest«, fuhr Gigi schließlich fort. »Damit auch das andere Baby überleben würde, band ich mithilfe von Magie die Dunkelheit an mich. Aber es ist nie genug gewesen. Ein Leben kostet ein Leben. Was glaubt ihr, woher der Krebs kommt?«

Beide saßen einen Moment lang nur da. Schweigend, reglos. Magensäure stieg in Sadies Kehle hoch, bis sie glaubte, sich übergeben zu müssen.

»Es ist unsere Schuld.« Der Satz kam schon aus ihrem Mund, ehe ihr Verstand ihn noch formuliert hatte.

»Schätzchen. Niemand ist schuld, außer Julian – möge er in der Hölle schmoren.«

Sadie war zu betäubt, um ihr zu glauben. Es war, als seien Puzzleteile an die richtigen Stellen gerückt. Noch war das Bild nicht vollständig. Einige Teile waren noch umgedreht, bräunliche Flecken in einem Meer aus Farben, andere fehlten ganz oder waren beschädigt. Dennoch sprach dieses Bild von einer Wahrheit, die Sadie seit Langem tief in den dunkelsten Winkeln ihres Herzens spürte. Vielleicht sollte sie tatsächlich eigentlich nicht auf dieser Welt sein. Vielleicht war das der Grund, warum alle anderen gingen. Vielleicht war sie deshalb mit einem Herzen verflucht, dass viermal gebrochen werden würde. Sie schwamm gegen das Schicksal an.

»Was hast du mit der Leiche gemacht?«, wollte Seth wissen, ganz der Pragmatiker.

»Ich habe eure Tante Anne angerufen«, antwortete Gigi, als sei das das Naheliegendste der Welt. »Sie hat mir geholfen, ihn in den Kofferraum zu verfrachten, und wir haben ihn am Old Bailer vergraben, wo Evanora ein Auge auf ihn haben konnte. Nun – es gibt Magie, die nur zu einem bestimmten Preis zu haben ist. Diese Magie hat euch gerettet. Aber im Austausch dafür musste eure Mutter gehen. Diese besondere Magie hat einen eigenen Fluch geschaffen, und sie konnte nicht bei euch bleiben, ohne euch in Gefahr zu bringen. Das war der Preis. Ein Teil des Opfers.«

Sadies Blick ging automatisch zu Seth, der inzwischen schwer atmete.

»Sie wollte nicht gehen«, sagte er.

»Sie war noch nicht bereit, Mutter zu sein«, entgegnete Gigi, ihre Stimme gepresst und heiser, als habe sie Mühe, die Worte hervorzubringen. »Sie war noch immer wild – und so jung. Jede Revelare geht – ihr wisst das.«

»Aber sie kommen auch immer zurück, richtig? Ist das nicht ebenfalls Teil der bescheuerten Prophezeiung?«, fragte Seth.

»Was euch betrifft, liegen die Dinge anders«, wich Gigi aus.

»Jedenfalls kriegen wir das schon wieder hin, nicht wahr?«, versuchte Sadie die Stille zu füllen. »Wir finden einen Ausweg. Wird schon alles gut werden.«

»Du verstehst nicht.« Gigi schüttelte den Kopf. »Meine Magie, mein Opfer … ich hätte sterben müssen, um euch zu retten. Ich habe zu lange gelebt und dadurch ein Ungleichgewicht geschaffen. Das wird sich jetzt auf einen von euch konzentrieren, um sich zurückzuholen, was ihm gehört. Ich habe mein halbes Leben dagegen angekämpft, um die Verbindung aufrechtzuerhalten, aber selbst mein Tod wird nicht reichen. Wenn ich nicht mehr bin, braucht ihr ein Opfer.«

Wieder herrschte einen Moment Stille, während beide Gigis Worte auf sich wirken ließen. Seth sah aus, als habe er ein Aufsatzthema erhalten, das er nicht wirklich begriff. Und dann …

»Moment! *Was?*«, platzte es aus ihm heraus.

»Du meinst, wir müssen jemand umbringen?« Diesmal lachte Sadie, und es klang hysterisch. »Komm schon, hier gibt es doch irgendwo eine Übergangslösung, irgendein Hintertürchen, oder? Ist das nicht eins von diesen Naturgesetzen? Dass es immer irgendwo ein Schlupfloch gibt?« Das Ganze schien absolut unmöglich. Wie ein Kapitel aus einem Buch mit dem Titel *Wie man Magie* nicht *einsetzt.*

»Tja, Spätzchen«, sagte Gigi seufzend. »Falls es eins gibt, dann bist du diejenige, die es finden wird. Aber es ist definitiv unerforschtes Gebiet.« Sie schnitt eine Grimasse, presste sich eine Hand auf den Rücken und stand auf. »Würde es dir etwas ausmachen, wenn du mir deinen Spezialkaffee machst, während ich draußen eine rauche?«

»Klar, mach ich«, erwiderte Sadie automatisch.

»Brenn die Küche dabei nicht ab«, ätzte Seth, aber es kam halbherzig.

Sadie versuchte, den mit Haselnuss aromatisierten Kaffee

so routiniert wie immer zuzubereiten, aber ihre Bewegungen waren schleppend, und schließlich setzte sie sich auf den Hocker und ließ den Kopf in die Hände sinken. Ihr Magen brannte, und sie war froh, dass sie nicht viel zu Abend gegessen hatte, denn ansonsten wäre es ihr sicher längst wieder hochgekommen.

Sie versuchte nicht daran zu denken, dass Seth zurück war.

Sie versuchte nicht daran zu denken, welche Geheimnisse wohl noch an Gigi klebten wie frisch eingekochter Sirup.

Sie versuchte nicht an Jakes Sweatshirt zu denken, das sie noch immer trug, nicht an sein Lachen, als er sich mit ihr in den See hatte fallen lassen.

Und sie scheiterte phänomenal.

Die Küche drehte sich, und ihre Sicht verschwamm. Es war zu viel, alles zu viel, und es schien immer mehr zu werden. Ihr Fluch. Jake. Seth. Gigis Krebserkrankung und die Verstärker-Magie ihrer Mutter. Sie hatte noch nie an Zufälle geglaubt – auch eine Revelare-Regel. Alles hatte einen Grund, einen Zweck. Was bedeutete, dass etwas Böses, etwas *sehr* Böses nahte. Und sie glaubte nicht, dass sie damit auch noch fertigwerden konnte. Sie brauchte Zeit. Um alles zu verarbeiten. Und zu trauern. Aber in dieser Hinsicht war die Magie nutzlos, wie sie erkennen musste.

Eine kalte Hand legte sich einen kurzen Moment auf ihre Schulter, dann kümmerte Seth sich um den Kaffee.

»Der Arzt kam noch einmal rein, als du gegangen warst«, sagte er in die Stille. »Er vermutet, dass sie nur noch wenige Wochen Zeit hat.« Seine Stimme klang hohl.

»Ich arbeite dran«, krächzte Sadie, überrascht, dass ihre Stimme es überhaupt tat.

»Was soll denn das heißen?«

»Das soll heißen, dass ich an einem Heilmittel arbeite.« *Was denn sonst?*, dachte sie.

»Denkst du nicht, dass jemand in unserer extrem merkwürdigen Familie schon eine Idee dazu gehabt hätte, falls Magie Krebs heilen könnte?«

»Du hörst dich an wie Gigi. Und es ist mir egal. Es wird klappen. Es *muss* klappen.«

»Du warst schon immer ganz schlecht darin, die Realität anzuerkennen.«

»Vielleicht weigere ich mich einfach, kampflos aufzugeben.«

»Oder vielleicht rennst du einfach vor der Wahrheit davon, wie du es immer tust.«

»Ähm … Verzeihung? Bist du nicht derjenige, der abgehauen ist? Hm, lass mich nachdenken. Ja, stimmt. Das *bist* du!« Hier brach ihre Stimme, und wütend wischte sie die Tränen weg, die zu laufen begonnen hatten. Seth machte den Mund auf, um etwas zu erwidern, stellte aber dann den Kaffee ab und überraschte Sadie, indem er sie in die Arme zog.

»Du kannst so ein Arsch sein«, murmelte er in ihr Haar, während er sie hielt.

Zuerst versteifte sie sich in seinen Armen. Überlegte, ob sie ihn wegstoßen sollte. Aber das hier war es doch, was sie so vermisst hatte. Seine Fähigkeit, für sie stark zu sein, wenn sie es selbst nicht schaffte. Also ließ sie sich schließlich an ihn sinken, legte ihm den Kopf auf die Schulter und schlang die Arme um ihn.

»Dito«, sagte sie, obwohl es an seinem T-Shirt gedämpft klang.

»Kopf hoch, hässliches Entlein«, sagte er und machte sich mit einem Grinsen los. »Wir schaffen das.« Sie schubste ihn gegen die Brust, und er lachte, und einen Moment lang waren sie wieder Kinder.

»Gib mir das Zimtöl«, sagte sie und deutete auf das Regal.

»Also, bin ich der Einzige hier, den diese Opfergeschichte in Angst und Schrecken versetzt?« Er reichte ihr das Fläschchen. Und jetzt sah Sadie auch die Angst in seinen Augen und die Verspannung in seinen Schultern.

»Nein. Bei diesem Thema sind wir uns einig, fürchte ich.«

»Aber du findest einen Ausweg, ja? Keiner von uns beiden wird sterben.«

»Gigi wird auch nicht sterben«, erwiderte sie entschlossen.

Seth antwortete nicht, doch Zweifel spiegelten sich auf seinem Gesicht.

Bald füllte sich die Küche mit tröstenden Geräuschen: das Brodeln des Wasserkochers, Einmachgläser, die über die Arbeitsfläche geschoben wurden, das Deckelploppen der Teedose. Sie schenkte Cold-Brew-Kaffee in Gläser, ließ parallel dazu Earl Grey ziehen, fügte einen Tropfen Zimtöl in den gesalzenen kalten Milchmix und sah zu, wie er aufschäumte.

»Earl Grey lindert Angst«, sagte sie und ließ den heißen Tee mit einer sanften Berührung erkalten, ehe sie ihn auf den Cold Brew gab. »Und das Salz schützt vor dunkler Magie.« Sie gab in jedes Glas eine Portion Milchschaum.

»Dafür ist es ein bisschen spät, fürchte ich«, sagte er mit hochgezogener Augenbraue.

»Es ist nie zu spät.«

Sie reichte ihm eins der gefüllten Einmachgläser und atmete tief durch, und zusammen gingen sie hinaus zu Gigi. Das Quietschen der Fliegenschutztür drang ihnen bis ins Mark. Sie sah zu Seth und erkannte plötzlich, dass er es ihr überließ, die Frage zu stellen.

»Wer von uns ist es?« Sadies Stimme war ruhig. Unbewusst war sie so dicht an Seth gerückt, dass ihre Arme sich berührten, als könne er die Antwort absorbieren, wenn sie ihm nur nah genug war. Einen Moment lang fragte sie sich, ob er vielleicht doch recht hatte. Ob sie zu viel Zeit ihres Lebens im Schatten der Wahrheit verbracht hatte.

Gigi seufzte und zog an der Zigarette. Trank einen Schluck Kaffee und schloss die Augen, um sich auf den Geschmack zu konzentrieren.

»Wenn ich das wüsste«, sagte sie schließlich. »Aber einigen wir uns einfach darauf, dass einer von euch sicher ist, der andere nicht. Die Magie von Julians Opfer ist in einen von euch gefahren, den anderen habe ich durch ein Schutzritual mit mir verknüpft. Die Magie weiß, wo sie hinmuss. Nur leider verrät sie es mir nicht.«

»Wahrscheinlich bist du es«, sagte Seth, zündete sich eine von Gigis Zigaretten an, inhalierte und schloss ebenfalls die

Augen. Er wirkte wie ein moderner James Dean, als er den Kopf an den Verandapfosten legte. »Du bist diejenige, die diesen ganzen Mist so liebt. Vielleicht deshalb. Du hast die besonderen Kräfte, die so lange unterdrückt worden sind und jetzt ungeduldig darauf warten, entfesselt zu werden.«

»Dieser Mist, wie du es nennst, ist unser Erbe. Gigi hat es mir beigebracht. Und ich bin *gut* darin.«

»Sag ich ja.« Er zuckte mit den Schultern und klopfte die Asche ab. »Du bist gut darin. Ich nicht. Ich hab's immer...« Er brach mit einem Blick zu Gigi ab. Sadie wusste, dass er hatte sagen wollen, er habe es immer gehasst. Sie hatte nur nie verstanden, warum. »Ich habe mich dafür nie besonders interessiert«, verbesserte er sich.

»Wahrscheinlich *bin* ich es.« Ihre Stimme klang gepresst, als sich das Gummiband um ihre Haare löste und sie sich zu locken begannen.

»Spätzchen«, warnte Gigi.

»Nein, ich meine – wieso nicht? Es würde so vieles erklären. Zum Beispiel, warum meine Magie immer so verdammt reizbar ist.« Sie deutete auf sich selbst, und der labile Frieden, den sie und Seth in der Küche geschlossen hatten, bekam Risse wie eine Crème Brulée. »Ich bin wahrscheinlich seit jeher diejenige, die Gigi aussaugt. Schieb's ruhig auf mich. Das machst du doch immer. Vielleicht habe ich wirklich Schwierigkeiten damit, mich der Realität zu stellen, aber immerhin übernehme ich Verantwortung für meine Taten, für mein Leben, anstatt anderen die Schuld zu geben.«

Seth sah sie an. Kontrollierte wie immer sein Temperament. Zügelte wie immer seine Worte. Sein Blick war kühl, fast enttäuscht. Er blies einen perfekten Ring aus Rauch aus, ehe er die Zigarette ausdrückte.

»Ich gehe spazieren«, verkündete er.

Sobald er fort war, ließ sich Sadie frustriert neben Gigi fallen.

»Verzeih mir, dass ich es euch nie erzählt habe«, sagte Gigi, ohne sie anzusehen.

Sadie brauchte einen Moment, bis ihr Gehirn wieder arbeitete. Bis sie verstand, wofür ihre Großmutter sich entschuldigte.

»Du hast unsere Leben gerettet. Das hatte seinen Preis, aber ich würde es dir doch niemals vorwerfen«, sagte sie mit vorwurfsvollem Unterton. »Das weißt du.«

»Du verzeihst mir, jemanden getötet und vor fast dreißig Jahren deine Mutter weggeschickt zu haben.« Gigis heiseres Lachen entlockte Sadie ein Lächeln. »Aber du verzeihst deinem Bruder nicht, dass er ein Jahr lang versucht hat, seinen Platz in der Welt zu finden, weil er die Frechheit besessen hat, dir nichts zu sagen. Du bist durch und durch eine Revelare. Komm, Spätzchen, hilf mir auf die Couch. Und hör auf, dir unnötige Sorgen zu machen. Alles wird sich schon fügen, versprochen.«

Sadie legte Gigi eine Decke um die Schultern und wartete, bis sie eingeschlafen war, eine Hand auf Abby, die auf ihrem Schoß lag, die andere auf Bambi, der sich neben sie gelegt hatte. Nun hob der Labrador den Kopf und blickte Sadie fragend an, doch sie schüttelte stumm den Kopf, und er legte sich wieder hin, ließ sie jedoch nicht aus den Augen.

Sadie prägte sich die Gestalt ihrer Großmutter dort auf der Couch genau ein und versuchte, das Bild und den Moment zu verinnerlichen und in ihr Herz einzustanzen, bis ihre Haut, ihr Gewebe, ihr ganzes Sein von der Erinnerung durchdrungen war. Sie war entsetzt, wie sehr man jemanden durch den drohenden Tod vermissen konnte, noch ehe er gestorben war.

Sie wollte die alte Ordnung zurück. Sie wollte ihren Bruder zurück, bevor er sie verlassen hatte. Gigi, ohne ihre Geheimnisse. Jake, bevor er ihr Herz gebrochen hatte. Das Leben, ehe der Tod auf den Plan getreten war.

Und dieser Gedanke blieb immer wieder in ihrem Bewusstsein hängen.

Mindestens einer von ihnen musste sterben.

Es sei denn, ihr fiel etwas ein, um es verhindern.

Earl-Grey-Cold-Brew mit süß-salzigem Milchschaum

Die Bergamotte im Earl Grey lindert Angstzustände, das Koffein bringt einen Energieschub. Das Salz schützt davor, verhext zu werden. Da sieht man's mal wieder: Sogar eine schlichte Tasse Kaffee erfüllt ihren Zweck.

Zutaten

Cold-Brew-Kaffee
Earl Grey, aufgebrüht und abgekühlt
Fettarme Milch
Salz
Ahornsirup
Zimtöl (optional)
Einmachglas

ZUBEREITUNG

1. Bevorzugte Menge Milch mit 1–2 Prisen Salz, einem Schuss Ahornsirup (oder mehr, wenn es süßer sein soll) und einem Tropfen Zimtöl, falls gewünscht, ins Einmachglas geben. 1–2 Minuten fest schütteln.
2. Glas mit Eiswürfeln füllen, je zur Hälfte Earl Grey und Cold Brew hineingeben. Mit kaltem Milchschaum servieren.

SIEBEN

~

AM NÄCHSTEN MORGEN ERWACHTE SADIE SPÄT. Sie war erst gegen fünf Uhr morgens eingeschlafen – eigentlich ihre übliche Aufstehzeit. Seth war nirgendwo zu sehen, und Gigis PT Cruiser war bereits fort, doch sie hatte Sadie eine Nachricht hinterlassen, sie solle sich heute freinehmen. Diese Frau war nicht zu stoppen, Krebs hin oder her. Sadie wusste, dass sie aus dem Café rausgeworfen werden würde, wenn sie es zu betreten wagte, also machte sie sich einen Tee und versuchte, die Verspannungen, die sich in ihrem Schultergürtel festgesetzt hatten, zu lockern, indem sie vorsichtig den Kopf hin und her bewegte.

Die Stille der Küche wirkte Wunder und sickerte in ihre Glieder. Das Summen des Kühlschranks, das Quietschen des Fensters über der Spüle, als sie es öffnete, um frische Luft hereinzulassen. Sie schnitt ein paar Stängel Flieder und Lavendel ab und arrangierte sie in einer alten Milchflasche auf der Küchentheke. Normalität, das war es, was sie brauchte. Eine großangelegte Putzsession. Denn Gigi würde wieder gesund werden. Sie *musste* wieder gesund werden. Sadie konnte dafür sorgen, dass es so war. Seth irrte sich. Sie rannte gar nicht vor der Wahrheit davon. Sie würde sie sich nur zurechtbiegen. Nur noch ein paar Tage, bis die Kräuter so weit waren. Ihr Notizbuch war beinahe voll mit Ideen für Magie und Steine und Talismane, falls die ursprüngliche Formel nicht funktionierte. Gigi hatte das Unmögliche getan und zwei Leben gerettet – wieso sollte Sadie nun nicht ihres retten können?

Sadie putzte eifrig, als sie von ein paar Damen aus der Kirchengemeinde unterbrochen wurde, die nach Gigi sehen wollten, sie dann jedoch freundlich, aber beharrlich nach Seth ausfragten, nur um sich schließlich eingehend nach Sadies Liebesleben zu erkundigen.

»Du musst wieder zurück aufs Pferd, Herzchen«, sagte Maggie, die nie ein Blatt vor den Mund nahm. Ihre langen braunen Locken waren mit Grau durchzogen und wippten auf und ab, wenn sie sprach, und ihre goldfarbenen Augen funkelten. Bei Maggie lief stets alles auf Hunde und Pferde hinaus, und Hunde und Pferde hatten ihr vor ein paar Jahren auch dabei geholfen, ihre eigene Krebserkrankung durchzustehen.

»Ich weiß nicht so recht, Mags. Es ist schon eine Weile her, dass ich im Sattel gesessen habe.«

»Dabei dürften einige schon mit den Hufen scharren«, sagte Maggie, die inzwischen grinste.

»Dann muss sie wohl jemand an die Kandare nehmen.«

»Du könntest aber auch ein wenig die Zügel schleifen lassen.«

»Lass mich erst mal meine Gangart finden. Ich möchte mich nicht vergaloppieren.«

Maggie lachte lauthals und schüttelte den Kopf.

»Oh, komm schon. Ich könnte den ganzen Tag so weitermachen«, sagte Sadie lächelnd. »Hört mal, ich weiß eure unnötige Sorge um mein Liebesleben wirklich zu schätzen, aber ich würde jetzt gerne weiterputzen. Wie wäre es, wenn ihr im Café nach Gigi seht? Sagt ihr, ich hätte euch geschickt, sie soll euch einen Kaffee aufs Haus servieren.« Sadie scheuchte sie hinaus und lehnte sich anschließend seufzend mit dem Rücken an die Tür. Die Standuhr gab ein paar kurze Glockenschläge von sich, die sich wie Gelächter anhörten.

»Mach so weiter, Kumpel, und ich zerleg dich zu Feuerholz«, sagte sie, und die Uhr verstummte augenblicklich.

Da die wohlmeinenden Frauen fort und ihre Hände vom Schrubben wund waren, beschloss Sadie zu backen. Sie hatte gerade erst die Zutaten von den Regalen geholt, als es an der Hintertür klopfte. Dort stand Jake, grau durch das Fliegengitter, und ihr Herz hüpfte in ihrer Brust, obwohl sie es zur Ordnung rief. Er lächelte schüchtern, als wisse er nicht, mit welcher Reaktion er rechnen sollte.

»Hast du keinen Job?«, verlangte sie stirnrunzelnd zu wissen. »Im Ernst jetzt – solltest du nicht Feuer löschen? Babys und leichtsinnige Frauen aus brennenden Häusern retten?«

»Was glaubst du denn, was ich den ganzen Morgen gemacht habe? Ein Held hat niemals Feierabend.« Er grinste. »Tatsächlich habe ich bei meiner Wache in Südkalifornien ein paar Tage freibekommen, die ich nutze, um mich hier zu bewerben.« Er zögerte. »Kann ich reinkommen?«

»Nur zu«, sagte sie und schnitt die kalte Butter in kleine Würfel, während sie versuchte, das Flattern in ihrer Brust zu ignorieren.

»Abgeschlossen«, sagte er und rüttelte am Griff der Fliegengittertür.

»Oh! Zieh eine Linie in das Salz auf dem Boden«, sagte sie.

Er brummelte etwas, gehorchte aber, und als er die Tür erneut probierte, ließ sie sich problemlos öffnen.

»Was ist das für schwarze Magie, die du in diesem Haus praktizierst?«

»Das möchtest du wohl gerne wissen.« Sie drehte sich von ihm weg, während sie Pekannüsse abmaß.

»Wie geht's Gigi?«, fragte er.

»Sie hat mir befohlen, zu Hause zu bleiben, und ist selbst zur Arbeit gefahren, also …« Sadie zuckte die Achseln.

Er lachte. »Was sonst? Nicht mal ein Wirbelsturm könnte diese Frau aufhalten. Was machst du?«

»Wusstest du, dass ein Pekannussbaum über tausend Jahre alt werden kann? Schoko-Pekan-Pie ist eine von Gigis klassischen Nachspeisen. Ich dachte, es wäre schön, die Symbolkraft zu nutzen.«

»Wieso? Weil sie tausend Jahre leben wird?«, fragte er, warf sich ein paar Nüsse in den Mund und lehnte sich gegen die Arbeitsfläche – zu nah, als dass es Sadies Seelenfrieden guttat.

»Sei nicht albern«, gab sie zurück und scheuchte ihn weg.

»Ich hab noch nie Pekan-Pie gegessen«, sagte er nachdenklich.

Sadie verharrte reglos und sah ihn entsetzt an.

»Das ist Blasphemie«, sagte sie ernst.

»Hör zu.« Er räusperte sich. »Es gibt da was. Ich muss …«

Doch schon brach er wieder ab und rieb sich mit einer Hand den Nacken.

Alles deutete darauf hin, dass er ein Geheimnis zu enthüllen hatte, das er nicht wirklich enthüllen wollte, und Sadie verspannte sich. Sie bezweifelte, dass sie noch mehr schlechte Nachrichten verkraften konnte.

Das Schweigen verdichtete sich, bis er den Kopf schüttelte.

»Kann ich helfen?«, fragte er.

»Hast du nichts Besseres zu tun?«, entgegnete sie und stieß einen kleinen erleichterten Seufzer aus.

»Doch«, gab er freimütig zu. »Der Kauf vom Rock Creek House geht voran, aber der Zustand der Bude ist katastrophal. Es gibt tonnenweise Material zu besorgen, denn sobald das Haus mir gehört, muss ich mindestens ein Dutzend Projekte angehen. Aber im Augenblick ist mir nicht danach, und ich dachte, du könntest ein bisschen Ablenkung gebrauchen.«

Sadie verdrehte die Augen. »Na schön. Du kannst mir Gesellschaft leisten.« Sie kniff die Augen zusammen und gab eine Prise Zimt in die Schüssel. Seine Gegenwart beruhigte ihre Nerven, und sie war sich nicht sicher, ob das eine gute Sache war.

»Was soll ich tun?«, fragte er wieder.

»Ich vertraue deiner Kochkunst nicht so richtig«, antwortete sie und rang ihrer Stimme eine gewisse Leichtigkeit ab.

»Ich habe auf der Wache kochen gelernt«, erzählte er und setzte sich an die Frühstücksbar. »In der Probezeit ist man praktisch Mädchen für alles. Du musst kochen, putzen, dich anständig benehmen …«

»Letzteres muss hart für dich gewesen sein.«

»Praktisch unmöglich.« Sein Blick folgte ihr durch die Küche. »Hey, das ist ja wie bei einer Kochshow hier. Willst du nicht für mich kommentieren?«

»Ganz bestimmt nicht«, entgegnete sie und musste zu ihrem eigenen Erstaunen lachen. Doch dann schüttelte sie die vorübergehende Heiterkeit ab wie Puderzucker, schabte Frischkäse in die Schüssel und rieb die Mischung zwischen den Fingern, bis eine krümelige Konsistenz erreicht war. Jake, der offenbar nicht still sitzen konnte, trat so dicht hinter sie, dass es schlimmer war, als hätte er sie wirklich berührt. Es prickelte in ihrem Nacken, und ihre Ohren glühten.

»Was ist dein Geheimnis?«, fragte er.

»Immer im Uhrzeigersinn rühren«, erklärte sie und fügte die kalte Butter hinzu, ehe sie die Mischung mit einem Löffel in einen Gefrierbeutel gab. Die Bänder ihrer Schürze zogen sich enger um ihre Taille, je näher er ihr kam.

»Wieso?«, fragte er.

»Keine Ahnung. Das ist einfach nur so eine Regel. Etwas, was Revelare-Frauen wissen.«

»Und was wissen Revelare-Frauen noch?«

»Dass ein zunehmender Mond gut für Wünsche und Flüche ist, ein abnehmender dagegen, um sie zu brechen«, erzählte sie. Vielleicht konnte sie ihn ja mit dem Gerede über Magie abschrecken.

Es funktionierte nicht.

»Und was noch?« Er beugte sich über ihre Schulter und sah zu, wie sie mit einem Teigroller die kalte Butter zu Flocken walzte.

»Mit Flusswasser geht es voran, Meerwasser heilt. Regenwasser stärkt oder lässt sich für Flüche einsetzen. Regenwasser, das bei Blitzschlag heruntergekommen ist, bringt ebenso Unheil wie ein gesprungener Spiegel oder die Leiter, unter der man hindurchgeht.«

Sie hatte keine Ahnung, wieso die Worte aus ihr herausströmten. Sie hatte außer mit Gigi noch nie mit jemandem darüber gesprochen. Seth hatte nichts davon hören wollen, Raquel blieb normalerweise nicht lange genug in der Küche. Es war, als brauchten diese Worte, diese Informationen ein Zuhause, und Jake war die Haustür. Sie blinzelte hektisch, schüttelte den Kopf und versuchte, sich von dem Nebel zu befreien, den er in ihrem Gehirn verursachte, sobald er in ihrer Nähe war. Energisch griff sie nach der Essigflasche.

»Ich sehe dir gerne in der Küche zu«, bemerkte er.

»Warum? Ich richte Chaos an.« Misstrauisch zog sie die Augenbrauen zusammen und beäugte die Küchentheke, auf der bereits ein ziemliches Durcheinander herrschte.

»Stimmt«, sagte er. Sein Lachen klang wie ein tiefes Rumpeln in seiner Brust. »Aber du bist immer ganz bei der Sache. Alles, was du machst, machst du mit Leidenschaft. Ich habe dich doch früher damit aufgezogen, dass du immer so dramatisch tust, aber … es steht dir.«

Seine Worte hallten in ihr nach, und sie schwelgte darin. Hatte sie bisher stur geradeaus gestarrt, ihre Augen auf

Höhe seiner Brust, hob sie nun langsam den Blick zu den Konturen seiner kräftigen Kiefer. Sie musste ihm nicht in die Augen sehen, um zu wissen, dass er auf ihre Lippen starrte. Sie spürte es. Spürte die Glut, bis ihre Blicke sich schließlich verschränkten. Er atmete bebend ein. Sie berührten einander nicht, doch sie konnte ihn fühlen. Fühlte seine Aura, seinen Geist, der sie an sich zog, sein Körper an ihrem, wie füreinander gemacht. Und sie wusste, dass auch er sich erinnerte. Erkannte es an der Art, wie die Ader an seinem Hals wild pochte.

Er würde sie küssen. Jedes Warnsignal, das in ihrem Kopf geschrillt hatte, verstummte. Er roch wie früher, nach Wald und Licht, und am liebsten hätte sie ihre Nase in seiner Halsbeuge vergraben, aber er regte sich nicht. Seine Hände ballten sich an seinen Seiten zu Fäusten, und alles an ihm verspannte sich. Er wollte es – sie wusste es genau. Aber er hielt sich zurück.

»Jake«, flüsterte sie.

»Es tut mir leid«, sagte er plötzlich und trat einen Schritt zurück. »Es liegt irgendwie an der Küche. Hier ist es …« Er schüttelte den Kopf, wie um ihn zu klären. Der Blick, mit dem er sie bedachte, war träumerisch. Als sei sie ein Versprechen. Wasser in der Wüste, mit dem er seinen Durst zu löschen hoffte. Aber er kam nicht näher. »Ich weiß, du brauchst Zeit. Und Raum. Ich gehe.« Doch er zögerte, ehe er sich abwandte. Seine Augen flehten sie an, ihn zurückzuhalten.

Die Worte bildeten sich eigenständig in ihrem Mund, doch ihre Lippen wollten sich nicht öffnen. Mit dem Abstand zwischen ihnen begann auch ihr Hirn wieder zu arbeiten. Sie hatte zugelassen, sich in seiner Nähe wieder wohlzufühlen, und sich wohlzufühlen bedeutete, nicht mehr auf der Hut zu sein. Sie wusste, wohin das führen würde – direkt in Herzschmerz Nummer drei. Gigi war mehr wert als ein vorübergehendes Glücksgefühl. Die Familie ging über alles. Darauf lief es hinaus.

Und dann war er fort. Sie machte den Pie fertig und achtete sorgsam darauf, dass keine Träne in den Maissirup fiel.

Der Kuchen war kaum im Ofen, als plötzlich ein stechender Schmerz durch ihre Brust fuhr, als ob eine Hand ihr Herz zerquetschen wollte. Sie keuchte auf und begann zu husten, und als der Schmerz abebbte und sie wieder atmen konnte, nahm sie den Geruch nach Rauch wahr und rannte hinaus in den Garten.

Sie schauderte, als vor ihren Augen alle Pflanzen, die am Zaun wuchsen, verschrumpelten und starben.

Sie wirkten wie verkohlt, die Überreste überzogen mit einer klebrigen, teerartigen Substanz. Ein beißender Geruch legte sich auf ihre Haut, und ihre Augen begannen zu tränen. Die Vernichtung reichte bis knapp hinter den Zaun, wo sie, um böse Magie fernzuhalten, Dill angepflanzt hatte. Doch die dünnen, hochaufragenden Stängel hatten sich dabei geopfert.

Sie hatte gelacht, als Gigi sie vor Jahren angewiesen hatte, das Kraut üppig auszusäen. Welcher Garten brauchte schon derart viel Schutz? Doch als sie beide sie im sanften Licht des Blumenmonds gepflanzt hatten, hatte sich Gigi ständig umgesehen und den Blick immer wieder zum Tor und in die Sterne gerichtet. Und sie hatte eine Mondblume unter ihrer linken Ferse zertreten, ehe sie die Kräuter für einen Schutztalisman gesammelt hatte.

»Warum tust du das?«, hatte Sadie gefragt.

»Diese Arbeit«, hatte Gigi mit leiser Stimme geantwortet, »funktioniert nicht ohne Blut, ohne Wunden, ohne Geister. Obwohl Magie helfen soll, macht sie sich Feinde. Vergiss das nie, wenn jemand an die Hintertür klopft und dich bittet, etwas in Ordnung zu bringen. Deine Entscheidung verschafft dir eine Vergangenheit, auf die du stolz sein kannst, oder eine Zukunft, die viele, nicht einzuschätzende Risiken beinhaltet. Sieh zu, dass du erkennst, was du willst.«

Sadie hatte die Worte mit einem Schnauben abgetan, aber je öfter sie versuchte, etwas Kaputtes zu reparieren, desto drängender wurde für sie die Frage, ob sie sich nicht vielleicht doch dort einmischte, wo sie nichts zu suchen hatte. Immer schien es irgendeine unerwartete Konsequenz zu geben: Das Heidekraut weigerte sich wochenlang, nachzuwachsen, bestimmte Tiere näherten sich ihr nur knurrend oder fauchend, und es gelang ihr nicht, Feuer zu machen, ehe sie ihre Hände nicht in Ziegenmilch und Lavendel gereinigt hatte. Und manchmal folgte ihr ein zäher Geruch, grau wie aschfahler Kummer.

Was für Blut klebte an ihren Händen? Welche Geister folgten ihr in die Zukunft?

Sie ließ sich auf die Knie sinken und begann schweren Herzens und mit bloßen Händen, die Überreste zusammenzuscharren; ihre Nägel färbten sich augenblicklich widerlich schwarz. Während sie über den Boden kroch, spürte sie plötzlich ein Prickeln der Angst, das sich in ihr ausbreitete, und alles in ihr schien sich zu verdichten.

Sie spürte, dass etwas sie beobachtete – glitschig wie ein Aal und genauso schleimig.

Langsam blickte sie auf und erhaschte eine Bewegung jenseits des Zaunes. Im Dickicht der Bäume sah sie eine Gestalt lauern.

Sadie hatte schon Geister gesehen, aber das war keiner. Vielleicht eine verlorene Seele, die noch etwas zu erledigen, noch eine Rechnung offen hatte.

Je länger die Gestalt dort reglos stand, desto enger wurde ihr die Brust, bis sie kaum noch atmen konnte. War das das Wesen, das versucht hatte, ihren Garten zu zerstören?

Bei dem Gedanken fing ihr Blut plötzlich an zu kochen, und das Feuer vertrieb das Eis, bis ihre Fingerspitzen vibrierten. Mit eiserner Entschlossenheit nahm sie eine Handvoll Erde und sah zu, wie ihr Zorn die Ränder entzündete und kleine Flammen über ihre Handfläche züngelten, bis die Erde lodernd verbrannte und die Asche sich wie das rachsüchtige Licht sterbender Sterne vom Wind davontragen ließ. Doch ehe sie das Wesen am Waldrand erreichen konnte, verschwand es spurlos.

Jemand oder etwas wollte hinein. Und ohne den Dill brauchte der Garten einen neuen Schutz. Die kommende Stunde verbrachte Sadie damit, das verbrannte Laub zusammenzuharken und jeden noch so kleinen Rest einzusammeln. Gigi durfte das nicht sehen. Sie hatte schon genug Sorgen. Sadie streute etwas gemahlene Teufelsdreckwurzel sowie Erde aus allen vier Ecken des Gartens auf die Pflanzenreste und verbrannte den Haufen. Der Rauch war beißend und stank nach bösen Träumen und Verbitterung.

Als die Asche abgekühlt war, verstreute sie sie im Garten, eine Maßnahme, die ihn wenigstens ein paar Nächte lang schützen würde. Vom Teufelsdreck hatte sie ein wenig für sich selbst aufbewahrt; wenn er ungebetene Eindringlinge abhalten konnte, dann konnte er sie vielleicht auch vor einem gebrochenen Herzen bewahren.

Es war an der Zeit, die Dinge selbst in die Hand zu nehmen.

Gegen sechs Uhr abends schleppte sie sich die Treppe hinauf, um sich den Geruch von Qualm, Ruß und Schmutz abzuduschen. Als sie fertig war, wehte der Duft von gebratenen Hühnchen unter der Badezimmertür hindurch. Sie zog locker sitzende Jeans und einen crèmefarbenen Pulli mit Zopfmuster an. Da es Abend war, erlaubte sie sich einen Blick in den Spiegel. Sie hatte dunkle Ringe unter den Augen, und ihre olivfarbene Haut, die eigentlich noch sommerlich gebräunt war, sah aus wie ausgewaschen. Um etwas Farbe zu bekommen, kniff sie sich in die Wangen. Gigi sollte sich keine Sorgen wegen ihres fahlen Aussehens machen.

Sie schlüpfte in ihre abgewetzten Ledersandalen und betrat die Küche mit schweren Schritten, die ihr bis ins Herz drangen und nach dem Widerhall böser Omen klangen. Gigi stand am Ofen und überwachte eine riesige Pfanne frittierter Hähnchenteile. Die Cornflakes glänzten golden wie die Sommersonne, der Duft des Öls hing verheißungsvoll in der Luft. In einem Topf köchelten Erbsen und Mais vor sich hin. Die dicken Stücke Butter darin waren noch nicht ganz geschmolzen.

»Hey, Spätzchen«, sagte Gigi.

»Was ist denn hier los?«, fragte Sadie.

»Mir war einfach nach kochen«, erklärte Gigi. »Baked Beans sind im Ofen. Außerdem habe ich Obstsalat hier, aber ich fürchte, er ist nicht besonders gut. Probier mal.« Sie hielt Sadie eine Gabel mit einer aufgespießten Erdbeere hin.

»Wie viel Kilo Zucker hast du da reingetan?«, fragte Sadie, während sie kaute.

»Jetzt reg dich bloß nicht auf. Ohne war er ungenießbar.« Gigi lehnte sich an die Theke zurück, presste sich die Hand auf den Rücken und verzog schmerzhaft das Gesicht. »Mir geht's gut«, sagte sie, ehe Sadie fragen konnte.

»Aha! Und die Baked Beans mit braunem Zucker?«, fragte Sadie aufgesetzt locker, obwohl ihr gar nicht gefiel, wie gekrümmt Gigi dastand.

»Und Speck natürlich. Nur so kann man sie zubereiten«, sagte ihre Großmutter resolut und überprüfte das Fleisch mit einer Gabel. »Du weißt ja, dass die Revelares Poppy Meadows mitbegründet haben, aber meine Mutter war eine Nomadin. Immer auf der Jagd nach einem Mann. Ich bin hier aufgewachsen, aber wir haben eine Weile in Oklahoma gelebt. Dort hat sie mich einmal an einer Bushaltestelle abgesetzt, als ich zwölf war. Sie sagte mir, sie käme zurück, aber falls nicht, sollte ich mit dem Bus nach Chickasha zu meinem Großvater fahren.«

»Allein?«, fragte Sadie entsetzt. »Mit zwölf?«

»Damals waren die Dinge anders. Jedenfalls kam sie nicht wieder. Es war ihr wohl egal. Ich verbrachte den Sommer bei meinem Großvater und fand es furchtbar. Also meinte er, wenn ich genug Geld zusammenkriegen würde, könnte ich den Bus nach Newport Harbour nehmen, wo mein Vater auf einer Werft arbeitete. Zuerst habe ich mein Fahrrad für 35 Dollar verkauft, was damals eine stolze Summe war, glaub mir. Und dann bin ich von Tür zu Tür gegangen und habe eine Wundersalbe namens *Cuticure* verkauft. Woran man auch litt – *Cuticure* hat es kuriert. Sobald ich genug Geld zusammenhatte, habe ich den ersten Bus nach Oakland genommen.«

»Und? War es da besser als in Chickasha?«

»Pfff, ich bitte dich! Mein Vater war mit einer dummen Tussi zusammen.« Gedankenverloren rührte sie im Mais. »Als ich bei seiner Wohnung ankam, machte sie auf. Aber ich musste draußen im Flur warten, bis er von der Arbeit nach Hause kam. Sie wollte mich nicht. Niemand hat mich je gewollt. Aber ich bin trotzdem geblieben. Sie hat mich immer ausgesperrt, wenn sie und mein Vater ihre *Privatsphäre* brauchten, deshalb habe ich die meisten Nachmittage im Kino verbracht, bis ich jede Wochenschau und jeden Film auswendig konnte.«

»Das klingt ja entsetzlich.« Sadie runzelte die Stirn, während sie mit den Fingern geistesabwesend Obst aus dem Salat pickte und sich den Zucker vom Daumen leckte.

»Alle Revelares gehen, aber sie kommen immer zurück. So heißt es immer. Meine Mutter nicht. Ich dagegen, ich wusste immer, dass das hier der Ort ist, an dem ich sein soll.

Aber Herrgott, hier stehe ich und quatsche wie eine verwirrte, alte Schachtel. Ich wollte nur, dass du es weißt. Mich hat nie jemand gewollt, außer dein Großvater. Zumindest hat es sich für ein zu klein geratenes, schüchternes Kind wie mich mit zu großer Nase und zu tiefer Stimme so angefühlt. Aber ich habe dich und deinen Bruder immer gewollt. Von Anfang an wusste ich, dass ihr für mich bestimmt wart. Ich hoffe, das weißt du. Mir ist klar, dass es nicht genug ist. Ich bin nicht eure Mutter.« Gigis Stimme klang nüchtern und sachlich, während sie das Fleisch aus der Pfanne nahm und zum Abtropfen auf Haushaltspapier legte.

»Gigi«, sagte Sadie sanft. »Deine Liebe war immer mehr als genug.«

Aber Gigi schnalzte mit der Zunge. Gefühle zeigen war nicht ihr Ding. »Für dich vielleicht. Aber nicht für deinen Bruder. Und das ist in Ordnung. Ich wollte nur, dass ihr es wisst.«

Sadie gefiel es überhaupt nicht, dass Gigi plötzlich Geschichten erzählte, als müsste jemand sie hören. Sie schauderte, als hätte sie in eine Zitrone gebissen oder sich an einem Blatt Papier geschnitten.

Seth betrat die Küche, als Gigi gerade das letzte Stück Fleisch auf das Küchenpapier gab.

»Es ist an der Zeit, dass ihr beide anfangt, zivilisiert miteinander umzugehen, bevor ich euch die Ohren langziehe, damit ihr vielleicht langsam zu Verstand kommt. Ich gehe jetzt eine rauchen. Und ihr zwei esst. Und redet.«

»Gigi«, setzte Sadie an, doch sie schnitt ihr das Wort ab.

»Tut es für mich. Wir unterhalten uns später weiter, versprochen.« Und Sadie fand es erstaunlich, dass Gigi lächeln konnte, obwohl ihre Stimme so herrisch klang.

Sie und Seth starrten einander an. Sadies Finger zuckten an ihren Seiten. Wie konnte man jemanden gleichzeitig umarmen und erwürgen wollen? Geschwisterliebe war kein Spaß.

»Ich habe das seltsame Gefühl, als hätte man uns mit einem total schrägen Blind Date überrumpelt«, sagte Seth und blickte auf das viele Essen. Gelächter blubberte in Sadie auf. Vielleicht wurde sie ja verrückt. Nichts passte zusammen, und es kam ihr vor, als ob alle Teile der Person, die sie zu sein geglaubt hatte, sich an den Nähten voneinander lösten, ohne dass sie wusste, wie sie sie zusammenhalten konnte.

»Was machen wir denn jetzt?«, fragte sie ihren Bruder.

Seth sah sie an, als sei sie tatsächlich verrückt geworden.

»Wir essen«, antwortete er schließlich, als läge das auf der Hand. »Denn wenn wir es nicht tun, sperrt Gigi uns hier auf ewig ein, und ganz ehrlich, Sadie, diese Frau jagt mir eine Heidenangst ein.«

Gigi hatte bereits ein Körbchen mit Knoblauch-Petersilien-Brötchen auf den Tisch gestellt. Seth schnappte sich eins, biss hinein und warf Sadie ebenfalls eins zu. Sie nahm einen Bissen und verdrehte die Augen. Ihre Großmutter hatte eine Prise weißes Senfpulver hineingegeben – hilfreich, um Dinge loszuwerden und sich Herausforderungen zu stellen.

»Setz dich. Ich tue uns auf.« Sie seufzte, wischte sich die Tränen aus den Augenwinkeln und wusch ihre Hände mit Zitronenverbene-Seife. »Bringen wir es hinter uns.«

Mit zwei vollen Tellern setzten sie sich und starrten auf das Essen, als sei darin eine Antwort enthalten. Seth nahm die Gabel in die Hand und räusperte sich.

»Sie hat mir im Krankenhaus noch sehr präzise Anweisungen diktiert«, begann er und rief die Notizen-App auf seinem Handy auf. »Wir dürfen kein Trübsal blasen, und wir dürfen sie nicht behandeln, als würde sie sterben.«

»Obwohl sie es tut«, sagte Sadie mit harter Stimme.

»Obwohl sie es tut«, wiederholte Seth. »Wir dürfen es unter keinen Umständen jemandem sagen. Das war ihre erste Anweisung. Außerdem dürfen wir nicht versuchen, sie zu einer Therapie zu bewegen, und wir müssen nett zueinander sein. Hey, das steht hier so«, fügte er hinzu, als Sadie die Augen verdrehte. »Und wenn sich ihr Zustand dramatisch verschlechtert, wenn sie zum Beispiel dement wird oder so was, dann sollen wir sie im Krankenhaus abliefern und dalassen.«

»Als ob.« Sadie schnaubte.

»Ich weiß, ich wiederhole nur, was sie gesagt hat. Oh, und du sollst jeden Abend das Grundstück neu salzen, was immer das bedeutet.«

Sadie nickte, obwohl ihre Welt sich zersetzte. Sie konnte das schaffen. Sie würde tun, was immer Gigi wollte, selbst wenn es bescheuert war. Ihre schlimmsten Befürchtungen traten ein, und sie hätte gedacht, sie würde zusammenbrechen, sich ganz klein machen und weinen, bis sie im Strom ihrer eigenen Tränen ertrank. Aber zu ihrem Erstaunen breitete sich eine Kraft in ihr aus und brannte in ihrer Kehle wie Holunderlikör. Sie würde sich um alles kümmern.

»Okay, danke«, sagte Sadie und nickte bedächtig. »Ich übernehme jetzt. Du musst dir keine Gedanken mehr machen.«

»Was meinst du damit?«, fragte Seth verwirrt.

»Na ja, dass …« – Sadie wedelte unbestimmt mit der Hand in der Luft – »… dass du tust, was du eben tust, und ich tue, was ich tue. Du bist beschäftigt, du hast ein eigenes Leben, du warst …«

»Kannst du bitte aufhören, mich auszuschließen?«, unterbrach er sie.

»Ich dachte, das wäre es, was du willst«, sagte sie und zog die Brauen zusammen. »Ich dachte, ich tue dir einen Gefallen.«

»Gott! Dafür, dass wir Zwillinge sind, kapierst du wirklich nichts.« Und im Handumdrehen war ihr zerbrechlicher Waffenstillstand schon wieder Geschichte. »Weißt du überhaupt, warum ich gegangen bin? Weil ich nicht mehr in deinem verdammten Schatten leben konnte. Ich bin in Magie ersoffen, mit der ich nichts zu tun hatte.«

»Du wolltest sie doch sowieso nie«, wandte sie ein. »Dir war doch nur wichtig, möglichst normal zu sein, dich von uns zu distanzieren und dein eigenes Leben zu leben.«

»Ja, hat ja toll funktioniert, nicht wahr?« Er schüttelte den Kopf, als verstünde sie rein gar nichts.

»Oh, tut mir so leid, dass Gigi todkrank ist und du jetzt tatsächlich wieder mit uns zu tun hast. Aber sei doch so gut und tu uns bitte keinen Gefallen.« Gerne hätte sie die Arme vor der Brust verschränkt, aber das hätte zu trotzig ausgesehen.

»Hör zu, lass uns nicht wieder streiten, denk an Gigis Anweisungen. Würdest du mir bitte einfach glauben, dass ich mein Bestes gebe? Ja, ich hätte nicht einfach verschwinden dürfen. Ja, ich hätte dich vorwarnen und deine Anrufe annehmen müssen. Aber ich konnte nicht. Ich habe in einem schwarzen Loch gesteckt. Ich habe diesen verdammten Dämon in mir, der übernimmt, wenn die Dunkelheit kommt, und ich kann es nicht verhindern. Es gibt Zeiten, da ist er ruhig, und ich wache auf und denke, ich kann das, ich werde den Tag überstehen. Aber an anderen Tagen ersticke ich einfach nur, und ich hasse es, keine Kontrolle zu haben. Ja, ich war ein Arsch. Und es tut mir leid.«

Sadie starrte ihren Bruder an. So hatte er noch nie mit ihr gesprochen. Schuldgefühle keimten in ihr auf. Was war sie bloß für ein Zwilling? Was für eine Schwester war sie gewesen, dass sie nicht einmal geahnt hatte, was er durchmachte?

»Warum hast du dir keine Hilfe gesucht?«, fragte sie ruhig.

»Zum Beispiel einen Therapeuten?« Er lachte trocken. »Und wie stellst du dir das vor? Hey, Seelenklempner, meine Magie verursacht Depressionen und Panikattacken. Nein, eher nicht, denke ich.«

»Aber denk mal an Raquel. Ihre bipolare Störung ist so viel besser geworden. Dank der richtigen Medikamente hat sie sie im Griff. Und sie ist in psychologischer Behandlung und macht eine Therapie.«

»Ja, und ich bin richtig stolz auf sie. Es ist ja nicht so, dass ich nicht an Therapie glaube. Ich denke nur nicht, dass es für mich funktioniert. Unsere Magie stellt alles auf den Kopf. Wir sind nicht normal.«

»Ich wollte immer nur, dass du stolz darauf bist, ein Revelare zu sein«, sagte sie. »Ich habe nie verstanden, warum du davor weglaufen wolltest. Ich kannte mich ohne dich noch nicht, und es gefiel … es gefällt mir nicht. Du hast mir so gefehlt.« Sie senkte den Blick. »Ich habe mir die Schuld dafür gegeben, dass du gegangen bist. Ich dachte, wenn ich dir mit deiner Magie nur mehr geholfen oder versucht hätte, selbst normaler zu sein, dann wärst du vielleicht geblieben.«

»Sadie.« Er schüttelte den Kopf. »Wie gesagt, ich war ein egoistischer Arsch, das kann ich nicht mehr rückgängig machen. Du hast immer gewusst, wer du bist. Und als ich weg war, hast du vor allem mehr von dir selbst kennengelernt. Ich habe eigentlich immer nur versucht, irgendwie mitzuhalten.«

»Aber immer allein. Dabei ist die Familie doch dazu da, um zu helfen. Doch du hast der Magie und unserem Familiennamen die Schuld in die Schuhe geschoben, anstatt einfach zu akzeptieren, dass genau das uns ausmacht. Anstatt zu begreifen, dass genau das der Grund ist, warum wir zusammenbleiben müssen.«

»Vielleicht wollte ich sehen, wer ich ohne all das sein kann.« Kühl zuckte er die Achseln.

»Wie immer entgeht dir das Wesentliche«, erwiderte sie. »Du hast mir nie etwas über deine Magie oder deinen Fluch erzählt. Leider bin ich nicht in der Lage, dir etwas zu verheimlichen, deshalb habe ich es dir gesagt, sobald die Zeremonie vorbei war. Weißt du noch? Das Herz, das viermal bricht? Jake war das erste Mal. Du das zweite.«

Sie hätte nicht sagen können, ob das eine neue Erkenntnis für ihn war. Sie waren beide gut darin, sich keinerlei Gefühle anmerken zu lassen; manchmal war es schwer, sich in Erinnerung zu rufen, dass es sich um einen Schutzmechanismus handelte. Sie wusste, wie leicht es war, die Menschen, die man am meisten liebte – am meisten brauchte – auszuschließen. Denn wenn man sie nicht so sehr brauchte, tat es vielleicht auch weniger weh, wenn sie nicht für einen da waren. Und weil sie ihn mehr liebte als jeden anderen, hatte er auch die meiste Macht über sie.

»Ich musste gehen. Kapierst du das nicht? Ich bin hier untergegangen. Glaubst du, es ist gesund, dass ich der Einzige bin, der dir nahesteht?«

»Nein, ich glaube, dass so einfach Familie funktioniert, du Idiot. Und jetzt bin ich nur noch zwei gebrochene Herzen davon entfernt, meine Magie ganz zu verlieren. Und ich brauche sie mehr denn je.«

»Gott bewahre, dass du auf das verzichten musst, das dir eigentlich am wichtigsten ist.« Er lachte verächtlich. »Denn darum geht es in Wirklichkeit, nicht wahr? Du bist angefressen, dass ich gegangen bin, aber noch angefressener bist du, dass du jetzt einen Schritt näher dran bist, das Kostbarste zu verlieren, das du hast, weil der verdammte Fluch wahr werden könnte. Du liebst deine Magie mehr, als du je einen Menschen zu lieben bereit bist.«

»Fick dich doch«, spuckte Sadie aus. Ihre Fingerspitzen wurden warm und prickelten in dem Bedürfnis, etwas von dem Zorn, der sie durchströmte, freizusetzen. Die Teller im Regal begannen zu klappern, und der Teekessel auf dem Herd stieß Dampf aus.

»Da haben wir es wieder.« Er verschränkte die Arme und lehnte sich zurück, als hätte er nur darauf gewartet, dass sie ausrastete. Ein kleines Lächeln umspielte seine Mundwinkel. »Komm, sprich es aus. Sag, was immer du willst. Gigi will nicht, dass wir uns streiten. Also werde ich mich so anständig wie möglich verhalten, bis das alles vorbei ist, und du wirst das auch tun.«

»Du hast nicht zufällig das kleine Familiengeheimnis vergessen, von dem wir gerade erst erfahren haben? Einer von uns kann frei und unbelastet leben, der andere ist zu weiß Gott was verdammt. Wie, bitte schön, sollen wir das wieder hinbiegen, hm? Wir können ja nicht einmal, wenn Gigi im Sterben liegt, gemeinsam zu Abend essen, ohne uns die Köpfe einzuschlagen.«

»Darum können wir…«, begann er, doch Sadie schnitt ihm das Wort ab.

»Wenn du jetzt sagst, darum können wir uns kümmern, wenn es so weit ist, dann, das schwöre ich, fang ich an zu schreien.«

Seth musste tatsächlich lachen, und Sadie hielt inne.

»Was?«, fragte sie barsch.

»Ich hatte fast vergessen, wie nervig es ist, einen Zwilling zu haben.«

»Du Glücklicher«, brummte sie.

»Bist du jetzt fertig mit dem Gebrüll? Können wir essen?« Aber er wartete nicht erst auf ihre Antwort, sondern zog sich den Teller näher heran.

Etwas geschah in den folgenden Momenten des Schweigens; ein wenig Friede kehrte in Sadie zurück. Vielleicht, weil sie ihm endlich gesagt hatte, was sie empfand, vielleicht war es schlicht die Wirkung von Gigis Brötchen. Doch was immer es war – sie hasste das Hin und Her ihrer Gefühle. Jeder Moment schien anders als der vorherige zu sein. War sie gerade noch kühl und beherrscht, hätte sie im nächsten schon alles zertrümmern können.

»Nichts wird wieder so sein, wie es einmal war«, bemerkte sie.

»Würdest du das denn wirklich wollen?«

Darauf wusste sie keine Antwort. »Hast du wenigstens gefunden, wonach du gesucht hast?«, fragte sie stattdessen. »Als du gegangen bist?«

Seth sah sie nachdenklich an, aß jedoch schweigend weiter. Sadie tat es ihm nach und nahm einen Bissen Fleisch. Und jeder Happen, den sie zu sich nahm, schien ihr zu sagen, dass alles gut werden würde.

»Ich hab etwas gefunden«, sagte er schließlich. »Ich weiß nur noch nicht so genau, was es ist.«

»War es das wert?«, fragte sie weiter und fragte sich gleichzeitig, ob sie es wirklich wissen wollte.

»Auch wenn du sauer bist, weißt du ganz genau, dass ich nie absichtlich etwas tun würde, um dich zu verletzen«, sagte er betont, fast herausfordernd. »Ich hab dich nämlich tatsächlich gern.«

»Ich weiß, aber manchmal tut es gut, es zu hören.«

»Gewöhn dich nicht dran.« Und nach einer Pause fügte er hinzu: »Du wusstest immer, dass ich zurückkomme, nicht wahr?«

»Wenn ich das gewusst hätte, dann hätte es mir vermutlich nicht das Herz gebrochen. Wenn man sich so nahesteht, wie wir es getan haben, und plötzlich etwas derart Unvorhergesehenes geschieht, dann zieht es einem den Boden unter den Füßen weg. Man stellt plötzlich alles infrage. Und überlegt, ob man sich alles immer nur eingebildet hat.« Unwillkürlich fragte sie sich, ob sie über ihren Bruder sprach oder über Jake. Oder über beide.

»Ach, Mist, Sadie.« Er seufzte und fuhr sich mit der Hand durchs Haar. »Ich dachte wohl einfach, du wüsstest Bescheid. Oder dass du es zumindest verstehen würdest.«

»Langsam fange ich damit an«, gab sie zu.

»Schau, du warst immer die Starke von uns. Ich …«

»Das stimmt nicht«, erwiderte Sadie. »Ich habe das Gefühl, dass alles um mich herum in sich zusammenstürzt.«

»Aber du machst weiter. Was immer geschieht, du gibst nicht auf. Und das bewundere ich.«

»Vielleicht ist es bloß Dummheit«, sagte sie und starrte auf das Brötchen in ihrer Hand.

»Ist es nicht.«

»Wenn ich stark bin, dann weißt du, wieso das so ist. Wir sind nur so stark wie die Menschen, die wir lieben. Und wie die, die uns lieben. Nichts anderes zählt.«

»Nicht einmal Magie?«, fragte er und zog eine Augenbraue hoch.

»Magie kommt aus der Familie.«

»Ich weiß, ich habe gesagt, du willst die Realität nicht anerkennen, und das habe ich auch so gemeint. Aber es ist auch ein Kompliment. Deine Weltsicht ist nämlich so stark, dass die Realität sich entweder unterzuordnen hat oder verdammt noch mal verbannt wird. Davon hätte ich auch gerne etwas.«

»Du hast mehr, als du denkst.«

»Das hier ist die Stelle, wo du dich entschuldigen solltest, mir vorzuwerfen, ich würde immer anderen die Schuld an meinen Problemen geben.«

Sadie verengte die Augen – hatte er sich jetzt bloß entschuldigt, damit sie es ebenfalls tat? –, aber er lachte.

»Herrje, Sadie, das war ein Witz.« Aber da war ein Unterton in seiner Stimme, den sie sofort erkannte.

»Manchmal ist es schwer, zu dem zu stehen, was man getan hat«, sagte sie langsam. »Und ich meinte es auch nicht generell.« Sie wählte ihre Worte sorgsam. »Du machst es nicht immer. Nur in bestimmten Bereichen. Aber wir haben alle unsere Schwachstellen, die wir bearbeiten müssen, und was mir wirklich leidtut, ist, dass ich es auf so verletzende Art gesagt habe.«

Seth senkte den Blick auf den Tisch und zwirbelte das Buttermesser zwischen seinen Finger, als würde er einen Zaubertrick vorbereiten. Er räusperte sich.

»Danke.«

»Gerne. Wir mögen uns zwar in den Haaren liegen, aber ich will dir doch auch nicht wehtun. Dich bis aufs Blut reizen? O ja!«

»Mich provozieren?«

»Und ob.« Sie lachte. »Du bist derjenige gewesen, der es mir beigebracht hat.«

»Meine Güte, merkst du was? Wir entschuldigen uns wie Erwachsene. Hey, vielleicht schaffen wir es ja doch.«

»Klar schaffen wir es«, gab Sadie ohne zu zögern zurück. »Und ich glaube trotzdem, dass du es vielleicht mit einer Therapie versuchen solltest. Du musst ja nicht zwingend über Magie sprechen. Aber, Seth, wenn du dagegen ankämpfst – gegen die Dämonen, die Angstzustände, die Depressionen –, dann brauchst du bestimmte Werkzeuge, die du nutzen kannst.«

»Ich denk drüber nach«, versprach er.

Nach dem Essen machte Seth einen Spaziergang und verabschiedete sich vorher noch bei Gigi, während Sadie sich um den Abwasch kümmerte. Wenigstens ein paar Dinge änderten sich nie.

»Seid ihr zwei fertig damit, euch wie dumme Kleinkinder zu benehmen?«, fragte Gigi, als Sadie sich neben sie auf die Couch setzte, wo ihre Großmutter eine Wiederholung der uralten Westernserie *Bonanza* sah.

»Wahrscheinlich nicht.« Sadie seufzte. »Aber wir werden uns Mühe geben, uns wie erwachsene Menschen zu benehmen, weil wir dich so sehr lieben.« Sie lächelte müde.

»Mir ist klar, dass dir nicht gefällt, was uns bevorsteht. Du warst noch nie ein Fan von Veränderungen, Spätzchen. Aber ich glaube an dich. Wir stehen das gemeinsam durch. Und ich meine wir alle«, fügte sie streng hinzu. »Ich weiß, dass du deinem Bruder längst verziehen hast, du willst ihn einfach noch ein bisschen schmoren lassen, das kann ich dir nicht zum Vorwurf machen. Aber sei nicht so stur wie ich. Am Schluss bereut man es nur.«

Wenn es nach Sadie gegangen wäre, hätte sie sich eine Girlande aus vierblättrigem Klee gemacht und um den Hals getragen. Sie hätte Nachtschattenessenz getrunken, wenn sie damit die Welt um sich herum aussperren und in einer Stille hätte schlafen können, in der ungute Nachrichten vielleicht anklopften, aber niemals hereinkamen. Noch immer wünschte sie sich, am nächsten Morgen aufzuwachen und festzustellen, dass alles gelogen war. Doch das Leben hatte in ihr Wurzeln geschlagen, und daran musste sie wachsen, so oder so. Anstatt ihren Kopf also unter einem dicken Kissen zu vergraben, wie sie es am liebsten getan hätte, nickte sie.

»Ich verspreche dir, ich gebe mein Bestes.« Sie schluckte und kniff die Augen zu.

Gigi lächelte. »Braves Mädchen.« Sie nahm Sadies Hand und drückte sie. »So. Im Regal über der Mikrowelle steht eine Rührschüssel. Hol sie und verteil den Inhalt um Haus und Garten.«

»Salz und das Öl der Poleiminze«, sagte Sadie, und Gigi nickte.

»Etwas Bösartiges lauert da draußen. Es versucht, hereinzukommen, und ich habe vor, das zu verhindern. Wenigstens noch ein Weilchen.«

Sadie hätte das Omen am liebsten weggeschlagen, wie man ein lästiges Insekt wegschlägt, aber es klebte an ihrer Haut wie Tesafilm. Sie blickte aus dem Fenster und entdeckte, dass am Waldrand Nebelschwaden über den Boden krochen, und ein eisiger Schauder durchfuhr sie.

Nebel in einer klaren Nacht hieß, dass jemand auf den Tod wartete.

~ ~ ~

Am nächsten Morgen öffnete Sadie leise Gigis Tür und betrachtete die schlafende Gestalt, die so winzig unter der Decke aussah. Noch ein Tag, dann waren die Kräuter fertig. Sie schloss die Tür mit einem leisen Klick, das seinen Widerhall in ihrem Herzen fand, und ging laufen.

Sadie hasste laufen. Ihre ganz eigene Methode, sich zu bestrafen. Aber es war auch eine der wenigen wirksamen Methoden, die ängstliche Unruhe loszuwerden. Mit jedem Schritt auf dem harten Asphalt stieg ein anderer sorgenvoller Gedanke auf.

Jake.

Gigi.

Seth.

Ohne es zu wollen, hatte sie zu rennen begonnen.

Verdammter Fluch. Ich will doch nur. Eine normale Beziehung. Ich will doch. Nichts als Liebe.

Die Gedanken strömten durch sie hindurch und brannten sich durch die Schuhsolen, die schwarze Abdrücke auf dem Gehweg hinterließen. Säuberlich falten, falten, falten, wegstecken. Sie kam sich vor wie Elsa aus *Die Eiskönigin. Du darfst nichts fühlen. Zeig ihnen nicht dein wahres Ich*, sang sie im Geist.

Seitenstiche zwangen sie schließlich, stehen zu bleiben, und sie stützte sich auf den Knien ab, um wieder zu Atem zu kommen. Schließlich lief sie in gemäßigterem Tempo weiter, bis sie ihr Café erreichte, wo Gail bereits Kunden bediente. Als Sadie eintrat, deutete sie wortlos auf ein großes Glas Wasser mit Gurken- und Zitronenscheiben.

»Ich habe dich die Straße herunterkommen sehen«, erklärte Gail. »Ich wusste gar nicht, dass man beim Laufen so finster dreinschauen kann.« Gail lachte, und trotz allem reagierte Sadie automatisch mit einem Lächeln, als sie sich die Schürze um die Taille band.

»Ich gehe mal eben nach hinten und hole ein paar Sachen zum Auftauen raus.«

Nun, da sie wieder Luft bekam, konnte sie das Gefühl der Geborgenheit im Café auf sich wirken lassen. Bill saß mit einer Tasse Kaffee und einem Granatapfel-Éclair am Fenster.

»Wie geht's deiner Großmutter?«, fragte er, sobald er sie sah.

»Ihr geht's gut, danke, Bill.« Er hatte dunkle Ringe unter den Augen, und seine Sorge um Gigi hatte sich wie Staub auf seine Haut gelegt.

»Ich wollte ihr eigentlich Blumen schicken.« Er räusperte sich. »Aber dann dachte ich, dass sie das bestimmt albern finden würde. Ich weiß ja, dass sie es nicht leiden kann, wenn man Wirbel um sie macht.«

»Sie würde es bestimmt albern finden.« Sadie lächelte. »Und du solltest ihr unbedingt Blumen schicken. Oder besser noch: Bring sie ihr vorbei. Sie liebt Sonnenblumen.«

Das Lächeln ließ seine Augen aufleuchten.

Ältere Damen in neonfarbenen Jogginganzügen plauderten am Tisch in der Mitte. Lavender grüßte von einem Ecktisch, und Lace winkte sie zu sich. Beim Näherkommen entdeckte Sadie, dass Lavender nur einen Ohrring trug und die Socken, die aus ihren braunen Ankle-Boots ragten, nicht zusammenpassten. An Lavender war alles weich, rund

und verspielt. Lace dagegen war militärische Präzision. Ihr schwarzer Pony war mit dem Lineal geschnitten, die Doc Martens auf Hochglanz poliert.

»Hast du etwas gesehen?«, fragte Lace, als Sadie sich zu ihnen gesellte.

»Das musst du nicht beantworten«, sagte Lavender prompt zu Sadie, ehe sie ihre Schwester mit einem Stirnrunzeln bedachte.

»Irgendwas stimmt nicht, und ich versuche rauszufinden, ob es mit dem Grand Revel zu tun hat oder …« Lace hielt inne und musterte Sadie durch zusammengekniffene Augen, als versuche sie, durch einen Schleier zu blicken. »Oder mit den Revelares und was immer bei euch gerade los ist«, beendete sie den Satz schließlich.

»Der Grand Revel ist doch erst in fünf Monaten«, sagte Sadie überrascht. Tatsächlich hatte sie das Fest, das im *Cavendish Inn* stattfinden würde, vollkommen vergessen. Alle sieben Jahre kamen die sieben Gründerfamilien von Poppy Meadows zusammen, um einwöchige Feierlichkeiten mit Maskenball, Tombola, Rätseln und Spielen zu organisieren.

»Sieh nur, was du getan hast«, sagte Lavender vorwurfsvoll. »Jetzt macht sie sich Sorgen. Lass sie in Frieden. Sie hat genug um die Ohren.«

»Wir … ich bin … ich habe alles unter Kontrolle«, sagte Sadie. Die Schwestern sahen sie zweifelnd an.

Das Glöckchen über der Tür klingelte, und Sadie wusste augenblicklich und ohne sich umzudrehen, wer gerade eingetreten war.

»Sternchen«, flüsterte Lavender mit einem wissenden Lächeln. »In deinen Augen.«

Sadie verengte besagte Augen, als Jake auch schon ihren Namen rief und sie sich ihm zuwandte.

»Ich wollte nur was für die Jungs auf der Wache besorgen«, sagte er mit einem wachsamen Lächeln und blickte zwischen den drei Frauen hin und her.

»Ich kann den Honig-Zitronen-Kuchen empfehlen«, sagte Sadie, machte auf dem Absatz kehrt und marschierte schnurstracks zurück in die Küche.

»Sade, warte«, rief er und folgte ihr durch die Doppeltür.

»Du darfst hier nicht rein.« Sie versuchte, ihn wieder hinauszuschubsen, aber es war, als würde sie gegen eine Felswand drücken, und seine Haut verbrannte ihre Finger sogar durch das Uniformhemd. Sie spürte, wie sich ihr Haar lockte und die Schürze sich enger um ihre Taille zog, als wollte das Ding ihre Figur betonen. Verräter allesamt.

»Ich wollte nur wissen, wie's dir geht.«

»Besser denn je«, sagte sie, gab es auf, ihn aus der Küche zu bugsieren, und holte stattdessen geschäftig den Behälter mit Basilikum-Limetten-Keksteig aus dem Kühlschrank und stellte ihn auf die Arbeitsfläche.

»Okay, also …«, sagte er, als sie schweigend ihre Hände wusch und ihn geflissentlich ignorierte.

Sie kehrte zum Kühlschrank zurück und holte diesmal Aprikosen-Lavendel-Mürbeteig heraus. Schaltete die Öfen ein, nahm Backbleche von Regalen und Ausstechformen aus Schränken und einen Teigroller, der auch als Waffe hätte eingesetzt werden können. Die ganze Zeit über folgte ihr sein Blick und hinterließ überall auf ihrer Haut Spuren aus Sternenstaub.

»Tja …« Er räusperte sich. »Ich geh dann mal.«

»Jake«, sagte sie, als er die Türen aufdrücken wollte, »danke. Ich bin nur … Ich muss das hier tun. Das macht mir den Kopf frei.«

Er nickte. »Ich bin auf der Wache, falls du was brauchst, okay?«

»Nimm noch eine Schachtel Granatapfel-Éclairs für die Jungs mit. Geht aufs Haus.«

Die nächsten Stunden gab sich Sadie ganz dem Rhythmus von ausrollen, ausstechen und rühren hin. Das Scheppern der Bleche, die in den Ofen geschoben und wieder herausgezogen wurden, und das Klappern von Rührschüsseln hallte in der Küche wider. Ab und zu ging sie hinaus und füllte Kaffee nach und kassierte, während Gail die Kuchentheke neu bestückte. Juliana Daunton trat ein, und fast gegen ihren Willen musste Sadie lächeln.

»Sadie, Liebes«, sagte sie und marschierte zum Tresen wie eine Frau auf einer Mission. »Ich bin heute schon zum zweiten Mal hier. Diese Mini-Zitronen-Mohn-Gugelhupfe sind besser als Sex.« Sie senkte ihre schmetternde Stimme zu einem Flüstern. »Und glaub mir, Kleines, ich hatte schon verdammt guten Sex.« Sie zwinkerte, und Sadie spürte, wie ihr automatisch das Blut in die Wangen stieg.

»Oh, tja, also das ist …« *Mehr Information, als ich gewollt hatte,* dachte Sadie. »… gut«, beendete sie den Satz lahm.

»Ernsthaft. Auf dem Kärtchen stand, das Zeug würde für einen Energieschub sorgen, aber bei Gott, mir ist, als könnte ich den ganzen Tag Rumba tanzen.« Sie legte ein paar Schritte hin. »Ich hatte heute mehr Schmackes als die Kids.« Ms. Daunton leitete das städtische Sportprogramm, und Sadie fühlte sich prompt verantwortlich für das Chaos, das am Morgen vermutlich in den Kursen geherrscht hatte. »Du wirst das Rezept doch bestimmt mit uns teilen, nicht wahr, Liebchen? Es ist nämlich einfach nicht fair, uns etwas derart Gutes vorzuenthalten.«

Sadie dachte an das Kochbuch. An Gigis Ermahnung, Erfüllung im Leben anzustreben.

»Ja, vielleicht«, sagte Sadie, »aber wissen Sie…«

»Sadie«, schnitt eine strenge Stimme ihr das Wort ab, als sich die Eingangstür erneut öffnete und Sarah Watanabe in den Laden walzte.

»Ich habe keine Glöckchen mehr. Ich habe schon tausendmal angerufen, und du gehst einfach nicht dran. Ich brauche Glöckchen, und ich brauche den aromatisierten Honig.«

»Tut mir leid, Mrs. Watanabe«, sagte Sadie und seufzte innerlich. »In letzter Zeit ist alles etwas drunter und drüber gegangen.«

»Das ist keine Entschuldigung, junge Dame. Du führst ein Geschäft, und das gehört zum Geschäft. Und jetzt erzähl mir, was es Neues von deiner Großmutter gibt.« Mrs. Watanabe klang barsch, aber Sadie nahm keinen Anstoß daran; die Frau war einfach so.

»Ja, wie geht es der lieben Großmama?«, fügte Ms. Daunton hinzu.

Mrs. Watanabe sah Ms. Daunton grantig an, als habe diese ihr die Frage mit vorgehaltener Waffe geklaut.

»Gut, danke«, sagte Sadie, und obwohl die Antwort nach einer Lüge schmeckte, klang sie wie die Wahrheit.

»Schön, schön«, sagte Mrs. Watanabe. »Ich möchte bitte ein Granatapfel-Éclair zum Mitnehmen.«

»Oh, meine Liebe, Sie sollten den Zitronen-Mohn-Gugelhupf probieren. Der ist wie ein Orgasmus im Mund.«

Mrs. Watanabe fiel die Kinnlade hinunter, und Sadie musste ein Lachen unterdrücken.

»Ich sag's Ihnen«, fuhr Ms. Daunton fort. »Es ist eine Schande, dass Sadie das Rezept nicht weitergibt.«

»Ja, ich … ich hab schon oft gedacht, dass Sadie Backkurse geben sollte«, stammelte Mrs. Watanabe, sichtlich bemüht, sich nach dem Orgasmus-Kommentar wieder zu sammeln.

»Wirklich?«, fragte Sadie erstaunt.

»Das wäre gut fürs Geschäft.«

»Was wäre gut fürs Geschäft?«, fragte Jimmy Wharton, der zur Theke gekommen war, um sich Kaffee nachschenken zu lassen. Sadie nahm ihm die Tasse ab und füllte sie mit dem Spezialitätenkaffee wieder auf, den sie für den Laden bestellt hatte. Er hatte Aromen von Blaubeere und Honig, war sahnig im Geschmack und hatte ganz zufällig ein hohes Suchtpotenzial.

»Man mischt sich nicht einfach ins Gespräch anderer Leute ein«, sagte Mrs. Watanabe stirnrunzelnd.

»Ach, meine Liebe«, wandte Ms. Daunton ein. »In dieser Stadt kennt man keine Privatgespräche.« Sie wandte sich an Jimmy. »Wir finden, dass Sadie Backkurse geben sollte. Oder uns wenigstens ihre Rezepte verraten könnte.«

»Sherry wäre bestimmt begeistert«, sagte Jimmy. »Du könntest Pärchen-Kurse veranstalten. Zum Beispiel als Date-Night.«

»Ich denk mal drüber nach«, gab Sadie zurück. Die Aufregung, die in ihrem Magen zu prickeln begann, fühlte sich wie Champagnerbläschen an, leicht und luftig, und sie schwebte ein wenig.

»Nicht vergessen: Glöckchen und Honig.«

»Ja, Mrs. Watanabe«, sagte Sadie und reichte ihr einen Karton mit einem Éclair und einem Mini-Gugelhupf als Dreingabe. Nicht dass die Frau einen Energieschub nötig hatte. Sie war eine Naturgewalt.

Sadie kehrte in die Küche zurück und arbeitete summend vor sich hin, bis etwas sie nach Hause rief. Es war kein Notruf, nichts Dringendes, sondern die angenehme Variante eines Sirenengesangs, der in ihrem Inneren einen Widerhall fand. Sie gab Gail Bescheid, die sie mit einem Kuss auf die Wange hinausscheuchte, und machte sich gemächlich auf den Heimweg.

Der Himmel verdunkelte sich, und der Wind drang durch ihre Jacke, aber die Wärme des Sogs, der sie lenkte, vertrieb jeden Schauder. Sie war fast zu Hause angelangt, als ihre Füße warm zu werden begann, und sie lachte, als die sorgenvollen Gedanken endlich von ihr abfielen. Dort, mitten auf der ansonsten leeren Straße, stand mit offenem Mund und ausgestreckten Armen ihre Tante Tava – breite Hüften, kurze Arme und kaum größer als eins fünfzig. Mit einem entzückten Aufschrei rannte Sadie die letzten Meter auf sie zu.

»Ich hab auf dich gewartet«, sagte Tante Tava in ihrer

hohen mädchenhaften Stimme. »Mein liebes, schönes Kind, du.« Sie zog Sadie in eine nach braunem Zucker und Vanille duftende Umarmung, ehe sie wieder ihre Position von eben einnahm. Ihr blaues Haar leuchtete im wilden Wetter beinahe wie Neon. Auf ihren Wangen prangten aufgemalte Sternchen, und ihr gestufter Glitterrock schillerte in allen Regenbogenfarben.

»Was machst du hier?«, fragte Sadie und riss die Augen auf.

»Es regnet gleich.«

»Aber was machst du *hier*? In Poppy Meadows?«

»Ich war am weitesten weg und bin zuerst hier gewesen. Die anderen sind unterwegs.«

»Welche anderen?«, rief Sadie.

»Alle gehen weg, aber wir kommen immer zurück.«

»Tante Tava«, sagte Sadie, gleichermaßen erfreut wie frustriert über Tavas Angewohnheit, nur in Rätseln zu sprechen, wenn es ihr passte. »Ich habe dich Jahre nicht gesehen. Weiß Gigi schon, dass du hier bist?«

»Jetzt kommt's«, flüsterte Tava.

»Jetzt kommt w…«

»Psst«, unterbrach ihre Tante. »Die ersten Septembertropfen sind heilig. Fang sie auf der Zunge, und dir wird dein innigster Herzenswunsch erfüllt. Selbst wenn du noch gar nicht weißt, was er ist.«

Sadie lächelte, und als Tante Tava einen Moment darauf mit den Fingern schnippte, nahm sie gehorsam dieselbe Position ein, streckte die Arme aus und machte den Mund auf.

Es begann langsam. Doch als der erste Tropfen auf ihrer

Zunge landete, schmeckt er süß und erdig, als sei der Himmel endlich erwacht. Sadie lächelte.

Ein Auto musste um sie herumfahren und hupte. Tante Tava ignorierte es.

»Liebe ist immer die Antwort«, flüsterte sie, als der Duft vom warmen, nassen Asphalt seinen ganz eigenen Zauber entfaltete. »Aber so, wie du bist, wird sie nicht zu dir kommen. Stures, dummes Mädchen. Träum ein bisschen. Hast du schon vergessen, dass vor ein paar Tagen die Brücke überschwemmt war?«

»Woher weißt du davon? Bist du diejenige, die die Flut zurückgebracht hat?«

»Die Flut bringt alle zurück, meine süße, liebe Nichte. Apropos süße, liebe Nichte – wo ist denn mein süßer, lieber Neffe?«

Langsam wurde es ungemütlich, der Regen drang durch die Kleidung. »Können wir jetzt vielleicht reingehen?«, fragte Sadie, ohne auf Tavas Frage einzugehen.

»Gleich.«

Im selben Moment zuckte ein Blitz so grell, dass er beinahe lila aussah, über den Himmel. Er verzweigte sich und schien die ganze Gegend zu erfassen, und als das Licht erstarb, hatte der Regen aufgehört.

»So, erledigt!« Tante Tava klatschte in die Hände. »Du weißt doch, Kleines, die Familie ist alles. Manchmal ist sie furchtbar, und du wünschst dir nur, du könntest sie wie ein Krebsgeschwür herausschneiden, aber das geht nicht. Denn diese Art von Loyalität, diese Hingabe, lässt sich nicht im Wasser auswaschen. Sie ist im Blut.«

»Blödes Blut.« Sadie seufzte und wrang ihren Pullover aus.

»Gutes ist nie einfach zu haben. Los jetzt, machen wir uns eine Tasse Geißblatt-Tee.« Sie klopfte verschwörerisch auf die Tasche, und Sadies Stimmung stieg. Tante Tavas Geißblatt-Tee war legendär; er konnte selbst den finstersten Tag in einen schönen verwandeln.

»Weiß Gigi, dass du hier bist?«, fragte Sadie erneut, als sie den Rest des Weges zum Haus gingen.

»Weiß sie das nicht immer?«

Sadie lachte. »Aber hast du's ihr gesagt? Hast du sie angerufen, wie man das als normaler Mensch so tut?«

»Nicht nötig. Man sagt doch auch keinem Vogel, dass es regnen wird. Die wissen es schon. Da – siehst du?« Sie deutete aufs Haus.

Sadie sah Gigis funkelnden braunen PT Cruiser auf der Auffahrt, doch der war es nicht, der ihre Aufmerksamkeit weckte. Obwohl der Rauch, der aus dem Schornstein waberte, für jeden Passanten weiß aussah, nahmen die Revelare-Augen den zarten Lavendelton wahr, ein Zeichen, dass Gigi das Holz mit getrockneten Schattenblumen bestreut hatte, womit man unerwartete Gäste begrüßte. Abby und Bambi standen am Fenster und bellten und wedelten, und Sadie schüttelte den Kopf.

»Ich hab's dir doch gesagt.« Tante Tava grinste. »Mütter wissen das immer.«

Fried Chicken mit Cornflakes-Panade

Einfach, weil es so verdammt lecker ist. Die Hände sind schmierig, die Klamotten stinken nach Frittierfett, aber all das ist es wert. Die einzige Magie ist das köstliche Essen.

Zutaten

Ungefähr 2 Kilo Hähnchenbrust
2 Eier
1 Tasse Buttermilch (Milch oder halb und halb geht auch)
2 Tassen Cornflakes
2 Tassen Mehl
⅔ Teelöffel Salz
1 TL Pfeffer
½ TL Basilikum (getrocknet)
1/3 TL Oregano (getrocknet)
4 TL Paprika
2 TL Knoblauchsalz
½ TL Thymian (getrocknet)
Erdnussöl (anderes Pflanzenöl geht auch, aber Erdnuss ist besser)

ZUBEREITUNG

1. Ei mit Milch verquirlen, beiseitestellen. Cornflakes in eine Tüte geben und mit der Faust zerdrücken. Mehl, Salz, Pfeffer und Kräuter dazugeben. Schütteln, dann alles in eine Schüssel geben.
2. Eine großzügige Menge Öl in eine große Pfanne geben und erhitzen, währenddessen Hähnchenbrüste salzen und pfeffern.
3. Eine Hähnchenbrust durch die Milch-Ei-Mischung ziehen, dann in die Cornflakes-Schüssel geben. Andrücken, damit die Panade haftet, dann das Stück umdrehen und wieder andrücken. Mit den anderen Fleischstücken genauso verfahren, ins heiße Öl geben.
4. Hähnchen frittieren, bis es goldbraun ist, und nur einmal wenden, damit es nicht zu trocken wird – je nach Dicke der Brust 5–6 Minuten pro Seite. Auf Küchenkrepp abtropfen lassen.

ACHT

~

»DU KLEINES SCHEISSERCHEN«, RIEF GIGI, SOBALD sie ins Haus kamen. Abby und Bambi sprangen aufgedreht um Tanta Tava herum, bis sie sich bückte, einen Hund hochhob und den anderen streichelte. Die Standuhr schlug zur Begrüßung, und das Feuer im Kamin flammte gefährlich auf. Wo immer Sadies Tante Tava auftauchte, herrschte ein fröhliches Durcheinander.

»Mutter!«, rief Tava aufgesetzt schockiert. »Was für Ausdrücke!«

»Komm schon her.« Gigi lachte widerstrebend, während sie ihre älteste Tochter in die Arme zog. »Du hättest nicht kommen müssen.«

»Das ist natürlich ziemlicher Unfug, nicht wahr, du süßes kleines Hündchen?«, sagte Tava mit ihrer hohen Mädchenstimme an Abby gewandt. Sie ging zum Kamin, griff in ihre Tasche und warf etwas in die Flammen, die für einen kurzen Moment türkis aufleuchteten. Der Duft von Zedernholz stieg auf, und Sadies Kleider waren trocken, ehe ihr auch nur bewusst wurde, dass sie nicht mehr zitterte.

»Bereit fürs Chaos, liebste Nichte?«, fragte Tava mit einem Grinsen. »Und übrigens, als ich vorhin auf der Main Street einen Schaufensterbummel gemacht habe, bin ich dem attraktivsten Feuerwehrmann überhaupt begegnet – so was von heiß! Wir haben ein bisschen geplaudert, und als er gehört hat, dass ich eine Revelare bin, meinte er, er würde euch beide kennen, also habe ich ihn zum Essen eingeladen.«

Sadie stöhnte. »Hast du nicht.«

Aber natürlich hatte sie. Und so etwas wie Zufall gab es in ihrer Familie ohnehin nicht.

»*Hallo*? Wer in aller Welt würde diesen Gott von einem Mann beim Essen nicht anstarren wollen?«, fragte Tante Tava, auf der Jagd wie eh und je. »Und wo wir gerade bei attraktiven Männern sind, du hast mir noch nicht gesagt, wo dein Bruder steckt.«

»Wahrscheinlich irgendwo Hände schütteln und Babys herzen«, brummelte Sadie. Aber noch während sie den Satz aussprach, erkannte sie, wie sehr er sich in dem Jahr, das er fort gewesen war, verändert hatte. Weniger Charme, mehr Ernsthaftigkeit. Sie hätte ihn nicht direkt als grüblerisch bezeichnet, aber die Unbeschwertheit, die ihn stets wie ein Talisman begleitet hatte, war definitiv verschwunden.

»Oha, du hast ihm immer noch nicht verziehen, dass er gegangen ist? Himmel, wenn ich so was getan hätte, hätte Florence ein Freudentänzchen aufgeführt, und nun jammerst du, dass er zurück ist. Aber mach dir nichts draus, Herz und Kopf werden bald schon anderweitig beschäftigt sein.«

»Was soll denn das heißen?«, verlangte Sadie zu wissen.

»Tava«, sagte Gigi mahnend.

»Wo ist denn eigentlich der kleine Hitzkopf Raquel?«,

fragte Tava, ohne auf Gigi oder Sadie einzugehen. »Ah!« Sie hielt einen Finger hoch, und plötzlich klopfte es an der Tür. »Da ist sie ja.«

Und schon platzte Raquel herein.

»Tava!«

»Da ist sie ja«, wiederholte Tava, und das Rascheln ihres Rocks klang wie ein Flüstern, als sie Raquel in die Arme zog.

»Ich nehme an, dass du für den mit Glitter bestäubten Zettel verantwortlich bist, mit dem nach meiner Anwesenheit verlangt wurde?« Raquel lachte. »Es war der letzte Tag vor den Ferien, deshalb habe ich die Kinder nach dem Mittagessen gehen lassen. Also – was geht hier vor in diesem Irrenhaus?«

»Oh, nur ein kleines Familientreffen.« Tava zuckte nonchalant mit den Schultern, doch ihre Augen funkelten schelmisch, und einen Moment später brach sie in lautes Gelächter aus. Die Luft war plötzlich süß wie glitzernde Regenbogenzuckerwatte, passend zu Tavas Outfit. Sadie war sich sicher, dass sie Zuckerpartikel schmecken würde, wenn sie jetzt die Zunge herausstreckte.

»Was!?«, wollte Sadie wissen.

Gleichzeitig brach es aus Gigi heraus: »Ich wusste es doch. Du kleines Miststück.«

»Gib nicht mir die Schuld«, quiekte Tava.

»Wem denn sonst?«, fragte Gigi.

»Ich möchte ungern auf das Offensichtliche verweisen«, kam Seths Stimme von der Eingangstür, und Sadie fuhr zusammen. »Aber ich würde wahrscheinlich der Magie die

Schuld geben. Ich meine, ist das nicht normalerweise die Erklärung für alles in diesem Haus?« Er lächelte, und Sadie fiel wieder einer der Gründe ein, warum sie ihren blöden Bruder so liebte. Egal, was geschah, sei es noch so albern, schmerzhaft oder verwirrend, er machte alles besser. Allein, weil er da war.

»Mein liebster hübscher Neffe!« Tava gurrte geradezu vor Entzücken.

»Tante Tava. Ich bin mir nie sicher, ob du wirklich durch und durch Mensch oder zum Teil Fee bist.« Seth drückte seine Tante an sich und küsste sie auf den Scheitel. »Aber bei dieser Familie kann man sich ja nie sicher sein.« Als Nächstes umarmte und küsste er Gigi. Als sei er Wochen fort gewesen, nicht nur ein paar Stunden. »Schwester«, sagte er, und als er sie auf die Schläfe küsste, stieß sie einen Laut zwischen Verärgerung und Widerwillen aus, obwohl sie es in Wirklichkeit genoss. »Quel«, fügte er hinzu, legte einen Arm um Raquels Schultern und drückte sie ein wenig, beließ es aber dabei.

Ein Klopfen an der Tür unterbrach Sadies Gedanken, und ihr Herz stolperte. War *er* es? Aber es war zu früh. Tava hatte ihn zum Abendessen eingeladen. Unwillkürlich strich sie sich die Haare glatt, doch dann ertönte die helle, schrille Stimme ihrer Tante Kay. Augenblicklich sahen Seth und sie sich in einer Mischung aus Beklemmung und Belustigung an. Das Licht im Haus war plötzlich gedämpfter, und selbst das Feuer erstarb, als wolle es sich verstecken.

»Ähm … hallooo?«, rief Tante Kay von draußen verärgert. »Gibt es einen Grund, warum die verdammte Tür abgeschlossen ist?« Sie rüttelte empört am Türgriff, bis Sadie öffnete. Sie war nicht abgeschlossen gewesen, das Haus hatte ihr nur einen Streich spielen wollen. »Meine Kleine!«, schrie Tante Kay. In ihren Händen hielt sie Geschenktüten und einen Efeu im Topf. Mit ihren langen Beinen, die in Overknees mit mindestens Fünfzehn-Zentimeter-Absätzen steckten, ragte sie über Sadie auf. Ihr Haar war zu einem lockeren Dutt aufgesteckt, und an ihren Handgelenken klimperte ein halber Schmuckladen, als sie Sadie so fest an sich zog, dass ihr die Luft wegblieb. Als sie Sadie schließlich wieder freigab, rannen ihr Tränen über die Wangen, und der Efeu war gute dreißig Zentimeter gewachsen. »Mein Baby«, flüsterte sie und legte Sadie eine Hand an die Wange. Ihre Acrylnägel waren lang und rot, und der Kimono, den sie trug, wehte um ihre schlanke Gestalt wie ein Drache im Wind. Der Geruch neuer Schuhe frisch aus dem Karton, der von ihr ausging, überlagerte Tavas Zuckerwatteduft.

»Mommy!«, rief sie als Nächstes. Als sie sich durch die Tür ins Haus drängte, flackerten die Lichter, als zuckten sie ob ihrer schrillen Stimme kollektiv zusammen. »Mommy«, sagte sie wieder, als sie die Küche betrat, und bei Gigis Anblick fing sie wirklich an zu weinen. Die Standuhr legte erneut los, obwohl es sich diesmal nach einem Hilfeschrei anhörte. Wenn Tava fröhliches Durcheinander war, dann war Kay ein Chaos, das einem den Atem raubte.

»Na, na«, sagte Gigi und versuchte vergeblich, ihre Gereiztheit zu verbergen. »Kein Grund, so ein Gewese zu machen.« Sie umarmte ihre zweitälteste Tochter, tätschelte ihr die Wange und wandte sich wieder der Vorbereitung des

Abendessens zu. Da die Familie Nahrung brauchte, führte kein Weg dran vorbei. »Und jetzt raus mit euch. Ihr rennt hier herum wie kopflose Hühner, und ich weiß, dass euer Geschnatter heute nicht mehr aufhören wird.«

»Aber soll ich nicht lieber helfen?«, fragte Tante Kay und versuchte, hilfsbereit auszusehen, während sie in Wirklichkeit nur von den Tomaten stibitzen wollte, die Gigi gerade klein schnitt.

»Schluss damit!« Gigi schlug ihre Hand weg.

»Was für wunderschöne Sonnenblumen«, bemerkte Sadie und deutete mit dem Kopf auf den Strauß, der auf dem Fensterbrett stand.

»Hmpf«, machte Gigi, doch ihre Wangen färbten sich einen Hauch rosa, und Sadie musste lächeln.

Obwohl das Haus Spaß daran hatte, Tante Kay zu ärgern, erhellte ihre Anwesenheit den Raum. Ihre Magie bestand darin, allen Menschen um sie herum das Gefühl zu geben, geliebt zu werden. Von ihr den Rücken gekrault zu bekommen, fühlte sich besser an als eine neunzigminütige Massage, da es mit konzentrierter Absicht und Liebe geschah. Machte sie einem ein Kompliment, glaubte man es einfach, anstatt es herunterzuspielen oder peinlich berührt zu reagieren, wie Frauen es so gerne taten.

Tavas Magie war spitzbübischer. Sadie konnte sie als regenbogenglitzernde Ströme um sie herumwirbeln sehen. Ihre Magie brachte andere dazu, Dinge zu tun, die man sonst nicht tat; sie vermittelte einem das Gefühl, als sei alles möglich. Schlicht ausgedrückt war es eine Magie der Einbildungskraft, Magie, die Gewöhnliches außergewöhnlich machte: Ein Spielzelt aus Decken wurde zu einem Elfenunterschlupf, ein normales Outfit verlieh einem plötzlich Red-Carpet-Selbstvertrauen, und Tees verwandelten sich in merkwürdige Tränke, die man noch lange in Erinnerung behielt.

Sadie lachte auf, als es in ihrem Herzen blubberte wie süße Limo. Der Regen hatte aufgehört, die Nachmittagssonne drang durch die Fenster, und das goldene Licht brach sich in den verbliebenen Tröpfchen auf den Glasscheiben und warf buntschillernde Lichtflecken auf die Arbeitsfläche. Seth stieß sie kumpelhaft mit der Schulter an, als sie ins Wohnzimmer kam.

Und dann machten sie sich daran, das Gästezimmer herzurichten und Luftmatratzen aufzupumpen.

»Wir werden mehr Kaffee brauchen«, sagte Gigi, als sich Tava die letzte Tasse einschenkte.

~ ~ ~

Das Chaos im Haus wuchs; Sadie musste zunehmend um ihre Tanten herumnavigieren. Als sie Gigi helfen wollte, die frisch gewaschenen Decken zu falten, war Tava bereits da, und als sie sich an der Theke niederlassen wollte, saß Tante Kay auf ihrem Hocker und trank Eiskaffee. Plötzlich kam Sadie sich in ihrem eigenen Haus etwas verloren vor.

Als der Abend kam, stieß Sadie einen erleichterten Seufzer aus. Zumindest die Küche würde nun sicher sein.

»Was kochen wir?«, fragte sie Gigi, als sie sich endlich nur noch zu zweit darin aufhielten. Gigi atmete tief durch, ließ das Messer sinken, mit dem sie die Tomaten gehackt hatte, und lehnte sich an die Arbeitsfläche.

»Lasagne und Knoblauchbrot mit Salat«, sagte sie so sachlich, als hätte es ernsthaft noch etwas anderes gegeben, das bei einem spontanen Familientreffen auf den Tisch kommen könnte. »Und mir wäre es wirklich lieb, wenn ihr aufhören würdet, einen solchen Wirbel zu machen.« Sie wischte sich mit dem Handrücken über die Stirn.

»Das wird wohl nichts«, erwiderte Sadie und nahm den Granatapfel-Balsamico und das Olivenöl aus dem Regal, um eine Vinaigrette zu machen. Sie fügte Kräuter der Provence hinzu, etwas Senf und einen Klecks Orangenblütenhonig.

»Gib mir mal eben die Butter, ja?«, bat Gigi und breitete die Scheiben Sauerteigbrot auf einem Backblech aus.

Als Sadie sie aus dem Kühlschrank holte, wurde sie in ihren Händen sofort weich.

»Tut mir leid«, seufzte sie.

»Was ist los, Spätzchen?«

»Ich … na ja, ich glaube, ich muss mich erst an die ganzen Leute hier gewöhnen. An den Lärm. An die Veränderung. Du weißt schon.« Sie zuckte die Achseln.

»Du bist in deinem Alltag festgefahrener als ich«, bemerkte Gigi. »Das ist nicht gut, wenn man so jung ist. Und jetzt geh raus und pflück ein bisschen Salat. Und nimm die verflixten Hunde mit, ehe noch jemand drauftritt.« Bambi und Abby hockten winselnd zu Gigis Füßen und bettelten.

Sadie krümmte die Zehen, als ihre bloßen Füße auf den kalten, noch nassen Kies draußen traten; sie hatte den Korb für den Salat unter den Arm geklemmt, die Hunde wuselten um sie herum. Drinnen hörte sie ihre Tanten plappern, und der Duft von Knoblauch drang durch die Fliegengittertür. Sie schloss die Augen und legte den Kopf zurück. Frische, feuchte Erde, kühle Hände, das Versprechen auf ein warmes Essen …

»Ich bin mir nicht sicher, ob du betest oder gerade im Stehen einschläfst.« Seine Stimme kam vom Zaun, und Sadie riss die Augen auf. Sein Haar war feucht, und sie konnte selbst aus der Entfernung seinen Geruch wahrnehmen. Zedernholzseife und ein Hauch von Pfeffer. In jeder Hand hielt er eine Flasche Wein, und sein Lächeln zwängte sich zwischen Sadies Rippen wie ein Kitzeln. »Wir müssen über etwas reden«, fügte er hinzu.

»Darüber, dass du mir nachspionierst?«

»Weißt du, in der Großstadt habe ich in einer Wohnung mit papierdünnen Wänden gewohnt. Ich konnte meine Nachbarn auf beiden Seiten hören. Es gab immer ein Drama. Das Kind kam zu spät nach Hause. Der Mann gar nicht oder betrunken. Es war wie meine ganz private Soap, die ich leider nicht ausstellen konnte. Ich musste oft an dich denken.«

»Du nennst mich eine Dramaqueen?« Ihre Augenbrauen schossen aufwärts.

»Ich bin doch nicht lebensmüde«, antwortete er gespielt aufrichtig. »Nein, mir ist wieder eingefallen, dass du immer andere Leute belauscht und mir dann ihre Geheimnisse verraten hast.«

»Das habe ich ganz vergessen.« Sie lächelte. »Ich war

noch nie gut darin, Grenzen zu respektieren. Ich will zu viel wissen. Wie war das? In der Stadt zu wohnen, meine ich.«

»Du würdest es hassen«, erklärte er grinsend und unterhielt sie mit weiteren Anekdoten, ehe er sie danach fragte, was sich hier alles verändert hatte, seit er fortgegangen war. Während sie plauderten, spürte Sadie, wie ihre Wachsamkeit nachließ. Er war so viel mehr als der Junge, in den sie sich vor so langer Zeit verliebt hatte. Er war eine Mischung aus Erinnerungen und neuen Enthüllungen. Ein Mann, der sie ansah, wenn sie sprach, der nicht nur mit halbem Ohr zuhörte, sondern richtig. Und sie ertappte sich dabei, dass sie allein aus diesem Grund mehr erzählen wollte. Er lachte gerade über ihre Geschichte von den alten Damen in neonfarbenen Jogginghosen, die sie unermüdlich mit ihren Enkeln verkuppeln wollten, als aus dem Haus ein Aufschrei ertönte.

»Was ist da los?«, fragte er alarmiert.

»Ich schätze, es ist noch eine Tante angekommen«, erklärte Sadie. Mit Blick auf die Weinflaschen fügte sie hinzu: »Die da werden wir definitiv brauchen. Und vielleicht noch ein paar mehr.«

Jake folgte ihr hinein, und sie spürte ihn hinter sich; die Spannung in ihr wuchs mit jedem Zentimeter, den er näher rückte. Erst als sie im Haus waren, fiel ihr wieder ein, dass er gesagt hatte, sie müssten über etwas reden. Doch ein weiterer Schrei vertrieb den Gedanken.

»Annie, Annie, Annie!«, schrie Kay.

Und da war sie, ihre Tante Anne, die gerade von ihrer

Schwester Kay erdrückt wurde. Sadie spürte, wie das Haus sie willkommen hieß. Die Türen leuchteten, als wollten sie sie verlocken, durch sie hindurchzugehen, und durch den Knoblauchduft aus der Küche konnte sie einen Hauch Gardenie wahrnehmen, der Annie überallhin zu folgen schien. Die Regale in der Küche rappelten, denn sie wussten, dass Annie außer Sadie und Gigi die Einzige war, die den Vorräten gerecht werden konnte.

»Du weißt, wie du mit diesen Absätzen aussiehst?«, waren die ersten Worte, die aus Annies Mund kamen.

»Ach, halt die Klappe«, sagte Kay, und Tava lachte, und alle drei umarmten einander.

Anne befand sich, was ihre Größe anging, exakt zwischen Tava und Kay. Sie hatte vollkommen glattes Haar, das sich nicht locken ließ, was immer man auch probierte, und ihr schmales Gesicht wusste auf vielfältige Art auszudrücken, dass jetzt Schluss mit lustig war. Sie war klein und zierlich, wohingegen Kay groß und schlank war, und beide waren mit ihren hohen Wangenknochen und schmalen Nasen schön wie Gemälde alter Meister.

»Aber mal im Ernst: Wer hat die Tochter des Milchmanns überhaupt reingelassen?«, neckte Anne Kay, während sie Seth an sich drückte. »Wir wissen es doch alle, auch wenn Mutter es nicht zugeben will. Guckt sie euch doch an. Sie sieht uns überhaupt nicht ähnlich und ist groß wie eine Amazone.«

»Anne!«, rief Kay empört, obwohl alle wussten, dass es ihr insgeheim schmeichelte.

»Warte ab, dieses Jahr schenke ich dir ein DNA-Set

zu Weihnachten, dann werden wir ja sehen.« Anne hatte Mühe, ihre ernste Miene beizubehalten, als sie die Arme um Sadie schlang.

»Mommy«, kreischte Kay diesmal und stampfte in die Küche. »Anne macht sich schon wieder über mich lustig.«

»Es ist aber auch zu einfach.« Anne lächelte und hielt Sadie ein Stück von sich weg. »Du siehst wie immer wunderschön aus.«

»Wo ist Onkel Steven?«, fragte Sadie.

»In Südafrika, eine neue Filiale eröffnen. Er sollte in ein, zwei Wochen zurück sein. Die Kinder wären auch gerne gekommen, aber Emily hat gerade erst ihr neues Baby, und Johns Kinder müssen in die Schule.« Sie umarmte Raquel und wurde Jake vorgestellt, und in den nächsten zehn Minuten überschwemmte sie ihn mit tausend Fragen über seine Eltern und das Rock Creek House, ohne ihn wirklich antworten zu lassen. Annes Magie war so geradeheraus wie sie selbst. Wenn etwas erledigt werden musste, war Anne die Generalin, die nicht nur Befehle erteilte, denen sich niemand widersetzen konnte, sondern die sich auch stets an vorderster Front die Hände schmutzig machte und dafür sorgte, dass der Feldzug einwandfrei über die Bühne ging. Das hieß allerdings auch, dass ihr Hirn stets auf Hochtouren lief und immer schon im Vorfeld überlegte, was sie als Nächstes wissen oder erledigen musste.

»Nun«, sagte Anne abrupt und schnitt Jake, der gerade dazu ansetzte, eine weitere Frage zu beantworten, das Wort ab. »Ich gehe jetzt besser Mom helfen. Gott allein weiß, was dort drin vor sich gehen mag.«

Jake sah Sadie mit hochgezogenen Augenbrauen an, und sie lachte.

»Tante Anne ist für ihre verbalen Peitschenhiebe bekannt«, sagte Seth.

»Damit kann ich umgehen. Also – wo bist du gewesen, Kumpel?«

»Ach, du weißt schon – hier und da«, antwortete Seth.

»Ich hole Wein«, verkündete Sadie. »Für alle, nehme ich an?« Allgemeines Nicken, und Raquel folgte ihr in die Küche.

»Ich liebe deine Familie so sehr«, sagte sie seufzend.

»Wollen wir tauschen?«, konterte Sadie im Scherz.

»Ist klar. Du glaubst ernsthaft, du könntest die Rodriguez-Regeln überleben? Vergiss es. Warum, denkst du, wollte ich früher immer lieber hier sein?«

Sadie lachte. »Wenn du wie die anderen Mädchen in der Schule gewesen wärst, die so getan haben, als wollten sie mit mir befreundet sein, würde ich sagen, wegen meines Bruders.«

»Okay, das auch«, gab Raquel leichthin zurück, und ausnahmsweise war Sadie sich nicht sicher, ob sie scherzte oder nicht.

Kay und Tava saßen an der Küchenbar, während Gigi und Anne sich geübt umeinander herumbewegten. Gigi reichte Anne die Käsereibe, als sie wortlos die Hand danach ausstreckte, und Anne drehte den Pfannengriff von der Flamme weg, als Gigi den Brenner zündete. Sadie dachte unwillkürlich an die vielen Male, die sie und Gigi zusammen gekocht hatten, und schlagartig wurde ihr bewusst, wie lange sie das schon nicht mehr getan hatten. Sie hatten sich so sehr daran gewöhnt, nur noch zu zweit zu sein, dass sie kein großes Gewese mehr um das Abendessen machten. Normalerweise bereitete Sadie nach einem langen Tag im Café rasch eine unkomplizierte Kleinigkeit zu.

Während Sadie die Weingläser füllte, rumste es zweimal gegen das Fenster zum Garten: Es war der Pfirsichbaum, der mit dabei sein wollte. Sadie, deren Hände bereits voller Gläser waren, warf Raquel einen Blick zu und deutete mit dem Kopf auf die zwei verbliebenen. Raquel nahm sie, und sie kehrten gemeinsam ins Wohnzimmer zurück.

»Auf die Familie«, sagte Raquel, und es wurde angestoßen.

»Jetzt fehlen nur noch Onkel Brian und Tante Suzy«, sagte Sadie nach einem langen, genießerischen Schluck.

»Ich bin so froh, dass Brian diese Frau geheiratet hat«, bemerkte Anne. »Die beste Ergänzung, die sich unsere Familie wünschen kann.«

»Außer unserer Mutter«, sagte Seth leichthin, obwohl seine Stimme unterkühlt klang. »Aber wenn man schon so lange weg ist, dann fehlt man dem Rest wahrscheinlich schon gar nicht mehr.«

»Seth«, sagte Sadie warnend.

»Sadie«, ahmte er ihren Tonfall nach.

»Fangt gar nicht erst an«, unterbrach Raquel das geschwisterliche Blickeduell.

»Okay, okay.« Seth begann zu lachen. »Das seht ihr's. Die Frau tut mir gut. Sie hält mich im Zaum. Waffenstillstand, Schwester?«

Normalerweise hätte Sadie zurückgeschossen. Aber dann spürte sie Jakes Hand an ihrem unteren Rücken, und die Wärme, die durch ihr T-Shirt drang, prickelte auf ihrer Haut. Sie nickte.

»Waffenstillstand«, sagte sie schließlich und sah zu, wie Raquel und Seth zusammen in die Küche zurückkehrten. Erstaunlich, wie synchron die beiden sich bewegten. Sie seufzte. Wenigstens heute Abend sollte sie ihren Groll vergessen. Und in diesem Moment wurde ihr bewusst, dass Jakes Hand noch immer auf ihrem Rücken lag. Das Haus schien zufrieden aufzuseufzen, und der Plattenspieler in der Ecke stimmte eigenständig Nat King Cole an.

»Hör zu«, sagte er. »Ich muss wirklich mit dir reden.«

Sie trank noch einen Schluck Wein. Drehte sich um. Sie hatte etwas sagen wollen, konnte sich aber plötzlich nicht mehr erinnern.

Sie starrten einander an, und die Zentimeter zwischen ihnen erwärmten sich.

Sein Blick verschränkte sich mit ihrem, und er öffnete den Mund. Und klappte ihn wieder zu.

Als es exakt im gleichen Moment an der Tür klopfte, sprang Sadie zurück, sodass der Wein beinahe überschwappte. Sie räusperte sich. Errötete. Die Lichter flackerten, und die Standuhr schlug, obwohl es genau 17:42 Uhr war.

»Ich mach mal eben die Tür auf«, sagte sie heiser. Onkel Brian stand auf der Schwelle und bedachte sie mit dem Lächeln, das er allein für sie reserviert hatte – so fühlte es sich jedenfalls für Sadie an. Er war klein, stämmig, kahl und auf Bruce-Willis-Art attraktiv. Seine Hände waren immer schwielig, schmutzig und ölig von dem Mechanikerbetrieb, den er und seine Frau Suzy führten – Suzy, die schon so lange Teil dieser Familie war, dass Sadie sich nicht an eine Zeit ohne sie erinnern konnte. Brian hielt eine Einkaufstüte hoch.

»Margaritas?«, fragte er.

»Dich schickt der Himmel«, gab Sadie lachend zurück, drückte ihn fest an sich und strahlte Tante Suzy an, die eine abgedeckte Schüssel in den Händen hielt. Sadie wusste, dass sich darin Nudeln mit Pesto befanden, die sie selbst einfach nie genau so hinbekam, wie oft sie es auch versuchte. Einmal hatte sie Tante Suzy gebeten, ihr das Rezept aufzuschreiben, aber selbst das hatte nichts gebracht. Zwanghaft, wie sie war, hatte sie einen halben Sommer damit verbracht, verschiedene Variationen auszuprobieren, bis sie schließlich aufgegeben hatte.

Sobald Onkel Brian das Haus betrat, begannen diverse Gegenstände zu summen, als riefen sie ihn. Kaputte Leuchtmittel, die Sadie auszuwechseln vergessen hatte, Schrauben, die hätten angezogen werden müssen, und wenn sie sich nicht irrte, hörte sie draußen sogar ihren alten Subaru winseln. Brians Magie hatte Sadie immer schon fasziniert, weil sie ihr wie eine Superkraft vorkam: Er konnte einfach alles reparieren.

»Wir wären eigentlich schon eher hier gewesen«, begann Tante Suzy.

»Aber die Lichterkette an der Auffahrt hatte einen Kurzschluss, also habe ich sie rasch in Ordnung gebracht«, endete Onkel Brian.

»Oh, danke. Darum wollte ich mich unbedingt noch kümmern.« Sadie fragte gar nicht erst, was er getan und wie er es gemacht hatte; sie wusste, dass er immer einen Werkzeugkasten im Auto hatte.

Der Duft von Lasagne lockte alle in die Küche, wo es eine weitere Runde Freudentränen und Umarmungen gab. Onkel Brian steuerte schnurstracks auf den Mixer zu, während Suzy einen Korb mit Zucchini und lila Tomaten aus ihrem Garten auspackte. Drei unterschiedliche Gespräche liefen gleichzeitig, untermalt vom Geklapper des Topfdeckels, als Gigi nach dem Brokkoli auf dem Herd sah, und dem Zischen des schmelzenden Käses im Ofen. Tava summte vor sich hin, während Anne unaufhörlich Kay aufzog und Gigi Hände wegschlug, schimpfte und lachte und die »Kinder« herumkommandierte. Geplauder und gute Gesellschaft erwärmten die Luft. Was ursprünglich als Snack für zwei vor dem Fernseher geplant war, hatte sich zu einem Familienfest ausgeweitet, bei dem sich zehn Mann um den Küchentisch drängten. Alle grinsten einander an und tranken beherzt.

Seth half Onkel Brian, eine Platte aus dem Schuppen zu holen, um den Tisch zu erweitern, und Jake schleppte eine Bank und zusätzliche Stühle heran. Sadie und Raquel deckten den Tisch, während Suzy bereits die erste Fuhre Geschirr abspülte. Ein Hitzeschub durchdrang die Küche, als die Lasagne aus dem Ofen geholt und das Knoblauchbrot hineingeschoben wurde. Und schließlich brachte Gigis dröhnende Stimme alle zum Verstummen.

»Ihr hättet nicht herkommen müssen«, sagte sie. »Aber

ich bin froh, dass ihr's getan habt. Jetzt lasst uns essen, ehe das verdammte Zeug hier kalt wird. Keine Ahnung, wie die Lasagne schmeckt. Und der Brokkoli ist eigentlich nicht so weit, aber es muss genügen.«

In den kommenden zwanzig Minuten wurde wenig gesprochen, dafür klapperten Geschirr und Besteck, scharrten Stühle und klirrten Gläser, während alle sich setzten und Teller gefüllt und Wein nachgeschenkt wurde. Mochte man auch mit Magie die köstlichsten Gerichte der Welt zubereiten können, dachte Sadie, so war doch nichts vergleichbar mit dem Zauber, eine schlichte Mahlzeit mit jenen zu teilen, die man liebte.

Sadie saß neben Jake und konnte ihn sogar durch die wilde Mischung der Essensdüfte riechen. Zedernholz und ein Hauch von Lagerfeuer. Als er sich nach einer zweiten Portion reckte, stieß sein Oberschenkel an ihren, und keiner von beiden rückte ab. Sie wusste, dass sie es hätte tun müssen, dass sie Abstand halten sollte, da ihre Magie jetzt das Einzige war, was wirklich zählte, und doch genoss sie diese winzige Berührung und ließ zu, dass sich das Gefühl in ihr ausbreitete und in ihrem Innersten sammelte.

»Ich kriege keinen weiteren Bissen mehr hinunter.« Jake seufzte, lehnte sich zurück und legte sich die Hände auf den Bauch. »Gigi Marie, das war wie immer das beste Essen, das ich seit einer Ewigkeit zu mir genommen habe.«

»Tja, ich hoffe doch, dass du noch ein bisschen Platz für Nachtisch hast. Aber bevor wir dazu übergehen, sollten wir, denke ich, darüber reden, warum ihr alle hier seid.« Augenblicklich wurde es still am Tisch, und die Blubberblase der Freude, die in Sadies Bauch angewachsen war, zerplatzte. Säure begann in ihrem Inneren zu brennen. Kay hatte schon zu weinen begonnen.

»Das musst du jetzt nicht tun, Mom«, sagte Anne ruhig. In ihrer Stimme lag nichts Scherzhaftes mehr.

»Scht, Spätzchen. Ich muss sehr wohl. Ihr alle wisst es schon. Oder fast alle. Ich bin todkrank. Ich habe nicht mehr lange zu leben.« Gigi hatte noch nie ein Blatt vor den Mund genommen, doch diese Worte durchschnitten die Stille, bis sich Sadies Herz anfühlte, als hätte man es aufgeschlitzt.

Kay stieß einen klagenden Laut aus, aber Anne brachte sie zum Schweigen. Über Raquels Gesicht rannen stumme Tränen. Seths Kiefer waren so fest zusammengepresst, dass die Ader an seiner Schläfe hervortrat. Und Brian schob seinen Stuhl zurück, als wolle er wieder gehen – als ob es nicht wahr wäre, wenn er sich weigerte zuzuhören. Aber als Gigi ihm einen warnenden Blick zuwarf, setzte er sich wieder.

»Eine Chemo …«, begann Anne, hielt aber sofort den Mund, als Gigi sie scharf ansah.

»Dagegen kann moderne Medizin nichts ausrichten. Es war immer klar, dass es passieren würde. Und ich würde es immer wieder so machen.« Gigi räusperte sich.

Das Haus stöhnte und schauderte, der Plattenspieler brach ab. Die Standuhr schlug einmal und klagend.

»Also, was machen wir jetzt? Wir werden eine schöne Zeit miteinander verbringen. Es wird kein Theater um mich gemacht, und niemand dreht durch.« Sie blickte betont zu Tante Kay. »Ist das klar?«

Alle nickten. Onkel Brian hob zaghaft die Hand.

»Gibt es einen Zeitrahmen?«, fragte er mit Reibeisenstimme.

»Wann immer der Herr meint, mich nach Hause zu rufen. Aber ich würde sagen, eher früher als später.«

Inzwischen weinten alle. Unter dem Tisch drückte Jake ihr Bein so fest, dass bestimmt blaue Flecken zurückbleiben würden, aber sie konnte ihn unmöglich wegstoßen. Stattdessen packte sie seine Hand und drückte zurück. Tavas Tränen rannen türkis, Anne versuchte, eine stoische Miene beizubehalten, doch ihre Schultern bebten. Raquel hatte ihr Gesicht an Seths Schulter verborgen, und er strich ihr tröstend über den Rücken, ohne selbst Tränen vergießen zu können.

Und dann, in der Stille, schaltete sich der Fernseher von allein an, und John Waynes Stimme drang aus dem Wohnzimmer in die Küche. »Mut ist, wenn man Todesangst hat und dennoch aufsattelt.«

»Ich hab diesen blöden Film schon immer gehasst«, sagte Gigi stirnrunzelnd.

Einen Moment lang war es absolut still am Esstisch, während im Nebenraum *Der Marshal* lief, dann begann Tava zu lachen. Anne stimmte einen Moment später ein, und schließlich lachten alle, während die Tränen weiterliefen. Noch immer war die Atmosphäre schwer, als sie Gigis Kirsch-Käse-Kuchen aßen, und noch immer brachen ihre Herzen, doch sie brachen zusammen, und das besaß eine ganz eigene Art von Schönheit.

Als sich die Tischgesellschaft bald darauf auflöste, um abzuräumen, Geschirr zu spülen oder ins Wohnzimmer zu gehen, griff Jake nach Sadies Hand, zupfte sanft und nickte in Richtung Hintertür.

Sie schluckte, gab ihm aber nach.

»Gigi also, hm?«, fragte er, sobald sie im Garten waren.

»Ja«, krächzte sie und rief sich in Erinnerung, dass es auch Gigi war, die Priorität haben musste. Nicht der Abstand zwischen ihnen beiden, der darum bettelte, überwunden zu werden. Gigi. Nicht, wie Jakes Gesicht im Mondschein aussah oder wie er sich mit der Hand durchs Haar fuhr.

Ihre Brust zog sich zusammen. All die Veränderungen, die Familie, der drohende Todesfall, die Lebensschuld, die Gigi abzubüßen hatte – all das verursachte ihr Herzrasen. Sie verlor die Kontrolle. Und das ziemlich schnell. Sie hatte beinahe andauernd das Gefühl, ersticken zu müssen. Aber in Jakes Nähe … schien alles irgendwie leichter. Vielleicht war es das, was Liebe schaffte. Eine subtile Entspannung des Herzens. Kraft zu geben, wenn der andere sie am dringendsten brauchte.

»Ich weiß, dass der Augenblick nicht schlechter sein könnte«, sagte er und legte sich die Hand in den Nacken, »aber ich muss wirklich dringend mit dir reden. Ich kann nicht mehr warten.«

Der Boden unter ihren Füßen wurde warm. Die Wärme drang in ihre Sohlen und wand sich durch ihren Körper, bis sie so viel Hitze abstrahlte, dass Jake verwirrt einen Schritt zurückwich.

Nur noch einen Tag, besann sie sich. *Ich habe jetzt fast alles, was ich brauche. Kräuter. Den Isis-Knoten als Talisman.*

Ich kann das schaffen. Ich muss ihn mir nur noch ein Weilchen vom Leib halten.

Die Kelche des Fingerhuts, eine Pflanze, die Heilung symbolisierte, erschlafften kollektiv. Jake begann zu reden, aber sie hörte nicht zu. Das Blassrosa der Blume erinnerte sie an den Mount-Diablo-Buchweizen, eine Wildblume, die nur außerhalb der Stadt auf dem Wild Rose Hill blühte. Es war die einzige Pflanze, die nicht in Sadies Garten wachsen wollte. Sie blühte nur einmal im Jahr, galt bei den meisten Botanikern als ausgestorben und war ein starkes Symbol für Liebe. Mehr noch: Es hieß, dass sie die Blume war, durch die Evanora Revelare, ihre Vorfahrin, zu ihrer Magie gelangt war. Warum hatte sie bloß nicht vorher daran gedacht?

»Sadie«, sagte Jake.

Sie musste an diese Blume kommen.

»Hörst du mir zu?«

Diese Blume würde die eine Zutat sein, die dem Ritual für Gigi den entscheidenden Kick gab. Sie musste Raquel suchen und überreden, mit ihr zu kommen. Denn nie und nimmer würde sie nachts allein zum Wild Rose Hill gehen.

»Entschuldige«, sagte sie über ihre Schulter, während sie schon zum Haus zurücklief. »Wir reden später.«

Cherry Cheese Pie

Der einfachste, narrensicherste No-Bake-Nachtisch überhaupt. Seth hat mich früher zu jeder erdenklichen Gelegenheit um dieses olle Dessert gebeten, aber Sadie konnte es nicht leiden. Das Mädchen hat vermutlich einfach etwas gegen friedliche Zusammenkünfte. Ein oder zwei Stücke dieser Pie sorgen nämlich für eine gewisse Harmonie, wenn eine Diskussion zu erwarten ist. Ideal für Familientreffen.

Zutaten

220g Frischkäse
1 Dose gesüßte Kondensmilch
⅓ Tasse Zitronensaft
1 TL Vanilleextrakt
200g Vollkornbutterkekse
90g Butter
1 Glas Kirschen

ZUBEREITUNG

1. Für den Boden die Kekse zerbröseln, mit geschmolzener Butter mischen, in eine Pie-Form geben und andrücken.
2. Frischkäse so lange schlagen, bis er luftig und locker ist. Kondensmilch einrühren. Zitronensaft und Vanille ebenfalls einrühren, dann alles auf den Keksboden geben.
3. Abdecken und für 3 Stunden kalt stellen. Anschließend die Kirschen darauf verteilen.

Neun

~

Sadie fand Raquel auf der vorderen Veranda. Sie saß auf der Schaukel und unterhielt sich mit Seth, der am Geländer lehnte.

»Du musst mir einen Gefallen tun«, platzte es aus Sadie heraus.

»Nein«, gab Seth zurück.

»Du warst nicht gemeint«, konterte Sadie knapp. »Raquel, meine liebste, schönste, beste Freundin. Wie wär's mit einer kleinen Spritztour?«

»Wohin?«, fragte Raquel und verengte misstrauisch die Augen.

»Zum Wild Rose Hill.« Sadie gab sich unschuldig.

»Du spinnst wohl«, rief Raquel empört. »Du weißt ganz genau, dass es dort spukt.«

»Natürlich weiß sie das. Weshalb sich die Frage stellt, warum, Schwester?«

»Die Blume. Der Mount-Diabolo-Buchweizen.« Ihre Stimme klang etwas atemlos.

»Oh, komm schon«, sagte Seth und verdrehte die Augen. »Im Ernst jetzt?«

»Muss ich wissen, wovon ihr redet? Ich meine, ein Name, der *Teufel* bedeutet, klingt nicht gerade vielversprechend.«

»Für Gigi. Ich arbeite an einem Zauber für sie. Gegen den Krebs.«

»Diese Pflanze ist angeblich megastark. Und unsere Magie soll daher kommen.«

»Nicht nur das«, sagte Sadie. »Erinnerst du dich an das Feuer vor ein paar Jahren? Der ganze Wild Rose Hill war schwarz. Und jetzt blüht er wieder grün und üppig. Es ist die mächtigste Revelare-Blume – Leben, das aus dem Tod entsteht. Mehr an Symbolik gibt es doch gar nicht.« Sie sah Raquel flehend an. »Bitte. Ich will nicht allein hinfahren, aber ich tu's, wenn es nicht anders geht.«

»Schon gut, schon gut. Ich komme mit«, sagte Raquel. »Aber Seth auch.«

»Ach ja?«

»Nein, er bleibt hier«, sagte Sadie und stieß ein kurzes Lachen aus. »Er glaubt nicht an das, was ich tue.«

»Seth?« Raquel zog eine Braue hoch.

»Na schön, ich komme mit«, sagte er nach einem Moment.

Sadie weigerte sich, anzuerkennen, dass sie froh darüber war. Denn sobald sie es zugab, musste sie sich auch eingestehen, dass sie an den Spuk glaubte. Und jeder wusste schließlich, dass das Finstere nur allzu real wurde, wenn man ihm in die Augen sah.

Der Wild Rose Hill war zwanzig Minuten von der Stadt entfernt, und auf der Fahrt dorthin schwiegen sie. Sie kannten die Geschichten. Und sie wussten, dass Gigi ihnen verboten hätte, dorthin zu fahren, weswegen sie es niemandem gesagt hatten. Sadies Gedanken wanderten zu Jake. Und zu dem, was er glaubte, ihr sagen zu müssen. Sie wusste ganz genau, dass sie es nicht hören wollte, und sie würde ihn nicht mehr viel länger auf Abstand halten können. Aber ein bisschen länger konnte nicht schaden. Wieder etwas Finsteres, dem sie nicht in die Augen sehen wollte.

Unheimlich wie der Buckel eines schlafenden Riesen erhob sich der Hügel in der Ferne. Um den Fuß herum wuchs ein Wald, der abrupt endete, sobald der Anstieg steiler wurde, doch oben auf dem Gipfel ragte eine einzige riesige Eiche auf.

Raquel schauderte. »Ich habe schon jetzt Gänsehaut.«

»Das sind doch bloß Geschichten«, sagte Sadie.

»Nichts ist je nur eine Geschichte gewesen«, sagte Seth auf der Rückbank und klang ganz wie ein Revelare.

»Wir sind da.« Sadie stellte den Motor ab und ließ die Stille in sich dringen. Keiner regte sich.

Ein Stein schlug gegen die Autoseite, und alle drei fuhren zusammen.

»Fuck!«, sagte Seth und holte tief Luft. »Los, gehen wir.« Er wandte sich an Sadie. »Hoffen wir, dass es das wert ist.«

Sie schluckte schwer, und sie marschierten los – mit Taschenlampen und einer Entschlossenheit, die sich nicht eisern genug anfühlte.

»Glaubst du die Geschichte wirklich?«, fragte Seth leise, als sie den Waldrand erreichten. »Dass Evanora hiervon ihre Magie erhalten hat?« Seine Stimme klang seltsam ernst.

»Warum sollte ich nicht?«

Sie konnte sein Achselzucken praktisch hören.

»Was genau war denn der Preis dieser Magie?«, wollte Raquel flüsternd wissen.

»Vermutlich das, was jetzt noch immer dort oben umgeht«, antwortete Seth.

Eine Eule rief klagend, und Raquel stieß einen kleinen Laut aus. Seth positionierte sich mit gezogenem Messer zwischen ihnen.

»Was soll das, Seth? Ein Messer richtet gegen das, was da ist, doch nichts aus.«

»Aber es schadet auch nicht«, war alles, was er sagte.

Als sie aus dem Schatten der Bäume wieder hinaustraten, schwitzte Sadie trotz der kalten Luft bereits.

»Steckt euch das hier in die Tasche«, sagte sie und reichte beiden ein paar Verbene-Zweige.

»Wir kommen in Frieden.« Mit einem leisen Lachen beschrieb Seth, wofür das Kraut stand. »Das ist ein Geist, Sadie, kein Außerirdischer.«

»Das weißt du noch?«, bemerkte Sadie überrascht.

»Ich weiß noch mehr, als du denkst, Schwester.«

Auf dem Hügel herrschte eine Stille, die sie näher zusammenrücken ließ. Keine Grille zirpte, kein Frosch quakte, und selbst der Wind schien auf Zehenspitzen zu wehen. Der Geruch von Kiefern und feuchter Erde gab Sadie Halt, auch wenn es sich anfühlte, als ob sie eine andere Dimension betraten.

»Ist ja klar, dass die Blume unbedingt ganz oben auf diesem verdammten Hügel wachsen muss«, schnaufte Seth auf halber Strecke.

Normalerweise hätte Sadie nun irgendeine schnippische Bemerkung gemacht. Doch zum ersten Mal seit seiner Rückkehr war es, als hätte sich nichts geändert. Es fühlte sich an wie eine von den Mutproben, zu denen er sie so gerne herausgefordert hatte, als sie Kinder gewesen waren. Wie das eine Mal, als sie die Garage des Nachbarn hatte bemalen sollen – ausgerechnet mit rotem Lippenstift. Und sie, die ihn nicht hatte enttäuschen wollen, war mit hämmerndem Herzen über den Rasen gerannt, hatte in der hintersten Ecke ein winziges Herz hingeschmiert und war zurückgesprintet. Der Gedanke, Ärger zu kriegen, war weniger abschreckend gewesen, als Seth einzugestehen, dass sie sich nicht traute. Ihr Bruder dagegen war natürlich lässig hinübergeschlendert und hatte mit großen geschwungenen Buchstaben seinen Namen hinterlassen.

Endlich kamen sie oben auf dem Plateau an.

»Sind die Sterne hier oben heller oder bilde ich mir das nur ein?«, fragte Raquel.

»Also, diese Konstellation dort habe ich zumindest noch nie gesehen«, bemerkte Seth, der in seinem letzten Schuljahr so fasziniert von der Astronomie gewesen war, dass er Sadie jede Nacht hinausgeschleift hatte, um mit ihr durch das Teleskop zu schauen, wofür er sehr lange gespart hatte.

Sadie folgte mit dem Blick der Richtung, die ihr sein Zeigefinger anwies.

Und da hörte sie es.

Ein tiefes Grollen.

Genau wie das, was Sadie vor Kurzem im Garten gehört hatte.

Keine Worte, nur dieses unterschwellige Rumpeln.

»Sadie, ich denke, wir sollten diese verdammte Blume pflücken und dann nichts wie abhauen«, meinte Seth.

Ohne einen Moment zu verschwenden und mit so heftig schlagendem Herzen, dass es wehtat, richtete Sadie den Strahl der Taschenlampe auf den Boden an der Eiche. Direkt am Fuß des mächtigen Baums wuchs die Blume, deren purpurne Blütenblätter unwirklich schimmerten.

Je näher sie dem Baum kam, desto stärker wurde die Präsenz, bis ihr Brustkorb eingedrückt zu werden schien. Hastig pflückte sie ein paar Stängel ab und verstaute sie in ihrer Tasche.

»Glaubt ihr, ich könnte sie bei uns im Garten kultivieren, wenn ich mir welche mit Wurzel hole?«, flüsterte sie.

»Sprechen wir ein andermal drüber, ja?« Seth stand mit dem Rücken zum Baum, sein Blick suchte das Plateau ab. Sein knapper, barscher Tonfall konnte seine Angst nur mäßig überdecken.

Plötzlich breitete sich Eiseskälte auf dem Boden aus und drang in ihre Knochen. Das Gras gefror und knirschte unter ihren Füßen.

Und dann sprach die Stimme. Die Worte kamen lang gezogen und scharf wie eine Klinge.

»Verschwindet«, presste sie hervor.

Sadie rutschte das Herz in die Hose, und vor Entsetzen riss sie die Augen auf. Sie wollte wegrennen, aber ihre Füße waren wie angewurzelt. Sie wandte den Kopf ein winziges Stück und sah Raquels entsetztes Gesicht, ihre schreckgeweiteten Augen, der Mund zu einem »Oh« geformt. Seth, der das nutzlose Messer umklammerte, war bleich wie der Tod.

Alle drei sahen einander für den Bruchteil einer Sekunde

an, dann rannten sie los. Sie stolperten über Steine und Erdklumpen und schlitterten auf dem Gras, während die Eiseskälte sie mit einer Raserei verfolgte, die ihnen in die Knochen fuhr und dort zu bleiben drohte. Sadie rutschte aus, doch Raquel packte ihren Arm und zerrte sie wieder hoch, und sie rannten und stolperten weiter den Hügel hinab.

Sie hielten erst an, als sie die Autotüren hinter sich zugezerrt und verriegelt hatten. Eine Weile hörte man nichts als ihr Keuchen, während sie um Atem rangen und die Kälte sich langsam zurückzuziehen begann.

»Alles in allem ist das doch ganz gut gelaufen«, brachte Seth nach einer Weile hervor.

Und Sadie konnte nicht anders – sie brach in Gelächter aus.

Raquel stimmte ein, und sie lachten und lachten, bis ihnen die Tränen über die Wangen liefen, während Seth hinten auf der Rückbank den Kopf schüttelte.

»Blöde Hühner«, sagte er.

Als das Adrenalin abebbte, begann Sadies Bein zu brennen, und sie entdeckte, dass ihre Jeans klebrig vor Blut war.

Sie setzten Raquel zu Hause ab, und als sie schließlich zum Haus gingen, musste Sadie sich anstrengen, um sich nichts anmerken zu lassen.

»Was ist los?«, fragte Seth.

»Ich glaube, ein Ast hat mein Bein geritzt, als wir den Hügel runtergerannt sind.«

»Komm mit«, sagte er seufzend.

Sadie sah erstaunt zu, wie er Lavendel, Weihrauch

und Immortelle zusammensuchte und alles mit Kokosöl mischte.

»Ich bin nicht gänzlich nutzlos«, bemerkte er, als er ihren Blick wahrnahm.

»Ich war nur überrascht, dass du es noch weißt.« Sie zog das Hosenbein hoch und verzog das Gesicht, als er die Paste auftrug.

»Sei kein Baby.«

»Sei kein Arsch«, gab sie zurück. Aber es war das gutmütige Geplänkel, das zwischen ihnen immer schon stattgefunden hatte, nicht die wütende Zankerei, mit der sie sich in die Haare gerieten, seit er nach Hause zurückgekehrt war.

»Und was jetzt?«

»Morgen kümmere ich mich um den Zauber. Dann sind die Kräuter bereit, und die Blume habe ich auch.«

»Brauchst du Hilfe?«

»Was?«, fragte sie, obwohl sie sehr wohl verstanden hatte.

Er zuckte mit den Schultern. »Ich will nicht, dass du allein die Heldin bist, wenn es klappt.«

»Okay«, antwortete sie, verwirrt, aber froh. »Komm, ab ins Bett. Wir fangen gleich morgen früh an.«

Es war seltsam, hinter ihm die Treppe hinaufzugehen wie früher, als sie Kinder waren. Ihre Füße hinterließen eine Spur aus grauem Staub, feiner Puder von den Mauern um ihr Herz, die langsam einzustürzen begannen.

~ ~ ~

Das Haus war still, als Sadie am nächsten Morgen mit der Sonne aufstand.

»Ich hab mich umentschieden«, stöhnte Seth, als sie ihn zu wecken versuchte. »Ich will nicht mehr helfen.«

»Zu spät«, sagte sie und zog ihm die Decke weg. »Wir treffen uns im Garten.«

Die frische Luft machte sie vollends wach. Es war der bisher kälteste Morgen des nahenden Herbstes, und sie hauchte warme Luft in ihre hohlen Hände und rieb sie fest aneinander. Aufregung hüllte sie ein wie Puderzucker. Es war so weit.

Sie legte einen alten Quilt auf den Boden und breitete die Zutaten aus: Lorbeer, Fenchel und eine Knoblauchzehe. Die zerdrückten Brombeerdornen befanden sich in einer Phiole, daneben der Mount-Diablo-Buchweizen. Bernstein und Marienglas schimmerten im Licht der aufgehenden Sonne. Und in dem Beutel aus butterweichem Leder steckte der Isisknoten. Im Aussehen ähnlich wie ein Ankh-Zeichen, doch mit den Seitenarmen nach unten gebogen, symbolisierte er das Leben und würde der Talisman sein, an den sie den Zauber binden wollte.

Das Knirschen von Kies kündigte Seths Ankunft an.

»Guck mal«, jammerte er, atmete aus und deutete auf das Wölkchen, das sichtbar wurde. »Viel zu kalt.«

»Du hast dich freiwillig gemeldet, weißt du noch?«

»Ja. Ich bin halt ein Trottel.«

»Das hast du gesagt, nicht ich. Und wir brauchen noch etwas.«

»Lass mich raten. Drachentränen? Eine Phönixfeder?«

»Ein Ei.«

»Ein Chimären-Ei? Müssen wir dafür nach Sibirien? Die Geister dort sind angeblich freundlicher.«

»Halt die Klappe«, sagte sie, musste aber lachen. »Wir brauchen ein befruchtetes Krähenei. Leben aus dem Tod, erinnerst du dich? Das Ei repräsentiert das Leben, die Krähe den Tod. Und zum Glück für uns …« Sie holte tief Luft. »… befindet sich in diesem Baum dort zufälligerweise ein Krähennest.« Sie deutete auf eine Lebenseiche am Waldrand.

»Nichts da«, war alles, was er sagte.

»Komm schon«, bettelte sie. »Du bist doch schon tausendmal auf Bäume geklettert.«

»Ja, früher, als ich jünger war. Bin ich aber nicht mehr. Und meine Finger haben sich in Eiszapfen verwandelt, mit denen man sich nicht gerade besonders gut festhalten kann.«

»Du kannst das und ich nicht. Als wir Kinder waren, hast du mich nie klettern lassen.«

»Ist dir klar, wie du gehst? Oder Rad fährst? Natürlich habe ich dich nie klettern lassen. Du bist eine echte Bedrohung für die Schwerkraft. Und nur um der Neugier willen – wie genau hättest du dir das Ei denn geholt, wenn ich dir keine Hilfe angeboten hätte?«

»Notwendigkeit ist die Mutter aller Erfindungen.« Sie würde keinesfalls zugeben, dass sie keine Ahnung hatte. Die längste Leiter, die sie besaßen, würde nicht einmal ein Drittel hinaufreichen.

Seth seufzte. »Tja, eine gute Sache hat es ja wenigstens.

Wenn ich runterfalle und mir den Hals breche, ist das Opfer erbracht.«

»Werd nicht melodramatisch. Du fällst nicht. Und jetzt los – wir müssen den Zauber fertig haben, ehe die Sonne im Zenit steht.«

Er sah sie nur an.

»Und ja, auch weil ich ins Café muss«, gab sie zu.

»Da sieht's man's mal wieder.« Wieder seufzte er. »Schön zu wissen, dass mein Leben gegen dein Unternehmen abgewogen wird.«

»Hör auf, Zeit zu schinden, du großes Baby.«

Sadie sah zu, wie Seth zum Baum schlenderte, den niedrigsten Ast packte und sich hinaufschwang. Von dort aus kletterte er bis hinauf zum oberen Drittel des Baums. Sie kniff die Augen zusammen und seufzte erleichtert, als er triumphierend ein kleines grünes Ei hochhielt. Sie hatte es ihm nicht gesagt, aber sie war nicht sicher gewesen, ob sich wirklich etwas in dem Nest befand.

Schließlich sprang er vom niedrigsten Ast herab und kam grinsend auf sie zu.

»Okay, das hat Spaß gemacht«, bemerkte er, während er sich die Hände an der Hose abwischte. Er hatte Blätter im Haar, Kratzer an den Armen und ein Leuchten in den Augen. »Legen wir los.«

Sadie kniete sich auf die Decke und versuchte, ein Schaudern zu unterdrücken, als der Wind auffrischte.

»Also, wir wechseln uns damit ab, die einzelnen Zutaten in die Schüssel zu geben. Dadurch fließt Kraft von uns beiden ein.« Sie nahm den Bernstein und legte ihn hinein.

»Fühlt sich irgendwie schräg an«, flüsterte er und platzierte das Marienglas daneben.

Als sich alles in der Schüssel befand, holte sie ein Streichholzbriefchen und eine weiße Kerze aus ihrer Tasche und schlang den Isisknoten darum. Ihre Hände zitterten. Das hier musste funktionieren.

»Und jetzt?«

»Jetzt setzen wir den Inhalt in Brand.« Sie entzündete die Kerze und reichte sie Seth, dann riss sie ein weiteres Streichholz an. Sie ließ es in die Schüssel fallen, doch es erlosch auf halbem Weg. Um das nächste hielt sie schützend die Hand, doch auch das erlosch. Schließlich hielt sie ein drittes direkt an den Fenchel, aber vergeblich.

»So wird das nichts«, sagte Seth.

Den Blick konzentriert auf die Kerze gerichtet, hielt er sie über die Schale, und plötzlich trennte sich die Flamme vom Docht, sprang in die Schüssel, wand sich um die Kräuter, flammte hellgrün auf und erstarb wieder.

»Wie hast du das denn gemacht?«, flüsterte Sadie.

»Keine Ahnung. Ich hab's einfach gemacht«, antwortete er genauso überrascht.

»Wenn du mir doch endlich sagen würdest, was deine Magie ist.«

»Wenn du mich doch endlich nicht mehr deswegen nerven würdest«, gab er zurück, doch sein Grinsen nahm den Worten die Schärfe.

»Halt die Klappe und sprich mir nach«, sagte sie mit leiser, sanfter Stimme.

Erde unten, Himmel oben,
reine Liebe in den Knoten.
die Morgensonne nimmt die Pein,
der Körper wird genesen sein.

Sie sahen einander an.

»Und das war's?«

»Das war's.« Sie nickte und löste den Knoten von der Kerze. »Jetzt müssen wir sie nur noch dazu bringen, das Amulett zu tragen. Es sollte auch Wirkung zeigen, wenn sie es nicht tut, aber je näher es ihrem Körper ist, umso besser.«

»Zwanzig Mäuse, dass sie es nicht trägt«, sagte Seth, während sie zum Haus zurückkehrten.

»So oder so – danke dir für die Hilfe«, gab sie zurück und stieß ihn mit der Schulter an.

Als sie durch die Fliegengittertür traten, waren Tante Anne und Tante Tava bereits in der Küche. Anne schenkte ihnen beiden Kaffee ein.

Sadie hatte so lange davon geträumt, die Familie wieder um sich zu haben, dass sie ganz vergessen hatte, wie es war, wenn tatsächlich alle durchs Haus liefen. Es war nett, aber das war die friedliche Stille am frühen Morgen auch. Tava saß auf ihrem Hocker, also ließ sich Sadie am Küchentisch nieder, sprang jedoch einen Moment später wieder auf, als Gigi mit den Hunden im Schlepptau eintrat.

»Was hast du getan, du kleines Scheißerchen?«, fuhr Gigi sie an.

Sadie hielt ihr den Isisknoten hin. Er pochte in ihrer Hand.

»Es zögert das Unvermeidliche nur hinaus.« Gigi schüttelte den Kopf. »Aber es ist nett, sich ein bisschen besser zu fühlen.«

»Das tust du? Dich besser fühlen?«, fragte Sadie. Hoffnung und Stolz erblühte in ihrer Brust.

Wieder schüttelte Gigi den Kopf. »Du verstehst das nicht. Meine Zeit ist vorbei, nichts kann daran etwas ändern. Und das will ich auch gar nicht. Ich habe die Dunkelheit viele Jahre lang an mich gebunden, und nun holt sie mich ein. Und auch wenn ich mein Leben für euch Kinder gelebt habe – sterben werde ich zu meinen eigenen Bedingungen. Und jetzt gehe ich eine rauchen.«

»Ach, Püppchen.« Tava seufzte, als Gigi weg war. »Meine süßen Kleinen.« Sie legte Seth eine Hand an die Wange. »Mom hat recht. Ich sage es nur ungern, aber es wird nicht funktionieren.«

»Das reicht, Tava«, sagte Tante Anne barsch. »Sei nicht so negativ.«

»Es wird funktionieren«, sagte Sadie ruhig. »Es muss funktionieren. Sie mag ja glauben, dass ihre Zeit gekommen ist, aber so ist es nicht. Sie wird es schon feststellen.«

»Sade«, begann Seth, aber sie ließ ihn nicht weitersprechen.

»Nein. Ich mach mich jetzt fertig. Ich muss zur Arbeit.«

Sie wusch sich das Gesicht und zog schwarze Leggings und eine burgunderrote Tunika an, die bis zur Mitte des Oberschenkels reichte, darüber eine gelbe Strickjacke mit großen Taschen. Sie trug etwas Rosensalbe auf, damit ihre Lippen nicht aufsprangen, und schob das Töpfchen in ihre

Tasche. Ihre Haare fielen heute erstaunlich gut, und sie zupfte sie nach vorne über die Ohren, um sich die Mütze zu sparen, die sie schließlich doch nur wieder abnehmen würde.

Dann setzte sie sich vor ihren Schminkspiegel, der zur Decke geneigt war, schlüpfte in ihre abgewetzten schwarzen Arbeitsstiefel und band sie zu. Ihr Zimmer, das zum Garten – und dementsprechend zum Rock Creek House – hinausging, war am Morgen immer kalt und erwärmte sich zum Abend, wenn die Sonne herumwanderte. In diesem Zimmer hatte sie schon ihr ganzes Leben lang gewohnt, und viel hatte sich nicht verändert. Noch immer hingen bunte Teppiche an den Wänden, und in der Ecke stand der alte grüne Schaukelstuhl ihres Großvaters, an den sie sich kaum erinnerte. Im großen Erkerfenster befand sich eine Leseecke, in der sich überall Bücher stapelten. Sie fühlte sich sehr wohl hier. Doch während sie sich umschaute, musste sie erneut an die Zahnbürsten denken. Daran, mit jemandem zusammenzuwohnen. Sie hatte alles, was sie brauchte. Aber war es egoistisch, sich mehr zu wünschen? Sich nach etwas zu sehnen, das sie nicht bekommen konnte?

»Beschwör das Schicksal nicht herauf«, rief sie sich in Erinnerung, was Gigi gesagt hatte. Und dann schüttelte sie die düsteren Gedanken an die Zukunft ab und schlich sich aus dem Haus, ehe eine ihrer Tanten sie aufhalten konnte.

Gail hatte das Café bereits geöffnet. Sadie machte sich sofort an die Arbeit in der Küche und verbannte alle Gedanken an Gigi und Jake und den Zauber und den Fluch und ihre Familie. Löffel für Löffel gab sie Butter zur Babka-

Mischung, eins der wenigen Rezepte, für das sie noch einen Handmixer einsetzte. Dieser wunderbar mächtige Teig war nichts für schwache Gemüter. Der Knethaken dehnte und verdrehte die weiche Masse, und ihr kam in den Sinn, dass der Teig in der Schüssel so aussah, wie sie sich fühlte – weich, wirr, verheddert und noch nicht ausgeformt.

Als Gigi ebenfalls eintraf, hatte sie Farbe in den Wangen und werkelte so eifrig im Café, bis Sadie die Hoffnung, die in ihrem Herzen Wurzeln schlug, nicht mehr ignorieren konnte. Sie musste sich nicht mehr um Seth sorgen. Um eine abzugeltende Schuld oder ein Opfer. Noch nicht jedenfalls. Gigi ging es besser.

Sadie bediente Kunden, verlor sich in der Routine und behielt ihr freundliches Lächeln unbeirrt bei, bis es sich beinahe echt anfühlte. Die Luft war mit Karamellduft gesättigt, und die Türglocke klingelte unaufhörlich, als die Nachmittagskundschaft eintrudelte.

Doch schließlich ebbte der Strom wieder ab, und Sadie gestand sich zu, an Jake zu denken. Sie hatte ein schlechtes Gewissen, dass sie gestern Abend, als er versucht hatte, mit ihr zu reden, einfach weggelaufen war, selbst wenn sie wirklich nicht hören wollte, was er zu sagen hatte. Also packte sie ein großes Stück Babka für ihn ein, und ihr Magen fühlte sich bei dem Gedanken, zum ersten Mal seit zehn Jahren zum Rock Creek House zu fahren, so verschlungen an wie die Brotstränge. Dass sie damit ihre Komfortzone verließ, zeugte von ihrem Bedürfnis, das zu tun, was sich gehörte. Und wenn man wusste, was sich gehörte, sollte man es unbedingt hinter sich bringen, wie Gigi ihr beigebracht hatte. Vielleicht waren die Walnüsse, die für Klarheit und Energie für einen Neubeginn sorgen konnten, genau das, was er jetzt brauchte.

Oder was du jetzt brauchst, flüsterte ein kleines Stimmchen in ihrem Kopf. Sie ignorierte es.

Jake saß mit einem Bier in der Hand auf einem alten, schäbigen Schaukelstuhl auf der heruntergekommenen Veranda. Als Sadie vorfuhr, sprang er auf.

»Alles in Ordnung?«, fragte er, noch ehe sie ganz ausgestiegen war. »Gigi Marie?«

»Ihr geht's gut.« Ihr Lächeln wurde breiter. »Richtig gut sogar.«

Sie blickte am Haus hoch. Sah die abblätternde Farbe. Das reparaturbedürftige Dach. Wenn es außen schon so schlimm aussah, wie musste es erst drinnen sein? Unwillkürlich sah sie sich und Jake vor ihrem inneren Auge durch den Baumarkt schlendern, Farbmuster begutachten und Schubladengriffe aussuchen.

»Eine Menge Arbeit«, sagte er, als er ihren Blick bemerkte.

»Warum hast du es gekauft?«

»Was machst du hier, Sadie?«

»Genau das frage ich dich ja gerade«, antwortete sie, wohl wissend, dass er ihr auswich und noch nicht bereit, wirklich nachzuhaken. »Ich hab dir Babka mitgebracht« sagte sie, hielt das Stück – praktisch das halbe Brot – hoch und trat näher, um den Behälter auf das Geländer zu stellen.

»Meine Heldin«, sagte er und blickte auf sie herab.

Bleib fokussiert, ermahnte sie sich.

Und trat ein Stück näher.

Gigi ging es besser. Sie und Seth lernten, sich wieder zu vertragen. Sie besiegte den Tod selbst; auch Flüche konnten gebrochen werden. Vielleicht – ganz vielleicht – war auch für Jake Platz in ihrem Herzen.

Er regte sich nicht, doch auf seiner Miene entbrannte eine Schlacht.

»Sadie«, sagte er mit gepresster Stimme.

»Ich habe Fragen«, flüsterte sie. »Aber ich will sie noch nicht stellen. Sei einfach einen Moment lang bei mir.«

Und weil er anscheinend nicht anders konnte, lagen seine Hände plötzlich an ihrer Taille und zogen sie an sich, bis sie sein Herz an ihrer Brust spüren konnte. Er hielt sie fest, und sie musste an einen heißen Sommertag vor zehn Jahren denken. Der Boden hatte ihre bloßen Füße verbrannt, aber es hatte ihr nichts ausgemacht, denn er hatte sie in seine Arme gezogen und nicht losgelassen. Zwar hatte sie es in dem Moment nicht gewusst, doch es war der Tag gewesen, ehe er die Stadt verlassen hatte. Und dieser Moment, in dem sie nun wieder in seinen Armen lag, war wie eine andere Art von Abschied.

Sein Atem kitzelte sie am Ohr, als er sprach, und verursachte ihr eine Gänsehaut. Sie schmiegte sich an ihn, und ihr Körper entflammte.

»Du machst mir eine Heidenangst«, flüsterte er. »Du bist immer diejenige gewesen, die mich herausgefordert hat.« Die eine Hand packte ihre Taille fester, die andere glitt auf ihren Rücken. Sein Dreitagebart kratzte angenehm über ihre Wange.

»Du kannst dir nicht vorstellen, wie sehr ich das hier will«, murmelte er. Seine Finger packten fester zu, zogen sie noch näher.

Es prickelte in ihrem Magen, und Wärme breitete sich in ihr aus. »Ich kann's mir vorstellen«, flüsterte sie zurück und strich seine Arme auf und ab. Sie hob den Kopf, um ihn anzusehen, und er legte seine Hände um ihr Gesicht wie um etwas Kostbares. Sein Daumen strich über ihre Unterlippe. Und ohne nachzudenken, fing sie ihn mit den Zähnen und fuhr mit der Zunge daran entlang.

Ein kleines, gequältes Stöhnen entwich ihm.

»Ich will unbedingt deinen Ansprüchen gerecht werden«, brachte er schwer atmend hervor und lockerte seinen Griff, »und genau deswegen muss ich mich anständig benehmen.«

»Vergiss anständig«, gab sie zurück, und ihr Herz schlug schneller, als sie mit den Händen unter sein T-Shirt fuhr und seine samtige, warme Haut fühlte. Sie wollte ihn – jetzt. Sie brauchte ihn. Wollte seine schwieligen Hände an der empfindlichen Haut ihres Bauchs und auf der Innenseite ihrer Oberschenkel spüren, und sie schloss die Augen und bog sich ihm entgegen.

»Verdammt, Sadie«, presste er mit tiefer, grollender Stimme hervor. »Du machst es mir unmöglich. Ich muss dir was sagen.« Er rückte ein Stück von ihr ab und sah ihr in die Augen, doch seine Hände blieben auf ihren Schultern, als müsse er sich an ihr festhalten.

»Was?« Ihr Atem kam stoßweise, und sie starrte auf seine Lippen.

»Ich bin verlobt.«

Ihr Blick schoss zu ihm auf. Das Verlangen erlosch im Unglauben.

Unmöglich.

Die Glut in ihrem Inneren erstarrte zu Eis.

Was immer sie erwartet hatte – das nicht.

»Um zu heiraten?«

»Wozu verlobt man sich sonst?«

Das konnte nicht sein. Nicht schon wieder. Sie stieß ihn fest gegen die Brust, und seine Hände fielen von ihren Schultern.

»Ich habe versucht, es dir zu sagen«, verteidigte er sich.

»Versucht? Du hast es *versucht*? Es ist verdammt einfach, Jake«, fauchte sie. »Nur drei Worte. Drei Worte, die du jederzeit aussprechen konntest.« Aber noch während sie ihm ihre Empörung entgegenschleuderte, wurde ihr klar, wie oft er es tatsächlich hatte sagen wollen und sie ihn nicht gelassen hatte. Weil sie genau gewusst hatte, dass sie es nicht wissen wollte. Wie ein Kind, das sich die Ohren zuhielt, hatte sie sich geweigert, ihm zuzuhören.

»Ich … ich weiß. Aber wir sind immer unterbrochen worden. Und dann Gigi. Und ich … ich wollte einfach ein bisschen mehr Zeit. Ein bisschen mehr Zeit, ehe, na ja, ehe das hier passieren würde.«

Ihr Puls war aus dem Takt geraten, und kalter Schweiß trat auf ihre Stirn.

»Wann genau?«, wollte sie wissen.

»In ein paar Monaten.«

»Warum zum Henker willst du wieder herziehen?«

Er fuhr sich mit der Hand durchs Haar.

»Warst du je an einem Punkt im Leben, an dem du das Gefühl hattest, dass endlich alles so läuft, wie es soll?«

»Ja. Und dann bist du abgehauen. Und jetzt stehen wir wieder hier. Und ich war so bescheuert zu denken, wir hätten vielleicht doch eine Chance. Aber mit dir kann es natürlich niemals einfach sein.«

»Das Leben an sich *ist* nicht einfach. Es ist nicht nur schwarz und weiß, Sade. Es ist chaotisch und hart und macht dich fertig, und genau das sind die Dinge, die die Ecken und Kanten abschleifen. Die das Leben lebenswert machen.«

»Na klar, und das aus deinem Mund. Ich mag meine Ecken und Kanten«, stieß sie brodelnd hervor. Aber sie war sich nicht sicher, ob sie sich selbst glaubte. Nicht mehr.

»Sie schützen dich nicht so sehr, wie du glaubst.«

Gerne hätte sie ihm erklärt, dass sie die Dinge lieber in Schwarz und Weiß sah, weil es einfacher war, wenn man nicht alles haben durfte. So ließen sich die Dinge säuberlich in zwei Kategorien einteilen: verfügbar oder nicht verfügbar. Es war kein Nebenprodukt ihrer Magie, sondern ihrer Persönlichkeit. Der Sichtweise, die sie sich im Laufe ihres Lebens angeeignet hatte. Und diese sorgte dafür, dass sie um das, was sie hatte, kämpfte wie eine Löwin. Um es um jeden Preis zu behalten. Und nun war Jake wieder da, nur um ihr erneut durch die Finger zu rinnen. Oder nein – sie hatte ihn ja nicht einmal in den Fingern gehabt.

»Bethany ist …«, begann er.

»Bethany«, sagte sie tonlos. Sie mochte den Klang dieses Namens nicht.

»Ja, Bethany. Ich war glücklich mit ihr. Oder immerhin ziemlich glücklich.«

»Und – was? Hast du plötzlich kalte Füße gekriegt und gedacht, du kommst mal wieder her und spielst mit meinen Gefühlen? Du bist der Grund, warum ich Probleme habe, jemandem zu vertrauen. Du bist der Grund, warum ich immer Angst habe, verlassen zu werden. Du hast mir das Herz gebrochen. Du hast *mich* gebrochen.«

»Denkst du nicht, dass auch ich am Ende war? Ich wollte zurückkommen – zu dir. Aber ich wusste, dass ich Mist gebaut hatte. Dennoch warst du die Einzige, mit der ich mir eine gemeinsame Zukunft vorstellen konnte. Und als ich dann endlich beschloss, doch nach Hause zu kommen, hörte ich, dass Randy oder so ähnlich dir einen Antrag gemacht hat.«

»Ryan«, verbesserte Sadie ihn knapp.

»Was sollte ich machen? Trotzdem herkommen und dir das vermasseln, wie ich das andere auch vermasselt habe? Ich war es dir schuldig, mich nicht in dein Glück einzumischen, auch wenn ich unglücklich war. Und dann lernte ich Bethany kennen. Und blieb. Und als ich wiederum herausfand, dass du nicht mit Randy zusammen warst …«

»Ryan«, sagte sie trocken.

»Tja, als ich das herausfand, da … ähm … fanden wir auch heraus, dass sie schwanger ist.«

Er sah überallhin, nur nicht zu ihr.

»Schwanger«, wiederholte sie. Die Eissplitter in ihrem Bauch zerbarsten.

»Was immer ich für Zweifel haben mag – ich werde sie

nicht verlassen. Ich bin selbst in einer kaputten Familie aufgewachsen, das werde ich meinem Kind nicht antun. Aber es ist nicht nur das«, fügte er hinzu, und sie sah ein Licht in seinen Augen aufleuchten.

»Du freust dich darauf, Vater zu werden«, flüsterte sie, und ihr Atem war so kalt, dass er als Wölkchen herauskam.

»Ich habe totale Angst, aber ja, ich bin auch aufgeregt.« Und dass er so empfand, schien ihm ein schlechtes Gewissen zu bereiten. »Ich habe mir mit der Frau ein Leben aufgebaut, Sade. Ich will sie nicht im Stich lassen.«

»Das verstehe ich«, sagte sie, und das tat sie tatsächlich, obwohl sich ihr der Magen umdrehte. Jake an der Seite dieser Bethany, die neues Leben in die Welt setzten. Er war zu anständig, um sie sitzen zu lassen.

»Ich hätte es dir eher sagen müssen. Aber ich habe zu vergessen versucht. Und bei dir zu sein, in deiner Nähe zu sein, hat mir klargemacht, was ich niemals haben kann. Verschlafene Morgen, die wir in der Küche herumtrödeln. Im Sommer draußen grillen, und nachts im Bett meine Füße an deine stupsen, damit ich dich neben mir spüre. Das Recht, mir um dich Sorgen zu machen. *Dich*. Und ich wollte mir das alles noch ein bisschen länger vorstellen, ehe Bethany herkommt. Kannst du mir das verübeln?«

»Ja«, sagte sie, ohne zu zögern. »Ich hasse dich.« Aber wie sie es sagte, klang es alles andere als das. »Dass du hier bist, bringt alles durcheinander. In deiner Nähe kann ich nicht atmen. Du bist genau wie früher. Du spielst mit mir, damit ich dich liebe.«

»Ich kann dich zu nichts zwingen, Sadie. Glaub mir,

das weiß ich inzwischen – du und ich, wir sind wie Feuer und Benzin. Ich wünschte, ich könnte all das rückgängig machen – und wie ich das wünschte!« Wieder fuhr er sich durchs Haar. »Sag mir einfach, was ich tun soll. Du willst nie wieder etwas von mir hören? Okay. Du willst nicht, dass ich hierherziehe? Gut, dann kaufe ich das Haus nicht.«

Sie schwiegen beide.

»Liebst du sie?«, fragte sie. Sie wollte die Antwort nicht hören, aber sie musste es wissen. Nicht dass es etwas geändert hätte.

Er schwieg einen Moment lang, zögerte. »Ich glaube, ich könnte sie lieben lernen.«

Und ihr Herz tat ihr um seinetwillen weh, ein wenig zumindest.

»Warum bleibt ihr nicht in der Stadt?«, fragte sie.

Er setzte sich zurück, nahm das inzwischen warm gewordene Bier und starrte auf das Etikett.

»Ich habe auf einer Wache in der Stadt gearbeitet. Wir haben – oder hatten – es mit ziemlich vielen Anrufen wegen Drogendelikten zu tun. Überdosis, Schlägereien und so weiter. Unsere Sanitäter versuchten, sie wieder zusammenzuflicken, oder wir brachten sie ins Krankenhaus. Was ich zuerst nicht wusste, war, dass es bei uns Revierstreitigkeiten zwischen zwei Gangs gab.« Er holte tief Luft und lehnte sich zurück. Nahm einen tiefen Schluck. »Kinder waren darin verwickelt, Kinder, Sadie. Die entweder ständig high waren oder mit Koks oder Gras oder Meth dealten. Eines Abends ging ein Anruf ein, und es war … na ja, sein Name war Adam. Seine Mutter hatte angerufen, weil er eine Überdosis Kokain genommen hatte. Er war zehn.«

Unwillkürlich entwich Sadie ein kehliger Laut. Ihre Hand flog zu ihrem Mund.

»Dieser Junge … keine Ahnung, aber er ließ mich nicht los. Wenn ich frei hatte, fuhr ich zu ihrer Adresse und half seiner Mom. Ich besorgte ihrem Sechzehnjährigen, Alex, einen Job, damit er aus der Gang rauskam und nicht ständig in Schwierigkeiten geriet. Sie fingen an, mit mir in die Kirche zu gehen. Aber als Marys Mann aus dem Gefängnis kam und davon erfuhr, schlug er sie zusammen. Ich dachte, ich täte etwas Gutes. Ich dachte, ich würde ihnen helfen.« Er räusperte sich und stellte die Flasche auf das Tischchen zwischen sie.

»Und dann?«, fragte Sadie leise. Sie hätte ihn gerne berührt, ihre Hand auf seinen Arm gelegt oder seine Hand ergriffen, aber sie kannte Jake. Er musste seine Geschichte zuerst beenden, sonst schaffte er es vielleicht nicht mehr bis zum Schluss.

»Als ich bei ihnen zu Hause auftauchte, sagte ihr Mann, Tony, mir, dass er erst Mary und dann mich umbringen würde, wenn ich wiederkäme. Ernsthaft, ich bin nicht leicht einzuschüchtern. Aber ich habe Tony geglaubt, und er hat mir eine Höllenangst eingejagt. Also zog ich mich zurück. Ich wollte Alex bei der Arbeit besuchen, erfuhr aber, dass er gekündigt hatte. Sein Vater hatte ihn gezwungen, in der Gang mitzuarbeiten. Ich dachte, ich komme schon drüber hinweg, aber es klappte nicht.

Jedenfalls bekamen wir eines Nachts einen Anruf. Eine

Schießerei im schlimmsten Viertel der Stadt. Als wir ankamen…« Er brach ab und musste sich wieder räuspern. »… lag da Alex und verblutete. Bevor er starb, bat er mich, seine Mutter da rauszuholen.« Jake sprach jetzt schnell, als könne er die Erinnerung nur auf diese Weise loswerden.

»In dem Moment habe ich mir geschworen zu tun, was auch immer nötig war. Ich wusste, dass ich nicht alles in Ordnung bringen konnte, aber zumindest diese Sache. Also habe ich ein altes Auto gekauft, darauf gewartet, dass Tony aus dem Haus ging, ihr die Schlüssel und ein paar Tausend Dollar gegeben und ihr gesagt, sie solle sich Adam schnappen und verschwinden.«

»Und hat sie es getan?«, fragte Sadie beinahe ängstlich.

»Ich weiß es nicht.« Er zuckte die Achseln. »Ich hoffe es. Ich glaube ja. Es war eine raue Gegend. Drogen, Gewalt, Prostitution, und dann gab es mittendrin Menschen, die zwischen all dem festsaßen, weil sie keine Chance hatten, rauszukommen. Wenn etwas brannte, handelte es sich oft um Drogenhöhlen oder Meth-Küchen, und viele Notrufe waren unfassbar deprimierend. Immer, wenn wir hingefahren sind, habe ich nach Tony Ausschau gehalten und mich gefragt, ob er wusste, dass ich seiner Frau zur Flucht verholfen hatte.

Tja, und ein Kind – *mein* Kind – so einer Situation auszusetzen? Ich wollte auf keinen Fall, dass meine Familie da hineingezogen wird. Mir war klar, dass ich die Stadt verlassen musste, und mir war auch klar, dass ich nur am Leben meines Kindes teilhaben kann, wenn ich bei Bethany bleibe. Ich … ich denke, wenn ich mich von ihr trennen würde, würde sie sofort in die Stadt zurückkehren, und ich hätte Angst, dass sie mich dann auszuschließen versucht.«

»Du meinst, sie würde ihr Kind daran hindern, seinen Vater kennenzulernen?« Sie hatte keine Ahnung, warum sie das fragte.

»Bethany ist toll. Aber wenn sie jemanden liebt, dann darf diese Person niemand anderen lieben. Und wenn ich sie so verletzen würde … nein, das Risiko kann ich nicht eingehen. Also habe ich mir eine Auszeit genommen und bin hierhergekommen. Ich konnte diese Stadt einfach nicht mehr ertragen. Dieser Druck, der Frust, die Paranoia, immer fürchten zu müssen, dass Tony oder einer aus seiner Gang hinter mir her ist – ich wollte das nicht mehr.«

Er sah ihr in die Augen. »Als Bethany mich fragte, ob es einen Ort gäbe, an dem ich mich sicher fühlte … da dachte ich nicht an Poppy Meadows. Sondern an dich. Du bist immer meine Zuflucht gewesen. Der Mensch, dem ich alles sagen, mit dem ich alles durchstehen konnte. Und als ich einmal anfing, an dich zu denken, konnte ich nicht mehr aufhören. Irgendwie habe ich mir vorgestellt, dass wir noch einmal von vorne anfangen und wenigstens Freunde sein könnten. Dass ich zufrieden sein würde, in deiner Nähe zu sein. Aber als ich dich wiedergesehen habe, wusste ich, dass das niemals genug sein würde. Ich weiß, dass es dir gegenüber nicht fair ist. Es tut mir leid, Sadie. Tut mir leid, dass ich so verkorkst bin.«

Da waren die Worte, nach denen sie sich gesehnt hatte. Worte, die zu hören sie sich seit zehn Jahren innig wünschte. Er machte ihr seine Verwundbarkeit zum Geschenk. Schmiedete ein neues Band zwischen ihnen. Und es war vollkommen sinnlos.

Sie hätte gerne gewusst, ob er sie liebte. Aber spielte es eine Rolle? Wenn Jake sich für etwas entschieden hatte, brachte ihn nichts und niemand davon ab.

»Ich muss gehen«, sagte sie. Sie musste weg, weg von ihm.

»Sadie«, sagte er, und es klang gebrochen. Und als sie sich in Bewegung setzte, hielt er sie nicht auf.

Auf der kurzen Fahrt nach Hause war das Lenkrad kälter als ein Gletscher. Sie hätte gedacht, weinen zu müssen, aber die Tränen schienen in ihr gefroren. Ihre Schultern schmerzten angespannt; sie hatte sie nach vorne gezogen, um sich irgendwie aufrecht zu halten.

Als sie auf der Auffahrt aus ihrem klapprigen Subaru stieg, schlug ihr ein starker Geruch zerriebenen Rosmarins entgegen, und sie schauderte. Sie folgte ihrer Nase zum Seitentörchen und wäre beinahe gegen den Pfosten gesunken. Die Linie aus Salz und Minzöl, die unerwünschte Besucher hatte fernhalten sollen, war wie Asche zerstreut worden.

»Nein, nein, bitte nicht, das darf nicht sein«, hauchte sie. Wo immer sie auch hinsah, herrschte Verwüstung. Der Garten war zerstört. Die Tomatenstauden waren entwurzelt, der Lavendel sah aus, als sei eine Dampfwalze drübergefahren. Kräuter waren ausgerupft, Gemüse ausgerissen worden, und überall lagen angeschlagene Pfirsiche, als habe der Baum versucht, seine Familie zu verteidigen, indem er den Angreifer mit Früchten bewarf.

Auf schwachen Beinen taumelte Sadie zu den einst so

sauber angelegten Beeten. Es war, als versuche der Lebensnerv des Gartens, der gekappt worden waren, sich die Energie von ihr zurückzuholen.

»Alles wird gut«, sagte sie und sank auf die Knie. »Ich krieg das wieder hin. Ihr werdet wieder, versprochen.« Sie schob die Hände in den Boden und schöpfte Erde heraus, während ihre Brust sich immer weiter zuzog.

Sie konnte nicht mehr richtig atmen. Alles in ihr verschloss sich vor Entsetzen. Ihr Sichtfeld verengte sich, und sie fühlte sich taub. Mit einem Aufschrei zog sie die Nägel durch den Boden, ballte die Fäuste und schlug auf die Erde ein.

Plötzlich spürte sie ein Prickeln im Nacken und sah auf. Umgeben von einem grünlichen Nebel wie etwas Faulendes, lauerte die Gestalt am Waldrand und wirkte greifbarer als beim letzten Mal.

Nicht einmal alle Magie dieser Welt hätte sie auf die Angst vorbereiten können, die sich in ihr ausbreitete, als ertrinke sie in ihrem eigenen Herzen.

Heilsalbe

Für Kratzer, Schrammen und Prellungen. Wirkt antibakteriell und unterstützt die Heilung kleinerer Wunden. Habe sie zwangsweise perfektioniert, als die Kinder klein waren, weil die kleinen Trampel sich meistens wie Elefanten im Porzellanladen bewegt haben. Seth und Sadie waren selbstverständlich nicht anders.

Zutaten

2 EL Kokosöl
Jeweils 2 Tropfen von:
Teebaumöl
Immortelle
Lavendel
Weihrauch
1–2 TL Bienenwachs-Pellets
(optional, um die Salbe etwas fester zu machen)
1 Tiegel, ungefähr 30ml

ZUBEREITUNG

1. Kokosöl und Wachs im Wasserbad schmelzen.
2. Von der Flamme nehmen und 1–2 Minuten abkühlen lassen, dann die Öle hinzugeben.
3. In Behälter gießen und zum Aushärten kühlen. Bei Bedarf auftragen.

ZEHN

~

SADIE FLOH AUF DIE VERANDA, DOCH drei Gläser Wein später fühlte sie sich noch immer nicht betäubt genug. Sie hatte nicht den Mut, ihrer Großmutter von der Vernichtung im Garten zu erzählen. Gigi, die sich weigerte, den Isisknoten zu tragen. Sadie hatte ihn in ihrem Schlafzimmer versteckt, sodass er zumindest in ihrer Nähe war, wenn sie schlief. Aber schon hatten sich Zweifel eingestellt. Gigi bewegte sich wieder langsamer und immer mit einer Hand auf dem Rücken und schmerzverzerrtem Gesicht, wenn sie glaubte, dass niemand hinsah.

Kay war lauter als üblich, und Anne redete wie ein Wasserfall, um in der Zeit, die noch blieb, möglichst alles zu sagen, selbst wenn es keine Bedeutung hatte. Onkel Brian hatte angefangen, alles im Haus zu reparieren, was sich reparieren ließ, und beschwerte sich brummelnd über Tava, die den Tisch mit ihren Nähprojekten belegte, während Suzy es sich zur Aufgabe gemacht hatte, den Schrank im Flur zu putzen und aufzuräumen. Seth saß derweil still neben Gigi auf der Couch, auf deren Schoß wie immer Abby lag, während Bambi sich zu ihren Füßen niedergelassen hatte.

Es lag etwas Schweres in der Luft, während alle im stillschweigenden Einvernehmen waren, dass sich das Unvermeidliche vielleicht hinausschieben ließ, wenn man es lange genug leugnete. Doch Sadie konnte den Geschmack, den es auf ihrer Zunge hinterließ, nicht ausstehen.

Die Fliegengittertür quietschte, und Sadie erkannte Seths Schritte, ohne den Kopf drehen zu müssen. Er nahm ihr das Weinglas aus der Hand und setzte sich.

»Totales Irrenhaus da drin«, sagte er.

Sadie nickte nur.

»Was ist los?«

»Das zum Beispiel«, antwortete sie und deutete auf den Garten.

Im schwindenden Licht sah er hinüber und stieß scharf die Luft aus.

»Shit!«

»Ja. Und ich weiß es nicht«, antwortete sie, noch ehe er fragen konnte, wer das getan hatte.

»Okay. Was noch?«

»Was soll das heißen – was noch? Reicht das nicht?«

»Du hast *zum Beispiel* gesagt.«

Sie warf ihm einen Seitenblick zu. Er war ihr Zwillingsbruder. Sie konnte ihn genauso wenig aus ihrem Herzen verbannen, wie sie ihr Spiegelbild aus einem Spiegel fernhalten konnte. Also holte sie tief Luft und sprach aus, was ihr schwer wie ein Amboss auf der Brust lastete, seit sie von Jake weggefahren war.

»Jake ist verlobt.«

»Und will heiraten?«

»Scheint so«, sagte sie tonlos.

»Verdammt, Schwester, du lässt aber auch nichts aus.«

»Oh, Moment, das war noch nicht alles. Sie ist außerdem schwanger.«

»Also, das klingt für mich nach einer echten Arschlochnummer. Oder täusche ich mich? Übersehe ich hier irgendwas? Das ist doch gar nicht Jakes Art.«

»Er hat versucht, es mir zu sagen. Mehrmals sogar, aber ich habe ihn ständig abgewürgt, weil ich es nicht hören wollte. Aber es spielt auch keine Rolle mehr.« Sie zuckte mit den Schultern, holte sich ihr Glas zurück, schenkte nach und trank die Hälfte davon in einem Schluck. »Die Welt, die ich in den vergangenen zwanzig Jahren sorgsam gehegt und gepflegt habe, stürzt ein. Nichts ist mehr so, wie es war. Ich habe so lange versucht, mein Herz vor dem Fluch zu schützen, dass ich niemanden mehr habe außer Gigi.«

»Und was bin ich – gehackte Leber?«

Sie warf ihm einen scharfen Blick zu.

»Dir ist klar, dass du mir irgendwann verzeihen musst, richtig?«

»Sei nicht albern. Ich habe dir längst verziehen.«

»Wir schaffen das schon, Schwesterherz«, sagte er, legte den Arm um sie und schnappte sich erneut ihr Weinglas. »Versprochen.«

Eine klebrige Stille hing in der Luft, und Sadie hatte plötzlich das Bedürfnis, ihre Hände in Zitronenwasser zu tauchen, um Unglück abzuwehren. Und als hätte das Universum Seths Versprechen gehört, geschah es. Ein dumpfes Poltern, ein Schrei, und sie stürzten beide ins Haus zurück.

Kay befand sich am Rand der Hysterie. Tante Suzy barg

ihren Kopf an Onkel Brians Schulter. Die Last der geballten Sorge heizte den Raum auf. Anne hockte am Boden und versuchte Gigi aufzuhelfen, und der Anblick ihrer zerbrechlichen, schlaffen Gestalt jagte Sadie einen Speer durch die Eingeweide.

Nach einer Weile, die sich wie eine Ewigkeit anfühlte, schlug sie die Augen auf.

»Bin gefallen«, krächzte sie.

»Komm, wir fahren dich ins Krankenhaus«, sagte Seth, und Sadie fragte sich, wie seine Stimme so ruhig bleiben konnte.

»Blödsinn«, gab Gigi zurück. Ihre Stimme klang genauso mürrisch, wie ihr Gesichtsausdruck war. »Ganz sicher nicht. Was soll man mir denn da sagen, Spätzchen?« Sie versuchte sich aufzusetzen. »Dass ich Krebs habe? Hilf mir einfach zur Couch, okay?«

Obwohl sie sich sichtlich zusammenzureißen versuchte, war ihre Miene schmerzverzerrt, als Seth sie halb ins Wohnzimmer trug.

»Mommy«, weinte Kay, sank neben ihr zu Boden und umklammerte Gigis Hand.

»Das reicht jetzt«, gab Gigi zurück. »Ich muss mit Seth und Sadie sprechen. Allein«, fügte sie hinzu.

»Ich gehe hier nicht weg«, sagte Kay.

»Und ob du das tust.« Gigis Stimme klang jetzt brüchiger.

Anne übernahm wie immer das Kommando. »Alle raus«, befahl sie, und die anderen zerstreuten sich gehorsam.

Sadie stand noch an der Tür und hatte Mühe, ihre Beine zu bewegen, bis Seth sie sanft zog.

»Meine Zeit kommt jetzt bald, denke ich«, sagte Gigi.

»Aber der Isisknoten …«, begann Sadie.

»Ich habe dir doch gesagt, dass das verdammte Ding nicht funktionieren kann.« Sie wandte sich ihrer Enkelin zu. »Sadie, es gibt Magie, die ich initiiert habe, Rituale, die du übernehmen musst, wenn ich tot bin. Du weißt, dass Julian auf dem Grundstück von Old Bailer begraben ist. Der Besitz ist nicht mehr unser, er ist an den Staat gegangen, als er unter Denkmalschutz gestellt wurde. Doch unser Blut steckt immer noch im Land, weswegen wir ihn dort auch begraben haben. Evanora hat seinen Geist in Schach halten können, aber an seinem Todestag musst du den Bereich um sein Grab salzen, damit er bleibt, wo er ist. Schreib seinen Namen auf Papier, verbrenn es mit der Flamme einer schwarzen Kerze und sprich dabei die Worte, die ich dir beigebracht habe. Du weißt, welche ich meine. Sieh zu, dass das Seil an der Glocke vorne an der Eingangstür am gleichen Tag ausgetauscht wird.«

Sadie nickte dumpf.

»Und jetzt zu dir, du kleiner Rotzbengel«, fuhr Gigi fort und wandte sich an Seth. »Mein verlorener Enkel. Ich wusste, dass du wiederkommen würdest. Du machst einen Fehler, deine Magie nicht zu nutzen. Je stärker du dich dagegen wehrst, desto mehr wird sie dich vereinnahmen. Du kannst vor dem, was du bist, nicht davonlaufen. Du bist dazu bestimmt, ein Licht in der Dunkelheit zu sein, aber du brauchst die Hilfe deiner Schwester. Sei also nicht so verdammt stolz, hörst du?«

Seth nickte ebenfalls, aber sein Gesichtsausdruck verriet Sadie, dass es ihn im Augenblick enorme Kraft kostete, nicht zusammenzubrechen.

»Was die Lebensschuld angeht – ihr müsst bis zum ersten Vollmond nach meinem Tod das Gleichgewicht wiederherstellen, oder die magischen Kräfte werden sich ein für alle Mal holen, was ihnen zusteht, verstanden?«

»Aber *wie*?«, begann Sadie, die Mühe hatte, die richtigen Worte für eine Frage zu finden, deren Antwort sie vermutlich bereits kannte.

»Es gibt doch bestimmt irgendeinen Zauber, oder?«, fragte Seth.

»Nur den, den ich bereits angewandt habe.« Gigi lächelte traurig.

»Wir könnten …«, begann Seth, aber Sadie schnitt ihm das Wort ab.

»… jemand anderen zum Tode verurteilen? Ganz sicher nicht. Das ist unser Problem. Und das lösen wir allein.«

»Noch etwas. Wegen eurer Mutter.« Gigis Wangen waren gerötet, und sie hielt sich den Handrücken an die Lippen. »Ich weiß nicht, wann sie zurückkommt, aber sie *wird* zurückkommen. Wenn ich tot bin, kann sie es. Ihre Magie …« Gigi brach ab, und ihr Blick wanderte in die Ferne. »Ihre Magie ist nicht wie unsere. Seid vorsichtig, aber gebt ihr eine Chance.« Sie wandte sich wieder an Sadie. »Gib ihr um meinetwillen eine Chance. Ich bin schuld, dass sie gehen musste. Versuch es ihr nicht übel zu nehmen. Und, Seth, sie wird dich in ihren Bann ziehen. Verlier dich nicht in ihr. Vergiss nie, dass nur du allein bestimmst, wer du bist. Und du, Sadie, du kümmerst dich um deinen Bruder. Versprich es mir«, wiederholte sie eindringlich.

»Ich verspreche es beim Zitronenbaum, und beim Zitronenbaum halte ich meine Versprechen«, rezitierte Sadie, doch die Worte gingen ihr schwer von den Lippen.

Gigi seufzte und nickte und verzog das Gesicht, als sie sich zurücklehnte.

»Ich sage nicht Lebwohl – noch nicht. Aber ich muss mich vergewissern, dass alles vernünftig läuft. Ich muss Dinge in Ordnung bringen. Mein Fluch …« Unfähig, weiterzusprechen, schüttelte sie den Kopf, ihr Blick schmerzerfüllt.

Sadie konnte Seth nicht ansehen. Sie konnte Gigi nicht ansehen. Das Haus schien sich um sie schließen zu wollen, und Gigis Schicksal hing in der Luft wie ein dichter, beißender Rauch, der Sadie die Luft zum Atmen nahm.

»Ich trag sie hoch ins Bett«, sagte Seth.

»Unsinn«, murmelte Gigi, diskutierte aber nicht weiter.

Sadie erhob sich und fühlte sich plötzlich in ihrem eigenen Wohnzimmer verloren. Ihr Blick fiel auf den Besen, der an der Wand hing. Die Zweige, die um den Stiel gebunden waren, mussten gestutzt, das Band neu gewickelt werden. Gigi hatte den Zwillingen von dem Besen erzählt, als sie noch Kinder gewesen waren. Der rote Mond schien durch die Spitzenvorhänge, als Sadie aufstand und den Besen von der Wand nahm.

»Immer an der Haustür beginnen und nach innen fegen«, hörte sie ihren Bruder vom Fuß der Treppe sagen, wo er, ein kleines Lächeln auf den Lippen, an der Wand lehnte.

»Fegt man nach außen, fegt man das Glück hinaus«, sprach sie weiter und lächelte ebenfalls. »Ich weiß es noch. Manchmal saß ich in der Küche und machte Hausaufgaben, während sie fegte. Es roch immer nach Zimt. Nach dem Spülmittel, das sie selbst herstellte. Sie hat in alles Zimt gegeben. Sie meinte, es brächte noch mehr Glück in unser Haus, und sie wüsste, dass es funktionierte, weil sie es immer schon so gemacht hätte, wodurch unsere Gigi die glücklichste Großmutter der Welt geworden wäre.«

»Verrückt, jetzt, da wir wissen, wieso sie uns plötzlich am Hals hatte.«

»Ich glaube nicht, dass sie das so sieht.«

»Nein, sicher nicht, aber du weißt, was ich meine.« Er schüttelte den Kopf. »Ich kann das Ganze kaum begreifen. Ich will auch gar nicht. Ich kann nicht einmal darüber nachdenken, weil es sich unfair anfühlt. Gigi gegenüber, meine ich. Nicht … unserer Mutter.«

»Und ich darf gar nicht daran denken, dass sie nicht mehr da sein könnte. Ich weiß nicht, wie das gehen soll. Ich …« Sie blinzelte hektisch gegen das Brennen in ihren Augen an.

»Ich weiß. Aber wir dürfen die letzten Tage mit ihr nicht so verbringen. Natürlich wird es schwer, aber lass uns versuchen, fröhlich zu sein und sie und ihr Leben zu feiern. Ich habe gesehen, wie sie dich anschaut. Sie wird nichts sagen, aber ich muss es. Lass nicht zu, dass deine Trauer ihre Last wird. Warte, bis sie wirklich tot ist. Du weißt, was sie uns immer gesagt hat – beschwör das Schicksal nicht herauf.«

So sanft hatte Seth seit Jahren nicht mehr mit ihr gesprochen. Und das machte ihr klar, wie ernst er es meinte. Außerdem hatte er recht, auch wenn sie es ungern zugab. Sie würde sich also zusammenreißen, fröhlich und lustig sein, selbst wenn es sie umbrachte. Selbst wenn es sich anfühlte, als würden mit Gigi kleine Teile von ihr sterben.

~ ~ ~

Am nächsten Tag war Anne die Einzige, die schon wach war, als Sadie, vom Kaffeeduft angelockt, verschlafen die Treppe hinuntertappte. Sie hatte die halbe Nacht mit den Tränen gekämpft und sie die andere Hälfte laufen lassen. Ihre Augen waren geschwollen und ihre Haare wirr und aufgebauscht, sodass sie vermutlich wie ein lebendes Botticelli-Gemälde aussah.

Anne schenkte ihr wortlos Kaffee ein.

Sie setzte sich an die Bar, doch ihre Tante blieb ungewöhnlich schweigsam.

»Hast du geschlafen?«, fragte Sadie sie.

»Natürlich nicht«, antwortete Anne. »Aber ich schlafe sowieso nie.«

»Ich muss zum Bauernmarkt. Willst du mit?« Sadie war selbst überrascht, dass sie gefragt hatte. Normalerweise war das eine Sache, die sie gerne allein machte. Sie liebte es, das Gemüse sorgfältig zu prüfen, mit den Anbietern zu plaudern und Jim, den Kartoffelhändler, abzuwehren, der sie immer bequatschen wollte, einen eigenen Stand aufzumachen.

»Unbedingt«, sagte Anne, ohne zu zögern. »Ich muss hier raus.«

Die Sonne wärmte noch nicht, und der Wind strich raschelnd durch die Kiefern wie ein heimliches Flüstern, das sich an den spitzen Nadeln fing. Anne drehte die Heizung auf und das Fenster herunter, und Wärme und Kälte trafen auf Sadies Haut zusammen, während im Radio Joni Mitchells *Circle* lief. Sie hielt ihre Hand aus dem Fenster, der Wind fuhr weich und wellenartig durch ihre Finger, und sie lächelte, lehnte den Kopf gegen die Kopfstütze und war zufrieden. Prompt verursachte ihr die Erkenntnis ein schlechtes Gewissen und nahm ihr das Fünkchen Freude, und so zog sie ihre Hand zurück ins Wageninnere, während sie genauer auf den Songtext achtete.

We're captive on the carousel of time
We can't return we can only look
Behind from where we came
And go round and round and round
In the circle game

Ja, auch Sadie war gefangen auf dem Karussell des Lebens, ihre Finger umklammerten die Messingstange, doch ihr Pferdchen schien sich nur abwärts zu bewegen. Und selbst dieser Gedanke ließ Schuldgefühle aufblubbern wie gebrannter Zucker. Andere mussten Schlimmeres durchstehen. Mussten in Armut leben, in Sklaverei, hatten kein Essen, kein Dach über dem Kopf, keine Liebe oder hatten Kinder verloren. Und sie saß hier und betrauerte Jake, ihren

Bruder und ihre Großmutter. Gigi, die ein langes Leben gelebt und ihr all die Liebe geschenkt hatte, die sie besaß.

»Was geht dir durch den Kopf?«, fragte Anne irgendwann.

»Glaubst du, man hat ein Recht auf seinen Schmerz, wenn es so vielen Menschen schlechter geht?«

»Ich glaube nicht, dass es bei Schmerz um einen Konkurrenzkampf gehen sollte«, antwortete ihre Tante, ohne zu zögern. »Was der eine als eine Zehn empfindet, ist vielleicht bei dir eine Sechs. Ein gebrochenes Herz lässt sich nicht vergleichen. Es ist gebrochen, und nur das zählt. Und man darf fühlen«, fügte sie hinzu. Offenbar war ihr Sadies innerer Kampf bewusst.

»Manchmal glaube ich, wenn ich mir zugestehen würde zu fühlen – *wirklich* zu fühlen –, komme ich da nie wieder raus. Dann kann ich das alles nicht mehr zurückstopfen.«

»Das sollst du auch nicht, mein Schatz. Du bist wie ein Vulkan. Und eines Tages brichst du aus. Gibt es auf diesem Markt auch Schmuck? Ich würde Emily gerne etwas mitbringen. Du kennst den Geschmack deiner Cousine ja.«

Sadie lachte leise. Anne konnte einfach nicht lange bei einem Thema bleiben. Das war gegen ihre Natur.

Kurz darauf schlenderten sie über den Markt. Sadie stellte ihre Tante überall vor, und Anne erzählte, fragte und sprang so schnell zum nächsten und übernächsten Thema, dass ihre Gesprächspartner ein Schleudertrauma davontrugen. Die Luft duftete nach reifen Tomaten und frischen Blumen.

Als sie ungefähr die Hälfte der Stände hinter sich hatten, trugen sie schwer an Taschen und Tüten voll mit Obst und Gemüse, das Sadie im Garten nicht ziehen konnte, aber auch mit Dingen, die Tante Anne unbedingt hatte kaufen wollen. Lavendelseifen und Gläser mit heimischem Honig, in dem noch Waben zu sehen war. Ein handbemalter Aschenbecher für Gigi und eine Flasche Granatapfelessig für Brian. Und obwohl Sadie sie davon abhalten wollte, kaufte sie einen Bonsai für Seth und ein handgeschnitztes Vogelhaus für Sadies Garten. Für Emily fand sie einen Mondstein-Anhänger.

»Wir werden uns einen Anhänger besorgen müssen, wenn du noch mehr kaufst«, sagte Sadie gespielt streng.

»Kann man die hier auch kaufen?«, fragte Annie vollkommen ironiefrei.

Und in dem Moment sah sie ihn.

Jake.

Er stand bei Jim und begutachtete die Kartoffeln. Und neben ihm eine Frau, die so schön war, dass Musik von ihr auszugehen schien. Bethany.

Sadie hätte erwartet, dass man ihr die Schwangerschaft schon ansehen konnte, aber ihre schlanke Läuferinnengestalt war makellos und wies kein Bäuchlein auf. Natürlich musste sie perfekt sein! Ihr Haar war ein langer, üppiger Vorhang, so schwarz wie eine mondlose Nacht, und es schwang sanft hin und her, als sie mit ihren dunklen Augen zu Jake aufsah. Und er, der sich ihr gerade zuwenden wollte, hob plötzlich den Kopf, als spüre er Sadies Anwesenheit.

Am liebsten hätte sie auf dem Absatz kehrtgemacht und wäre davongerannt. Die Furcht brannte säuerlich in ihren

Eingeweiden, und die bittere Galle, die in ihrer Kehle aufstieg, schmeckte alarmierend nach Eifersucht.

Und dann hallte etwas durch ihren Verstand, was Gigi immer gesagt hatte – Worte, die sie Sadie als kleines Mädchen zugeflüstert hatte, wenn sie unterwegs waren und Mütter ihre Kinder hastig auf die andere Straßenseite gezogen hatten. Worte, die sich um Sadie herumgesponnen hatten wie ein schützendes Netz, wann immer Seth in der Finsternis des zunehmenden Mondes ihre Hand umklammert und sie angefleht hatte, ihre Magie dazu zu nutzen, sie normal zu machen.

Du weißt, wer du bist. Lass dich von niemandem zu etwas anderem formen. Und lass dir vor allem nicht von diesen Idioten sagen, was du tun oder wie du dein Leben leben sollst. Und so knipste sie ihr Lächeln an, als Bethany Jakes Blickrichtung folgte. Ja, sie hätte das Weite suchen können. Stattdessen plusterte sie ihr Gefieder auf und stellte sich der Herausforderung.

»Jake!«, rief sie strahlend. Ihr Lächeln war so breit, dass sie befürchtete, ihr Gesicht könne platzen. »Und du musst Bethany sein. Das ist meine Tante Anne. Sie ist gerade bei uns zu Besuch.« Sie erlaubte sich keinen Moment der Stille – zu groß war die Angst, dass sie zusammenbrechen würde. Zum Glück schien Anne, die bekanntlich einem Auktionator ein Ohr abkauen konnte, die Situation zu erfassen und begann, Bethany mit Fragen zu belagern, die diese zu beantworten versuchte, während Sadie alles gab, um Jake nicht anzusehen, obwohl sie spürte, dass er sie beobachtete.

»Und wie gefällt Ihnen das Kleinstadtleben bisher?«, fragte Anne.

»Ich bin nur zu Besuch hier, da wir ein paar Dinge zu regeln haben. Aber es ist sehr viel … kleiner, als ich erwartet hätte«, sagte Bethany vorsichtig.

»Wahre Worte.« Sadie lachte hell. »Herzlichen Glückwunsch übrigens. Du strahlst.« Das tat sie wirklich.

»Man sieht noch nichts«, antwortete sie mit einem Lächeln, das nicht ganz bei den Augen ankam.

»Wie geht's Gigi?«, fragte Jake, der wachsam von seiner Verlobten zu Sadie und wieder zu Bethany zurückblickte. »Ihre Großmutter ist krank«, erklärte er ihr.

»Ja, sie hat Krebs.« Sadies Lippen pressten sich automatisch zusammen. »Sie ist … ganz okay, denke ich. Bei ihr lässt es sich manchmal schwer sagen. Sie beklagt sich ja nie.«

»Oh.« Bethany streckte die Hand nach Sadie aus, und Sadie tat instinktiv dasselbe. »Das tut mir furchtbar leid. Meine Großmutter war meine beste Freundin, und sie ist vor zwei Jahren an Krebs gestorben.« Sie drückte Sadies Hände und sah sie so aufrichtig besorgt an, dass Sadie sich vor Unbehagen am liebsten gewunden hätte.

»Danke«, sagte sie und versuchte vergeblich, die andere nicht zu mögen. Bethany war nicht nur schön, sondern auch nett. *Zum Kotzen.*

»Ich möchte nicht unhöflich sein, aber wo wir gerade bei Gigi sind – wir sollten zurückfahren«, unterbrach Annie, ehe Sadie sich eine weitere Antwort einfallen lassen musste.

»Hoffentlich sehen wir uns wieder«, sagte Bethany. Der

Kardamomduft ihrer Haare war würzig und einladend wie ein Willkommensgruß.

»In einem Städtchen wie diesem kann man sich nur schwer aus dem Weg gehen«, sagte Sadie, und sie lächelten einander an.

Jake warf Sadie einen Blick über die Schulter zu, als sie davongingen. Das also war nun das neue Normal. Verstohlene Blicke und verborgene Erinnerungen, heimliches Verlangen und bittere Schuldgefühle.

Anne war verdächtig schweigsam, als sie die Einkäufe in den Wagen luden. Der düstere Himmel spiegelte Sadies Laune wider. Der Wind schmeckte schal und flüsterte von den Veränderungen, die am Horizont lauerten. Sadie schauderte.

Die Dinge nahmen an Fahrt auf. Und sie konnte es nicht ausstehen. Ihre Gefühle waren in Aufruhr, und ihr Verstand konnte sich nicht entscheiden, mit welchem Problem er sich zuerst befassen sollte. Als sie den Kofferraum zuklappte, grollte Donner über den Himmel. Solche Unwetter wirkten sich meistens störend auf ihre Magie aus.

»Soll ich fragen?«, unterbrach Anne ihre Gedanken.

Sadie seufzte. »Bringt nichts.«

Und erstaunlicherweise sagte Anne tatsächlich nichts weiter, sondern streckte nur die Hand nach Sadies aus und drückte sie.

»Wie war sie so?«, fragte Sadie, als sie losgefahren waren. Sie wusste, dass Anne klar war, von wem sie sprach.

»Nicht zu bändigen, wie Mom sagen würde.« Anne lachte. »Sie konnte eine echte Nervensäge sein, das gebe ich zu. Es gab gute Zeiten, aber sie hatte ihren eigenen Freundeskreis. Da waren Drogen und Alkohol im Spiel, und dazu war ich viel zu brav. Ich hatte immer Angst, Ärger zu kriegen. Florence nicht. Sie zog den Ärger praktisch an.«

Den Rest des Heimwegs schwiegen sie, während Sadie über Annes Worte nachdachte. Ihre Mutter. Über die sie praktisch nichts wusste. Die laut Gigi eines Tages – bald – nach Hause zurückfinden würde.

An diesem Abend aßen sie im Wohnzimmer, weil Gigi zu große Schmerzen hatte, um am Tisch zu sitzen. Sie versuchte zu protestieren, aber niemand hörte auf sie.

Die folgende Woche verging wie im Flug.

Am Sonntag weigerte Sadie sich, zur Kirche zu gehen, aber Gigi bestand darauf.

»Ich lasse nicht zu, dass du dein Leben bei einer alten Schachtel vertrödelst. Heute wird nach der Kirche das Büfett aufgebaut, und du musst etwas mitbringen – wie immer. Also geh hin und nimm die verflixte Verwandtschaft mit. Ich brauche ein bisschen Ruhe. Gail übernimmt heute das Café, aber morgen gehst du wieder arbeiten, hast du das verstanden?«

Während sich alle fertig machten, bereitete Sadie Thymian-Sesam-Cracker zu, die sie zu ihrem Knoblauch-Dill-Dip reichen würde. Wer davon aß, war offener und aufrichtiger, als er normalerweise sein würde. Meist brachte Sadie etwas Süßes mit, doch die Zeit war knapp und die Stimmung hitzig.

Schließlich quetschten sie sich zu siebt in Onkel Brians Van und kamen gerade rechtzeitig zum Gottesdienst an. Es gab nur noch eine Sitzreihe, in der genug Plätze für sie alle waren, und natürlich musste die sich vor Jake und Bethany befinden. Sadie versuchte, seine Baritonstimme zu ignorieren und auch nicht wahrzunehmen, wie sie bis in ihr Mark drang und sie wärmte.

Bei der Begrüßung kamen Mr. und Mrs. Rodriguez mit Sofia und Camilla im Schlepptau zu ihnen herüber.

»Oh, *mi querida*!« Mrs. Rodriguez drückte Sadies Hände und zog sie an sich. Die Frau war warm und weich und roch schwach nach Zimt, und Sadie hätte ewig in ihren Armen bleiben können. Auch wenn Raquel sich gerne über ihre vermeintlich furchtbare Familie mokierte, hatte Sadie sie früher immer darum beneidet. Mrs. Rodriguez machte sich los, und Mr. Rodriguez zog sie an sich.

»Wir sind immer für dich da – was immer du brauchst«, sagte Mrs. Rodriguez zu Sadie. »Und, Raquel«, wandte sie sich streng an ihre Tochter, »du musst deine Schwestern nach der Kirche zum Fußballtraining bringen, vergiss das nicht.«

»Ja, Mamá«, antwortete sie, aber sobald ihre Mutter fort war, fügte sie hinzu: »Wenn sie Camilla erlauben würde, den Führerschein zu machen wie jeder normale Teenie, dann könnte sie längst selbst fahren.« Und dann zwängte sie sich zwischen Seth und Sadie, hielt ihre Hand während des Gebets und drückte sie sanft.

Sadie hörte kein Wort von der Predigt. Nach Gigi hatte sie noch einen Herzschmerz gut, denn sie wusste ohne jeden Zweifel, dass Gigis Tod das Schlimmste sein würde, was sie je würde verkraften müssen. Und dann war alles in der Schwebe.

Ihr wurde bewusst, wie sehr sie sich in vieler Hinsicht ihr ganzes Leben lang auf diesem Moment vorbereitet hatte. Auf das schlimmste Herzleid, das man sich vorstellen konnte. Wenn man ihr den Menschen nahm, dem sie ihr Leben verdankte.

Ehe sie sichs versah, sprach Pastor Jay bereits seinen abschließenden Segen, und die Kirchgänger machten sich auf in Richtung Büfett.

Die langen Tische bogen sich unter dem Gewicht der Töpfe und Platten und Plastikschüsseln. Sadie war heute ganz und gar nicht nach Essen. Aber sie versuchte, sich zu benehmen, weil man das von ihr erwartete.

Und so stand sie da und beobachtete, wie Tante Anne mit jedem plauderte, während Onkel Brian schweigend im Hintergrund blieb und Tante Tava mit ihrem glitzernden Eyeliner, den sie immer bei sich trug, ein Herz auf die Wange von Ms. Janets Enkelin malte. Sadie gefiel es, sie hier zu haben. Obwohl sie alle in irgendeiner Hinsicht Risse im Herzen hatten, füllte ihre Liebe sie wieder auf, bis es sich beinahe wieder ganz anfühlte.

~ ~ ~

Der Dienstag war genauso wie der Montag. Sadie war schon im Café, bevor der Rest des Hauses überhaupt erwacht war. Sie machte Zimt-Challah-Brot, süße Schnecken mit Holundermarmelade, Rosenwasser-Kardamom-Panna-Cotta und Lavendel-Honig-Macarons. Aber nichts schmeckte so wie sonst. Die Macarons brachten keinen Frieden, und die

Panna Cotta band die negative Energie nicht so, wie sie sollte. Ihre Magie war kraftlos, und sie musste an den Grand Revel im April denken, zu dem sie immer am stärksten war. Wenn Gigi nur so lange durchhalten würde.

An beiden Tagen kam sie mit vom vielen Kneten verspannten Schultern, Mehl in den Haaren und Teig unter den Fingernägeln nach Hause. Ihre Seele sehnte sich nach dem Garten, und sosehr sie das Verlangen auch mit einer heißen Dusche und Rosmarin-Minz-Shampoo zu lindern versuchte, es blieb an ihr haften.

Am Mittwoch schaffte sie es kaum bis zum Mittag, und Gail schickte sie nach Hause.

»Ich weiß, dass du dich ablenken willst«, sagte Gail und tätschelte ihre Wange. »Es klappt aber nicht. Ayana ist auf dem Weg. Also geh.«

Donnerstag und Freitag verliefen nicht viel anders, und Sadie zählte in der Bäckerei die Stunden, bis sie zu Gigi nach Hause konnte, oder besser: bis Gail und Ayana sie aus der Tür schubsten. Dennoch vermied sie es noch immer, in den Garten zu gehen. Sie konnte es nicht ertragen, die Zerstörung zu sehen oder zu spüren, wie sie in ihrem Herzen widerhallte.

Anne fand immer etwas zu tun, selbst wenn nichts getan werden musste. Sie konnte einfach nicht still sitzen. Kay dagegen wich nicht von Gigis Seite. Die beiden Schwestern lagen sich ständig in den Haaren, während Tava vergeblich versuchte, den Frieden zu wahren.

»Warum machst du nicht mal Pause?«, fragte Sadie Anne am Abend.

»Mach ich schon«, antwortete Anne mit den Händen im Spülwasser, wo sie Brennerroste schrubbte.

»Machst du nicht.« Sadie lächelte.

»Manchmal ist es leichter, zu dienen als dazusitzen.« Anne zuckte die Achseln. »Kennst du die Geschichte von Maria und Marta aus der Bibel?«

»Du bist Marta?«, riet Sadie.

»Marta war abgelenkt. Oder lenkte sich selbst ab. Vielleicht beides zugleich. Aber Maria saß einfach Jesus zu Füßen. Marta beschwerte sich bei Jesus, dass ihre Schwester sie alles allein machen ließ, und bat ihn, Maria zu befehlen, ihr zu helfen. Er aber antwortete, dass sie den richtigen Weg gewählt hätte. Doch beide haben einem Zweck gedient, nicht wahr?«

»Ich weiß, was du meinst«, sagte Sadie ruhig. »Es ist wie mit der Liebe. Manchmal ist es viel schwerer, sich lieben zu lassen, als selbst zu lieben. Es steckt viel mehr Verletzlichkeit darin. Man muss sich sozusagen zurücknehmen und sagen: *Ich vertrau dir genug, um mich zu lieben*. Wie Maria, die nur dort sitzt und zuhört.«

»Denkst du an Jake?«

»Wann tue ich das nicht?« Sie war zu müde, um sich oder anderen etwas vorzumachen.

»Es heißt, dass es in einer Beziehung immer den Geliebten und den Liebenden gibt. Aber das glaube ich nicht. Ich glaube, dass es wechselt. Manchmal bist du diejenige, die mehr liebt, und manchmal bist du es, die mehr Liebe braucht. So funktioniert eine Beziehung. Die oder den anderen zu stärken, wenn es nötig ist. Liebe ist zu wissen, dass es offene Arme gibt, in die man sich fallen lassen kann.«

»Aber das zählt nicht mehr. Für mich ist es gelaufen. Und ich sollte jetzt nicht mal darüber nachdenken. Nicht jetzt, da Gigi …« Sie ließ den Satz offen.

»Der Tod hindert dich nicht daran zu lieben. Es macht die Liebe sogar noch wichtiger. Wenn es richtig ist, passiert es auch. Und jetzt komm her und trockne das Zeug hier ab.«

~ ~ ~

Am Freitag war Gigi so schwach, dass sie ins Bad getragen werden musste.

Sadie hätte den Isisknoten am liebsten von der Brücke geworfen. Stattdessen rief sie Gail an und bat sie und Ayana, das Café bis auf Weiteres zu übernehmen. Sadie hatte im vergangenen Jahr Gails Tochter an jeweils zwei Tagen der Woche beigebracht, wie man die für das Café typischen Produkte zubereitete, und obwohl Ayana keine Revelare war und somit nichts Magisches dabei herauskam, war alles, was sie buk, köstlich, was eine eigene Art von Magie war. Und Sadie war zuversichtlich, dass die beiden das Café so führen würden, als gehöre es ihnen.

Am Samstag begann Gigis klarer Verstand zu schwinden. Abwechselnd saßen sie bei ihr.

Bambi winselte unablässig und stupste seine nasse Nase immer wieder gegen Gigis Arm.

Als Sadie Gigis Hand nahm, schlug sie die Augen auf,

und Sadie versuchte, den glasigen, milchigen Film zu ignorieren. Doch dann richtete sie den Blick auf ihre Enkelin, und die Sicht klärte sich.

»Hey, Kleines.« Ihr Lächeln war warm und weich. »Ich glaube, es ist bald so weit.«

Sadie zwang die Tränen zurück und setzte sich neben die Couch auf den Boden. Onkel Brian holte die Stühle aus der Küche herein, und sie scharten sich um sie. Über Tante Kays Gesicht strömten ungewöhnlich stille Tränen, und Tante Tava, die überraschend gedämpfte Farben trug, hatte sich die aufgemalten Sternchen auf ihren Wangenknochen bereits weggeweint. Tante Suzy, die Jahre zuvor ihre eigene Mutter beim Sterben begleitet hatte und in gewisser Weise wusste, was auf sie zukam, wirkte ernster als sie alle zusammen. Sie kochte Tee, räumte lautlos auf und flüsterte jedem, an dem sie vorbeikam, ermutigende Worte ins Ohr. Und immer wieder strich sie Gigi sanft über die Stirn.

Sie blieben dort, bis das Licht im Wohnzimmer in einen warmen Abendschimmer überging und Gigi begann, unruhig zu werden.

»Ich muss mir die Haare schneiden«, sagte sie plötzlich und versuchte, sich aufzusetzen.

»Was?«, fragte Sadie, verblüfft über den Wandel.

»Meine Haare. Sie sehen furchtbar aus. Sie müssen geschnitten werden«, wiederholte Gigi.

»Okay«, sagte Sadie verwirrt, aber gewillt, alles zu tun, was ihre Großmutter wollte. Sie lief hinauf, um ihre Schere zu holen. Seth wartete im Flur auf sie, als sie wieder nach unten kam.

»Sie macht sich bereit«, murmelte Tante Suzy.

»Wofür? Was meinst du damit?«, fragte Sadie, der nicht gefiel, worauf Suzys Worte hinausliefen.

»Ich habe das in einer Broschüre gelesen, die im Krankenhaus auslag, wo meine Mutter … gewesen ist. Gegen Ende, wenn die Betroffenen nicht mehr ganz klar sind, meinen sie, sie müssten sich auf etwas vorbereiten, ohne zu wissen, was genau. Sie versuchen unbewusst, sich auf die nächste Reise einzustellen.«

Sadie nickte. Ihre Miene wurde ausdruckslos. Sie würde sich ihre Gefühle für später aufsparen. Hier und jetzt musste sie funktionieren. Seth drückte ihre Schulter, als sie an ihm vorbeiging, und dann halfen er und Tante Anne Gigi, sich aufzusetzen.

Anne stutzte das feine Haar ihrer Mutter, während Sadie mit erstaunlich ruhigen Händen den Spiegel für Gigi hielt, die geistesabwesend nickte.

»Ich brauche eine Zigarette«, sagte sie, plötzlich wieder klarer.

»Du holst dir draußen den Tod«, wandte Sadie ein und brach dann entsetzt ab.

»Kann sein«, grinste Gigi. »Ich riskier's.« Ihre Stimme klang kratzig, und Sadie hatte plötzlich das Bedürfnis, alles, was sie sagte, auf Band oder Handy aufzunehmen, damit es für immer bewahrt wurde. Warum hatte sie bloß nie so viel Wert auf Fotos und Videos gelegt? Warum hatte sie Gigis Geschichten, witzige Sprüche und Rezepte nicht aufgeschrieben, sodass sie sie niemals vergessen würde?

Seth hob Gigi hoch und setzte sie draußen behutsam auf

ihren Stuhl. Sadie legte ihr eine Decke um und zog ihr ihre Mütze auf. Abby versuchte, ihr auf den Schoß zu springen, aber ihre tonnenartige Figur ließ es nicht zu.

»Du siehst aus wie aus einem Lifestyle-Magazin«, sagte Sadie, und Gigi lachte kraftlos, ehe sie schmerzverzerrt das Gesicht verzog. Sadie zündete ihr die Zigarette an, und Gigi zog daran und schloss die Augen. Anne gesellte sich zu ihnen und zündete sich ebenfalls eine an.

»Ich habe mit dreizehn angefangen zu rauchen«, erzählte Gigi mit dünner Stimme. »Euer Großvater war älter als ich, und seine Freunde rauchten alle. Bei der ersten Zigarette musste ich irgendwann rausrennen und mich in die Büsche übergeben, und so war es eigentlich das ganze erste halbe Jahr. Aber dann ging es besser. Ich hätte wissen müssen, dass sie mich eines Tages umbringen.«

»Die Tumore sitzen im Bauch und im Rücken«, versuchte Sadie es versöhnlich.

»Spielt keine Rolle.« Gigi hustete. »Jeder Körper hat seine Grenzen.« Nach nur drei Zügen drückte sie die Zigarette wieder aus. Bis sie wieder auf der Couch lag, Bambi wachsam neben sich, hatte sie zu zittern begonnen. Onkel Brian entzündete ein Feuer im Kamin, und Sadie deckte sie zu, doch zehn Minuten später fing sie an zu schwitzen und wirr zu reden. Sie versuchte sich von der Couch zu erheben, und Seth hastete zu ihr.

»Was ist denn? Was brauchst du?«

»Vegas. Ich muss nach Vegas. Ich muss packen.«

»Mom, du fährst jetzt nicht nach Vegas«, sagte Onkel Brian streng. »Weißt du, wo du bist?«

»Ich muss nach Vegas.« Ihre Stimme klang immer erregter, während sie sich hochzustemmen versuchte.

»Hör zu, Gigi, du bleibst hier, und ich hole deinen Koffer«, versicherte Seth ihr. »Mach dir keine Sorgen, das kriegen wir schon hin.« Aber natürlich bewegte er sich nicht von ihrer Seite.

»Okay.« Gigi nickte und ließ sich zurücksinken. Sie schloss die Augen, ihre Atmung wurde gleichmäßiger, ihre Brust senkte sich. Sekunden verstrichen, ehe sie sich wieder hob. Sekunden, die eine Ewigkeit dauerten. Die nächste Stunde schlief sie unruhig. Hin und wieder mussten Seth und Onkel Brian ihre Arme festhalten, wenn sie sich gegen sie zu wehren versuchte, doch irgendwann beschleunigte ihr Atem sich, und sie schlug die Augen auf. Als sie sich auf Sadie richteten, waren sie vollkommen klar.

»Hallo, Spätzchen«, hauchte sie.

Sadie rang sich ein Lächeln ab; kein Wort wollte ihr über die Lippen, selbst wenn sie gewusst hätte, was sie hätte sagen sollen.

»Hört mir zu, ihr alle«, krächzte Gigi. »Es gibt keine Beerdigung. Wenn ihr so was macht, komme ich aus dem Jenseits zurück und suche euch heim, ist das klar? Ich habe genau festgelegt, was ich will.« Ihr Atem kam nun pfeifend. »Das Krematorium ist schon bezahlt. Sadie, unter meinem Bett steht eine grüne Metallkassette. Darin findest du alles, was du wissen musst. Außerdem ein Notizbuch mit den jeweiligen Leiden und Gebrechen der Leute in der Stadt, und was sie brauchen – Rezepte und so weiter. Du musst dich von nun an darum kümmern.«

»Wir machen alles, was du willst«, sagte Sadie.

»Nehmt meine Hände«, verlangte Gigi. »Ich bin zu schwach, sie nach euch auszustrecken.« Die Zwillinge gehorchten. »Mein Fluch«, begann sie, doch ihre Augen wurden glasig und blickten wieder in die Ferne. Ihre nächsten Worte drifteten durch die Luft. »Ein Teil meines Fluchs bestand darin, dass ich meine eigene Tochter vertreiben musste. Es war die Strafe dafür, dass ich das Recht in die eigenen Hände genommen habe. Das Gesetz der Magie ist da sehr deutlich, und es hätte mich fast vernichtet. Doch dann hat es sich zu meinem größten Glück gewandelt, denn ich durfte euch großziehen. Ihr beide habt die Magie im Blut und das Wissen in eurer Seele. Wenn das Feuer alter Weisheit in euch brennt, werdet ihr wissen, dass ich bei euch bin und euch Rückendeckung gebe.«

Ihre Augen fielen zu und öffneten sich nicht wieder, doch ihre angestrengte Atmung setzte sich stundenlang fort. Sadie fühlte gewissenhaft ihren Puls, und ihr Herz raste jedes Mal, wenn sie das ihrer Großmutter zunächst nicht wahrnehmen konnte. Gigis Temperatur sank, und die Haut an ihren Händen färbte sich fleckig lila.

»Es ist fast so weit«, flüsterte Seth.

Aber Gigi hielt noch durch und rang immer wieder keuchend um Luft, bis das Rasseln in ihrer Brust Sadie in der Seele wehtat. Der Geist ihrer Großmutter war bereits weitergezogen, doch der Körper klammerte sich stur an das irdische Dasein, obwohl das Herz immer schwächer, immer langsamer schlug. Und so strich Sadie, einem inneren Ruf folgend, das Haar ihrer Großmutter glatt und faltete ihre

Hände auf der Brust. Dann kniete sie sich neben sie und legte ihr ihre Hände auf die Schultern.

»Schon gut«, flüsterte sie Gigi zu. »Du kannst jetzt loslassen.« Murmelnd sprach sie den 23. Psalm, und als sie zum letzten Vers *und ich werde bleiben im Hause des Herrn immerdar* gelangte, tat Gigi schaudernd ihren letzten Atemzug.

Im gleichen Moment flogen zwei Kolibris durchs offene Fenster hinein, tanzten flatternd über Gigis Körper und stoben dann wieder davon.

Und nun hatten sie dreißig Tage Zeit, um das magische Gleichgewicht wiederherzustellen, oder einer von ihnen würde mit seinem Leben bezahlen.

Glücksseife

Zutaten

Unparfümierte Seife
Vitamin-E-Öl
Mexikanische Vanille, kalt gepresst
Essenzielle Öle
Nelken
Zimt
Orange
Zitrone

Zubereitung

1. In einen Pumpspender aus Glas (500 ml) 2 EL Seife, einen Spritzer Vitamin-E-Öl und einen Spritzer mexikanische Vanille geben.
2. Dann 5 Tropfen Nelken-, 10 Tropfen Zimt- und jeweils 15 Tropfen Zitronen- und Orangenöl zugeben. Langsam mit Wasser auffüllen.

ELF

SADIES HÄNDE GLITTEN VON DEN SCHULTERM ihrer Großmutter. Noch weigerte sich ihr Verstand, zu verarbeiten, was geschehen war. Der Tod hatte die Angewohnheit, sich anzuschleichen, selbst wenn man ihn erwartete. Er war absolut unmöglich, bis es dann doch so weit war. Nur ein Gedanke beherrschte sie, als sie Gigis leblose Gestalt betrachtete: Ihr Herz war zum dritten Mal gebrochen. Und wenn sie es gewusst hätte – Gott, wenn sie es gewusst hätte –, hätte sie den Tee genommen, denn Gigi ihr mit dreizehn verabreicht hatte, und hätte ihn mit einer ordentlichen Dosis Salbei in den Ausguss geschüttet.

Aber sie wusste genau, dass das Gigis Tod auch nicht verhindert hätte. Selbst wenn ihre Großmutter Julian nicht getötet, selbst wenn sie die Dunkelheit nicht an sich gebunden hätte, hätte der Tod irgendwann seinen Tribut gefordert.

Sadie war davon ausgegangen, dass die Tränen sofort fließen würden. Aber der Moment erschien ihr nicht real. Die Trauer war zähflüssig, hüllte sie ein und lastete auf ihr, bis sie kaum noch einen Schritt tun, kaum noch einen vernünftigen Gedanken formulieren konnte.

Seth, dessen Augen ebenfalls trocken waren, trat zur Seite, um den Arzt zu rufen. Als Nächstes rief er Raquel an.

Sadie hörte die Stimme ihrer besten Freundin am anderen Ende der Leitung. Aber als Seth etwas zu sagen versuchte, konnte er nicht. Er stand stumm da und öffnete und schloss den Mund, fand die Worte aber nicht. Sadie nahm ihm das Handy ab und flüsterte Raquel ein paar Worte zu.

Auf tauben Füßen betrat Sadie die Terrasse, und das Quietschen der Tür ging ihr bis ins Mark. Der Geruch von Gigis letzter Zigarette hing noch in der Luft, als sie sich auf die oberste Stufe setzte, sich vorbeugte und versuchte, vernünftig Luft zu holen, obwohl ihr Brustkorb in Eisen gegossen schien.

Und in diesem Moment stürzte alles auf sie ein. Jede kleine Geste, jedes Wort, jede Geschichte, jeder Anruf und jede Erinnerung, der keine neue mehr hinzugefügt werden würde.

Ihre Schultern begannen zu beben, und Schluchzer brachen in rascher Folge aus ihr heraus, bis es ihren Oberkörper schüttelte und sie die Zähne zusammenpressen musste, um sich nicht auf die Zunge zu beißen. Und dann schlangen sich Arme von hinten um sie, ehe sie auseinanderbrechen konnte. Sie roch Seths sauberen Seifenduft und weinte umso heftiger, doch er hielt sie, bis die Tränen verebbten. Es war kurz, es war heftig, und Sadie fühlte sich danach nicht besser als zuvor.

»Was machen wir jetzt?«, fragte sie ihn.

»Ich weiß nicht«, antwortete er, setzte sich ebenfalls und lehnte sich an sie.

Während sie stumm geradeaus starrten, schoss ein Kolibri in ihr Blickfeld und flatterte nur ein paar Zentimeter vor ihren Gesichtern in der Luft. Sadie wusste, dass es einer von den beiden war, die aufgetaucht waren, als Gigi ihren letzten Atemzug getan hatte. Die kleinen Flügel schlugen so schnell, dass sie verschwommen schillerten, und das grüne Gefieder leuchtete in einem ätherischen Licht. Nach ein paar Sekunden verschwand der kleine Vogel wieder.

Seth befahl Sadie, draußen zu warten, während der Leichenbeschauer Gigi abholte. Er wollte nicht, dass Sadies letzte Erinnerung an sie das Bild ihrer leblosen Gestalt unter einem weißen Tuch sein würde. Er und Tante Anne kümmerten sich um alles.

Die goldene Stunde kam, das Licht wurde bernsteinfarben, und die Luft war erfüllt von Lavendel und Trauer.

Am liebsten wäre sie ins Bett gekrochen und hätte den Winter verschlafen, um im Frühling mit den neuen Schösslingen zu erwachen, wenn das Atmen sich nicht mehr nach Sterben anfühlte. Gigi hatte ihr ganzes Leben ihrer Familie geopfert und dadurch ihre Tochter verloren. Und die Dunkelheit, die sie an sich gebunden hatte, um die Sicherheit der Zwillinge zu gewährleisten – dieser Schutz war nun fort. Einer von ihnen würde bald die Kraft von Verstärkermagie entfalten. Sie brauchten ein Opfer. Und es war kein Monat Zeit mehr bis zum nächsten Vollmond.

Der Duft von Kaffee und Frühstück lockte sie in die Küche. Es war zwar noch nicht einmal Mitternacht, aber Onkel Brian stand am Herd und wendete Speckstreifen.

Als sie hereinkam, zuckte er mit den Schultern. Seine Augen waren rot gerändert. »Sie hätte gewollt, dass wir essen.«

Tante Suzy schenkte Kaffee ein.

Tava bereitete Rührei zu.

Seth saß schweigend am Tisch und blickte ins Nichts.

Anne machte unerklärlicherweise Ahorn-Butterscotch-Walnuss-Fudge.

»Das hat Mom uns immer gemacht, wenn wir …« Sie brach ab, räusperte sich und wischte sich über die Augen. »… wenn wir Angst hatten. Sie hat gesagt, das würde uns stark machen.«

Sadie wusste nicht, was sie tun sollte.

Was tat man, wenn das Oberhaupt der Familie gestorben war?

»Hier.« Seth drückte ihr einen Becher Kaffee in die Hand und hielt ihr auffordernd ein Stück Plundergebäck vor die Lippen. »Ich weiß, dass du noch nichts gegessen hast. Und Gigi hat von denen einen so großen Vorrat angelegt, dass wir damit die Zombie-Apokalypse überstehen könnten.«

Sadie hätte gerne gelacht, aber ihre Stimme wollte nicht. Ihre Großmutter hatte *immer* Kopenhagener im Haus gehabt – neben Käsekräckern, Sauerteigbrot und einer Schublade voll mit Süßigkeiten, die der Discounter gerade im Angebot gehabt hatte.

»Als Kinder durften wir nur vom Frühstückstisch aufstehen, wenn wir unseren Teller leer gegessen hatten«, sagte Anne. »Selbst wenn wir ihr gesagt hatten, dass wir keinen Hunger hätten.«

»*Gerade* wenn wir ihr gesagt hatten, dass wir keinen Hunger hätten.« Kay lachte und weinte zugleich.

Als die Sonne schließlich wieder die ersten Strahlen in

die Küche schickte, waren Sadie und Seth als Einzige noch wach.

Sadie hatte sich auf der Couch in Gigis Decke gehüllt. Mit brüchiger Stimme sagte sie: »In der Schule musste ich mal ein Gedicht auswendig lernen. Von Pablo Neruda. Zum Thema Tod. Ich kann mich nur noch an die Zeile *aus der Haut in die Seele gefallen* erinnern. So fühle ich mich jetzt.«

»*Der Tod ist der Feind. Der erste und der letzte. Und der Feind gewinnt immer. Und doch müssen wir ihn bekämpfen*. Oder so ähnlich. Aber ziemlich sicher war das Beric Dondarrion aus *Game of Thrones*.«

Und trotz all ihrer Trauer musste sie lächeln.

~ ~ ~

Die ersten Tage nach Gigis Tod waren ein Chaos, das man am besten vergaß.

Jeder von ihnen trauerte anders.

Kay mit Jammern und Weinen. Anne mit Aktionismus. Onkel Brian auf eine sanfte, stille Art, die ihn jedes Mal zu überwältigen drohte, wenn er zu sprechen versuchte. Tava mit Worten und Anekdoten. Seth und Sadie mit Schweigen.

Sadie war noch nie deprimiert gewesen. Traurig und voller Sorge? Ja. Aber diese Art von Kummer war anders. Dichter. Wie ein Leichentuch, unter dem sie erstickte. Sie hätte gerne gewusst, ob es das war, was Seth die ganze Zeit fühlte. Die Leere war erdrückend. Nichts schien einen Sinn zu haben. Wenn sie sprach, kamen die Worte langsam heraus, und ihr ganzer Körper tat weh. Das Leben schien ohne Inhalt. *Sie* war ohne Inhalt. Kein normaler Mensch mehr. Sie war keine Patientin im Krankenhaus, aber schwer krank war sie dennoch. Nur eine menschliche Hülle.

Ständig trafen Leute ein, die Blumen und etwas zu essen und gute Worte mitbrachten, Worte, die trösten sollten, es aber praktisch nie taten, weil Trost im Angesicht eines frischen Verlusts unmöglich ist. Was wirklich half, war, ihren eigenen Kummer in den Augen und Tränen von Freunden, Nachbarn und Cafégästen gespiegelt zu sehen, da es bedeutete, dass sie alle vereint waren in ihrer Liebe für eine Frau, die so viele Leben berührt hatte.

Cindy McGillicuddy stapelte und organisierte die Aufläufe im Kühlschrank.

Bill brachte weitere Sonnenblumen vorbei.

Gail erzählte Geschichten aus ihren wilden Jugendzeiten, bis sie alle unter Tränen lachten.

Lavender und Lace lieferten Schokotrüffel-Meersalz-Eis, das nach Trauer schmeckte.

Bürgermeister Elias und Mr. und Mrs. Rodriguez kamen ebenfalls, genauso wie Leute, die Sadie nur vom Namen oder Sehen kannte, und sie alle brachten Umarmungen und Tränen und wohlmeinende Worte mit.

Mr. und Mrs. Abassi hatten einen Korb voller Süßigkeiten und Nüsse dabei.

»Was sollen wir nur ohne sie tun?«, fragte Mr. Abassi mit erstickter Stimme.

»Sie hat mir ihr Rezept für Ihr Arthritis-Mittel hinterlassen. Ich verspreche Ihnen, dass Sie nie darauf verzichten müssen.«

Meera Shaan und Akshay schleppten ein Biryani mit Reis und Huhn und farbenfrohem Gemüse an. Ehe sie wieder gingen, schob Akshay Sadie einen Zettel in die Hand. Als sie fort waren, faltete sie das fleckige Papier auseinander, und ihre Tränen fielen auf die Zeichnung eines kleinen Jungen im Bett, über den ein rothaariger Engel wachte.

Immer wieder gab es Momente, in denen Sadie sicher war, dass sie zusammenbrechen würde. Sie hatte so viele Jahre ihre Gefühle im Zaum gehalten, dass sie nun kein Ventil dafür fand. Es war zu schwierig, sich durch den schartigen Schmerz zu arbeiten. Er wand sich durch ihren Körper, schwächte ihre Glieder und machte ihr Herz schwer wie ein Bergkristall. Stumpf. Alles war stumpf, gedämpft, wie in Watte gepackt. Das Lächeln für die vielen Besucher mechanisch.

Cindy mähte vorne den Rasen und brachte frischen Kaffee.

Pastor Jay kam vorbei und sprach ein Gebet für die Familie.

Die Cavendishs, Madizzas, Tovas und Delvaux kamen gemeinsam, um Respekt zu zollen. Sie trugen Schwarz und errichteten einen kleinen Altar mit weißen Kerzen für den Frieden, einem Handschmeichler aus Bandachat für Mut und Rosmarinzweigen, die einen Neuanfang symbolisierten. Sie sprachen ihr Beileid aus, beteten, und ihre Tränen waren schwarz wie die Nacht.

Jake kam ebenfalls. Sie wusste, dass er es war, ehe sie

die Tür öffnete, weil die Standuhr einen langen tiefen Ton von sich gab, der aus irgendeinem Grund nach ihm klang. Sie hatte seit Stunden nicht geweint, aber als sie ihn vor sich sah, musste sie wieder daran denken, wie Gigi ihm die Taille getätschelt und über seine Komplimente gelacht hatte, wann immer er sie umarmt hatte, und die Wunde war so frisch wie zuvor. Doch als er die Arme ausbreitete, begab sie sich ohne zu zögern hinein und konnte ein bisschen leichter atmen. Sie setzten sich auf die Schaukel auf der Veranda, und er holte ein kleines rotes Kästchen aus seiner Jacke, die er anschließend auszog und Sadie um die zitternden Schultern legte.

»Ich war auf Hawaii«, sagte er leise. »In Kona.«

Sadie öffnete den Deckel und entdeckte einen weiteren silbernen Löffel, auf dessen Stiel, der in einer Ananas auslief, *Aloha Hawaii* eingestanzt war.

»Wunderschön«, flüsterte sie. »Vielen Dank.«

»Ist ja nur ein Löffel«, sagte er, obwohl beide wussten, dass es gelogen war.

Er blieb bei ihr, bis ihre Tränen zu einem Rinnsal versiegten, rieb ihr tröstend den Rücken und hielt ihre Hand. Vor zehn Jahren hatte sie seinen bissigen Witz, seinen Sarkasmus geliebt. Sie hatte ihre Kabbeleien genossen und Spaß daran gehabt, sich ständig von ihm aufziehen zu lassen. Seine neue Milde jedoch hatte dazu geführt, dass sie sich in eine andere Seite von ihm verliebte – eine, die zu brauchen sie gar nicht gewusst hatte.

»Hey, Sade?«

»Hmm?«

»Wusstest du, dass Hundediebstahl ein Vergehen ist, das mit einer Geldstrafe oder sogar Gefängnis geahndet werden kann?«

Ein ersticktes Lachen brach aus ihr heraus.

»Das Risiko gehe ich ein«, antwortete sie.

Als er ging, umklammerte sie das Löffelchen noch immer.

Und jeden Tag sorgte ihre Magie für irgendeine kleinere Katastrophe.

Als sie sich das Gesicht waschen wollte, stand plötzlich das Bad unter Wasser.

Die Kaffeemaschine ging kaputt, als sie den gemahlenen Kaffee in den Filter geben wollte.

Als sie eines Morgens erwachte, war Erde in ihrem Bett, ohne dass sie hätte sagen können, woher sie gekommen war.

Und die ganze Zeit über zählte ihre innere Uhr die Tage bis zum nächsten Vollmond herunter.

Exakt eine Woche nach Gigis Tod träumte Sadie, dass es Vollmond war und Seth kalt und tot auf dem Boden lag, nachdem sie es nicht geschafft hatten, dem Fluch etwas entgegenzusetzen. Seth hatte sich geopfert, und es brach ihr das Herz. Sie weinte, und wo ihre Tränen hinfielen, wuchs schwarzer Obsidian aus dem Gras. Sie versuchte, Seth zurückzubringen, doch mit dem vierten Herzschmerz war ihre Magie ausgelöscht, und sie konnte nichts mehr für ihn tun. Sadie erwachte mit dem Gefühl, sich erbrechen zu müssen. Sie rang um Atem, und ihre Sicht war vor Panik verschwommen, als sie versuchte, die Albtraumbilder loszuwerden.

23 Tage, dachte sie. *23 Tage, und dann höre ich seine Stimme vielleicht nie wieder.*

Sie wechselten sich mit dem Starksein ab. Doch in dieser ersten Woche war es schwer, den Tod hinzunehmen und sich an die Realität zu gewöhnen.

Tava, Brian und Suzy fuhren nach Hause und versprachen, zurückzukehren, sobald Seth die Asche bekam.

»Wohin wollt ihr denn?«, hatte Sadie entsetzt gefragt. Sie brauchte sie doch hier. Sie brauchte sie, um sich zu erden.

»Wir kommen zurück«, sagte Suzy erneut. »Wir wollen euch die Überraschung nicht verderben. Aber es ist etwas Gutes, versprochen.«

Kay und Anne blieben.

»Wahrscheinlich kannst du die Frage nicht mehr hören«, fragte Raquel eines Nachmittags, »aber wie geht's dir? Wirklich? Langsamer Abstieg in den Wahnsinn?«

»Ich weiß nicht«, gab Sadie zu. »Ich weiß nicht so richtig, was ich fühle. Vielleicht habe ich es auch verlernt. Aber das kann auch wieder nicht stimmen, weil es wehtut. Und zwar die ganze Zeit.«

»Dass es wehtut, war immer klar, *cariño*. Man kann nur hoffen, dass die Liebe den Schmerz wert ist. Und ich weiß, dass es so war.«

Raquel sprach über Gigi, aber Sadie musste unwillkürlich an Jake denken.

»Hast du's mit Gartenarbeit versucht?«, fragte Raquel vorsichtig.

»Nein«, gab Sadie prompt zurück. »Ich kann da nicht rausgehen.« Wann immer sie es versuchte, wurden ihre Schritte schwerer, je näher sie der Hintertür kam, bis ihre Füße zu prickeln begannen und ihre Seele sich in die andere

Richtung zu bewegen schien. Die Magie des Gartens war in ihrer Vorstellung an Gigi gebunden. Und Gigi war tot.

»Du wirst das schon wieder schaffen«, versicherte Raquel ihr und hielt Sadies kalte Hand in ihrer warmen.

»Und wo wir gerade dabei sind …« Seth betrat just in diesem Moment das Wohnzimmer. »Wir müssen über das Opfer sprechen. Und die Verstärkermagie.«

»Ich werde dich nicht auch noch verlieren«, erwiderte Sadie vehement.

»Sadie, es war nur ein Traum«, sagte er leise. Sie musste ihn nur ansehen, um zu begreifen, dass er ihre schreckliche Vision irgendwie gesehen hatte.

»Du bist jetzt meine Priorität«, gab sie zurück. »Der Gedanke, dich zu verlieren …« Sie brach ab.

»Ich weiß«, sagte er. »Es macht dich wütend und verbittert und es macht dir Angst. Ich kann es spüren. Aber so werden wir das Problem nicht angehen. Du bist diejenige mit Systemen und Lösungen, okay? Ich bin der Typ mit den Ideen. Gemeinsam kriegen wir das hin.«

»Ich biete mich als moralische Unterstützung an«, meldete sich Raquel zu Wort. Sie versuchte, locker zu klingen, aber Sadie konnte die Furcht in ihren Augen sehen.

Seth schenkte ihr ein dankbares Lächeln, stand auf und zog Sadie auf die Füße. Er legte die Hände auf ihre Schultern und seine Stirn an ihre.

»Ich bin hier«, sagte er, und die Worte hallten im Chaos ihres Verstandes wider. »Keiner von uns geht irgendwohin.«

Sie nickte und versuchte, ihm zu glauben.

»Und jetzt schaff deinen Hintern in den Garten«, befahl er. »Steck die Hände in die Erde. Du weißt, dass es dir dann besser geht.«

»Warum wollt ihr mich alle in den Garten scheuchen? Er ist zerstört worden, schon vergessen?«

»Weil wir manchmal besser wissen, was gut für dich ist«, antwortete Raquel mit einem Lächeln, das etwas Geheimnisvolles an sich hatte.

»Manchmal?«, fragte Seth.

Sie ging nicht in den Garten. Stattdessen arbeitete sie sich durch jeden Aspekt des Fluchs, durch jede noch so kleine Information, die sie besaßen, und machte Pläne. Und doch musste sie permanent gegen das Bedürfnis ankämpfen, den Rat ihres Bruders und ihrer besten Freundin zu befolgen, bis das Abendlicht sie schließlich so hartnäckig rief, dass sie es nicht mehr ignorieren konnte. Der Duft frischer Erde und grüner Sprösslinge war inzwischen einfach zu stark geworden.

Mit geschürzten Lippen und enger Brust öffnete sie vorsichtig die Fliegengittertür. Wenn sie ein bisschen Erde auf ihrer Haut spürte, fühlte sie sich vielleicht auch wieder Gigi näher. Und bekam eine Idee, was sie wegen des Opfers tun sollten. Innerlich stählte sie sich gegen den Anblick der Vernichtung, der entwurzelten Pflanzen und zerrupften Büsche und gegen das Wissen, welche Arbeit auf sie zukommen würde, um den Schaden zu beheben. Aber vielleicht war das genau das, was sie brauchte. Vielleicht konnte sie ihre Gedanken in Schach halten, wenn sie mit den Händen arbeitete.

Aber es war ein Wunder geschehen. So gut wie alles war

neu gepflanzt und repariert worden. Sie ging durch die engen Reihen, strich mit der Hand über samtige Blätter und empfand pure Freude beim Anblick der Duftwicke, die wieder an der Laube befestigt worden war. Der Duft von Salbei und Rosmarin mischte sich mit Minze und Thymian und hüllte sie mit einem solchen Wohlgefühl ein, dass ihr war, als sei sie nach Hause gekommen. Sie staunte über die Kürbis- und Zucchinibeete; keine Spur mehr von zertretenen Trieben und zerquetschtem Gemüse. Schon spähten neue Blüten durch das Blattwerk. Wer hatte das getan?

Seth sicherlich nicht – der Garten ließ ihn immer noch nicht ein –, und Raquel brauchte eine Pflanze nur anzusehen, damit sie welkte. Es musste also Revelare-Magie sein, schloss Sadie staunend.

Sie setzte sich mitten in den Garten, genoss die letzten Strahlen der Septembersonne und schob die Hände in die Erde. Ein Pfirsich löste sich von einem Ast und kullerte auf sie zu, um gerade in Griffweite liegen zu bleiben wie ein Angebot. Sie wünschte sich so sehr, dass das ein gutes Omen war, auch wenn es ihr im Moment schwerfiel, positiv zu denken. Dennoch hieß der Garten sie willkommen. Smaragdgrüne Blätter reckten sich ihr entgegen, und frische Knospen erblühten zum Gruß. Etwas in ihr begann sich wieder zusammenzufügen, als das Erdreich selbst sie zu rufen schien. Sie hatte beinahe vergessen, wie sich Genuss anfühlte, doch als sie den Pfirsich aufhob und den Duft der pelzigen Haut inhalierte, mischten sich die Erinnerungen an Sommer und Kindheit mit dem Geruch fruchtbaren Bodens, und es war wie ein Versprechen.

Sie hörte ein tiefes, rumpelndes Maunzen, und ein flauschiger schwarzer Kater kam hinter den Wicken hervor. Er steuerte schnurstracks auf sie zu, rieb sich an ihren Beinen und miaute heiser zum Gruß. Sein Fell war so wild und aufgeplustert – vor allem am Hals –, dass er wie ein Miniaturlöwe in Katzengestalt aussah. Sadie fühlte sich augenblicklich zu ihm hingezogen. Als er in ihre Augen blickte, kam es ihr vor, als würde er ihre Trauer erkennen, spiegeln und schließlich absorbieren. Wie selbstverständlich kletterte er auf ihren Schoß, drehte sich ein paarmal um sich selbst und ließ sich nieder, und sie wusste, ohne es zu hinterfragen, dass dieser Kater nun ihr gehörte. Vielleicht musste sie Jake den Hund zurückgeben. Aber wohl eher doch nicht. *Vielleicht können wir uns das Sorgerecht teilen*, dachte sie mit einem schiefen Grinsen, das sich fremd in ihrem Gesicht anfühlte.

»Ich glaube, ich nenne dich Simon«, flüsterte sie und streichelte das schnurrende Tier. Von nun an würde Sadie nie mehr in den Garten gehen, ohne dass Simon ebenfalls da war. Und jedes Mal, wenn sie sein heiseres Maunzen hörte, musste sie an Gigis dröhnendes Lachen denken.

»Hey.« Eine Stimme erklang, und sie erschrak. Jake stand am Zaun.

»Hey«, rief sie zurück.

»Kann ich reinkommen?«

Sie nickte, und er drückte das alte Törchen auf. Sie musste daran denken, es endlich neu zu streichen.

»Dumme Frage, ich weiß, aber wie geht's dir?«, begann er, und sie dachte an Raquel, die es ähnlich formuliert hatte.

Sie beide wussten vermutlich, dass es keine gute Antwort darauf gab, aber beide wollte sich vergewissern, dass die Sadie, die sie kannten, noch da war.

Sie schüttelte den Kopf. Ihre Kehle zog sich zu, während der Boden unter ihr sich zu erwärmen begann. Man hatte ihr die Frage so oft gestellt, dass sie an Bedeutung verloren hatte.

Er kam zu ihr, setzte sich neben sie, zog seine Knie an und schlang die Arme darum.

»Wie findest du's?«, fragte er.

»Was meinst du damit?«

Er deutete mit dem Kopf auf den Garten.

Ihr Verstand war benebelt. Er meinte doch wohl nicht …

»Das warst du?«, fragte sie ungläubig.

»Wozu sind Freunde da?«

»Aber … wie denn? Und wann?«

»Ich hatte in der Stadt einen kleinen Garten. Auf dem Dach. Es hat mir gutgetan, um – keine Ahnung – bestimmte Dinge auszublenden. Und ich hatte Hilfe. Cindy hat frische Erde angeliefert, Bill hat den Zaun repariert. Gail hat mir bei der Gestaltung unter die Arme gegriffen. Ich weiß, dass es nicht so ist, wie es war. Aber als ich erzählt habe, was ich plane, waren alle Feuer und Flamme. Hier steht man wirklich zusammen, wenn etwas getan werden muss.«

Sadie fehlten die Worte. Wärme breitete sich in ihrer Herzgegend aus. Am liebsten hätte sie geweint, aber auf die überwältigte Art, bei der die Tränen das Schöne verstärken, anstatt wehzutun.

»Ich dachte, es sei durch Magie passiert«, flüsterte sie.

»Danke«, erwiderte er mit einem kleinen Lachen. »Sade …« Er brach wieder ab. »Kann ich sonst noch etwas für dich tun?«

Sie hätte ihm gerne von dem Fluch erzählt, von der Lebensschuld, von ihrer Verwirrung. Sie hätte ihm gerne gestanden, dass sie es nicht hinbekam. Nichts von allem. Dass das Leben sie in tausend Splitter zerbrach und sie wusste, was sie wollte, es aber nicht sagen durfte, weil es sie zu einem schrecklichen Menschen machte und der Gedanke ihr mehr Angst einjagte als alles andere. Sie hatte immer nur ein guter Mensch sein wollen. Jake zu begehren, war aber das genaue Gegenteil. Warum also fühlte es sich als das einzige Richtige in ihrem Leben an? Für sie würde es immer Jake sein. Sie hätte ihn in jedem Fall geliebt, aber dieser neue Jake hier? Er war ein anderer Mensch geworden und hatte daher die Möglichkeit, erneut ihr Herz zu brechen, und das auf ganz andere Weise.

»Bleib einfach eine Weile bei mir sitzen«, sagte sie also nur.

Und das tat er.

Und obwohl er nun einer anderen gehörte, war ein Teil von ihm für sie reserviert. Ein Ort, der ihren Namen trug. Und egal, wie viele Jahre und Jahrzehnte verstreichen würden, egal, wen sie liebten oder verloren oder wo sie am Ende standen, würde dieses kleine Stück in seinem Herzen immer ihr gehören. Und das musste reichen.

»Danke«, sagte sie schließlich und lehnte sich einen Moment an seine Schulter, um sich ein wenig an ihm zu wärmen.

Als sie am nächsten Morgen erwachte, war ihr Herz ein kleines bisschen leichter als noch am Tag zuvor. Sie hatte mit Jake im Garten gesessen und sich von der Stille einhüllen lassen, bis die Frösche und die Zikaden ihr Abendlied angestimmt hatten. Bis er sagte, dass er nun gehen müsse. Zu Bethany. Und es war nicht einmal Platz in ihrem Herzen gewesen, um deswegen etwas zu fühlen.

Auf ihrem Weg nach unten blieb sie einen Moment lang stehen. Gigis Tür leuchtete in einem weichen Licht. Sie spürte den Sog. Unter dem Bett stand die grüne Metallkiste. Mit allen Einzelheiten, wie Gigi sich ihre ganz und gar nicht traditionelle Gedenkfeier vorgestellt hatte. Aber Sadie konnte sich nicht dazu durchringen, hineinzugehen. Noch nicht.

Anne war bereits in der Küche, die Kaffeekanne randvoll gefüllt, und die Oberflächen blitzten. In der Luft hing der Duft von Butterscotch.

»Hier«, sagte Anne und schob Sadie einen Teller hin. »Nimm was zum Kaffee.« Sie schenkte ihr eine Tasse ein und gab genau die richtige Menge Sahne hinzu.

»Karamell zum Frühstück?« Sadie zog eine Braue hoch.

»Unsere Familie braucht Süßes. Das solltest du inzwischen wissen.«

Sadie biss ein Stück ab, und ihr wurde die Brust eng. Es war Gigis Rezept, und Anne war ihm absolut gerecht geworden. Ahorn spielte mit Butterscotch, und die samtige Beschaffenheit wurde durch knusprig geröstete Walnüsse durchbrochen. Sie trank einen Schluck heißen Kaffee hinterher, dessen bittere Note die buttrige Süße perfekt ergänzte.

»Weisheit und Kraft.«

»Sie hat die Bonbons gemacht, als wir das Café eröffnet haben. Ich kann mich erinnern, als wäre es gestern gewesen.«

»Und so wird es bleiben.«

Anne setzte sich zu ihr an den Tisch und erkundigte sich nach dem Geschäft.

»Ich muss unbedingt bei Gail nachfragen«, sagte Sadie und hatte prompt ein schlechtes Gewissen, es nicht längst getan zu haben.

Sie nahm ihren Becher und ging barfuß nach draußen, und das kühle Gras verankerte sie in der Erde. Neblige Herbstmorgen in Poppy Meadows waren direkt aus dem Bilderbuch entsprungen. Alles war friedlich und gemütlich, Rauch stieg aus den Schornsteinen auf. Es war kalt, aber auf eine Art, die keine dicke Kleidung erforderte, weil man sich rasch wieder aufwärmen konnte. Mit dem Becher in beiden Händen umkreiste sie erst den Zitronenbaum, dann den Japanischen Ahorn. Die Hecken wirkten ungepflegt, und ihr wurde schlagartig bewusst, dass auch der Vorgarten nun in ihrer Verantwortung lag, nicht nur der hintere.

Mit klammen Fingern zog sie ihr Handy aus der Tasche und rief Gail an, um sich zu erkundigen, wie es lief.

»Du weißt, dass ich nirgendwo lieber wäre, Liebelein«, sagte Gail. »Ich habe doch so viel Zeit. Meine zwei Ältesten sind auf dem College, eine andere heiratet. Und Ayana macht sich großartig. Aber wie geht es dir? Das ist doch die viel wichtigere Frage.« Ihre Stimme war belegt, und Sadie erkannte, dass sie die Tränen zurückhalten musste.

»Ich schaff das schon irgendwie.« Was immerhin ein Hauch Wahrheit war. »Ich komme morgen rein. Ich muss … ich weiß nicht. Ich denke, Gigi würde wollen, dass ich wieder arbeiten gehe. Nicht hier sitzen und jammern. Und ich muss etwas tun. Ein bisschen Normalität zurückholen.«

»Wir freuen uns auf dich, Liebes.«

Sadie legte auf, und während sie noch dastand, kam ein Kolibri angeschossen, hing einen halben Meter vor ihr in der Luft und starrte sie einige Sekunden lang an, ehe er zu Gigis Schlafzimmerfenster flog und dort einen Moment lang blieb. Ganz offensichtlich wollte er ihr zwei Dinge sagen: »Gut, dass du wieder in Aktion trittst, und sieh zu, dass du tust, was getan werden muss.«

»Okay, okay, ich mach ja schon«, sagte sie dem Vogel, der daraufhin auf und ab hüpfte, eher er wieder davonschoss.

Ihre Schritte die Treppe hinauf waren leise und wurden noch leiser, als sie sich Gigis Zimmer näherte. Abby tappte hinter ihr her, und ihre Krallen klackten auf dem Holz. Das arme Ding fraß kaum noch etwas; Sadie hatte noch nie ein derart trauerndes Tier gesehen. Gemeinsam standen sie auf der Türschwelle, und der Anblick drohte die Mauer, die sie so sorgsam um ihr Herz errichtet hatte, zum Einsturz zu bringen. Alles war exakt so wie immer. Gerahmte Fotos auf der Kommode. An den Wandhaken ihre Schals. Auf dem Nachttisch zwei handbemalte Porzellanelefanten neben einem Glas Wasser und einer Lesebrille. Die Vorhänge bauschten sich, obwohl die Fenster zu waren; sie waren einfach erfreut, dass jemand im Zimmer war.

Abby winselte am Fuß des Bettes, und Sadie hob das Hündchen auf die Decke. Schnüffelnd bewegte sich der Hund bis zum Kopfkissen, wo er schaudernd seufzte, sich um die eigene Achse drehte und zusammenrollte.

Den Blick geradeaus gerichtet, ging Sadie derweil auf Hände und Knie und tastete unterm Bett. Ihre Hand berührte Metall, und sie zog die grüne Kassette hervor. Gigi, selbst im Tod tadellos organisiert wie immer, hatte auf den Deckel einen Zettel mit Anweisungen geklebt.

Sadie lächelte matt, als hätte sie vergessen, wie es richtig geht. Wie Gigi gesagt hatte, war das Krematorium bereits bezahlt. Sobald Seth die Asche abgeholt hatte, sollte die Familie sich zu ihrem Andenken zu einem Essen zusammenfinden. Gigi hatte sogar aufgelistet, was es geben sollte.

Es wird nicht getrauert. Deckt den Tisch für 29.

29! Sadies Augen weiteten sich. Sie rechnete rasch nach. Das bedeutete, dass all ihre Cousins und Cousinen kamen – selbst die zweiten Grades. Alle!

In der Kassette lagen Steuerunterlagen und die Papiere für das Haus, das auf Seth und Sadie überschrieben worden war. Es gab ein abgegriffenes, zerlesenes Journal, das aufzuschlagen Sadie noch nicht über sich brachte. Und zusammengehalten von einem alten blauen Gummiband, wie man es für einen Bund Spargel verwendete, war da ein Stapel Briefe, dessen oberster mit ihrem Namen beschriftet war. Sie blätterte rasch durch die anderen. Einer für jede ihrer Tanten, Seth, Onkel Brian und Florence.

Mit zitternden Fingern öffnete Sadie ihren. Tränen brannten in ihren Augen.

Hallo, Spätzchen,

dummerweise fällt dir die Aufgabe zu, die Briefe zu verteilen. Aber du bist immer schon mein braves Mädchen gewesen, deshalb weiß ich, dass ich mich auf dich verlassen kann. Also: Tut mir leid, dass ich gestorben bin. Etwas albern, sich dafür zu entschuldigen, nicht wahr? Aber ich weiß, wie wütend du manchmal werden kannst, und ich will dich nicht im Zorn verlassen. Gott weiß, dass die Revelares verdammt nachtragend sein können, und wenn es etwas gibt, das ich bereue, dann, nicht eher von meinem Groll gelassen zu haben. Wenn ich nicht so stur gewesen wäre, hätte ich mich von Dickie verabschieden können. Aber es war zu spät. Für dich ist es das nicht. Du kannst leicht verzeihen, es sei denn, es geht um die Menschen, die du am meisten liebst. Aber du wirst dich an deine Erziehung erinnern, junge Dame. Es ist deine Aufgabe, deinem Bruder zu verzeihen. Und deiner Mutter auch, wenn sie irgendwann wieder auftaucht.

Was die Lebensschuld angeht, verzeih du mir bitte, dass ich sie euch so lange verschwiegen habe. Aber manche Tatsachen sind wie Teig; sie brauchen Zeit, um zu gehen. Ich sollte es dir nicht sagen, aber es gibt eine Möglichkeit, den Fluch aufzuheben. Das ist ein letzter Ausweg, den ich dir nur deshalb verrate, weil ich mich ein wenig davor fürchte, was ihr sonst alles probieren könntet. Aber wenn du dich opferst, ist Seth in Sicherheit. Wenn du aufgibst, wer du bist, wirst du eine andere. Und das bedeutet, dass alte Schulden vergeben sind und die dunkle Magie gelöscht wird. Du wirst ein neues Wesen sein. Es ist eine Art Taufe, dieses Opfer. Sieh nur zu, dass du wirklich darauf vorbereitet bist.

Und eines noch: Ich weiß, dass du dich wegen deines Fluchs anderen gegenüber verschließt. Man kann niemanden verlieren, wenn man niemanden an sich heranlässt. Aber so kann man nicht leben, Spätzchen. Das wirst du merken, und es wird einfacher mit der Zeit. Vergiss nie, dass du und Seth mein Ein und Alles wart. Ich werde euch bis in alle Ewigkeit lieben. Und jetzt sieh zu, dass du dein Leben lebst. Ich glaube an dich. Immer schon.

In Liebe
Gigi

Die geschwungene, altmodische Handschrift drang direkt in Sadies Herz. Heiß brannten die Tränen auf ihren Wangen, während das Licht über ihr flackerte.

21 Tage.

Mehr Zeit hatte sie nicht.

21 Tage bis zum Vollmond. Bis die Lebensschuld getilgt werden musste.

Und Gigi hatte so beiläufig über Sadies Option geschrieben, sich selbst zu opfern, als würde sie ihr erklären, wie man ein Omelett wendet. Und was sollte die Aufforderung am Schluss, ihr Leben zu leben? Wie sollte sie das tun, wenn sie sich opferte, um ihren Bruder zu retten? Das war doch irre. Alles war irre. Sie hätte gerne gelacht, wusste aber, dass es rasch umschlagen würde, und am Ende würde sie nicht mehr zu schluchzen aufhören.

Stattdessen drückte sie die Kassette an sich und rollte sich auf dem Boden zusammen.

Gigis Häkeldecke rutschte vom Bett, breitete sich eigenständig über ihr aus und steckte sich an den Schultern fest.

Alles erschien ihr vollkommen perspektivlos. Gigi war tot. Ihre Tanten und Onkel würden wieder zu ihrem Alltag, ihrer Arbeit, in ihr Zuhause zurückkehren. Seth hatte sich nie geäußert, ob er blieb oder nicht, und Jake … nun, dafür war es zu spät. Gigi war der Kitt gewesen, der sie alle zusammengehalten hatte. Nun, da sie fort war, löste sich alles auf. Alles, was sie gewesen war, alles, was sie gekannt hatte, war mit Gigi gestorben. Und sie wusste nicht weiter. Obwohl ihr Leben – oder auch Seths – auf dem Spiel stand, fiel ihr keine einzige Möglichkeit ein, die Verstärkermagie aufzuheben.

Und in diesem Moment machte sich Wut in ihr breit. Wut auf Gigi, dass sie Julian getötet und die Lebensschuld auf sich geladen hatte. Wut auf ihre Mutter, die Gigi in die Lage gebracht hatte, ebendas zu tun. Auf Julian, das weltgrößte Arschloch überhaupt, und sogar auf Evanora, die damals auf dem Rose Hill den verdammten Mount-Diablo-Buchweizen gepflückt hatte.

Leises Stimmengewirr drang zu ihr hinauf, während der heiße Zorn durch sie hindurchbrannte. Es tat gut, auch wenn es nur eine Art betäubendes Pflaster war.

Und dann ertönte an der Haustür ein zaghaftes Klopfen, das sich durch den Boden zu ihr nach oben fortsetzte, und die Standuhr schlug ein Dutzend verschiedener Töne, die wie ein Ruf zu den Waffen erschallten.

Ahorn-Butterscotch-Walnuss-Fudge

Lindert die Trauer nicht, aber fördert Weisheit und Stärke. Traditionell für Neuanfänge, Vorhaben oder Neujahr. Ich habe sie auch am Tag vor der Café-Eröffnung gemacht. Die Entscheidung, den Laden mit meiner wunderbaren Kleinen zu führen, gehört zu den besten meines Lebens.

Zutaten

1 Tasse weiße Schokotröpfchen
1 Tasse Butterscotch-Chips (ersatzweise weiche Karamelltoffees)
1 Tasse dunkle Schokotröpfchen
1 Dose gezuckerte Kondensmilch (400ml)
115g Butter
1 TL Ahornextrakt (vielleicht ein Spritzer mehr)
1 ½ Tassen gehackte Walnüsse

ZUBEREITUNG

1. Eine Backform (20 x 20cm) einfetten und mit Backpapier auslegen. Butterscotch, Schokolade, Kondensmilch und Butter in eine Mikrowellenschüssel geben.
2. Schüssel für 30 Sekunden erhitzen und umrühren, bis alles gerade eben geschmolzen ist. Nicht zu viel erhitzen, sonst flockt die Schokolade aus.
3. Aroma und Nüsse einrühren.
4. Mischung in die Form geben, dann im Kühlschrank erstarren lassen. In Würfel schneiden.

ZWÖLF

~

EHE DER LETZTE SCHLAG DER STANDUHR verklungen war, schrie Kay auf. Annes Lachen ging Sadie durch Mark und Bein. Das Haus schien plötzlich strammzustehen. Bilderrahmen richteten sich aus. Nippesfigürchen rutschten in ihre Ecken zurück. Der Staub fegte sich selbst unter den Schrank.

Schritte polterten die Treppe hinauf, und Sekunden später barst Seth durch Gigis Tür.

»Du musst runterkommen«, sagte er atemlos.

Und ehe sie noch nach dem *Warum* fragen konnte, war er schon wieder weg.

Sie setzte sich auf, wischte sich die Nase am Ärmel ab und stellte die Kassette auf den Boden. Ihr Herz hämmerte. Sie wollte nicht runtergehen. Sie wollte nicht wissen, wer an der Tür war. Aber das Licht flackerte, und ein warmer Windhauch wehte durch das Zimmer, obwohl die Fenster geschlossen waren, und Sadie wusste, dass Gigi – von wo auch immer sie war – sie wieder an ihre Manieren erinnerte.

Mit einem beklemmenden Gefühl im Bauch trat sie an die Treppe und hätte schwören können, dass sie wie frisch poliert aussah. Als sie auf der Hälfte war und die Eingangstür in Sicht kam, blieb sie stehen; ihre Beine fühlten sich plötzlich schwer wie Beton an.

Sie wirkte unfassbar jung. War ganz in Schwarz gekleidet bis auf einen wadenlangen Samtmantel mit Blumenmuster. Die Luft pulsierte um sie herum, und der tintenschwarze Long-Bob mit den dicken Ponyfransen schimmerte im Licht der Veranda bläulich. Das Lächeln auf ihrem Gesicht ließ Sadie erschaudern. Es war Seths Lächeln. Ihres. Obwohl sie nur wenige Fotos von ihrer Mutter gesehen hatte, hätte sie sie überall erkannt.

Kay und Anne drückten und umarmten sie überschwänglich, doch Florence' Augen, dunkel und glänzend wie verflüssigte Diamanten, ruhten auf Seth. Voller Hoffnung.

Nein. Noch nicht, dachte Sadie.

Sie hatte über die Aussicht, ihrer Mutter zu begegnen, noch nicht viel nachgedacht – Gigi und die Familiengeheimnisse hatten sie vollkommen vereinnahmt. Als Gigi erklärt hatte, dass ihr Tod es ihrer Tochter erlauben würde, zurückzukehren, hatte sie die Information registriert und beiseitegeschoben. *In ein paar Jahren,* hatte sie gedacht. *Vielleicht kommt sie in ein paar Jahren zurück. Nachdem wir alle genug Zeit zum Trauern gehabt hatten.* Doch nun stand sie hier.

Sie hatte es satt, hinzunehmen, was auch immer kam. Jede neue Katastrophe schien sich auf die vorherige draufzusetzen, bis sie praktisch nicht mehr atmen konnte. Als Kind hatte man ihr erklärt, dass Gott einem nie mehr auflud, als man tragen konnte, aber anscheinend verwechselte er sie mit jemandem. Und das hier war der Tropfen, der das Fass zum Überlaufen brachte.

Denk an deine Manieren, Sadie. Gigi würde dir die Ohren

langziehen. Doch stattdessen sagte sie: »Ihr wollt mich wohl verarschen.«

Alle Köpfe fuhren zu ihr herum.

Und dann sah Sadie sie. Sie war teilweise durch ihre Tanten verdeckt gewesen, ein Mädchen, vielleicht sieben Jahre alt. Es trug ein regenbogenfarbenes Tütü über gestreiften Leggings und ein T-Shirt mit der Aufschrift *Klar gibt es Einhörner.* Ihre Converse-Sneakers waren abgenutzt, das Stofflamm in ihrer Hand wirkte abgegriffen. Sadie entdeckte rechts von der Kleinen eine leichte Bewegung, eine Form, die sich in der Luft kräuselte, aber als sie genau hinzusehen versuchte, war sie verschwunden.

»Tut mir leid«, sagte ihre Mutter schließlich. »Das muss ein ziemlicher Schock sein.«

»Quatsch.« Kay packte Florence' Arm und zog sie über die Schwelle. »Kommt rein ins Warme. Ich kann kaum glauben, dass du da bist. Dass du echt bist.«

»Und wer ist das?«, wollte Anne wissen.

»Ich bin Sage«, sagte das Mädchen. »Und das ist Cocoa.« Sie hielt das Stofflamm hoch.

»Eure Schwester«, erklärte Florence und legte dem Kind schützend einen Arm um die Schultern. In diesem Moment kam Bambi aus dem Wohnzimmer und tappte geradewegs zu Sage, als habe er auf sie gewartet. Er stupste seine Schnauze in ihre kleine Hand und ließ sich dann wie ein Wachposten neben ihr nieder.

»Unmöglich«, hauchte Sadie, die endlich ihre Stimme wiederfand. »Die Verstärkermagie…«

Aber Anne schnitt ihr das Wort ab. »Ich habe mal gehört, dass Lämmchen heiße Schokolade lieben. Stimmt das?«

Sage nickte mit großen Augen.

»Dann komm. Ich habe zufällig ein ganz besonderes Rezept, das ihr bestimmt beide mögt.« Sie streckte ihre Hand aus, und Sage blickte zu ihrer Mutter, die ihr zunickte, ehe sie sie nahm. »Kay, wir gehen auch«, fügte Anne hinzu.

»Aber …«, setzte Kay jammernd an, doch Anne bedachte sie mit einem bösen Funkeln. »Okay, okay, ich komm ja schon. Dass du immer so herrisch sein musst.«

Bambi trabte hinter ihnen her, und dann waren sie allein. Sadie immer noch auf der Treppe, Seth immer noch stumm, die Tür immer noch ein Stück offen.

Was soll ich machen? Einzig dieser Gedanke kreiste in Sadies Kopf.

Und dann streckte Florence einen Arm nach Seth aus. Ohne das geringste Zögern ging er auf sie zu und ließ sich umarmen.

Sadie spürte den Stich der Eifersucht. Das hatte Seth sich immer gewünscht. Aber als Florence den anderen Arm ausstreckte und Sadie fragend ansah, bewegten sich ihre Füße von allein. Und dann umarmte sie nach 28 Jahren ihre Mutter zum ersten Mal. Und sie weinten beide.

»Sie fehlt mir so sehr«, flüsterte Florence. »Ich konnte mich nicht einmal verabschieden. Ich habe so viel verpasst.«

Seth gab einen erstickten Laut von sich, der sich verdächtig nach einem Schluchzen anhörte.

Verlegen löste sich Sadie, den Blick zu Boden gerichtet.

Ihre Mutter war zurück. Aber selbst das Wissen, dass

sie aufgrund ihrer Magie, aufgrund des Fluchs hatte gehen müssen, konnte das bittere Gefühl, verlassen worden zu sein, das sie schon ihr ganzes Leben lang begleitete, nicht aufheben. Florence mochte sie geboren haben, aber wie benahm man sich der Frau gegenüber, wenn man sie noch nie gesehen hatte? Wie lauteten die Regeln im Umgang mit bislang verschollenen Müttern? Sadie, die nicht gerne Neues ausprobierte, weil sie immer befürchtete, etwas falsch zu machen, die sich weigerte, etwas vor anderen Leuten zu tun, weil sie nicht vor Zeugen scheitern wollte, die immer so auftrat, als wüsste sie, was sie tat, selbst wenn das nicht der Fall war – Sadie war nun wie ein Matrose ohne Sterne zum Navigieren.

Auch Seth löste sich nun aus der Umarmung seiner Mutter, und zu dritt standen sie da, ohne zu wissen, was sie sagen oder tun sollten, bis Anne schließlich aus der Küche rief, dass die heiße Schokolade fertig war.

»Ich weiß, dass wir über vieles reden müssen«, sagte Florence. »Dürfen wir bleiben? Ich werde euch alles erzählen, solange ihr dasselbe tut.«

Sadie bemerkte überrascht, dass Seth sie ansah.

»Ja, natürlich«, krächzte sie. »Du gehörst schließlich zur Familie.«

Innerlich wand sie sich allerdings. Blut? Ja, in ihren Adern floss dasselbe Blut, aber Familie war mehr als das. Familie war Liebe und Erinnerungen und nächtliche Telefonate und bereitzustehen, wenn es kein anderer tat, und nichts davon teilten sie mit der schönen Frau vor ihnen, deren Haar so glänzte, dass man sich darin spiegeln zu können glaubte, und deren sehnsüchtiger Blick Sadie im Herzen wehtat.

Als Sage, den Kopf auf ihrem Stofftier und Bambi zu ihren Füßen, schließlich am Tisch eingeschlafen war, konnte Sadie sich noch immer nicht entscheiden, was sie empfand. Stattdessen sagte sie Florence, sie könne erst einmal Gigis Zimmer nehmen, und Florence trug das schlafende Kind, ihre Schwester, wie Sadie sich in Erinnerung rief, aus der Küche.

»Ich bin gleich zurück«, sagte Florence über ihre Schulter. Bambi lief wie ein pflichtbewusster Wachhund mit hoch erhobenem Kopf hinter den beiden her, als habe er sein ganzes kurzes Welpendasein nur auf diese Aufgabe gewartet.

»Ich kann's nicht glauben. Sie ist wieder da«, sagte Kay, sobald Florence außer Hörweite war.

»Wurde ja auch Zeit«, fügte Anne hinzu und klang ganz genau wie Gigi.

»Wusstet ihr das?«, fragte Sadie die beiden. »Das mit Sage, meine ich.«

»Ich nicht«, antwortete Kay, als Anne gleichzeitig nickte. »Du bist so ein Miststück«, schimpfte Kay, was jedoch nicht boshaft klang.

»Wir hatten kaum Kontakt.« Anne verdrehte die Augen, und das Gezänk ging weiter, bis es abrupt abbrach, als Florence in die Küche zurückkehrte.

»Ihr habt bestimmt eine Millionen Fragen«, sagte sie und setzte sich an den Tisch. Sie klang müde.

»Worin besteht deine Magie?«, fragte Seth wie aus einem Impuls heraus.

Sadie hob die Augenbrauen. Das wäre ganz sicher nicht ihre erste Frage gewesen.

»Magie …« Florence runzelte die Stirn und zwirbelte geistesabwesend einen Löffel zwischen den Fingern. »Wisst ihr, Magie ist nur so stark wie der Fluch, der sie begleitet. Mein Fluch war Julian. Und dann von euch beiden« – sie deutete mit dem Löffel nacheinander auf Sadie und Seth – »und dem Rest der Familie getrennt zu sein.«

Sadie schürzte die Lippen. Wie Tava schien sie gerne in Rätseln zu sprechen.

»Jahrelang bin ich weggelaufen«, fuhr sie fort. »Mein Fluch hat mich nicht nur weggeschickt, sondern auch gezwungen, in Bewegung zu bleiben. Immer auf der Flucht vor den Sünden der Vergangenheit. Die Geister oder wie man sie nennen will, haben mich nie ruhen lassen. Wie auch immer, ich denke, es ist Zeit, dass ihr meine Version der Geschichte hört. Fangen wir am besten von vorne an.«

Und während sich ein dunkler, nach Zimt duftender Wind erhob, durch den die große Eiche draußen ans Fenster tap-tap-tappte, begann Florence: »Ich war noch ein Teenager, als ich mich in Julian verliebte. Ich war ziemlich wild, das wird Mutter euch sicher gesagt haben.« Sie lachte, aber es lag ein Hauch Reue darin. »Ich machte ständig Ärger, ich wollte meine Freiheit, und vor allem wollte ich meine verdammte Magie loswerden. Ich wollte wissen, wer ich ohne das war, ohne dieses *Vermächtnis*, das man mir einfach aufgebürdet hatte.«

Sadie beobachtete Seths Gesicht, während er zuhörte,

wohl wissend, dass er in ihrer Mutter eine verwandte Seele erkannte.

»Rückblickend ist mir klar, dass ich mich von meiner Familie lossagen wollte, um mich selbst zu finden. Damals aber redete ich mir ein, dass es sich um Liebe handelte. Julian war mein Ticket in die Welt.

Als ich schließlich erkannte, dass ich mich selbst belogen hatte, versuchte ich, ihn zu verlassen. Aber etwas zog mich immer wieder unweigerlich zurück. Und dann erzählte er mir von einem Ritual, das mich von meiner Magie befreien würde.« Ein Frösteln überzog Sadies gesamten Körper. »In Wirklichkeit diente es dazu, mich fruchtbar zu machen, aber ich war dumm genug, um ihm zu glauben.« Florence zuckte die Achseln. »Ich bin selbst schuld. Ich hätte niemals versuchen dürfen, vor dem wegzulaufen, wer ich war. *Was* ich war. Ich war zu stur, um jemanden um Hilfe zu bitten, und ich hatte zu große Angst. Und dann wurde ich schwanger.

Ich wollte euch nicht verlassen. Aber ihr müsst bitte verstehen, dass ich tatsächlich rein körperlich nicht in der Lage war, zu bleiben. Gigis Magie zwang mich, wegzugehen. Das Schicksal drängte mich immer weiter hinaus, bis ich außerhalb der Stadtgrenzen war. Dennoch blieb ich stets so lange im nächsten Ort, wie ich konnte. Bis die ersten Unglücke geschahen. Naturkatastrophen ereigneten sich aus dem Nichts und ohne wissenschaftlich erklärbar zu sein, und dann starben Menschen. Es war meine Schuld – ich wusste es genau. Also zog ich weiter. Ich wollte nicht noch mehr Blut an meinen Händen. Und so konnte ich niemals lange an einem Ort bleiben.«

Florence erzählte ihnen, wie sie eine Weile mit einem Wanderzirkus durchs Land gezogen war und als Tarotkarten- und Handleserin Prophezeiungen und Warnungen austeilte wie Suppe an Bedürftige. Sie erzählte, wie sie jede Nacht geweint hatte und die Briefe, Postkarten oder Pakete mit Geschenken, die sie hatte schicken wollen, immer in ihren Händen in Flammen aufgegangen und zu einer Asche verbrannt waren, die nach Selbsthass und Schuld roch.

»Ich war so wütend, dass ich beschloss, das zu werden, was die Natur mir unbedingt versagen wollte – ein Verstärker. Ich lernte alles, was ich konnte, über das, was wir sind und was wir können. Ich stieg in die tiefsten und dunkelsten Winkel meiner Seele hinab in der Hoffnung, dass ich durch irgendein Wunder meinen Weg zu euch zurückfinden könnte. Aber Wunder sind für Dummköpfe, die nicht ans Schicksal glauben.«

Florence erzählte ihnen, wie sie irgendwann einen Tiefpunkt erreicht und sich gefragt hatte, ob sie auf ewig verdammt sein würde, wenn sie sich selbst das Leben nähme, wohl wissend, dass sie es niemals tun könnte. Tun würde. Nicht ohne Seth und Sadie wiedergesehen zu haben. Und in diesem Moment beschloss sie, dass sie eine zweite Chance verdient hatte.

Sie vollzog ein Ritual, glaubte aber selbst nicht an seine Wirksamkeit. Dann ließ sie sich auf einen Kerl ein und stellte zwei Monate später schockiert fest, dass sie schwanger war.

»Das war meine Chance, noch einmal neu anzufangen. Es noch einmal zu versuchen und diesmal richtig zu machen. Denn auch wenn ich nichts für den Fluch konnte und ich nicht Julian getötet habe, so war es dennoch meine Schuld. Alles war meine Schuld.« Und nun war es mit ihrer Selbstbeherrschung vorbei, und sie schlug die Hände vors Gesicht, während sie versuchte, nicht allzu laut zu schluchzen, um ihre menschgewordene zweite Chance oben nicht zu wecken.

»Und jetzt ist Mom tot. Sie hat alles für mich geopfert. Für meine Kinder. Und ich konnte ihr am Ende nicht einmal die Hand halten.«

»Sie wusste es«, versicherte Anne ihr. »Glaub mir das. Sie hat es immer gewusst.«

»Ich bin ihr dankbarer, dass sie euch großgezogen hat, als ihr es euch vorstellen könnt«, fuhr Florence schließlich an die Zwillinge gewandt fort. »Und ich weiß, dass sie es besser gemacht hat, als ich es je hinbekommen hätte. Es tut mir so leid, dass ich nicht hier war. Es tut mir so leid, dass ich mich in den Falschen verliebt habe.«

Ihre Entschuldigungen mehrten sich, türmten sich auf dem Boden zwischen ihnen zu einem brennenden Scheiterhaufen, der die Holzbohlen schwärzte, bis der Duft von Kirschen in Sadies Nase drang. Seth hing an ihren Lippen und nahm jedes Wort in sich auf. In seinen Augen gab es nichts zu verzeihen, nur verlorene Zeit, die er endlich aufzuholen versuchen wollte. Sadies Herz dagegen fühlte sich wie der Haufen Entschuldigungen an, der auf dem Boden in glühender Asche erstarb.

Je länger Florence sprach, desto angespannter wurde Sadie. Ihre Mutter wollte wieder zur Familie gehören, so viel war klar, obwohl Sadie bezweifelte, dass Florence es je aussprechen würde. Aber noch einmal: Was war Familie außer Blutsverwandtschaft? Familie war miteinander verbrachte Zeit, gemeinsame Erinnerungen und Liebe. Familie war Streit, Versöhnung, Kompromisse. Unwillkürlich wanderten ihre Gedanken zu Jake.

»Ich weiß, dass Mom das Leben von einem von euch an sich gebunden hat«, fügte Florence hinzu und griff über den Tisch nach Seths Hand. »Ich weiß, dass durch ihren Tod alles Mögliche freigesetzt worden ist. Aber ich schwöre, ich helfe euch, die Dinge wieder in Ordnung zu bringen. Immer vorausgesetzt, dass ihr das wollt«, fügte sie, diesmal mit Blick auf Sadie, hinzu.

Beklommen beobachtete Sadie ihren Bruder, der seinen Blick nicht von ihrer Mutter abwenden konnte. Würde sie ihn wieder verlieren? Ihr ganzes Leben lang hatte sie ihn für sich allein gehabt. Bis er gegangen war. Und nun, da er zurückgekehrt war, drohte ihre Mutter sein Herz zu kapern.

»So muss es nicht sein«, hörte sie Gigis Stimme in ihrem Ohr. *»Es gibt immer genug Liebe zu verteilen. Durch deinen Fluch bist du geizig damit geworden, aber du kannst damit aufhören.«*

»Weißt du, wer von uns beiden der Verstärker ist?«, fragte Sadie.

»Nein. Aber Sage kann uns morgen dabei helfen. Uns fällt schon etwas ein, versprochen.« Florence lächelte aufmunternd. »Heute Abend können wir allerdings nicht viel mehr tun. Deshalb würde ich jetzt gerne von euch allen hören, was ich verpasst habe.«

Natürlich begann Kay, und sie berichtete detailliert von ihrer Arbeit, wie elend die sich gestaltete, und von der Liste jüngerer Männer, mit denen sie kurze Affären hatte, bis Anne ihr das Wort abschnitt und ihrerseits von Steve, den Kindern und ihrem neuen Enkelchen erzählte. Dann war Seth an der Reihe.

»Ich denke, ich bin dir sehr ähnlich. Ich wollte meine Magie nie. Herrgott« – er fuhr sich mit einer Hand durchs Haar – »ich wusste nicht einmal genau, worin sie bestand. Oder besser, wie ich sie erklären sollte. Und dann wurde es vor ungefähr eineinhalb Jahren schlimmer. Ich wollte das nicht. Ich habe es nie gewollt. Ich wollte einfach nur … ich weiß nicht, *normal* sein.«

»Es ist nicht leicht, aus dieser Familie zu stammen«, bemerkte Florence mit einem kleinen Lächeln. »Was genau ist denn deine Magie, wenn ich fragen darf?«

Sadie hielt den Atem an. Das wollte sie schon seit einer Ewigkeit wissen.

»Ich denke, ich bin ziemlich gut darin zu erkennen, was andere wollen. Oder brauchen. Auch wenn sie es selbst nicht wissen. Ich kenne ihre innersten Geheimnisse«, fügte er mit gequälter Miene hinzu. »Alles von ihrer größten Sehnsucht bis hin zu den banalsten Wünschen – jeden verdammten noch so kleinen Mist.«

»Oh, Liebling«, sagte Florence voller Mitgefühl, »das muss verdammt hart sein.«

»Aber Seth«, mischte Sadie sich mit verwirrt zusammengezogenen Brauen ein. »Das ist doch toll.«

»Toll«, schnaubte er und wandte sich ihr zu. »Das ist

mein Fluch. So ist das Vermächtnis doch, nicht wahr? Jeder Revelare hat Magie, aber er ist auch verflucht. Bei mir ist beides zufällig ein und dasselbe.«

»Wie kannst du so was sagen?«, wandte Sadie ein. »Du kannst doch den Leuten damit helfen!«

»Die meisten Leute wollen nicht hören, was sie eigentlich bräuchten. Und die meisten Leute – normale Leute – haben aus einem bestimmten Grund Geheimnisse. Ich will diesen Kram nicht wissen, glaub mir. Und das würdest du auch nicht.«

Florence sah zwischen den Zwillingen hin und her, offenbar unsicher, was sie denken sollte.

»Wann ist es dir klar geworden?«, fragte Sadie. Und als Seth nicht antwortete, wiederholte sie die Frage mit einer Stimme, die keinen Widerspruch duldete.

»Bevor ich ging, fing ich plötzlich an … ich weiß nicht, Merkwürdiges zu fühlen. Zu hören. Die Bedürfnisse, Nöte und Wünsche anderer zu sehen. Es machte mich verrückt. Ich konnte es nicht kontrollieren.«

»Deswegen musstest du weg«, flüsterte Sadie.

»Ja.« Er schürzte die Lippen und nickte.

»Du bist weggegangen?«, fragte Florence.

»Muss in den Genen liegen«, bemerkte Sadie und bereute es sofort. Seth hob trotzig das Kinn.

Im Kamin im Wohnzimmer entfachte sich das Feuer selbst und knisterte und knackte, als würde es bereits seit Stunden brennen.

»Entschuldigt«, sagte Sadie, schüttelte sich und wandte sich an Florence. »Ich hab's nicht so gemeint.«

Nicht?

»Kleines, du hast jedes Recht zu fühlen, was immer du fühlst«, sagte ihre Mutter, und es hörte sich so sehr nach etwas an, das auch Gigi gesagt hätte, dass es ihr die Kehle zuschnürte. »Und du hast jedes Recht, dein Erbe zu verabscheuen«, fügte sie an Seth gewandt hinzu. »Glaub mir, das habe ich eine Weile auch. Aber eure Großmutter – sie hat an das geglaubt, was wir haben und können. Sie hat es benutzt, um unsere Familie zusammenzuhalten und um anderen zu helfen, und Gott weiß, dass ich weit davon entfernt bin, aber ich versuch's.«

»Ich will damit auch nicht sagen, dass die Magie nicht ihre Highlights hat«, sagte Seth. »Ich weiß, was die Leute hören wollen. Ich kriege jeden Job, den ich will, und ich kann alles und jeden haben. Im Grunde genommen kann ich jeden so manipulieren, dass er tut, was ich will. Als ich unterwegs war, habe ich das eine Weile gemacht. Aber es war nicht gut.«

»Wir sind uns ähnlicher, als ich dachte.« Florence' Lächeln war traurig und voller dunkler Erinnerungen, die besser erst um Mitternacht ans Licht kamen. »Es ist ein einsames Dasein, nicht wahr?«

»Ich wollte nicht weggehen. Aber ich konnte … ich weiß nicht, ich konnte mich nicht abgrenzen. Ich dachte, wenn ich ginge, würde es mir helfen, herauszufinden, wer ich ohne Sadie bin, ohne dieses dumme familiäre Vermächtnis. Aber ich fühlte mich nur elend. Als ich wieder hier war, habe ich Raquel alles erzählt. Ich weiß nicht, wieso, aber bei ihr funktioniert meine Magie nicht. Deswegen hat es sich für mich sicher angefühlt.«

»Moment mal – Raquel weiß davon?« Sadie zog die Brauen zusammen.

Er zuckte mit den Schultern. »Sie hat versucht, mir dabei zu helfen, es abzuschalten.«

»Ich weiß nicht, wer Raquel ist, aber du kannst nicht loswerden, was du bist«, sagte Florence nüchtern.

Sadie nickte. »Da stimme ich ihr zu.«

»Du kannst es uns glauben, Schätzchen«, sagte Tava. »Wir alle haben irgendwann schon zu entkommen versucht. Aber wenn man geht, erkennt man zumindest, dass man bei den Menschen, die einen lieben, am besten aufgehoben ist.«

»Ihr könnt euch nicht vorstellen, wie das ist, okay? Ich gehe an der Tanke an die Kasse, um zu zahlen, und die Freundin von dem Kerl ist schwanger von einem anderen, und er ist so am Boden zerstört, dass er sich umbringen will. Und ich empfinde das so stark, dass ich mich plötzlich auch umbringen will.«

»Und du hast das nicht schon dein ganzes Leben lang so gespürt?«, wollte Florence wissen.

»Unterschwellig wahrscheinlich schon. Aber es wurde immer schlimmer.«

»Und jetzt?«

»Im Grunde genommen bin ich zu einem Einsiedler geworden. Wenn ich nicht hier bin, dann irgendwo, wo niemand sonst ist. Ich kann nicht mehr unter Leute gehen.«

»Seth …« Sadie griff nach seiner Hand. »Warum hast du mir denn nichts davon gesagt? Es tut mir so leid.«

»Weil mir klar war, dass du dich sofort um mich kümmern wollen würdest, und ich liebe dich, Sadie, aber du verstehst es einfach nicht. Deiner Meinung nach soll ich damit anderen Leuten helfen. Aber ich muss mir erst einmal selbst helfen, sonst verliere ich den Verstand.«

»Wenn du ab und an mal jemanden an dich ranlassen würdest, würdest du vielleicht feststellen, dass auch du dich täuschen kannst«, sagte sie.

»Tja«, unterbrach Florence, »wie es aussieht, müssen wir nicht erst Sage befragen, um zu erfahren, wessen Leben in Gefahr ist.«

»Was?«, fragten Seth und Sadie gleichzeitig, während alle Köpfe zu Florence herumfuhren.

»Oh, kommt schon«, sagte sie. »Ist das nicht offensichtlich? Mom hatte Krebs. Garantiert wusste sie das schon, ehe sich erste Symptome bemerkbar gemacht haben. Und sie hat es für sich behalten. Aber es wird wahrscheinlich so um die Zeit gewesen sein, in der Seths Magie plötzlich verrücktgespielt hat. Denn mit der Verschlechterung ihrer Gesundheit ist die magische Verbindung instabiler geworden, wodurch die Verstärkermagie voll ausschlagen konnte. *Deine* Verstärkermagie«, stellte sie klar, indem sie auf Seth deutete.

»Aber …« Sadie schüttelte verblüfft den Kopf. »Aber … aber warum dreht dann *meine* Magie durch?«

»Die Trauer kann das bewirken«, antwortete Florence stirnrunzelnd. »Genauso wie jedes andere starke Gefühl, das du nicht kontrollieren kannst. Du hattest deine Magie von Anfang an, du wusstest, worin sie bestand und wie man sie benutzt. Es scheint mir logisch, dass Seths Magie durch Moms Fähigkeiten jahrelang gedämpft gewesen ist.«

Sadie war wie vom Donner gerührt, doch gleichzeitig wurde ihr bewusst, dass ihre Mutter recht hatte. Und in dem Moment spürte sie es: die Furcht. Der wahre Grund, warum sie nie gewollt hatte, dass ihre Mutter zurückkam, nicht einmal, als sie noch klein war.

Florence hatte bereits begonnen, ihr Seth wegzunehmen.

Sie hatte ihren Bruder schon einmal verloren, und sie konnte spüren, wie er ihr erneut entglitt. Seth hatte nach außen hin immer schon hart gewirkt. Wenn man ihn nicht kannte, konnte man meinen, dass ihn nichts interessierte. Aber Sadie wusste, wie sensibel er in Wirklichkeit war. Und nun war seine Mutter gekommen, um ihm zu zeigen, was Sadie ihm nie hatte vor Augen führen können: seinen Wert. Sein Erbe.

»Eins würde ich gerne noch wissen«, sagte Florence nun und holte Sadie aus ihren finsteren Gedanken. »Es funktioniert nicht bei Familienmitgliedern, richtig, Seth?«

»Nein, zum Glück. Dummerweise kann ich damit auch nicht an mir selbst arbeiten«, antwortete er. »Was ich mir manchmal wirklich wünschen würde.«

»Na, das wäre ja auch zu einfach, nicht wahr?«, gab Florence mitfühlend zurück. »Leider läuft es so nicht.«

»Du weißt also nicht, was ich will?«, hakte Sadie bei ihrem Bruder nach. »Und was ich brauche?«

»Außer ab und zu einen Tritt in den Hintern? Nein. Aber das ist ja auch keine Magie, sondern nur gesunder Menschenverstand.«

Sadie verdrehte die Augen. »Sehr witzig.«

Seltsamerweise hatte das Ganze etwas von Normalität,

und wie das sein konnte, war Sadie ein Rätsel. Vielleicht lag es daran, dass Florence wie Gigi Selbstsicherheit ausstrahlte. Sie wollte sie lieben, ihr zu verzeihen lernen. Aber es fühlte sich an wie Verrat an Gigi, die sie großgezogen hatte. Und wie sollte sie mit offenen Armen eine Frau willkommen heißen, die sie als Babys verlassen hatte, nur um noch ein Kind zu bekommen und nun auch noch ihre Beziehung zu ihrem Bruder zu bedrohen? Die vielen, widerstreitenden Gefühle laugten sie aus. Aber Florence hatte gesagt, dass sie die Tiefen ihrer Magie ausgelotet hatte, und falls sie helfen konnte, Seth zu retten, ohne dass Sadie sich opfern musste, dann konnte sie zumindest die nächsten zwei Wochen Friede, Freude, Eierkuchen spielen. Bei dem Gedanken fielen ihr die Briefe ein. Die Kassette.

Sie verschwand und kehrte einen Moment später zurück.

Seth starrte auf den Brief, als sei er eine tickende Zeitbombe.

Kay riss ihren gierig an sich und zog sich, schon unter Tränen, ins Wohnzimmer zurück.

Anne und Florence öffneten ihre Briefe auf der Stelle.

Sadie entschuldigte sich und ging hinaus auf die Terrasse. Sie brauchte Raum für sich allein. Bambi sah das allerdings anders. Er tappte hinter ihr her und lehnte sich an ihr Bein, bis sie sich auf den Boden setzte, um ihn zu streicheln. Plötzlich kam Simon aus dem Garten die Treppe hinauf, schlug mit dem Schwanz und rieb sich an ihrer anderen Seite, um sich schließlich mit einem heiseren Miauen niederzulassen. Der wortlose Trost, den wohl nur Tiere auf diese Art spenden konnten, tat gut.

Nun, da ihr alles genommen worden war, wusste sie, dass es nichts Schlimmeres gab, als das zu verlieren, was man am meisten liebte. Der Fluch hatte mehr als die Hälfte ihres Lebens bestimmt. Er hatte dafür gesorgt, dass sie Liebe fürchtete, statt sie zu schätzen. Dass sie Menschen von sich stieß, um nicht verletzt zu werden, anstatt sie an sich zu binden, um Kraft und Heilung zu finden.

Und so saß sie da, bis der Salbei sich öffnete und die Schleiereulen sich still in den hohen Bäumen niederließen. Sie zog sich den Pulli gegen die Kälte enger um den Körper, schlang die Arme um ihre Mitte und kauerte sich über ihre angezogenen Knie. Sie sehnte sich so sehr nach Gigis Stimme, nach der Wärme ihrer rauen Hand, mit der sie ihre Wange tätschelte. Aber vor allem hätte sie gerne gewusst, was Gigi über Florence gesagt hätte, ihre verlorene Tochter, die endlich den Weg nach Hause gefunden hatte.

»Ich habe früher immer hier gesessen und in den Garten geblickt«, sagte eine sanfte Stimme neben ihr.

Sadie fuhr zusammen, denn die Tür hatte nicht gequietscht, wie sie es sonst tat.

Florence stützte sich mit den Ellenbogen auf das Geländer. »Ich war nie besonders nützlich im Garten«, fuhr sie fort. »Tava war noch schlimmer. Sie hatte einen schwarzen Daumen. Sie brauchte eine Pflanze nur anzusehen, um sie umzubringen. Und Anne … na ja, sie war und ist immer noch ein Wirbelwind.« Sie lachte, und Sadie konnte ihrem Tonfall anhören, wie sehr sie ihre Geschwister in den vergangenen Jahren vermisst hatte und sich nun nach all dem sehnte, was in ihrer Abwesenheit geschehen war. »Sie fing an, etwas zu pflanzen, erntete ein paar Tomaten und wandte sich dann der nächsten Sache, der nächsten Idee, dem nächsten Projekt zu. Und Kay hatte von vornherein schon keine Geduld dafür. Eher würde sie jemandem mit ihrer Magie die Haare abfackeln, als eine Pflanze zum Blühen zu bringen.«

Sadie seufzte. »Unsere Familie ist einfach total verkorkst.«

»Ja, mag sein.« Florence nickte. »Aber weißt du, Liebes, so sind Familien eben. Jede ist auf eigene Art durchgeknallt. Die Dramen, die Machtverhältnisse, sich mit verletzten Gefühlen und Erwartungen auseinanderzusetzen, in all dem Chaos den eigenen Platz zu behaupten. Man hegt Groll, ist nachtragend, verbittert und sagt den Menschen, die man am meisten liebt, Sachen, die man niemand anderem sagen würde, und letztendlich weiß man, dass sie es sind, die einem verzeihen. Für die Familie tut man Dinge, die zu tun man sich nie hat vorstellen können.« Sie sprach aus Erfahrung, das wusste Sadie, und obwohl ihre Mutter lächelte, schimmerten in ihren Augen 28 Jahre Kummer. »Und das übrigens alles ohne Magie. Wir müssen eben noch mit ein wenig mehr fertigwerden.«

»Wieso siehst du so jung aus?«, fragte Sadie, ohne die Frage noch länger zurückhalten zu können.

Florence lachte, leise und perlend. Ein Lachen, das einen in den Bann zog und den Wunsch weckte, daran teilzuhaben, auch wenn man nicht wusste, was die Heiterkeit ausgelöst hatte.

»Manchmal ist Magie doch ziemlich nützlich«, sagte sie mit einem Lächeln. »Übrigens war ich vorhin in deinem Café. Es ist toll. Ich bin sehr stolz auf dich.«

Sadies Kehle zog sich zu, ohne dass sie wusste, warum. Diese Frau bedeutete ihr nichts. Ihr ganzes Leben lang war sie überzeugt gewesen, dass sie keine Mutter brauchte und Seth ein Dummkopf war, es sich anders zu wünschen. Sie hatte fast dreißig Jahre damit verbracht, ein Bild von sich selbst zu zeichnen, wie andere sie sehen sollten. Stark. Unabhängig. Aber ohne all das und mit ihrer Mutter vor sich, die ihr sagte, sie sei stolz auf sie – wer war sie?

In diesem Augenblick hasste Sadie die Magie für das, was sie ihr genommen hatte. Sie war bisher immer der Meinung gewesen, dass der Fluch all das wert war. Doch mit jedem Schicksalsschlag waren ihre Zweifel gewachsen. Sie wollte so gerne an ihren Überzeugungen festhalten, aber was sie bisher als wahr und richtig angesehen hatte, schien ihr inzwischen so wenig greifbar wie Sternenlicht.

»Hör zu«, sagte Florence, als Sadie schwieg. »Ich habe alles vermasselt. Daran war nicht der Fluch schuld – das war ich allein. Selbst wenn ich hätte bleiben können, hätte ich dich und deinen Bruder vermutlich auch total verkorkst. Aber ich würde es gerne versuchen, okay? Ich möchte, dass Sage einen Ort hat, den sie Zuhause nennen kann. Ich möchte euch allen dreien gerecht werden können.«

Während sie sprach, wehte vom Waldrand der seltsame Geruch von verbranntem Teufelsdreck zu ihnen herüber. Sadie wandte den Kopf und suchte nach der Gestalt, aber es war nichts zu sehen.

Heiße Traumfängerschokolade

Macht mehr Arbeit als die Fertigtütchen, aber das Zeug taugt ohnehin nichts. Dafür hält diese Schokolade hier schlechte Träume fern und sorgt für einen süßen Schlaf. Sie kuriert außerdem Kopf- und Herzschmerz und gibt einem das Gefühl, dass die Welt in Ordnung ist.

Zutaten

3 Tassen Vollmilch
3 EL hochwertiges Kakaopulver
180g Halbbitterschokolade (Vollmilch für den cremigeren Geschmack oder Zartbitter für den Extrakick)
3 EL Zucker
1 Spritzer Vanilleextrakt
1 Prise Zimt
Sahne
Marshmallows
Evtl. etwas Meersalz

ZUBEREITUNG

1. ¾ Tasse Wasser zum Sieden bringen. Kakao unterrühren, Milch hinzufügen und wieder zum Köcheln bringen.
2. Schokolade, Zucker, Zimt, Vanille und evtl. Salz hineingeben und umrühren, bis die Schokolade geschmolzen und sich alles geschmeidig verbunden hat. Dauert ungefähr 5 Minuten.
3. Auf Becher verteilen und mit geschlagener Sahne *und* Marshmallows kröne

Feines Meersalz darübergestreut oder eingerührt gibt der Schokolade den köstlichen süß-salzigen Geschmack.

DREIZEHN

~

IN DIESER NACHT SCHLIEF SADIE EXTREM unruhig und träumte von verlorenen Gegenständen und Gartentoren, die sich nicht öffnen ließen, sosehr sie es auch versuchte. Als sie erwachte, nahm sie den Geruch von Zigarettenrauch und Gigis Parfüm wahr, der noch im Haus hing. Und einen glückseligen Moment lang waren die Ereignisse vom Abend zuvor vergessen und ihre Mutter nur ein verschwommener Traum. Bis sie an Gigis Zimmer vorbeikam und die Erinnerung an gestern auf sie einstürzte – kalt, unnachgiebig und wild.

Ihre Mutter.

Florence war wieder da.

Anne, Seth und Florence bewegten sich in der Küche gekonnt umeinander herum. Sadie beobachtete sie von der Tür aus und versuchte vergeblich, sich vorzustellen, wie sie dort hineinpasste. Obwohl die Küche groß genug war, konnte sie sich zwischen den dreien einfach nicht sehen.

Sie hätte gedacht, dass ihr Bruder beunruhigter wirken würde. War darauf vorbereitet gewesen, ihm das Blaue vom Himmel zu versprechen und dass sie sich selbstverständlich um alles kümmern würde. Wie immer. Schließlich blieben ihnen nur noch zwanzig Tage. Aber sie hatte ihn noch nie so zufrieden gesehen. Kein Hauch von Besorgnis zeichnete sich auf seinem Gesicht ab – da war nur ein stilles Staunen.

»Sadie!«, rief ihre Mutter, als sie sie entdeckte. »Wie trinkst du deinen Kaffee, Liebes?«

»Ich mach schon.« Ihr Tonfall war knapper, als sie es beabsichtigt hatte. »Ich wollte … ich nehme ihn mit nach oben. Ich muss gleich ins Café.« Sie tat, als bemerke sie weder Annes verständnisvollen Blick noch den gekränkten ihrer Mutter.

Auf der Treppe hörte sie aus der Küche noch Florence' sanfte Stimme. Ihre Mutter beanspruchte bereits zu viel Raum. Sadie konnte sich ihr öffnen, das war ihr klar. Wenn sie sich fallen ließ, würde sie weich landen. Aber ihr Herz durfte nur noch einmal brechen. Wodurch sie aber nicht nur ihre Magie, sondern auch noch mehr von ihrer Persönlichkeit verlieren würde. Sie vertraute sich selbst nicht mehr, hatte keine Ahnung, was ihre Magie – oder ihr Fluch – ihr sonst noch nehmen würde.

Sie schob die Ärmel hoch und holte ihr Handy aus der Tasche. Raquel hatte eine WhatsApp geschrieben.

Heilige Scheiße! Ist das wahr?

Jap.

Sie ist also wieder da. Ich kann's gar nicht fassen. Wie geht's dir?

Genau so, wie du es dir vorstellst.

Ich treffe mich nachher mit Jake, um ihm die Lichttechnik zu erklären, aber soll ich danach rüberkommen?

Sadies Finger schwebten über den Tasten. Sie sehnte sich nach ihrer besten Freundin, aber irgendwie fühlte sich das nach Schummelei an. Sie musste sich wie eine Erwachsene benehmen, oder?

Lieber nicht. Ich muss arbeiten. Brauche Normalität. Sehen wir uns Donnerstag bei Gigis Gedenkessen?

Na klar. Hab dich lieb.

Sadie trank ihren Kaffee aus und überlegte, zu duschen und sich die Beine zu rasieren, aber das schien ihr eine kaum zu bewältigende Aufgabe. Also zog sie sich Fleece-gefütterte Leggings und einen Oversized-Pulli an, der von einer Schulter rutschte, und konzentrierte sich auf die Abläufe, die so vertraut waren, sich aber fremd anfühlten. Sie schob die Ringe auf die Finger und legte sich den Mondsichelanhänger um den Hals, den Seth ihr zum achtzehnten Geburtstag geschenkt hatte. Dann umrandete sie ihre Augen mit Kajal und versuchte, nicht zu sehr auf die dunklen Ringe darunter zu achten. Zum ersten Mal seit Gigis Tod zog sie sich wieder richtig an, und es kam ihr wie ein kleiner Verrat vor. Doch sie verdrängte das Gefühl, wohl wissend, dass Gigi ihr das befohlen hätte, und blickte hinaus in den Garten. Vor ihrem inneren Auge sah sie Jake, der auf Händen und Knien pflanzte, Unkraut zupfte und ihren Zufluchtsort wieder in Ordnung brachte, bis sie gegen den Kloß in ihrer Kehle anschlucken musste. Schließlich warf sie einen Blick auf die Löffel, die auf ihrem chaotischen Nachttisch einen Ehrenplatz hatten.

Hör auf, haben zu wollen, was du nicht haben kannst, ermahnte sie sich. Sie war wie immer wild entschlossen, sich für den richtigen Weg zu entscheiden. Ein guter Mensch zu sein. Gerecht. Aber ihr Verstand und ihr Herz arbeiteten nicht zusammen.

Sie trank den Rest des inzwischen kalten Kaffees, steckte Gigis Journal in die Tasche und versuchte, sich aus der Haustür zu schleichen, wobei sie das Geplauder in der Küche geflissentlich ignorierte, doch die Tür ließ sich nicht öffnen.

»Lass das«, zischte sie.

Der Türknauf rappelte trotzig.

»Lass mich raus.«

Sie spürte, dass die Standuhr sie beobachtete.

»Denk nicht einmal dran«, warnte sie sie, doch natürlich begann sie in tiefen Gongtönen zu schlagen.

»Wenn du mich nicht sofort rauslässt, streiche ich dich grellorange und öle deine Scharniere nie wieder«, flüsterte sie wütend.

Augenblicklich schwang die Tür nach außen auf, als auch der letzte Gongschlag verhallte. Ehe die Tür hinter ihr wieder zuschlug, sah Sadie noch ihre Mutter in der Küchentür stehen. Ihr Mund war geöffnet, als hätte sie ihrer Tochter etwas hinterherrufen wollen, und Sadie versuchte das schlechte Gewissen, das an ihr klebte wie Honig, abzuschütteln.

~ ~ ~

»Und du bist sicher, dass du hier sein willst?«, fragte Gail, die an der Theke stand.

»Ich muss mir den Stress wegbacken.« Sadie lächelte, holte tief Luft, betrat die Küche und schaltete den Ofen ein.

Während er vorheizte, holte sie Gigis Journal aus ihrer Tasche. Vielleicht würde sie darin eine Antwort finden. Was sie in Bezug auf den Fluch tun sollte. Was ihre Mutter betraf. Sie wäre sogar dankbar für einen Rat gewesen, was sich heute am besten backen ließ. Sie war da nicht wählerisch.

Mit zitternden Fingern schlug sie das Büchlein auf. Blätterte durch Rezepte für Gerichte und Zauber, Tees und heilende Wickel. Zwischen einzelnen Seiten lagen getrocknete und gepresste Blumen, deren Bedeutung und Verwendung am Rand notiert waren. Es gab aufgeschriebene Erinnerungen und ein paar verblasste Fotos, außerdem ein Zeitungsausschnitt aus dem *Poppy Meadows Curier* über die feierliche Eröffnung von *A Peach in Thyme*. Eine Einkaufsliste auf einem verblichenen Notizzettel.

Vanillejoghurt
Sauerteigbrot
Salzbutter
Jelly Beans

Zimtschnecken
Tomaten
Cola light
Paprika, Zwiebeln

Und dort, auf der letzten Seite, klebten zwei Fotos. Ein schwarz-weißes von Gigi und ihren Kindern draußen vor dem Haus, die Ränder vergilbt, die eine Ecke abgeknickt. Das andere von Seth, Gigi und ihr auf dem *Country Christmas Festival* vergangenes Jahr. Sadie erinnerte sich lebhaft daran, weil es das letzte Foto gewesen war, das sie zusammen gemacht hatten, bevor Seth verschwunden war.

Sadie hatte das Ende des Buchs erreicht, und ein merkwürdiger Frieden machte sich in ihr breit – leicht und hell wie Sternenlicht. Sie hatte neunzehn Tage, um ihren Bruder zu retten. Und plötzlich sprang sie auf und nahm in Windeseile Zutaten aus den Regalen. Zweimal gesegnetes Salz und frischer Rosmarin aus dem Garten, fein gehackt. Sie nahm Früchte von Gigis magischem Zitronenbaum, rieb die Schale ab und presste den Saft aus, und als etwas davon ihren Arm herabrann und sie herumwirbelte, um nach einem Handtuch zu greifen, rannte sie geradewegs gegen eine breite Brust.

Jake packte instinktiv zu, um sie festzuhalten, und seine Hände an ihren Schultern löst einen Funkenflug in ihrem Sichtfeld aus.

»Wo ist das Feuer?«, fragte er.

»Was? Welches Feuer?«, fragte sie und sah sich hektisch in der Küche um.

»Sade«, sagte er, sichtlich bemüht, ein Lachen zu unterdrücken. »Das war als Scherz gemeint. Man sagt das so. Ich wollte eigentlich wissen, was du in solch einer Eile machst.«

»Oh. Zitronen-Rosmarin-Kuchen«, antwortete sie hektisch. »Für Klarheit. Reine Klarheit. Was machst du hier?«

»Nach dir sehen.«

Sie wand sich aus seinem Griff und schnappte sich in rascher Folge erst ein Küchenhandtuch, dann den Zucker.

»Gib mir mal das Natron. Und das Mehl. Und den Vanillejoghurt aus dem Kühlschrank.«

Er stellte alles auf die Arbeitsfläche, während sie Messbecher hervorholte.

»Sicher, dass du okay bist? Wofür brauchst du Klarheit?«

»Für alles«, antwortete sie atemlos.

»Okay«, gab er lachend zurück. »Ich liebe deine präzisen Antworten. Ich muss jetzt wieder auf die Wache. Ich habe noch einmal 24 Stunden, dann habe ich 48 frei.«

Sie nickte, ohne hinzusehen, und machte in dem Glauben, dass er gegangen war, weiter. Doch dann hörte sie seine Stimme an der Tür.

»Hey, Sade?«

»Hm?«, machte sie, während sie mit dem Finger über die Zutatenliste im Rezept fuhr.

»Kann ich jetzt meinen Hund zurückhaben?«

»Nein.« Sie lächelte, ohne aufzusehen, und als sie sich schließlich umdrehte, war er wirklich fort. Rosmarinduft stieg auf, während sie die Nadeln im Mörser zerdrückte, und etwas zupfte am Rand ihres Bewusstseins – etwas über Jake, was sich ihr mitteilen wollte, während der scharfe

Geruch ihre Sinne flutete. Doch sie schob den Gedanken weg, denn nun zählten nur Seth und die Frage, wie sie sein Leben retten konnte. Neunzehn Tage waren eine Ewigkeit und zugleich nichts.

~ ~ ~

Sie buk fünf Zitronen-Rosmarin-Kuchen, vier fürs Café, einen für zu Hause. Als sie ankam, war Seth bei Florence und Anne, und sie nahm ihn beiseite, zog ihn in die Küche und schubste ihn auf einen Stuhl.

»Wir gehen spazieren«, rief Anne von der Eingangstür.

»Iss«, sagte Sadie, sobald die Tür zugefallen war, schob ihm ein Stück Kuchen hin und nahm selbst einen Bissen.

Er starrte auf den Teller, dann sah er zu ihr auf.

»Hör zu, Blödmann«, sagte sie mit vollem Mund. »Ich brauche deine Hilfe. Wir brauchen Klarheit. Damit kriegen wir sie. Ich lasse dich nicht sterben, kapiert? Also iss.« Sie deutete erneut auf den Kuchen.

Wortlos schob er sich ein großes Stück in den Mund. Sie beobachtete, wie er kaute und sich plötzlich seine Augen weiteten.

»Was? Was ist los? Ist dir was eingefallen? Hast du eine Idee?«

»Es ist alles so klar«, flüsterte er. »Aber … nein. Das ergibt keinen Sinn.« Verwirrt zog er die Brauen zusammen und schüttelte den Kopf.

»Was? Was ergibt keinen Sinn? Sag's mir einfach, und wir klären das gemeinsam.« Ihre Stimme klang wieder atemlos.

Noch nie hatte etwas, das sie zubereitet hatte, so schnell gewirkt, was etwas Gutes bedeuten musste.

»Du brauchst …« Er brach ab.

»*Was?*«

»Dringend Urlaub, denn du bist total verspannt«, beendete er den Satz lachend.

Sie schrie frustriert auf und warf ihr Stück Kuchen nach ihm, als er nicht aufhörte zu lachen.

»Tut mir leid.« Er wischte sich Zuckerguss von der Wange und leckte ihn von den Fingern. »Ich meine, der Kuchen schmeckt köstlich, ehrlich. Aber du hast dir doch denken können, dass so was kommt.«

»Seth, du nimmst das nicht ernst!«

»O doch, Schwesterherz, ich nehme das sehr ernst. Aber ich verderbe mir doch nicht das bisschen Zeit, das mir noch bleibt, falls wir das hier vermasseln und ich es nicht überlebe.«

»Bleib hier«, wies sie ihn streng an. Es war Zeit für etwas Drastisches.

Sie nahm ein Stück Papier und einen Stift und zeichnete ein kompliziertes Diagramm, das sich bis zu den Rändern und darüber hinaus erstreckte.

»Warum kommt mir das wie eine ganz dumme Idee vor?«, fragte Seth. Auch wenn er sich in seiner Jugend gegen sein Erbe gesträubt haben mochte, wusste er offenbar dennoch genug, um einen Beschwörungszauber zu erkennen, wenn er ihn sah.

»Halt die Klappe und nimm das Thieves-Öl und den Muskatellersalbei, während ich etwas aus Gigis Zimmer hole.«

Fast verließ sie der Mut, als sie Gigis Tür erreichte. Aber sie brauchte ein Amulett, ein Totem, etwas, das ihre Großmutter repräsentierte. Sie schlich sich hinein und schnappte sich den Isisknoten, ohne sich umzusehen. Unten holte sie das doppelt gesegnete Salz und eine reinweiße Kerze und scheuchte Seth nach draußen. Sie steuerten auf den Waldrand zu. Simon folgte bis dorthin, weigerte sich jedoch, weiterzugehen.

Ihr Herz schlug schneller als sonst. Das hier konnte klappen. Es musste klappen. Sie brauchte Antworten.

Sie entzündete die Kerze, wartete, bis sich eine kleine Pfütze aus geschmolzenem Wachs gebildet hatte, und streute Salz hinein, um Gigis Geist zu binden. Dann streckte sie die Hand aus, und Seth reichte ihr wortlos das Thieves-Öl und den Salbei, das Erste zur Stärkung, das Zweite für Klarheit. Sie gab von jedem ein paar Tropfen auf ein kleines Bündel getrockneter Kiefernnadeln und entzündete es ebenfalls.

»Ich denke wirklich nicht …«, begann Seth, aber Sadie schnitt ihm mit einem scharfen Blick das Wort ab und legte den Isisknoten auf die Zeichnung.

»Zeig dich«, flüsterte sie in den Wald hinein. Licht drang von oben durch die Baumkronen. Der Wind hier im dichten Unterholz war weniger stark, aber die Flamme flackerte dennoch. Sie schloss die Augen. Es roch nach Harz und Kiefer und der speziellen Kälte, die Regen verhieß. Zweige und Steine drückten sich in ihre Haut, als sie sich auf den Boden kniete, aber sie ignorierte es.

»Ich muss wissen, was ich tun soll. Bitte, Gigi.«

Sie nahm den Isisknoten, drückte ihn fest und konzentrierte sich mit jedem bisschen Willenskraft, die sie besaß, auf die Erinnerung an Gigi.

Vom Waldrand her ertönte Simons kratziges Maunzen, und sie riss erschrocken die Augen auf. Die Flamme brannte noch.

»Bitte, bitte, bitte«, flüsterte sie immer wieder, bis sie die Stille nicht mehr aushielt. Sie griff nach Seths Hand und flehte ihn stumm an, es wenigstens zu versuchen. Er seufzte, schloss aber die Augen.

Und da fühlte sie es. Eine eisige, bis ins Mark dringende Kälte, die ihr die Luft nahm wie ein furchtbarer Traum. Es war wieder da. Sie schauderte, und ihr Atem kam als Wölkchen heraus. Die Flamme erlosch, und mit zitternden Händen versuchte sie, sie wieder zu entzünden.

»Nein, nein, nein.« Ihre Zähne klapperten vor Kälte und Wut. »Nicht jetzt!« Sie nahm eine Handvoll Salz und verstreute es um Seth und sie.

»Sadie«, brachte Seth hervor und drückte ihre Hand fester, als sich auf seine Handflächen Reif bildete. Keuchend rang er um Atem. »Was. Ist. Das?«

Sie sah sich um, konnte die Gestalt aber nicht entdecken – nur ihre Gegenwart spüren. Sie wollte sie nicht hier haben, sie sollten das hier nicht tun. Das Wesen wollte näher kommen, sie spürte, wie es gegen den Ring aus Salz drängte, doch er hielt. Und nach ein paar angsterfüllten Augenblicken wich die Kälte zurück.

Als sie die Kerze erneut anzuzünden versuchte, bebten ihre Hände so stark, dass das Feuerzeug ihren Fingern entglitt. Seth schnappte es sich, bevor sie es aufheben konnte.

»Bist du bescheuert? Wir verschwinden. Hoch mit dir.« Er zog an ihrem Arm.

»Nein, lass es mich noch mal probieren.« Ihre Stimme klang sogar in ihren Ohren verzweifelt, aber sie versuchte dennoch, ihn wegzuschubsen und ihm gleichzeitig das Feuerzeug abzunehmen.

»Herrgott, Sade!« Er bückte sich, hob sie hoch, warf sie sich wie einen Sack Mehl über die Schulter und trat die Kiefernnadeln aus, ehe er schnellen Schrittes auf den Waldrand zustapfte.

»Lass mich runter!« Sie trommelte mit den Fäusten auf seinen Rücken, bis er schließlich am Rand des Gartens stehen blieb.

»Sollte das passieren?«, fragte er.

»Weiß ich nicht. Ich sehe nicht, wovon du sprichst, du Neandertaler.«

Er ließ sie behutsamer herab, als sie erwartet hatte, und sie wollte ihm gerade danken, als ihr der Brandgeruch in die Nase stieg. Ihr sank der Mut. Die Duftwicken, die Jake so sorgsam angebunden und wieder aufgepäppelt hatte, waren verwelkt. Als sie mit zitternden Fingern über die zusammengerollten Blätter strich, zerfielen sie zu Staub, und sie schauderte.

»Es hat einen Grund, warum du die Finger von dieser Art von Magie lassen sollst«, sagte er. »Woher hast du diesen verfluchten Zauber überhaupt? So was hätte Gigi nie gemacht.«

»Von Calliope.« Sadie musste husten. Der Aschegeruch hatte sich in ihrer Kehle festgesetzt.

»Na klar, die verdammte Calliope Madizza. Hätte ich mir denken können. Die Frau ist doch lebensmüde.«

»Ich musste aber mit Gigi sprechen«, gab sie zurück, doch ihre Stimme brach.

»Du hast *mich*«, fuhr er sie an. »Ich weiß, dass das nicht dasselbe ist. Aber wir stecken da gemeinsam drin.« Und als er sie in die Arme zog, sank sie an ihn. »Also, hättest du wohl die Güte, mir zu erklären, was zum Henker das da draußen im Wald war?«

»Ich weiß es nicht«, gestand sie. »Ein Geist?«

»Ach nee. Hast du den vorher schon mal gesehen oder gespürt?«

Sie nickte.

»Toll. Tja, ich sag dir jetzt mal was. Du versuchst damit aufzuhören, böse Geister zu beschwören, und ich versuche, lange genug am Leben zu bleiben, um dich von schwachsinnigen Ideen abzuhalten.«

»Seth?«, sagte sie, als sie Arm in Arm zum Haus zurückkehrten. »Ich bin froh, dass du wieder da bist.«

»Ich bin froh, dass du mich wieder einlässt.«

~ ~ ~

Hell und kalt dämmerte der Donnerstag, an dem Gigis Gedenkfeier stattfinden würde. Bis zum Vollmond waren es noch sechzehn Tage, und sie waren einer Lösung noch keinen Schritt näher gekommen. Sadie hatte sich an Lavender und Lace gewandt, die zwar keinen Rat wussten, aber anboten, auf jede erdenkliche Art zu helfen. Seth kontaktierte die Tovahs, die, wenn es um Tränke ging, ihre ganz eigene Magie besaßen, und die Delvaux, die eine Vorliebe für Zaubersprüche hatten. Calliope überging er geflissentlich, aber feststand, dass noch niemand je mit einem Fluch wie ihrem zu tun gehabt hatte.

»Lass es uns heute vorübergehend ad acta legen, okay?«, hatte Seth gesagt, ehe er losgefahren war, um Gigis Asche zu holen. »Sieh mich an, Sadie.« Sie tat es. »Ich versuche, cool und gelassen zu bleiben, aber auch mir macht das Ganze eine Höllenangst. Trotzdem brauche ich dich für das hier.« Er deutete um sie herum. »Heute geht es um Gigi. Ihr Andenken. Um die Familienfeier. Wie auch immer du es nennen willst. Wir machen das, und wir machen das zusammen. Wenn du das Gefühl hast, dass nichts mehr geht, guck mich einfach an.«

»Und was dann?«

»Das wirst du dann schon sehen. So wie es immer bei uns war. Dieser Zwillingskram eben. Du guckst mich an und erkennst, dass ich auch nicht mehr kann, und dann weißt du, dass du nicht allein bist.«

Sadie nickte unter Tränen und willigte, so absurd es war, ein, für diesen einen Tag zu vergessen, dass der Countdown seines Lebens lief.

Schließlich fuhr Seth mit Florence zum Krematorium, während Anne und Sage sich ans Putzen machten. Anne hatte dem Kind zu erklären versucht, dass es nicht helfen musste, aber in Sages Augen lag so ein Eifer, dass man es ihr nicht verwehren konnte. Als sei Hausputz etwas so Exotisches, dass es einfach Spaß machen *musste*.

Seitdem der Fluss über die Ufer getreten war – nein, seitdem die Standuhr geschlagen hatte –, war alles aus dem Ruder gelaufen. Und es schien, als könne nichts wieder in Ordnung kommen. Aber dann klingelte es an der Tür, und Teile ihres Herzens begannen sich wieder zusammenzufügen.

»Onkel Steven«, schrie Sadie und warf sich seiner eins achtzig großen Gestalt an den Hals.

»Hey, Kleine«, sagte er lächelnd, doch sie sah die Tränen in seinen Augen. Hinter ihm war die ganze Veranda voller Cousins und Cousinen. Die drei Kinder von Anne und Steven hatten ihre eigenen Kinder mitgebracht: Liam und Lina, die fast schon im Teenie-Alter waren, und die kleine Mary mit den rotblonden Haaren. Kays Tochter, groß und von ätherischer Schönheit, mit glänzend schwarzem Haar und Plateau-Stiefeln aus veganem Leder, hielt ihren Sohn an der Hand, der ungefähr im selben Alter wie Sage war.

Man herzte und drückte sich, und der Türrahmen schien sich zu weiten, um alle gleichzeitig durchzulassen. Die Standuhr, die sich nicht lumpen lassen wollte, schlug ihren Gong, und die Tür war kaum zugefallen, als jemand draußen hupte. Mehr Verwandtschaft strömte herein, Tränen liefen, und »Wie groß du geworden bist!« war der wiederkehrende Refrain.

Glücklicher, als sie geglaubt hatte, je wieder sein zu können, musste Sadie lachen, als Tante Anne Onkel Steven anwies, einen Pfiff auszustoßen, um ihr die Aufmerksamkeit aller zu sichern.

»Zeit für die Essensvorbereitung«, sagte Anne laut. »Alle Kinder raus. Die Männer sind mit gemeint. Sadie, hol uns Gigis Anweisungen. John, wenn Gail eintrifft, hilf ihr, die Lebensmittel reinzubringen.«

Einen Moment lang herrschte Stille, ehe sich alle in Bewegung setzten, und die Frauen marschierten in die Küche, als zögen sie in eine Schlacht.

Tante Anne legte Tomaten und Mozzarella in mit Basilikum aromatisiertes Olivenöl und gab einen Spritzer Zitrone hinzu. Ayana buk drei Laibe Rosmarinbrot, und Sadie verarbeitete eins davon zu Croûtons und Crostini, wobei Sage ihr helfen durfte. Die Botschaft, für die jedes Gericht stand, war klar: Liebe, Erinnerungen ohne Bitterkeit und Trauer, zusammenkommen, um das Leben und das Miteinander zu feiern. Willkommensgefühl, Akzeptanz. Sadie gab sich wie immer dem Rhythmus hin. Das Klappern von Geschirr, Löffel, die in Töpfen kratzten, die aufsteigenden Gerüche, Süße und Würze, die sich in einem Tanz vereinigten. Finger tauchten in Saucen, Zutaten wurden wortlos gereicht, wo immer sie gebraucht wurden.

Wenig später klopften auch Kay und Tava an und brachten Blumen und Tränen und noch mehr Umarmungen. Es wurde lauter in der Küche, und Sadie öffnete das Fenster, um etwas von dem Getöse hinauszulassen, und die leichte Brise, die hineinwehte, ließ eher an Frühling als an Herbst denken. Onkel Brian und Tante Suzy kamen und dann auch Raquel.

»Wo ist sie?«, fragte ihre beste Freundin, als sie sie an sich drückte.

»Mit Seth die Asche holen.«

Was für eine seltsame Aussage, dachte sie.

»Und wie ist sie so?«, wollte Raquel wissen.

Sadie überlegte, was sie sagen sollte, aber ihr fiel nichts ein.

»Du wirst wohl warten müssen, bis sie zurückkommt.«

»Miststück.«

»Das sagt die Richtige.«

»Wow! Im Ernst jetzt. Wie schaffst du es nur immer, so unglaublich schlagfertig zu sein?«

Sadie streckte ihr die Zunge heraus.

»Wie geht's Seth?«

»Er ist stärker als ich.«

»Weißt du, ich hab mein ganzes Leben lang versucht, die Regeln meiner Eltern zu brechen. Ich war so anders als sie. Ich wollte herausfinden, ob es in Ordnung war, *ich* zu sein. Selbst wenn das so ganz anders war, als sie es von mir wollten oder erwarteten. Einmal bin ich nach einem Riesenkrach mit ihnen hierhergekommen. Du warst noch nicht zu Hause – wahrscheinlich irgendwo unterwegs, um wilde Yamswurzeln auszubuddeln oder so was. Aber Seth war da und dachte, mir hätte jemand was getan, und bevor er Amok laufen konnte, habe ich ihm erzählt, was wirklich los ist. Und weißt du, was er geantwortet hat?«

»Dass du zu jammern aufhören sollst?«

»Nein.« Raquel lachte. »Er meinte, er wüsste genau, wie ich mich fühlen würde. Dass du immer schon du gewesen bist, seit ihr beiden klein wart, er aber noch immer keine Ahnung hatte, wer er war.«

Sadie schluckte.

»Ich glaube nicht, dass er stärker ist als du. Ich glaube, er versucht, *für dich* stark zu sein.«

~ ~ ~

Als Seth und Florence zurückkamen, waren ihre Augen rot gerändert, und Sadie konnte es kaum ertragen, das dunkelbraune Kästchen mit der goldenen Plakette anzusehen, das ihr Bruder in den Händen hielt. Gigi war wieder zu Staub geworden. Aber der Trauer entgegen stand das Lachen und das Zusammensein und die schönen Erinnerungen. Es fühlte sich merkwürdig an, erfüllte sie einerseits, machte sie verletzlich andererseits.

Als Florence eintrat, verharrte Raquel an der Küchenbar absolut still, nur ihr Blick schoss zwischen den Zwillingen und ihrer Mutter hin und her.

»Mom, das ist Raquel«, sagte Seth. »Raquel – Florence.«

»Ja, liebe Güte, freut mich sehr«, erwiderte Florence und drückte Sages Schultern, die ihre Mutter zur Begrüßung umarmte. »Wie reizend«, fügte sie hinzu und sah von Raquel zu Seth und wieder zurück.

Sadie runzelte die Stirn. »Was meinst du damit?«

»Wie lange seid du und mein Sohn schon ein Paar?«, fragte Florence, und Raquel erblasste.

»Was?« Sadie lachte schnaubend.

»Ich … wir … ähm«, begann Seth, aber Raquel wedelte mit der Hand, um ihm das Wort abzuschneiden.

»Oje. Okay, ich verstehe.« Florence zog die Brauen zusammen. »Upsi.« Sie stieß ein verlegenes Lachen aus. »Tut mir echt leid.«

»Wovon spricht sie?«, fragte Sadie an Raquel gewandt.

»Wir wollten es dir noch sagen«, erklärte Raquel. »Aber es war irgendwie nie der richtige Zeitpunkt. Wir wollten dich nicht aufregen.«

»Korrektur«, wandte Seth ein. »*Sie* wollte dich nicht aufregen. Ich habe gesagt, dass du so oder so angefressen sein wirst.«

»Ich kapier's nicht«, sagte Sadie. »Ihr zwei seid *zusammen*?« Der Gedanke wollte keinen Sinn ergeben. »Und ihr habt mir das verheimlicht? Wie lange schon?« Ihre Ohren begannen zu glühen, und sie hatte das Gefühl, schreien zu müssen. Wie viele Male ließ sich so ein Boden unter den Füßen eigentlich wegziehen?

»Noch nicht lange«, krächzte Raquel.

Seth verdrehte die Augen. »Schon bevor ich gegangen bin.«

»Halt die Klappe, Seth«, fuhr Raquel ihn an. »Bevor er gegangen ist, haben wir über uns gesprochen, aber es war nichts Ernstes, bis er zurückgekommen ist. Bitte sei nicht sauer«, fügte sie an Sadie gewandt hinzu. »Bist du sauer?«

»Nein. Ich bin nicht sauer«, antwortete Sadie und erkannte, dass es ernst gemeint war.

»Tut mir wirklich leid«, meldete sich Florence zu Wort. »Ich und mein Mundwerk. Ich dachte, so wie ihr miteinander umgeht …« Sie deutete auf die Zwillinge. »Na ja, ich dachte einfach, dass ihr keine Geheimnisse voreinander habt.«

»Dachte ich auch«, pflichtete Sadie ihr bei. »Alles okay, wirklich«, fügte sie an Raquel gewandt hinzu, als diese alarmiert die Augen aufriss. Es ging nicht darum, dass die beiden zusammen waren, sondern dass sie, Sadie, so verstrickt in ihre eigenen Probleme gewesen war, dass sie keinen Blick dafür gehabt hatte. Aber nun wusste sie endlich, wie all die kleinen Momente zwischen den beiden zu deuten waren.

»Wenigstens darüber braucht ihr euch keine Gedanken mehr zu machen, falls ich bald sterben sollte«, flüsterte Seth Sadie und Raquel zu, woraufhin ihn beide synchron boxten.

»Hör auf, darüber Witze zu machen«, zischte Raquel.

In diesem Moment stürzten Ayanas Mädchen Ali und Maggie, fünf und sieben Jahre alt, kichernd in die Küche und durch die Hintertür in den Garten hinaus. Sage lief hinter ihnen her. Sie hatten kaum eine Minute gebraucht, um sich miteinander anzufreunden, als die zwei mit ihrer Mutter angekommen waren.

Sadie verstaute ihre Gefühle an einem ruhigen, dunklen Ort in ihrem Herzen – ein Ort, der langsam zu voll für ihren Geschmack wurde. Aber Gigis Gedenkfeier war nicht der richtige Moment, alles herauszulassen.

»Hallo?«, kam Jakes Stimme vom Eingang her, dann betrat er auch schon die Küche. »Ich musste nicht mal klopfen«, fügte er hinzu, »die Tür ist von ganz allein aufgeschwungen.« Obwohl Jake in seiner Verwirrung zum Anbeißen aussah, schwor sich Sadie innerlich, die hinterhältige Tür zur Strafe mindestens ein halbes Jahr nicht zu ölen.

Jake war mit Blumen, sechs Flaschen Wein und zwei

Flaschen Whisky gekommen. Sobald er alles auf der Theke abgestellt hatte, zog er Sadie so fest in die Arme, dass ihr die Wangen glühten und sie ihn schließlich aus der Küche und in den Garten zu den Kindern scheuchte.

Raquel summte vor sich hin, während sie den Tisch deckte und dabei immer wieder innehielt, um Seths Arm zu drücken oder Sadie einen entschuldigenden Blick zuzuwerfen. Sie war von allem, was mit Feuer zu tun hatte, verbannt worden und durfte nur umrühren oder Zutaten anreichen. Seth und Onkel Steven verlängerten den Küchentisch mit weiteren kleinen Tischen, bis sich die Tafel bis ins Wohnzimmer erstreckte. Das Haus war zum Bersten voll mit Leben und gutem Essen und lautem Gelächter, in das sich immer wieder Tränen mischten.

Die vielen Menschen und die Wärme des Ofens heizten die Küche immer mehr auf. Auf dem Herd dünsteten Brokkoli und Rahmmais, und ein Topf mit Nudeln für Mac & Cheese mit Majoran und weißem Pfeffer kochte sprudelnd vor sich hin.

Das Hühnchen hatten sie sich bis zuletzt aufgespart, damit es frisch, knusprig und heiß serviert werden konnte. Das Zischen und Knistern der Cornflakes, die im Frittierfett kross ausgebacken wurden, kündigte den hungrigen Mägen an, sich auf das kommende Festmahl vorzubereiten. Sadie stellte die letzte Schüssel auf den Tisch und rief zum Essen.

Eine wohlige, träge Stille legte sich über die Tafel und hüllte sie ein in Erinnerungen und Trauer und Dankbarkeit für die Frau, die sie alle zusammengebracht hatte. Sie war die Quelle ihrer Kraft gewesen, nun würden sie die ihre sein: Ihr Erbe hatte sich in ihre Seelen gebrannt. Sadie musste daran denken, wie das gemeinsame Essen jeden schlechten Tag gerettet hatte. Wie Gigi manchmal eine neue Bluse in ihr Zimmer gehängt hatte – einfach so, weil sie gedacht hatte, dass sie ihr gefallen würde. Und nun ging das Leben in einem seltsamen neuen Rhythmus weiter.

Es würde Tage, Monate, sogar Jahre dauern, bis sich Gigis Abwesenheit normal anfühlte. Aber als sie sich am Tisch umsah, erkannte sie, dass ohne Gigis Liebe keiner von ihnen jetzt hier sitzen würde. Ihr ganzes Leben lang war es darum gegangen, ein Vermächtnis aufzubauen. Kein Vermächtnis der Magie. Sondern der Familie. Denn Magie ohne Familie war nichts, eine Familie voller Liebe aber alles.

Ohne es zu wollen, klopfte Sadie mit dem Messer an ihr Glas, und es wurde still am Tisch. Sie überlegte einen Moment lang, ob sie aufstehen sollte, war sich aber nicht sicher, ob ihre Beine sie tragen würden.

»Ich werde jetzt keine komplette Rede halten, denn das hätte Gigi gehasst.« Alle lachten. »Aber eins möchte ich sagen: Gigi hatte viele Lebensregeln aufgestellt.« Sie musste abbrechen, um gegen die Tränen anzukämpfen. Sie suchte Seths Augen im Meer der ihr zugewandten Gesichter, und er nickte ihr kaum merklich zu. Mit frischem Mut räusperte sie sich. »Und das hier ist meine Lieblingsregel. Nummer fünf.« Sie hob ihr Glas. *»Ein Vermächtnis ohne Liebe ist einen Dreck wert, Spätzchen.«*

Alle am Tisch erhoben ihre Gläser mit Wein, Granatapfelsaft und Zitronenwasser, um genau darauf anzustoßen.

Das war das Vermächtnis, das sie weitergeben wollte. Und mit dem Fluch, der auf ihren Schultern lastete, schien es weiter entfernt als die Sonne vom Mond.

~ ~ ~

Irgendwann nach dem Essen gingen Gail und ihre Kinder und hinterließen den Duft nach Kirsch-Käse-Kuchen.

Suzy wollte beim Abwasch helfen, aber Sadie scheuchte sie fort und wies sie an, sich endlich zu entspannen. Brian, Jake und John spielten mit den Kindern Fangen und jagten sie vom Garten nach vorne und wieder zurück. Und als Florence wortlos anfing, die Spülmaschine einzuräumen, hielt Sadie sie nicht davon ab. Eine Weile arbeiteten sie in einvernehmlichem Schweigen und lauschten dem Kreischen der Kinder durch das offene Fenster über der Spüle.

»Die sind alle ganz vernarrt in dich«, bemerkte Florence, während sie die Arbeitsfläche wischte. »Du hast dieses besondere Etwas, das Mom auch hatte. Die Fähigkeit, alle zusammenzubringen und auch zusammenzuhalten.«

»Danke.« Sadie lächelte und hatte zum ersten Mal seit einer kleinen Ewigkeit das Gefühl, dass ihre Zukunft vielleicht doch nicht nur aus einem leeren Haus mit seltenen Familienzusammenkünften bestehen musste. Sicher, es würde einen Nachbarn geben, dem ihr Herz gehörte, auch wenn sie niemals seins besitzen durfte, aber sie hatte auch die ganze Stadt, das Café und ihre Familie.

»Hör zu, ich weiß, dass du mich nicht wirklich hier haben willst. Ich weiß, dass es sich für dich immer noch so anfühlt, als hätte ich euch verlassen. Es waren meine eigenen bescheuerten Entscheidungen, die letztlich dazu geführt haben. Ich hoffe sehr, dass du eines Tages verstehst, wie schwer es für mich war, von euch wegzugehen.« Ihre Stimme klang immer belegter, bis sie ganz verstummte.

»Ich glaube, ich habe unter anderem solche Schwierigkeiten damit, weil Seth als Kind so darunter gelitten hat«, begann Sadie. »Er ist mir wichtiger als ich mir selbst, und er wollte immer Antworten. Er brauchte mehr, als Gigi und ich ihm geben konnten.«

»Weißt du, Liebes, ich habe in meinem Leben schon eine ganze Menge gesehen, und einiges kann ich auf den ersten Blick sagen, zum Beispiel, dass du immer genau das sein wirst, was Seth braucht. Wärst du es nicht, wäre er gar nicht zurückgekommen. Manchmal bedarf es bloß eines neuen Blickwinkels und ein wenig Mut, um uns die Unterstützung zu holen, die wir brauchen.«

Man hörte Florence an, dass sie aus Erfahrung sprach, und beinahe widerstrebend erkannte Sadie an, dass die Mauer um ihr Herz einen Riss bekam.

Ehe dieser sich ausweiten konnte, rief sie sich in Erinnerung, dass ihnen ab morgen nur noch fünfzehn Tage blieben. Wenn sie das Leben ihres Bruders retten wollte, blieb keine Zeit für Sentimentalitäten.

Mac & Cheese mit Majoran und weißem Pfeffer

Das koche ich immer, bevor jemand auf eine Reise geht. Es fördert den Frohsinn und sorgt für glückliche Fügungen bei einem neuen Abenteuer.

Zutaten

½ Pfund kurze Makkaroni oder Hörnchennudeln
3 EL Butter
3 EL Mehl
1 EL Senfpulver
1 TL granulierte Zwiebeln
3 Tassen Milch
1 Ei
340g Cheddar (gerieben)
1 TL Salz
1 TL weißer Pfeffer
¼ TL frischer Majoran, fein gehackt

ZUM ÜBERBACKEN

3 EL Butter

1 Tasse Semmelbrösel

Für eine extraknusprige, extradicke Kruste Zutaten verdoppeln oder verdreifachen.

ZUBEREITUNG

1. Ofen auf 175 °C vorheizen. Nudeln im Salzwasser al dente kochen.
2. Während die Pasta kocht, Butter in einem Topf schmelzen. Mehl, Senfpulver und granulierte Zwiebeln einrühren und weitere 5 Minuten weiterrühren, damit keine Klümpchen entstehen. Dann nach und nach die Milch zugeben und dabei rühren. 10 Minuten köcheln lassen, ganz zum Schluss Majoran zugeben.
3. Das verquirlte Ei und ¾ vom Käse zugeben, mit Salz und Pfeffer würzen. Die Nudeln unterheben und alles in eine Auflaufform geben. Mit restlichem Käse und vielleicht ein wenig Parmesan abschließen.
4. Butter in einer kleinen Pfanne schmelzen und die Semmelbrösel darin wenden. Gleichmäßig über die Makkaroni verteilen. 30 Minuten im Ofen backen.

Vierzehn

~

DER NÄCHSTE TAG WAR EIN EINZIGER Mahlstrom aus Abschieden von der Verwandtschaft, und Umarmungen wurden herumgereicht wie Trüffel auf einem Tablett, süß und dekadent, bis zu viel davon einen aus unerfindlichen Gründen traurig machte. Aber es wurden Versprechungen für Weihnachten und nächstes Jahr gemacht, als sei es das Natürlichste der Welt. Es erfüllte Sadie mit Hoffnung, aber auch mit Angst, dass nichts mehr wie jetzt sein würde, wenn sie Seths Leben nicht retten konnte. Den Rest des Tages verbrachte sie in ihrem Zimmer, wo sie vergeblich Millionen Zaubersprüche, Tränke und Beschwörungsformeln probierte, die für Ausgleich sorgen sollten. Doch nichts funktionierte, und am Ende fühlte sie sich hilfloser als zuvor.

»Was kann ich tun?«, fragte Seth am folgenden Tag. Sadie saß auf der hinteren Veranda, wo Gigis Aschenbecher noch immer nicht ausgeleert war, ihr Buch auf dem Schoß und eine Decke um die Schultern. Der leichte Wind wiegte die Kiefern und ließ die Klangstäbe an den Regenrinnen ertönen.

Sadie war Seth den ganzen Tag schon aus dem Weg gegangen, denn wenn sie in seiner Nähe war, sah sie nur einen Countdown. Vierzehn Tage. 336 Stunden. Und sie hatte nur auf eine WhatsApp von Raquel reagiert, in der sie sie fragte, ob sie okay war.

Alles gut, hatte sie geantwortet. *Versprochen.*

»Nichts. Alles gut«, erklärte sie nun auch ihrem Bruder.

»Hat dir schon mal jemand gesagt, was für eine miese Lügnerin du bist? Erzähl mir wenigstens, was du machst.«

»Nach der Nadel im Heuhaufen suchen?« Sie klopfte auf den Stapel Papiere auf ihren Knien. Es war bezeichnend für die Entwicklung ihrer Beziehung, seit er zurückgekommen war, dass sie ihn nicht abwies, sondern ihm stattdessen Gigis Buch, den Brief und ihr eigenes Notizbuch mit Ideen, Rezepten, Zaubersprüchen und Plänen für den Garten reichte. Die dunklen Wolken drohten mit Regen und spiegelten ihre düstere Stimmung. Seth verengte die Augen, als er Gigis Brief an Sadie las laut vorlas.

Aber wenn du dich opferst, ist Seth in Sicherheit. Wenn du aufgibst, wer du bist, wirst du eine andere. Und das bedeutet, dass alte Schulden vergeben sind und die dunkle Magie gelöscht wird. Du wirst ein neues Wesen sein. Es ist eine Art Taufe, dieses Opfer. Sieh nur zu, dass du wirklich darauf vorbereitet bist.

»Was soll das denn heißen?«

»Wenn ich raten müsste, soll ich mich anscheinend selbst aus der Gleichung nehmen«, sagte sie, und ihre Kehle war wie zugeschnürt, als sie die Worte zum ersten Mal laut aussprach. Auf Seths scharfen Blick hin fügte sie hinzu: »Aber ich weiß ja, dass es nicht so simpel sein kann, richtig? Irgendwas übersehen wir, und das ist so schwer fassbar wie eine St.-Honoré-Torte.«

Seths Miene war verständnislos.

»Das komplizierteste Dessert der Welt?« Sie hob die Augenbrauen und sah ihn abwartend an. Dann seufzte sie. »Vergiss es.«

»Du bist nicht ganz dicht«, sagte er und stieß seine Schulter sanft gegen ihre. »Aber dennoch – das kann nicht bedeuten, was du denkst. Gigi würde dir niemals vorschlagen, dich selbst abzumurksen, das weißt du genau. Und ich würde lieber sterben, als das zuzulassen, also mach keinen Blödsinn, verstanden?«

Sie nickte betäubt.

»Ich koche uns einen Tee, während du dir den Rest durchliest«, sagte sie und ging auf Beinen, die sich bleischwer anfühlten, in die Küche. Sage saß am Tisch und aß ein Schälchen Cornflakes, zu ihren Füßen Bambi. Als Sadie das Wasser aufsetzte, wollten sich einfach keine Bläschen bilden, und sie stellte den Kocher ab und presste sich die Hand gegen die Stirn. Am liebsten hätte sie geschrien, aber sie wollte das Mädchen nicht erschrecken. Das Kind war sehr sensibel und aufmerksam, deutete jeden verstohlenen Blick und erwog Worte, die nicht ausgesprochen wurden. Was immer Sadie für ihre Mutter empfand, Sage war auf direktem Weg in ihr Herz marschiert und hatte sich dort eingenistet.

»Ich kann dir helfen«, sagte sie nun mit einer Stimme wie Baiserwölkchen. Die Hand mit dem Löffel hatte auf halbem Weg zum Mund innegehalten.

»Ja, bitte«, stöhnte Sadie. Bei jedem anderen Kind hätte sie die Aussage wohl angezweifelt, aber Sage hatte etwas an sich, das Vertrauen und Ruhe einflößte. Das Mädchen trat zu Sadie und legte ihr eine Hand auf den Arm.

»Was …«, wollte Sadie zu einer Frage ansetzen, doch dann spürte sie es schon. Ihr verkrampftes Inneres begann sich zu lockern. Friede floss durch ihre Adern wie flüssiges Silber. Ärger und Frust lösten sich auf. Selbst ihre Trauer schien gelindert. »Wie machst du das?« Aber ehe Sage etwas erwidern konnte, kochte das Wasser.

»Ich kann bestimmte Empfindungen wecken«, erklärte Sage, und ihre klare, süße Stimme war wie Balsam auf Sadies lädierter Seele. »Das hab ich von meiner Mom. Aber ich kann's besser als sie.« Sie lächelte spitzbübisch. »Verrat ihr bloß nicht, dass ich das gesagt hab.«

Auch Sadie lächelte. »Muskateller-Salbei.«

»Was meinst du damit?«, fragte das Mädchen stirnrunzelnd.

»Dein Name Sage – Salbei. Er steht für Klarheit und emotionale Stabilität, besonders in dieser einen Form. Er kann Kreativität und Vorstellungskraft verstärken und beruhigt den Verstand.« Sadie zog das Mädchen in die Arme. »Nie war ein Name passender. Danke.«

»Gerne.« Sage lächelte wieder, das Stirnrunzeln war verschwunden. »Es hält nicht so lange vor, aber ich kann's noch mal machen, wenn du möchtest. Mom meint, ich soll das eigentlich nicht, weil Leute mit ihren Sachen selbst fertigwerden müssen. Aber …« Sie zuckte mit den Schultern.

Als Sadie Tee vom Regal nahm, fiel ihr die Dose mit Schwarzkirschen ins Auge, und sie musste an die giftige Jerusalemkirsche denken. In ihrer Jugend war sie von *Hamlet* fasziniert gewesen und hatte sich in den Kopf gesetzt, Theaterstücke zu schreiben. In einem ihrer vielen

Fehlversuche hatte die Heldin einen Tee aus Jerusalemkirsche gebraut, um den Vater ihres Liebhabers, der gegen die Beziehung war, zu töten, damit sie zusammen sein konnten.

Aber wenn du dich opferst, ist Seth in Sicherheit.

Mich opfern, dachte sie. *Kann es so einfach sein? So schwer?* Ihr Tod würde den Fluch aufheben. Aber es ergab keinen Sinn. Seth hatte recht. Gigi würde ihr doch niemals nahelegen, sich umzubringen, oder?

»Was machst du?«, fragte Sage mit vollem Mund.

»Das nennt man Athenes Tee«, antwortete sie und schüttelte die morbiden Gedanken ab. »Sie war die Göttin der Weisheit, und das symbolisieren auch Äpfel.« Sie maß zwei Esslöffel getrocknete Äpfel und einen Löffel weißen Tee in die Kanne. Sage beobachtete sie. »Und jetzt noch Rooibos«, fügte sie hinzu, »dazu eine Zimtstange und eine Vanilleschote. Der Tee soll Kopf und Herz verbinden.«

»Klingt lecker«, sagte Sage.

»Hoffen wir vor allem, dass er wirkt.«

~ ~ ~

Dreizehn Tage.

Der Gedanke an ihr Opfer war wie eine zerkratzte Schallplatte, die über den Alltag schrammte. Sie war sich nicht sicher, was ihr mehr Angst einjagte – es wirklich zu tun oder die Tatsache, dass sie sich sofort opfern würde, wenn sie wüsste, dass es sicher klappen würde und es keine andere Lösung gab. Wen interessierte es, dass Seth gegangen war oder seine Beziehung zu Raquel verheimlicht hatte? Denn für alle Ärgernisse, Streitereien und Tränen gab es stets tausend Gründe mehr, ihn zu lieben.

Er hatte alles. Seine Magie, mit der umzugehen er lernen musste, die Mutter, die zurückgekehrt war, Raquels Liebe und eine gemeinsame Zukunft mit ihr. Und was hatte sie? Nichts. Zerstörte Träume, leere Versprechungen und ein Herz, das immer wieder gebrochen wurde.

Sie merkte gar nicht, dass sie weinte, bis die Tränen in den Tee fielen und der Dampf spiralförmig aufstieg.

»Was ist los, Liebes?«

Beim Klang der Stimme ihrer Mutter zuckte sie zusammen. Sie wischte sich über die Augen. Sage war verschwunden.

»Oder frage ich besser nicht?«

»Alles«, hörte Sadie sich antworten.

»Ich habe mich viele Jahre selbst gehasst. Das Leben gehasst. Oder vielleicht besser *mein* Leben gehasst. Ich erkenne den Ausdruck in der Miene anderer.«

»Ich habe nichts mehr. Buchstäblich nichts mehr.« Sadie war selbst überrascht, dass sie es ihrer Mutter erzählte. Und sie wusste, dass sie übertrieb. Natürlich hatte sie die Stadt, das Café, Nachbarn, Familie, aber der Gedanke, Seth zu verlieren, machte alles andere bedeutungslos, und sie war zu unglücklich, um sich darum zu kümmern, dass sie vielleicht dramatisch klang.

»Du hast alles«, erwiderte Florence, und ihre makellos geformten Brauen zogen sich zusammen, was sie nur noch schöner machte.

»Ach ja?« Sadie lachte, und prompt wurde ihr Tee bitter.

»Hör zu, Süße. Ich habe fast 25 Jahre allein verbracht. Ein dreißig Sekunden langer Anruf hier, eine einzeilige SMS da. Ein paarmal – und ich habe keine Ahnung, wie sie das gemacht hat –, aber ein paarmal schaffte es Anne, mir eine Postkarte zu schicken. Einmal hat Mom versucht, mir ein Bild von dir und deinem Bruder zukommen zu lassen, aber es war im Umschlag zu Asche zerfallen. Ihr zwei hättet nicht auf die Welt kommen sollen, und mein Fluch sorgte dafür, dass ich das nicht vergaß.«

Zum ersten Mal dachte Sadie darüber nach, wie es für ihre Mutter gewesen sein musste. Sie hatte immer Sorge gehabt, verlassen zu werden und den Fluch zu erfüllen, wodurch ihre schlimmsten Ängste wahr werden würden, aber Florence war wahrhaftig allein gewesen.

»Wie hast du das geschafft? Nicht wahnsinnig zu werden?«

»Wer sagt, dass ich es geschafft habe?« Florence lachte. »Zehn Jahre lang habe ich nichts getan, als mich zu bestrafen. In diesem Elend zu leben, war meine private Buße. Und es hat mir nichts eingebracht. Weitere zehn Jahre habe ich daran gearbeitet, mir zu verzeihen. Und zu akzeptieren, dass diese jugendliche Dummheit, so schlimme Konsequenzen sie auch nach sich gezogen hat, mich nicht bis in alle Ewigkeit definieren muss. Mein Elend erfüllte keinerlei Zweck. Mir ging es nicht besser, und es brachte mich auch euch nicht näher. Und ich wusste, wenn ich euch in diesem Zustand begegnen würde, müsste ich mich schämen. Also beschloss ich, mich zu einem Menschen zu entwickeln, den ihr mit Stolz eure Mutter nennen konntet.«

Ihre Worte klangen heiter und ruhig, und Sadie drehte

und wendete sie in ihrem Kopf wie einen Seeigel, den man am Strand findet. Sie hatte sich im Laufe der Jahre sehr viele Gedanken über ihre Mutter gemacht, aber ob sie stolz auf sie sein konnte oder nicht, war niemals darunter gewesen. Wie es wohl war, eine Mutter zu sein? Die Last der eigenen Kinder im Herzen und unter der Haut zu tragen und sich immer zu sorgen, wie Gigi es getan hatte. Und ihre Mutter anscheinend auch.

»Hast du irgendeine Idee, wie wir die Lebensschuld erfüllen können?«, fragte Sadie, um das Gespräch in sicherere Gefilde zu steuern. Ein drohender Tod schien ihr gefahrloser als mütterliche Liebe.

»Ich arbeite noch dran. Aber ich weiß, dass Seth lernen muss, seine Magie zu kontrollieren, ehe sie ihn auffrisst. Denn sie wird ihn in die Tiefe reißen. Und dort wieder hinauszufinden – nun, manchmal ist das einfach zu schwer. Er wird sich verlieren.«

»Aber wenn die Schuld getilgt ist, dann wird es ihm leichter fallen, die Kontrolle zu erlangen, richtig?«

Florence nickte.

~ ~ ~

Zwölf Tage.

Und noch immer keine Lösung in Sicht. Die Angst war ein Gift, das ihren ganzen Körper befiel. Sie war kalt und dämpfend wie frischer Schnee und hieß sie mit eisigen Armen willkommen, bis ihre Zähne klapperten und ihr Herz sich anfühlte, als sei es mit Raureif überzogen. Es war an der Zeit, sämtliche Register zu ziehen. In allen sieben Gründerfamilien gab es magische Elemente, und obwohl keine je von einem Fluch wie ihrem gehört hatte, war Sadie bereit, alles zu versuchen. Sie würde mit Sorin Tovah anfangen. Sie war nur zwei Jahre älter als sie und Expertin für alchemistische Elixiere.

»Vielleicht musst du ihn einer Reinigung aussetzen«, schlug Sorin vor und schob sich ihre Brille den Nasenrücken hinauf. »Den Fluch ausbrennen, weißt du?«

Sadie verließ Sorins Haus mit einem Rezept und einem Funken Hoffnung.

»Du willst, dass ich *was* trinke?«, verlangte Seth zu wissen, als sie ihm den Zettel zeigte. »Dir ist aber schon klar, dass Quecksilber und Schwefel giftig sind?«

»Nur in hohen Dosen«, gab sie zurück. »Willst du lieber ein bisschen Gift zu dir nehmen oder gleich ganz sterben?«

»Touché, Schwesterherz. Wie machen wir es?«

Sie mischten jeweils ein wenig Gold- und Silberflocken, Schwefel, Quecksilber und Schierling in einem Glas und sahen zu, wie alles zusammenschmolz und erst blau, dann silbern glühte.

Anschließend kippten sie das Ergebnis in zwei kleine Gläser und gingen hinaus in den Garten, wo Sadie einen Kreis aus Salz um sie herum ausstreute.

»Auf ex?«, fragte er. Seine Stimme klang locker, aber Sadie sah die Hoffnung auf Erfolg in seinen Augen – und die Furcht, dass es schiefgehen mochte.

»Drei, zwei, eins«, zählte Sadie, und beide tranken ihr Glas aus.

Ein paar Momente verstrichen.

»Fühlst du dich irgendwie anders?«, fragte Sadie.

»Ja. Als wollten meine Eingeweide dringend raus.« Schlagartig wurde er weiß, und ehe Sadie noch etwas fragen konnte, beugte er sich über den Salzrand und übergab sich.

»Okay.« Sie versuchte, nicht enttäuscht zu klingen, während sie ihm den Rücken rieb. »Das war also nichts. Nächster Versuch.«

Seth ging es noch immer zu schlecht, also ließ sie ihn auf der Couch zurück, um sich zu erholen, und begab sich allein zu den Delvaux. Sie wohnten auf der anderen Seite der Stadt in einem reinweißen Gutshaus mit marmornen Säulen und einer großzügigen Veranda. Adina öffnete ihr die Tür in einem langen, fließenden Kleid, und ihre grünen Augen blickten besorgt, als sie Sadie zur Begrüßung umarmte.

»Ich hätte eine Zauberformel«, kam Adina direkt zur Sache. Sie war ein paar Jahre jünger als Sadie, und obwohl sie die Frau nicht besonders gut kannte, mochte sie ihre nüchterne Art.

Nach detaillierten Anweisungen und einer intensiven Lektion in der korrekten Aussprache der französischen Wörter, zog Sadie wieder ab. Der Hoffnungsfunke war klein, aber er war da, und sie ließ sich von ihm befeuern, während sie das Café ansteuerte. Seth würde noch ein paar Stunden brauchen, ehe er wieder einsatzbereit war, und Sadie sehnte sich nach Vertrautem und Beschäftigung, um sich abzulenken.

Es herrschte der übliche Andrang zur Mittagszeit; Ayana füllte das Kuchensortiment auf, während Gail die Kunden bediente. Sadie schlüpfte hinter die Theke, band sich eine Schürze um und stürzte sich ins Getümmel. Sie räumte Tische ab, schenkte Kaffee nach, nahm Bestellungen entgegen und plauderte mit bekannten und unbekannten Gesichtern. Am Fenster saß eine große blonde Frau, auf einem Hochstuhl neben ihr ein pausbäckiges Mädchen.

»Und wer ist das?«, fragte Sadie und lächelte die Kleine an.

Doch dann fielen ihr Jake und Bethany ein, und ihr Lächeln gefror.

»Das ist Grey«, sagte die Mutter, deren Augen prompt aufleuchteten. Greys blonde Löckchen glänzten golden, und ihre karamellfarbenen Augen waren grün gesprenkelt. »Sie ist erst fünfzehn Monate alt, aber schon so groß, dass alle sie für älter halten. Wir sind zum ersten Mal hier, wir kommen aus Aurelia, aber meine Freundin hat oft von diesem Laden geschwärmt, und ich musste dringend aus dem Haus, verstehen Sie? Tja, und hier sind wir nun.« Die Frau lachte verlegen. »Tut mir leid, ich habe in letzter Zeit nicht gerade viel mit Erwachsenen gesprochen.«

»Ich freue mich sehr, dass Sie hier sind«, gab Sadie herzlich zurück. Sie unterhielten sich noch ein Weilchen, während Grey Sachen aus der Tasche ihrer Mutter fischte, bis die Türglocke ertönte und Sadies Nacken sich erwärmte. »Kann ich Ihnen beiden noch was bringen?«, fragte Sadie die Frau, deren Namen sie schon wieder vergessen hatte. Die andere schüttelte lächelnd den Kopf.

»Ich würde alles für eine Tasse Kaffee tun«, sagte Jake, der Sadie zur Theke folgte. In seiner Gegenwart fühlte sie sich leichter, als sei der Funken Hoffnung, mit dem sie von Adina fortgegangen war, zu einem kleinen Feuer in ihrer Brust angewachsen. Es fühlte sich ein wenig nach Betrug an, schließlich war er mit Bethany zusammen, aber Flammen waren geschickt darin, allem auszuweichen, was sie löschen wollte.

»Dann ist heute dein Glückstag«, antwortete sie, während sie sich geschäftig um seine Bestellung kümmerte. Sie musste nicht fragen, was er wollte, sie wusste es. Einen Vanille-Cappuccino, mit Muskat und Zimt bestreut.

»Ich habe gerade Feierabend und wollte sehen …«

»Wie's mir geht?«, beendete sie seinen Satz. »Gut, danke«, fügte sie mit einem Lächeln hinzu, schob ihm den Kaffee entgegen und wandte sich um, um ein Stück Honigpfirsich-Lavendel-Kuchen mit einem Klecks Schlagsahne zu verpacken, das sie ihm ebenfalls über die Theke schob.

»Hey, Sade?«, fragte er an der Tür.

»Nein, du kannst deinen Hund nicht zurückhaben, Jake. Aber wenn du dich anständig benimmst, darf er vielleicht mal bei dir übernachten.«

Sein Lachen folgte ihm hinaus auf die Straße und hinterließ kleine berstende Sterne aus Licht in der Luft.

~ ~ ~

»Können wir nicht bis morgen warten?«, jammerte Seth.

»Auf keinen Fall«, erwiderte Sadie empört. »Entschuldige bitte, aber das ist wohl kaum der richtige Zeitpunkt für Bummelei.«

»Wer benutzt denn heute noch ein Wort wie *Bummelei*?«

»Ich hätte noch ein paar andere Ausdrücke zur Auswahl, wenn dir das lieber ist.«

»Schon gut, schon gut, ich komme ja.«

»Gehen wir raus«, sagte sie. Die Tanten und Florence brüteten in der Küche über Gigis Journal und suchten noch immer nach etwas, das ihnen vielleicht entgangen war, oder nach Hinweisen, die sie auf neue Ideen zu Seths Rettung bringen konnten. Ohnehin zog Sadie es vor, solche Dinge in der Natur zu erledigen.

Auf der Lichtung zwischen Garten und Waldrand legte sie aus Eichenzweigen einen Kreis, ehe sie ihn mit vom Mond aufgeladenem Öl beträufelte.

»Adina meint, dass dies die Magie unserer Ahnen anruft«, erklärte Sadie, als sie beide in den Kreis traten. Sie hielt Seth die Hände entgegen, und er atmete tief durch und ergriff sie.

»Sadie«, sagte er ruhig. »Was ist, wenn das auch nicht funktioniert?«

»Dann tut es der nächste Versuch.«

»Und wenn nicht? Wir müssen darüber reden, was danach ist.«

»Nein.« Sie schüttelte vehement den Kopf. »Noch nicht. Manifestationen sind sehr mächtig. Du musst daran glauben. Bitte, Seth, glaub einfach dran.« Simon kam hinter einem Pfirsichbaum hervor und umkreiste die Zwillinge langsam und vorsichtig.

Seth starrte Sadie einen langen Augenblick an, dann nickte er. Sie schloss die Augen und begann.

»Par la force de l'équilibre, je convoque les esprits de la magie ancienne«, sagte sie, und Simon miaute laut, als wolle er sie warnen. »Ich beschwöre dich, Blut unserer Vorfahren, diesen Fluch zu löschen und die Harmonie unserer Blutlinie wiederherzustellen. Lass nicht einen Zwilling sterben, lass Magie und Licht durch uns beide strömen und uns in Stärke und Macht vereinen. So soll es sein.«

Pfirsichduft aus dem Garten mischte sich mit dem Kieferndruft aus dem Wald. Sadie spürte die Magie, uralt und mächtig, in sich brodeln, doch etwas stimmte nicht. Sie riss die Augen auf, als sich die Härchen in ihrem Nacken aufstellten. Ihr Blick glitt automatisch zum Waldrand. Zu der Stelle, an der sie hineingegangen waren, als sie Gigis Geist anrufen wollten. Die Gestalt war wieder da.

Sie hatte die Form eines Menschen, und je länger sie hinsah, desto klarer wurde sie. Er trug eine weiße Hose, ein weißes Jackett und einen weißen Hut. Nun, einen besser gekleideten Geist hatte sie jedenfalls noch nie gesehen. Sie verengte die Augen und erkannte eine bräunliche Zigarette zwischen seinen Fingern. Und als würde ihm ihr Blick nicht gefallen, verschwand er. Im gleichen Moment stand der Kreis aus Eichenzweigen um sie herum in Flammen und setzte den Saum ihres Hosenbeins in Brand.

»Shit, shit, shit.« Seth stieß sie aus dem Kreis, zog schneller, als sie es für möglich gehalten hätte, seine Jacke aus und schlug auf die Flammen ein, bis sie erloschen.

Keuchend saßen sie auf dem Boden und sahen einander entsetzt an.

»Alles okay mit dir?«

»Ja. Es hat nur die Hose erwischt.« Plötzlich sprang Bambi kläffend aus der Fliegengittertür.

»Hast du das gesehen? Im Wald?«, fragte Seth, der Bambi einfing und beruhigend tätschelte.

Sie nickte und schluckte, brachte aber kein Wort raus.

»Tja«, meinte Seth. »Das war dann wohl auch nichts.«

~ ~ ~

Elf Tage.

Ein weiterer vergeblicher Versuch. Noch einer von Calliope. Seth hatte sich geweigert, also hatte Sadie die Anrufung allein durchgezogen und drei tiefe Schmisse am Unterarm davongetragen, die böse eiterten und faulig stanken.

Seth behandelte die Wunden mit Heilsalbe und verband sie mit einem vorwurfsvollen Blick. *Hab ich's dir nicht gesagt?*

Alle saßen zusammen im Wohnzimmer. Florence, Anne, Kay, Tava, Brian, Suzy, Raquel, Seth und Sadie. Sage schlief oben. Die Standuhr schlug in regelmäßigen Abständen, leise und traurig. Die Vorhänge erzitterten hin und wieder, als versuchten sie, ihre Tränen zurückzuhalten.

Sie hatten jedes Buch, jede Notiz und jeden Brief Gigis durchgesehen und jede noch so kleine Möglichkeit ausgeschöpft. Ihnen fiel nichts mehr ein.

Und so waren sie stumm, aber immerhin zusammen. Was ihnen das Gefühl gab, noch eine Chance zu haben. Selbst wenn sie sich vielleicht damit etwas vormachten.

~ ~ ~

Zehn Tage.

Die Wildes wohnten nicht mehr in der Stadt und reagierten nicht auf ihre Anrufe.

Die Blacks waren auf ihrer jährlichen Pilgerfahrt nach Stonehenge und nicht erreichbar.

Die sieben Gründerfamilien von Poppy Meadows hatten getan, was sie konnten, aber es war nicht genug.

Und immer wieder wehte ihr unerwartet der Geruch von Tee aus Jerusalemkirschen entgegen, wenn sie morgens erwachte.

Das Haus flüsterte ihr seinen Guten-Morgen-Gruß zu und streckte sich mit einem Ächzen der Mauern und einer stöhnenden Treppe. Sadie öffnete die Hintertür, um Abby und Bambi hinauszulassen, und entdeckte auf der Treppe wie eine Opfergabe einen Haufen Pfirsiche.

Der Tag verstrich wie in Trance. Sie konnte sich kaum erinnern, dass sie sich angezogen hatte und zum Café gefahren war, um aufzuschließen. Ihre Magie war momentan zu unberechenbar, um etwas von Grund auf frisch zu backen, also holte sie Brotteige aus dem Kühl- und Keksteige aus dem Gefrierfach.

Sie arbeitete ununterbrochen, bis Jake am späten Nachmittag auftauchte. Sie beobachtete, wie er leise mit Gail sprach, die nickte, ehe er weiter zu Sadie nach hinten durchging. Stumm ließ sie es geschehen, dass er ihr die Schürze aufband, sie an die Hand nahm und nach draußen führte.

»Wohin gehen wir?« Selbst in ihren eigenen Ohren klang ihre Stimme mechanisch.

»Einfach nur ein Stück die Main Street entlang.«

Sadie blickte hinauf zum Himmel und war überrascht, wie tief die Sonne schon stand, obwohl es sich so anfühlte, als wäre sie erst vor knapp einer Stunde aufgestanden.

Die Schaufenster mit der Erntedank-Dekoration strahlten in Orange-, Rostrot- und Cremetönen. Bürgermeister Elias musste stolz sein. Obwohl die Stadt selbst nicht streng magisch war, war sie von sieben Familien mit magischen Kräften gegründet worden, wodurch immer irgendwo eine Spur Zauber zu entdecken war, wenn man genau hinsah. Die Straßenlaternen tauschten sich mit heimlichem Lichtzwinkern aus, und die Bänke rückten kaum merklich herum, sodass jeder, der auf ihnen saß, möglichst viel Sonne abbekam.

Die Einwohner hatten sich daran gewöhnt; kaum einer wusste, dass die Gründerfamilien den Boden verzaubert und die Gebäude gesegnet hatten. Nur wenige glaubten wirklich an Magie, aber die Magie stand selbst jenen zur Verfügung, die es nicht taten.

Sie blieben an der Kirche stehen, wo sie Jake vor Wochen zum ersten Mal wiedergesehen hatte, und die Lichtprismen, die die Buntglasfenster erzeugten, schienen ihr zuzuflüstern.

»Sade«, sagte Jake nun und holte sie ins Jetzt zurück.

Sie blickte auf und versuchte ein Lächeln.

»Der Vertrag für Rock Creek House ist unterschrieben.«

»Dann sind wir also offiziell Nachbarn.«

»Apropos, wie geht's Chief?«, fragte er, obwohl sie sich nicht vorstellen konnte, dass das die Frage war, die er wirklich stellen wollte.

»Ich bin noch nicht so weit, ihn zurückzugeben. Bald, versprochen.«

»Du kannst den verdammten Hund behalten, Sade. Sag mir einfach nur, was los ist. Hier geht es nicht nur um Gigi. Da ist noch was anderes, das spüre ich doch.«

Unwillkürlich dachte sie, wie leicht es war, diese neue Version vom ihm zu lieben. Ihre Jugendliebe war noch da und würde es immer sein. Die sarkastischen, herausfordernden, loyalen Züge waren es gewesen, die sie damals fasziniert hatten. Sein lautes Lachen, mit dem er nie geizte, die Fältchen um die Augen, wenn er lächelte. Aber die Art, wie er sie durchschaute, diese neue Wärme und Geduld, die Gewissheit, dass er alles stehen und liegen lassen würde, um für sie da zu sein, das war ihr Untergang. Er stand für die Liebe, nach der sie sich immer gesehnt hatte und die sie nie haben würde. Und dennoch konnte sie ihm nicht die Wahrheit sagen.

»Ich habe nur noch zehn Tage Zeit, um mit Seth etwas zu regeln«, sagte sie also nur.

»Und du willst mir nicht verraten, worum genau es geht?«

»Wie geht's Bethany?«

»Sie ist …« Er blieb auf dem Gehweg stehen und fuhr sich mit der Hand durchs Haar. »Weißt du, ich wusste nicht, dass ich Vater sein wollte – es war immer irgendwie total weit weg. Aber als Bethany mir dann sagte, dass sie schwanger war, da ist irgendwas in mir erwacht.«

»Du wirst ein wunderbarer Vater sein«, sagte sie, und diesmal war ihr Lächeln echt. Dennoch versuchte sie, nicht allzu lange bei den Bildern in ihrem Kopf zu verweilen, denn die Eifersucht saß direkt unter der Oberfläche und scharrte bereits mit den Hufen, hinausgelassen zu werden.

»Ich bin total aufgeregt. Aber es kommt mir vor, als ob sie mich ausschließt. Ich darf ihr nicht die Hand auf den Bauch legen. Und über Arzttermine darf ich wohl auch nichts erfahren.«

»Vielleicht hat sie einfach Angst.«

»Ich glaube, *du* hast Angst. Und ich würde dir so gerne helfen.«

»Jake, was immer geschieht, ich glaube an dich. Welchen Weg du auch gehst, du wirst die richtigen Entscheidungen treffen. Und ich werde dich dabei immer unterstützen.« Näher konnte sie nicht an die Bedeutung von »Ich liebe dich« herankommen.

»Und was die Sache mit Seth betrifft – hör mal, ich weiß doch, dass deine Familie nicht …« Er brach ab, um das richtige Wort zu suchen. »… normal ist«, endete er, und Sadie musste tatsächlich lachen. »Aber was ich an dir besonders gerne mag, ist, dass du tust, was immer getan werden muss. Du wirst alles opfern und auch die schwierigsten Entscheidungen treffen, selbst wenn du es gar nicht willst. Ich bin also sicher, dass du das Problem in zehn Tagen gelöst haben wirst.«

Als sie sich zum Abschied umarmten, hielt sie ihn einen Moment länger, als sie es sollte, um sich seinen Geruch und das Gefühl der Geborgenheit in seinen Armen einzuprägen.

~ ~ ~

Im Haus war es absolut still, als sie ankam.

Ihre Füße trugen sie zum Teeregal, und ihre Finger schoben ungeschickt Dosen und Gläser herum, bis sie einen kleinen Behälter mit dem fand, was sie suchte. Jerusalemkirschtee.

In kleinen Dosen nutzte man ihn als Einschlafhilfe.

Eine mittlere Dosis konnte einen aus den Schuhen hauen.

Nach einer großen Dosis schlief man ein, um nie wieder zu erwachen.

»Wach-nicht-mehr-auf-Beeren« hatten Seth und sie sie als Kinder genannt.

Das Wasser brodelte, ehe sie sich bewusst wurde, dass sie den Kocher angestellt hatte.

Sie gab eine anständige Portion hinein.

Es konnte so leicht sein.

Der süße, bittere Geruch erinnerte an Kindheit, an Versprechen und Angst.

Sie konnte nicht viel tun, aber das hier schon. Es würde alles in Ordnung bringen. Und das war immer schon ihre Spezialität gewesen. Jake hatte recht gehabt: Sie traf auch eine schwierige Entscheidung, wenn es sein musste. Es war nicht so, dass die Welt ohne sie besser dran wäre, sondern dass *sie* ohne die Welt besser dran sein würde.

Sie hatte ihre Trauer in den Hintergrund gedrängt, um Seth retten zu können. Aber nun, da die Wahrheit deutlich vor ihr lag und klar war, dass es keine andere Möglichkeit gab, kam sie mit aller Macht zurück. Sie wollte nicht, dass Seth starb. Oder mit der Dunkelheit leben musste. Es brachte sie schon jetzt um, obwohl sie noch am Leben war. Und sie konnte ihm das abnehmen.

Der Tee war noch zu heiß zum Trinken, also ging sie nach hinten hinaus. Ein letzter Blick in den Garten. Auf dem Glastisch lagen noch Gigis Zigaretten und das Feuerzeug, und in dem Wunsch, ihrer Großmutter irgendwie nahe zu sein, zündete sie sich eine Virginia – die langen, schlanken – an und inhalierte. Tröstend hüllte der Rauch sie ein.

Ein paar Züge später drückte sie die Zigarette aus und ging wieder hinein.

Der Tee war genug abgekühlt.

Sie schluckte hart. Das ist für Seth, rief sie sich in Erinnerung. Dennoch war der rein körperliche Akt, die Tasse an die Lippen zu bringen, das Härteste, was sie je getan hatte.

Der erste Schluck kratzte in der Kehle, als die Tränen zu laufen begannen.

Sie würde am Küchentisch einschlafen, wie es schon so oft geschehen war. Nur diesmal würde sie nicht wieder aufwachen.

Sie trank einen weiteren Schluck. Die Tränen plumpsten nun schneller, und jede zerbarst auf der Tischplatte wie ein nicht gelebter Traum.

Noch ein Schluck. Hätte sie doch Jake noch einmal küssen können …

Ihre Lider wurden schwer, und irgendwo ganz tief in ihrem Bewusstsein fragte eine Stimme, ob das wirklich der richtige Weg war. Aber die Dunkelheit lockte sie, einzutreten. Sie begann sie einzuhüllen wie die Aussicht auf süße Erlösung.

Und Seth war außer Gefahr. Darauf kam es an.

Der Gedanke, wie ihre Zukunft sich ohne Magie und Flüche und Lebensschulden hätte entwickeln können, setzte sich in ihr fest. Es war ein gefährlicher Tagtraum, den sie sich meist nicht gönnte, aber sie hatte nur die Gegenwart, und ein bisschen schwelgen konnte jetzt doch nicht schaden. Sie dachte an Jake und zwei Zahnbürsten und Wasserflecken auf dem Spiegel, wo kleine Händchen geplanscht hatten. An kalte Füße, die sich auf ihre Bettseite stahlen, um sich zu wärmen. An gemeinsame Abendessen und tanzen im Mondlicht und an den Zauber von wiedergefundenen Dingen, die lange verloren gewesen waren.

Die Hälfte der Tasse war leer, und ihre Glieder wurden immer schneller immer schwerer.

Ich werde wieder bei Gigi sein, dachte sie.

Und plötzlich fragte sie sich, ob das der wahre Grund war, warum sie das hier tat – ob sie vielleicht bloß den einfachsten Ausweg nahm. Doch als sie die Tasse erneut an die Lippen hob und sich von ihrer Zukunft verabschiedete, wusste sie, dass man nicht schwerer gehen konnte.

Sie schwamm durch Honig – oder vielleicht durch Gelee. Jeder Gedanke war trüber als der vorherige, jede Bewegung schleppender.

Als sie eine Tür zufallen hörte, glaubte sie, dass ihr Verstand eine Metapher materialisiert hatte.

Aber dann schlug ihr eine sehr reale Hand die Tasse aus den Fingern.

»Verdammt«, zischte eine Stimme. »Willst du mich verarschen?«

Seth.

»Das ist keine Lösung, du dumme Kuh«, fuhr er sie scharf an und schüttelte sie an den Schultern. Und dann war er weg, und Sadie wollte endlich in Frieden einschlafen. Sie hätte ihm auch gerne gesagt, dass sie es für ihn tat. Wie sie alles für ihn tat. Aber ihre Zunge war zu dick, um die Worte herauszubringen.

Sie hörte Krüge und Dosen aneinanderstoßen, über Regale rutschen, zu Bruch gehen. Es klang wie Musik.

Dann war er wieder da, eine Hand in ihrem Nacken, und er drückte ihren Kopf nach hinten und zwang ihr behutsam den Mund auf.

Sie schmeckte Springkraut. Ironischerweise – oder vielleicht auch nicht – auch Rühr-mich-nicht-an genannt.

Ein Gegengift.

Knirschend wie rostige Zahnräder, die ineinandergriffen, setzte die Erkenntnis ein, und sie versuchte, es auszuspucken.

»Du bist bescheuert«, zischte Seth wieder, und das Zischen hörte sich seltsam in ihren Ohren an, und Seth wurde zu einer Schlange mit Armen, aber geschlitzten Pupillen. Dumpf fiel ihr wieder ein, dass Halluzinationen eine Nebenwirkung von Wach-nicht-mehr-auf-Beeren waren. »Dafür bring ich dich um«, fauchte die Seth-Schlange.

Sie hörte sein Handy klingeln und eine Stimme über Lautsprecher – war das Jake?

Wieso telefonierte ihr Bruder mit ihrem Freund?

Nein, Moment! Da stimmte was nicht. Oder? Und dann flog sie, oder so fühlte es sich zumindest an, bis die Couch sich unter ihr verfestigte und sie begriff, dass Seth sie getragen hatte.

Noch mehr Springkraut in ihrem Mund.

Sie wusste irgendwoher, dass sie das nicht wollen sollte. Und doch schluckte sie gehorsam, und diesmal musste sie beinahe würgen. Das verworrene Chaos ihrer Gedanken begann sich zu entwirren, und ihr Kopf pochte plötzlich schlimmer als ihr Herz.

»Wie konntest du nur so blöd sein?«, verlangte Seth zu wissen.

»Wollte doch nur helfen«, brachte sie krächzend hervor und verengte die Augen, um den Schlangen-Seth vom echten Seth zu trennen. Und dann hörte sie den angestrengten Atem von jemandem, der gerannt war. Selbst in dem Wach-nicht-mehr-auf-Beeren-Tee-Zustand hätte sie seinen Geruch überall erkannt.

Warme Hände fühlten ihren Puls und ihre Temperatur und zogen ihre Lider auf, um ihre Pupillen zu überprüfen. Sein Kopf legte sich auf ihre Brust, und sie wollte lächeln. Ihn an sich ziehen. Mit den Händen durch sein Haar fahren und sein Gesicht zu einem Kuss zu sich holen. Die Zukunft, die sie nicht haben würde.

»Ihre Atmung scheint stabil«, sagte Jake.

Ah, okay. Sanitäter-Jake. Nicht Hoffnungslose-Zukunft-Jake. Er lauschte ihrer Lungentätigkeit. Umarmte sie nicht zärtlich.

»Alles okay so weit. Aber wir sollten sie wachhalten. Wieso? Wieso hat sie so was gemacht?«, fragte Jake, und in seiner Stimme waren Scherben zu hören.

»Weil sie bescheuert ist.«

Sadie lauschte auf Scherben in Seths Stimme, hörte aber nur wütende Bienen. Wespen? Oder vielleicht sogar Hornissen?

»Ich muss Raquel anrufen, ehe sie noch einen Herzanfall bekommt«, sagte ihr Bruder. »Ich hatte ihr gesagt, dass irgendwas faul ist. Diese dämliche Zwillingsverbindung.«

»Gott sei Dank, dass es so was gibt«, sagte Jake. »Ich bleibe bei ihr.«

Die Küche rauschte im Sog der Luft, die Seth mit sich nahm, als er hinausging. Dann senkte die Couch sich, als Jake sich neben sie setzte. Sie schlug die Augen auf. Wie lange waren sie geschlossen gewesen? Ihr war heiß, aber sie hatte dennoch eine Gänsehaut. Das Ticken der Standuhr klang wie Kanonenschläge. Sie fühlte sich wie Clara aus dem *Nussknacker:* Um sie herum wuchs plötzlich alles in die Höhe und Breite, und sie war gefangen in einer Schlacht zwischen Lebkuchensoldaten und dem Mäusekönig. Nur dass es sich hier nicht um Weihnachtsgebäck und Tiere, sondern um Leben und Tod handelte.

Sie streckte die Hand aus und berührte Jakes Arm, um sich zu vergewissern, dass er echt war. Seine Haut fühlte sich an wie Zuckerwatte. Sie war da und nicht da, und sie überlegte, wie traurig es war, dass sie sich eigentlich meistens so fühlte. Immer einen Fuß drinnen, den anderen draußen. Säuberlich zusammenfalten und wegstecken.

»Hey«, sagte er sanft.

Sie ließ ihren Finger seinen Arm aufwärts gleiten, und er verharrte. Und als würde es ihn enorme Kraft kosten, nahm er ihre Hand, legte sie ihr behutsam auf die Brust und tätschelte sie anschließend.

»Jake«, flüsterte sie. »Ich glaube, Seth ist sauer.«

»Ich würde sagen, das ist eine Untertreibung. Ich bin auch nicht gerade entzückt. Was sollte das, Sadie?«

»Ich hab versucht, alles in Ordnung zu bringen.«

»Das war's nicht, was ich gemeint habe, als ich sagte, du würdest alles opfern«, knurrte er.

Sie überlegte zu antworten, ihm zu erklären, dass sie Seths Leben hatte retten wollen, aber die Worte erschienen ihr zu unbeholfen und zu dumpf.

»Sadie«, sagte er besorgt, und es klang so vertraut.

»Ich bin okay«, gab sie zurück und schloss die Augen. »Mir geht's gut.« Benommen fragte sie sich, seit wann ihr eine solche Lüge so locker über die Lippen ging.

»Mein ganzes Leben lang habe ich das Gefühl gehabt, einen Schritt hinter dem zurückzubleiben, wo ich eigentlich hätte stehen müssen«, sagte er, und obwohl es aus dem Nichts zu kommen schien, hörte sie zu. »Als das mit Bethany passierte, dachte ich … ach, verdammt. Heirate. Krieg ein Kind. Aber obwohl mir etwas fehlte, wusste ich, dass ich meinem Kind keine kaputte Familie antun will. Ich wollte die glückliche Ehe, bis dass der Tod euch scheidet. Ich wollte Papa sein. Aber als Seth mich vorhin angerufen hat« – er legte sich die Hand über die Augen und kniff sich in den Nasenrücken – »da wäre ich fast durchgedreht. Sade, du bist die Liebe meines Lebens.« Seine Stimme versagte, und es klang wie Wellen, die sich am Strand brachen. Wellen, in denen Sadie schwimmen wollte. Auf dass die Unterströmung sie in die Tiefe ziehen würde, bis sie darin ertrank. Aber vielleicht war das noch der Tee. »Also, Sadie, sag's mir«, fuhr er nach einem Moment fort. »Was soll ich nur tun?«

»Ich weiß es nicht«, flüsterte sie.

»Du weißt doch immer alles.«

Die Eingangstür ging auf.

»Raquel lässt ausrichten, dass sie dich auch umbringt«, verkündete Seth, als er wieder ins Wohnzimmer kam, und Jake erhob sich.

»Das kann ich akzeptieren«, sagte Sadie schwach, ihr Herz noch im Aufruhr von Jakes Geständnis. »Aber darf ich erst schlafen?«

Seth sah zu Jake.

»Weck sie jede Stunde auf«, sagte Jake. »Ich muss jetzt gehen. Ich muss ein paar Dinge regeln. Sag mir Bescheid, wenn du mich brauchst.«

»Danke«, sagte Seth.

»Gerne.«

Einen Moment später war er fort, und Sadie konnte ihren Bruder nicht ansehen. Sie war so müde. Und sie wollte nicht angeschrien werden. Doch zu ihrer Überraschung nahm er den Platz ein, den Jake gerade frei gemacht hatte.

»Ich weiß, dass du meinst, du müsstest immer alles allein regeln, und morgen falte ich dich dafür zusammen. Aber im Moment« – er räusperte sich – »bin ich heilfroh, dass du okay bist. Und Jake wird übrigens misstrauisch. Ich glaube, er hat versucht es auf deine Trauer wegen Gigi zu schieben, ahnt aber, dass etwas nicht stimmt. Ich bin vielleicht nicht der Richtige, um dir etwas zu raten, aber ich finde, du solltest ihm sagen, was los ist. Na ja, mach dir jetzt keinen Kopf darüber. Ruh dich einfach aus, okay?«

»Es tut mir leid«, sagte sie, und es klang so schrecklich hohl und nichtssagend für das, was sie ihm eigentlich wirklich vermitteln wollte.

Sie schloss die Augen, aber die Tränen kamen dennoch.

»Ich gehe nicht weg«, sagte er und nahm ihre Hand.

Und dann schlief sie ein.

Etwas später – Seth hatte sie schon zweimal geweckt – hörte sie, wie die Tür sich erneut öffnete und die Familie eintrat – mit viel Lärm, aber bemüht, sich so leise wie möglich zu verhalten, als sie Sadie auf der Couch entdeckten. Sie schlug die Augen nicht auf und hörte Seth zu, der ihnen mit gedämpfter Stimme erklärte, dass sie zu viel getrunken hatte und nun ihren Rausch ausschlief. Kurz darauf strich ihr eine kühle Hand eine Haarsträhne aus dem Gesicht.

Die Hand war nicht vertraut, also musste sie ihrer Mutter gehören, und wieder brannten Tränen in ihren Augen. Ihre Mutter hatte ihrem Leben eine neue Wendung gegeben, um ihre Kinder stolz zu machen, und zum ersten Mal fragte Sadie sich, ob sie jemand war, auf die ihre Mutter stolz sein konnte. Die Hand zog sich zurück, und Onkel, Tanten und Mutter zerstreuten sich.

»Ich hab's nur Raquel gesagt«, bemerkte Seth ruhig. »Es ist deine Entscheidung, ob du es den anderen auch mitteilen willst.« Er zuckte in der hereinbrechenden Dunkelheit die Achseln. »Ich fand jedenfalls, dass es mir nicht zustand.«

»Danke«, krächzte Sadie. »Für alles.«

Er kehrte zu seinem Sessel am Kamin zurück und schlief prompt ein.

Sadie spürte, wie etwas durch ihre Adern pulsierte. Es fühlte sich an wie Sinnhaftigkeit. Oder Hoffnung. Die Wirkstoffe des Tees hatten sich vollkommen abgebaut, und sie fühlte sich wach und aufgedreht.

Sie hatte es satt, dass das Leben einfach so passierte. Es gab eine leere Stelle in ihrer Seele, die sich nach Gigi sehnte, aber das konnte sie nicht als Ausrede benutzen. Wie war es wohl, sich selbst zu vertrauen? Der Frau zu vertrauen, zu der Gigi sie erzogen hatte? Sie dachte an Jake, der seinem Herzen nicht folgen durfte. Wenn er das Richtige tun konnte, konnte sie es auch. Denn eines stand fest, nun, da sie dem Leben wieder ins Gesicht blickte und das Gefühl in sie zurückkehrte: Sie würde nicht auf Jake verzichten, auch wenn er nur ein Freund sein konnte. Und sie beschloss, Bethany einzuladen, damit sie sie besser kennenlernen konnte.

Die beißende Angst, das eigene Leben wegzuwerfen, ihren Bruder und ihre Magie zu verlieren, ließ alles klarer hervortreten. Ihre Finger kribbelten an ihren Seiten. Sie wälzte sich unruhig auf der Couch herum, bis die ersten Sonnenstrahlen durch die Vorhänge drangen. Ein neuer Tag. Eine neue Perspektive. Neue Hoffnung.

Athenes Tee

Die Weisheit des Verstands ist sinnlos, wenn das Herz nicht mitzieht. Dieser Tee bringt beides ins Gleichgewicht. Er ist koffeinfrei und kann vor dem Schlafengehen getrunken werden, um die Träume zu versüßen.

Zutaten

Zwei Messlöffel Rooibos-Tee
1–2 TL getrocknete Apfelstücke
2–3cm Zimtstange
1 ½ cm Vanilleschote
Ein paar Tropfen Honig (optional)

Zubereitung

Alles mit kochendem Wasser aufgießen, 7 Minuten ziehen lassen und abseihen. Für die beste Wirkung möglichst heiß trinken.

FÜNFZEHN

~

BEI SONNENAUFGANG WAR SADIE DANN DOCH noch eingeschlafen. Stimmen aus der Küche und eine Umarmung, die ihr beinahe die Knochen zermalmte, weckten sie.

»Ich hätte größte Lust, dich zu ermorden«, flüsterte Raquel ihr ins Ohr.

»Ich bin okay«, versprach Sadie.

»Was hast du dir bloß gedacht?«

»Anscheinend gar nichts«, antwortete sie. »Oder ich weiß nicht. Vielleicht doch. Ich dachte, ich könnte die Lösung sein. In Gigis Brief stand, dass Seth gerettet werden würde, wenn ich mich opfere, und ich … irgendwie kam es mir logisch vor. In dem Moment jedenfalls.«

Raquel runzelte die Stirn. »Gigi würde so was doch nie vorschlagen.«

Sadie zog den Brief aus ihrer Jeanstasche. Seit Tagen schleppte sie ihn mit sich herum. Das Papier war weich geworden, die Knicke geglättet.

Sadie sah zu, wie ihre Freundin den Brief überflog und dann wieder von vorne anfing, bis sie am Ende die Augen verengte.

»Das ist ja wie ein Rätsel.«

»Für mich ist das eindeutig.«

»Überhaupt nicht. Denn wenn du tatsächlich einmal das Hirn in deinem hübschen kleinen Kopf benutzen würdest, dann wüsstest du, dass Gigi dir niemals – und ich *meine* niemals – nahelegen würde, dich umzubringen.«

Sadie schwieg, den Blick gesenkt. Natürlich hatte sie das gewusst. Hatte es begriffen, aber die Wahrheit nicht einsehen wollen, weil es einfacher gewesen war, es wörtlich zu nehmen. Ihr Kopf war immer noch vernebelt und begann zu schmerzen, wenn sie ihn zu schnell bewegte.

»Gigi wäre total angefressen«, sagte Sadie schließlich.

»Kein Scheiß.«

Sadie musste lachen, weil es sich so sehr nach Seth anhörte.

»Redet ihr jetzt auch schon gleich?«

»Halt die Klappe.« Raquel grinste. »Übrigens: Ist das für dich wirklich okay mit uns beiden?«

»Hey, wenn du mir verzeihen kannst, dass ich … na ja, saublöd gewesen bin, dann kann ich dir wohl auch verzeihen, meinen Bruder zu lieben – was ja auch saublöd ist.«

»Also müssen wir jetzt nur noch herausfinden, was Gigi gemeint hat.«

Sadie konzentrierte sich auf das Wörtchen *wir*. Nur drei Buchstaben und doch randvoll mit Hoffnung.

»Außerdem denke ich« – Raquel nahm ihre beiden Hände in ihre – »dass du Hilfe bei der Trauerbewältigung brauchst.«

»Ich wollte nur Seth retten«, antwortete Sadie mit hämmerndem Herzen.

»Ich weiß, ich weiß. Aber das hat nichts mit Seth zu

tun. Ich habe übrigens schon mit ihm über eine Therapie gesprochen.«

»Das habe ich auch versucht.«

»Manchmal ist es leichter, wenn es von jemandem kommt, der weiß, wie es sich anfühlt. Ich habe ihm nicht gesagt, dass er eine machen muss oder sollte, sondern dass es mir geholfen hat.«

»Und du denkst, es würde auch mir helfen?«, fragte Sadie, obwohl sie die Antwort schon kannte.

»Ich denke, Therapie könnte dem ganzen Planeten helfen«, gab Raquel ernst zurück. »Aber, ja, es ist nicht gut, so etwas allein durchzumachen. Auch wenn wir für dich da sind, kann dir ein Profi Erkenntnisse liefern, die dich weiterbringen.«

»Okay.« Sadie nickte resolut. Sobald Seth in Sicherheit war, würde sie sich Hilfe suchen.

»Also – wie ist es so mit Florence?«

»Schräg«, antwortete Sadie automatisch. »Oder vielleicht ist es schräg, weil es irgendwie normal wird. Ich wünschte bloß, dass Gigi hier wäre. Um uns alle zusammen zu erleben. Und überhaupt.«

»Sie ist hier.« Raquel nahm ihre Hand und drückte sie.

~ ~ ~

Sadie fühlte sich ruhig wie seit Ewigkeiten nicht mehr, als sie etwas später in der Küche mit Honig gesüßten Kamillentee trank. Und als Sage in ihrem übergroßen T-Shirt und mit Cocoa im Arm verschlafen in die Küche tappte, schüttete sie ihrer Schwester Cornflakes in ein Schälchen. Vielleicht würden Florence und Sage wieder gehen. Aber nun waren sie hier, und Sadie wollte dieses Mädchen mit den geheimnisvollen nussbraunen Augen kennenlernen. Sie hatte noch immer keine Ahnung, was sie wegen der Lebensschuld unternehmen sollte, aber vor Angst wie gelähmt herumzusitzen, brachte sie keinen Schritt weiter. Sie musste eine andere Strategie entwickeln. Es ging doch nichts über einen kurzen Flirt mit dem Tod, um die Dinge wieder ins rechte Licht zu rücken. Bis zum Vollmond waren es nur noch neun Tage, und plötzlich wurde ihr bewusst, dass am selben Tag das Herbstfest stattfinden würde.

»Sag mal, hättest du Lust, meine Assistentin zu werden?«, fragte sie. »Bald gibt es in der Stadt ein Herbstfest, und Gigi und ich haben dort – hatten, meine ich – immer einen Stand. Was sagst du?«

Sages noch verschlafenen Augen leuchteten auf, und sie strahlte.

»Wir fangen mit Honig-Chrysanthemen-Scones an.« Sadie lächelte. »Ich brauche welche für eine Freundin.«

»Guten Morgen.« Florence tauchte im Türrahmen auf und blickte zwischen ihren beiden Töchtern hin und her. »Kaffee?«

»Gerne«, antwortete Sadie und sah zu, wie ihre Mutter nach der Kanne griff. Unwillkürlich dachte sie daran, wie sie sie in der Ausnahmesituation der letzten Woche erlebt hatte. Sie war immer zur Stelle gewesen, wenn Hilfe gebraucht wurde, offenbar eine Eigenschaft der Revelares. Sie teilte Ratschläge wie Süßigkeiten aus, tat es aber mit solch einer Aufrichtigkeit, dass der andere nur mit großen Augen nicken konnte. Aber vor allem hatte sie Sadie nicht gedrängt. Sie hatte nicht versucht, eine Verbindung zu erzwingen, und dafür liebte Sadie sie sogar ein wenig.

»Bäh«, bemerkte Sage. »Kaffee ist eklig.«

Sadie lachte und stibitzte etwas von den Cornflakes. »Das sagst du jetzt noch.«

In der kommenden Stunde planten und notierten sie, was sie für das Fest brauchten, und tauschten Ideen aus, bis alle anderen aufgewacht waren. Es gab Kaffee und Toast und Gelächter und Geplapper, und es war wie Weihnachten früher in ihrer Kindheit.

Onkel Brian räusperte sich.

»Wir werden dir nicht länger auf die Nerven gehen.«

»Ihr wollt abreisen?« Sadie hatte es erwartet – natürlich! –, aber es tat dennoch weh.

»Bevor Mom gestorben ist, hat sie noch mit jedem von uns gesprochen. Es ist Zeit, dass wir alle wieder zusammenkommen. Ich wollte ohnehin eine weitere Autowerkstatt eröffnen, und hier in Poppy Meadows ist eine Garage zu mieten. Also haben Suzy und ich ein Angebot für ein Haus hier in der Straße abgegeben – deswegen sind wir neulich gefahren. Wir wollten unser altes Haus zum Verkauf anbieten und unsere Angelegenheiten regeln.«

»Und ich habe mit meinem Arbeitgeber über eine Versetzung gesprochen«, erklärte Tava. »Hier sind einfach zu viele gute Secondhandläden – ich brauche mehr Zeit, um mich umzusehen.« Sie lächelte. »Kay und ich mieten die Wohnung über der Eisdiele von Lavender und Lace. Die Mädels sind der Hammer. Und wer weiß, vielleicht eröffne ich eines Tages meinen eigenen kleinen Laden für Vintage-Möbel.«

»Und wenn Steven wieder zurück ist, suchen wir uns am Stadtrand ein Grundstück«, fügte Tante Anne hinzu. »Dort können wir Ziegen, Hühner und Hunde halten und sind nur zehn Minuten von euch allen entfernt. Nah genug für den Sonntagsbraten mit der Familie. Oder um dir im Café zu helfen, Sadie, wenn du mich gebrauchen kannst.«

Seth sah seine Schwester an, und sie starrte zurück. Als sie noch Kinder gewesen waren, hatten sie für die Familienfeiern gelebt, wenn Tanten, Onkel, Cousins und Cousinen in einem Wirbelwind aus Farben, Lärm und Aktivitäten durchs Haus gerauscht waren.

»Ihr …«, begann Sadie, brachte aber kein Wort mehr heraus.

»Ihr wollt bleiben?«, beendete Seth den Satz.

»Das war schon länger fällig«, erklärte Tava. »Es waren viele Aspekte im Spiel, die uns voneinander ferngehalten haben, aber jetzt sind wir hier, und wir haben vor, zu bleiben. Ein paar von den Kindern wollen auch herziehen. Emily und Madison mit den Kleinen und ihren Männern, und die, die aufgrund von Arbeit oder Schule nicht umziehen können, haben sich schon jetzt für Weihnachten freigenommen, sodass wir es diesmal richtig groß aufziehen können.«

»Alle Revelares gehen, aber sie kommen immer zurück«, sagte Onkel Brian. »Und jetzt sind wir dran, Kindchen.«

»Hey, glaubst du, dass du jemals weggehen wirst?«, sagte Seth an Sadie gewandt.

»Hast du noch nicht kapiert, dass ich die Ausnahme von jeder Regel bin?«

»Und so bescheiden«, gab er zurück. »Aber weißt du, das muss nicht das Schlechteste sein.«

»Hör auf, Seth. Willst du mich loswerden? Ich gehe nirgendwohin.«

»Ich auch nicht«, sagte Florence. »Ich habe vor, zu bleiben. Zumindest, wenn ihr mich lasst.«

»Natürlich«, antwortete Seth, als sei das selbstverständlich. Sadie schien plötzlich ihre Stimme verloren zu haben. »Jetzt müssen wir nur noch diesen Verstärkerscheiß in den Griff kriegen. Sorry, Verstärker*kram*«, fügte er mit Blick auf Sage hinzu.

Sadie fand endlich ihre Stimme wieder. »Wir sollten das Ganze sowieso nicht vor Sage besprechen.«

»Sie ist vielleicht ein Kind, aber eine alte Seele. Und sie wird es ohnehin wissen«, sagte Florence achselzuckend, während sie Butter auf einen Toast schmierte. Mehr erklärte sie nicht, und Sadie fragte sich, wie genau Sages Magie beschaffen war. Sie betrachtete das Mädchen mit den großen, ausdrucksstarken Augen, doch es war auf seine zweite Portion Cornflakes konzentriert.

Sadie hatte es so satt, nicht zu glauben. Das Schlimmste zu befürchten. Oder Angst zu haben, verlassen zu werden. Also zog sie das Fläschchen mit Blauem Rainfarn aus der Tasche, das sie vorhin eingesteckt hatte, und tupfte sich etwas hinters Ohr. Mut. Der Glaube an das Unmögliche. Sie musste lächeln. Und diesmal fühlte es sich fast echt an.

Wenig später warf Sadie alle aus der Küche, damit Sage

und sie mit dem Backen beginnen konnten. Da ihre Magie sich etwas gesetzt hatte und Sage ausgleichend wirkte, kehrte eine altvertraute Ruhe in sie zurück – ein Friede, der aus dem Weg zwischen Theke und Kühlschrank erwuchs, aus dem Gefühl von Mehl, das zwischen den Fingern gerieben wurde, und Messbechern, die sich perfekt in ihre Hand schmiegten. Florence fragte, ob sie bleiben dürfe, und sei es bloß zum Zuschauen und Einspringen, wenn nötig, und Sadie hatte nichts dagegen, dass sie sich an der Theke niederließ. Die Küche war warm und duftete süß, und das saugende Klicken der Ofentür, die auf und zu ging, wirkte beruhigend auf ihr Herz.

Sie verbrachten den Rest des Tages in der Küche oder im Garten, wo Simon Sadies Füße attackierte und entrüstet miaute, als Sadie ihn streng zur Ordnung rief. Abby lief Tava hinterher und ignorierte alle anderen. Und Bambi setzte sich an den Zaun und bellte immer wieder in Richtung Rock Creek House.

Es erstaunte Sadie, wie mühelos sie sich aufeinander eingespielt hatten. Gelächter folgte ihnen wie Sonnenblumen, die sich nach dem Licht drehten, und Sadie erkannte, wie sehr es ihr gefehlt hatte, mit jemanden zusammen in der Küche zu arbeiten.

Sie versetzten gläserweise Honig mit Orangenaroma, eine Kombination, die Freude ins Leben zurückbrachte, bereiteten Beutel mit Hoffnung einflößendem Schneeglöckchentee zu und kochten Sauerklee-Bonbons, die jungen Müttern guttaten. Olivenöl mit Rosmarin und schwarzem Pfeffer ermutigte zu Abenteuern in der Liebe, und die

Konfitüre aus gelben Rosenblättern half zu vergeben und vergessen.

Am späten Nachmittag kam Seth herein und bot seine Hilfe an, aber er stand ständig im Weg und brachte Sage so sehr zum Lachen, dass sie den Überblick über das Abmessen der Zutaten verlor, also sprach Sadie ein Machtwort. Anschließend lief er hin und her, setzte sich vorübergehend mit seinem Laptop an die Theke und ging schließlich mit Bambi Gassi.

Sadie zeigte Sage, wie man kalte Butter in einen Teig einarbeitete, und sie tauchten ihre Finger in den Orangenhonig und beobachteten, wie sich das schwindende Licht in den bernsteinfarbenen Fäden fing.

Sie bestellten Pizza zum Abendessen und aßen mit den fettigen Pappkartons auf dem Schoß und auf dem Couchtisch im Wohnzimmer, während im Hintergrund leise eine alte *Bonanza*-Folge lief. Bambi trottete von einem zum anderen und bettelte mit Herzchen in den Augen, bis er sich schließlich wie üblich neben Sage niederließ. Die beiden waren inzwischen so gut wie unzertrennlich. Sadie dachte flüchtig darüber nach, Jake den Hund zurückzugeben, entschied sich jedoch dagegen. Es war, als sei ein Stück von Jake hier im Haus. Simon hockte derweil auf der Standuhr und blickte mit zu Schlitzen verengten Augen auf Bambi und Abby hinab, als wolle er sich jeden Moment auf sie stürzen.

Alles fühlte sich so normal an. Und machte das Revelare-Vermächtnis sie wirklich so anders? Magie bedeutete nicht immer Zaubersprüche und -tränke oder Talismane. Manchmal war Magie nur das behagliche Schweigen bei einem leckeren Essen und lächelnde Augen, die sich quer durch den Raum ansahen und mehr sagten, als Worte es konnten.

Müde ging sie ins Bett; zwar war sie der Lösung auch heute keinen Schritt näher gekommen, hatte aber wenigstens ein Stück von sich selbst wiedergefunden. Als sie einschlief, klang das Tap-Tap-Tappen der Eiche draußen gegen das Fenster wie Fingernägel, die an die Scheibe klopften. Doch sie war sich nicht sicher, ob das grollende Lachen, das sie hörte, echt war oder schon zu ihrem Traum gehörte.

~ ~ ~

Am nächsten Morgen war es ruhig im Haus. Ihre Tanten waren unterwegs in der Stadt, um irgendwelche geheimnisvollen Dinge zu erledigen. Es waren nur noch acht Tage übrig, aber sie konnte es nicht länger hinausschieben. Die Honig-Chrysanthemen-Scones tadelten sie stumm, wann immer sie an ihnen vorbeikam. Schließlich pflückte sie etwas Heidekraut vom Fensterbrett, nahm den Behälter mit den Scones und machte sich auf den Weg zum Rock Creek House.

Ihre Stiefel quietschten im Matsch, und sie wünschte sich, sie hätte eine Mütze aufgesetzt, denn es war kalt an den Ohren. Doch der Spaziergang lohnte sich, denn der Regen hatte die unterschiedlichsten Grüntöne hervorgebracht – das Moos kräftig, die Flechten gedämpft und Schneeglöckchen, die sich durch das Dornengestrüpp am Wegesrand zwängten. Die beißend frische Luft ließ ihre

Augen tränen und die Lippen brennen, und es war herrlich. Nur mit ihren Gedanken, dem Knirschen und Knacken der Zweige unter ihren Stiefeln und dem Plätschern des Bachs in der Nähe ließ sie den Wald auf sich wirken und ihre Nerven beruhigen.

Aber nur allzu bald hatte sie Rock Creek erreicht. An der Fassade prangten Farbmuster: Ein Dunkelgrün, das das Haus im Wald tarnen würde, ein Braun, das nicht hierhergehörte, und ein nahezu perfektes Creme mit gelblichen Untertönen. Sadie sah es vor ihrem inneren Auge vor sich: Das Haus in Baiserfarben mit pudrigem Grünblau abgesetzt, Pflanzkästen mit Herzblumen und Gladiolen unter den Fenstern, und dann verschwamm alles, ehe sie blinzelte und sich das Bild auflöste. Sie seufzte. Sich zu wünschen, was sie nicht haben konnte, wurde anstrengend.

Freundschaft, rief sie sich in Erinnerung. *Du bist hier, um Freundschaft zu schließen.* Ihr Klopfen tönte laut, ihr Herz hämmerte wild.

Die Tür öffnete sich, und Bethany erschien. Sie hatte ihr dickes Haar zu einem Dutt nach oben gebunden und trug gemusterte Leggings und einen cremefarbenen Pulli.

»Oh, hallo«, sagte sie. »Wolltest du zu Jake? Er ist nicht da.«

»Macht nichts. Eigentlich bin ich deinetwegen gekommen. Ich habe Honig-Chrysanthemen-Scones gebacken.« Sie hielt die Tupperdose hoch. »Um dich in der Nachbarschaft willkommen zu heißen.«

»Oh, vielen Dank. Wow! Willst du reinkommen? Ich kann uns einen Kaffee machen … hast du überhaupt Zeit?«

»Ja, hab ich.«

Bethany machte Platz, und Sadie trat ein. Sofort stürmten die Erinnerungen auf sie ein, doch sie schob sie weg.

»Ich habe das mit deiner Großmutter gehört. Es tut mir sehr leid«, sagte Bethany, die den Wasserkocher anstellte, die French Press füllte und zwei Teller mit Gabeln auf den Tisch stellte.

»Danke.« Sadie versuchte, die Enge in ihrer Kehle zu ignorieren.

»Es wird einfacher, aber eine Weile glaubt man, nicht mehr atmen zu können. Und man will ständig anrufen, bis einem wieder alles einfällt, und dann geht es wieder von vorne los.«

Sadie nickte nur. Sie traute sich nicht, den Mund aufzumachen.

»Die sehen ja köstlich aus«, bemerkte Bethany, als sie die Dose aufmachte und ihnen beiden ein Stück Gebäck auf den Teller legte.

»Sie sollen Offenheit fördern.«

»Ja, Jake hat mir davon erzählt, dass das Essen bei dir immer etwas bedeutet.« In ihren Worten lag ein Hauch Härte, die sie mit einem Lächeln milderte.

»Meine Großmutter hat mir beigebracht, dass alles eine Bedeutung hat«, sagte Sadie. »Ich mag die Vorstellung, dass auf diese Art ihr Andenken bewahrt wird. Wie gefällt dir das Kleinstadtleben?«

»Tja, es ist …« Sie hielt inne, um den Stempel der French Press herunterzudrücken. »Es ist anders, als ich es erwartet habe«, fuhr sie fort. »Jake versucht es mir schmackhaft zu machen, aber ich habe nur noch eine Woche Urlaub und kann's kaum erwarten, in die Stadt zurückzukehren. Wie trinkst du den Kaffee?«

»Mit Zucker, wenn du hast. Und, oh, ich habe noch Orangenhonig für die Scones mitgebracht.« Sie nahm das Glas aus ihrer Tasche.

Bethany holte Löffel und Zuckerdose und setzte sich Sadie gegenüber. »Ich könnte mich nur von Süßem ernähren.« Sie seufzte, schloss die Augen und biss in das Gebäck. »Mhmmm, Gott, sind die gut!«

»Danke«, gab Sadie zurück. »Wie läuft es mit der Schwangerschaft? Ist dir übel oder so was?«

»Ähm, nein. Noch nicht jedenfalls.« Sie nippte an ihrer Kaffeetasse.

»Wie weit bist du denn?«

»Ich weiß es tatsächlich nicht so richtig.« Sie biss erneut in das Gebäck und kaute, und ihr Blick wurde nachdenklich.

»Oh.« Sadie war überrascht, fragte aber nicht weiter. Während sie noch überlegte, was sie stattdessen sagen sollte, ergriff Bethany schon das Wort.

»Du und Jake kennt euch also schon lange.«

In Sadies Ohren klang es ein wenig vorwurfsvoll. »Ja, mein halbes Leben lang.« Sie nickte. In ihren Eingeweiden zog sich eine dumpfe Furcht zusammen.

»Die Scones sind so köstlich«, wiederholte Bethany und steckte sich den letzten Happen in den Mund. »Ja. Er hat immer viel von dir gesprochen.« Es war, als führten sie parallel zwei verschiedene Unterhaltungen.

»Tatsächlich?«, fragte Sadie überrascht.

»Hm-hm. Von dir und deiner Großmutter. Und deinem Bruder. Sam?«

»Seth.«

»Stimmt.« Ihr Blick wurde immer verträumter.

Zu viele Chrysanthemen, dachte Sadie und zog die Brauen zusammen. Ein bisschen davon machte vertrauensvoll und offen – zu viel konnte einen dazu verleiten, Geheimnisse auszuplaudern. Geheimnisse, die hören zu wollen Sadie sich nicht sicher war.

»Wusstest du, dass Jakes Schwester uns bekannt gemacht hat?« Sie trank einen Schluck Kaffee. Schwarz, wie Sadie bemerkte. Die Wahl der Sachlichkeit, wie sie immer fand.

»Er hat viel über dich gesprochen«, wiederholte Bethany. »Und über dieses Städtchen hier. Und als er dann Schlafprobleme bekam … na ja, er redet manchmal im Schlaf. Ich war einer Meinung mit seinem Therapeuten, dass er mal aus der Stadt rausmusste. Aber dann hat er plötzlich davon gesprochen, hierherzuziehen. Und ich hatte das Gefühl, dass er mir total entgleitet.« Mit dem Zeigefinger malte sie Kreise auf den Tisch.

»Bethany, ich denke nicht …«, begann Sadie, ohne zu wissen, wohin die Frage führen sollte. Aber es spielte keine Rolle, da Bethany nun aufblickte und das schlechte Gewissen ihre Augen groß wie zwei Teiche schimmern ließ.

»Als er von Poppy Meadows gesprochen hat, wusste ich, dass er eigentlich dich meinte. Aber ich wollte ihn doch nicht verlieren. Ich … ich liebe ihn.«

Definitiv zu viele Chrysanthemen.

»Ich bin mir nicht sicher, was du mir sagen willst«, murmelte Sadie. Es war wohl besser, wenn sie ging. Sollten sich die Scones in Ruhe in Bethany abbauen – sie würde sich anschließend nicht mehr an viel erinnern. Aber Sadie saß wie angewurzelt auf ihrem Stuhl.

»Als er mir gesagt hat, dass er sich freinimmt, um sich hier nach einem Haus umzusehen, da« – ihre Stimme wurde zu einem Flüstern – »da hab ich behauptet, schwanger zu sein. Ich wollte das gar nicht. Es platzte einfach aus mir raus. Ich hatte Angst, dass er herkommt und sich wieder in dich verliebt. Und er ist so … ich wusste, dass er immer das Richtige tun will. Verstehst du, was ich meine?« Ihr Blick huschte nun hektisch und besorgt hin und her. »Aber du hättest sehen sollen, wie seine Augen aufgeleuchtet haben, als ich das Baby erwähnt habe. Als hätte ich ihm ein Geschenk gemacht, auf das er schon sein Leben lang gewartet hat, ohne wirklich zu wissen, dass er es sich wünscht.« Ihr schönes Gesicht verzerrte sich angstvoll. »Er sah so happy aus, dass ich dachte, wir könnten damit unsere Beziehung retten. Jedenfalls konnte ich ihm nicht die Wahrheit sagen. Und dann hat er mir einen Antrag gemacht, und ich hab Ja gesagt. Und seitdem fühle ich mich total elend. Wenn er das rausfindet …« Sie schauderte. »Er ist kein Mensch, der so was verzeiht.«

»Aber wie … o mein Gott«, flüsterte Sadie. Ihre Gedanken rasten, und sie versuchte zu begreifen, was sie gerade gehört hatte. »Bethany, er wird es doch erfahren, wenn du keinen Bauch kriegst. Und wenn du zu keinem Arzt gehst.«

»Ich hatte ihm gesagt, ich hätte erst einen Termin, wenn

er schon hier sein würde. Und dann habe ich ihm einen Screenshot von einem Ultraschall aus dem Internet geschickt.« Sie schlug sich die Hand vor den Mund, als könne sie selbst nicht glauben, was sie da gerade gesagt hatte.

»Bethany«, stöhnte Sadie. Bei dem Gedanken an Jake tat ihr das Herz weh.

»Seitdem versuche ich verzweifelt, schwanger zu werden. Dann könnte ich behaupten, es ist einfach komisch gerechnet worden. Aber ich …« Sie brach ab, setzte wieder neu an. »Wir haben nicht mehr miteinander geschlafen. Nicht, seit ich hergekommen bin. Ich bin ein schlechter Mensch. Ich komme garantiert in die Hölle. Das wird ihm das Herz brechen.«

»Du bist kein schlechter Mensch«, sagte Sadie automatisch, obwohl sie sich in diesem Moment für die Angewohnheit, immer das Gute hervorzuheben, hasste. »Du hattest Angst und hast eine dumme Entscheidung getroffen. Aber du musst es ihm sagen, Bethany. Du musst.«

»Ich weiß«, schluchzte sie.

Aber dann fiel Sadie ein, dass Bethany sich an dieses Gespräch nicht erinnern würde; sobald die Wirkung der Scones nachließ, würde es sich für sie vielmehr wie ein Traum anfühlen. Was Sadie plötzlich in die Position versetzte, ein fremdes Geheimnis wahren zu müssen.

Sie blickte auf den Teller, auf dem ihr Gebäck lag. Unangetastet. Was für Geheimnisse würden wohl aus ihr heraussprudeln? Zu viele, dachte sie.

»Ich habe mich vollkommen verrannt. Eine Lüge hat die nächste nach sich gezogen«, flüsterte Bethany. Sie hatte die

Hände vors Gesicht geschlagen. »Ich wollte ihn bloß nicht verlieren. Aber ich hab alles kaputtgemacht.«

»Das wird sich schon regeln lassen.« Sadie bemühte sich um einen beruhigenden Tonfall. Doch Bethany starrte nun auf etwas hinter Sadies rechter Schulter, den Blick unfokussiert und weit weg. Wortlos drückte Sadie den Deckel auf die Keksdose und verließ still und leise das Haus. Auf dem Weg zurück versenkte sie die Scones im Fluss; sollten sich doch die Fische mit ihren Geheimnissen auseinandersetzen.

Florence saß auf der Terrasse in Gigis Stuhl und rauchte eine Zigarette.

»Du siehst aus, als hättest du die Last der ganzen Welt auf deinen Schultern«, bemerkte ihre Mutter.

Sadie sank in den anderen Stuhl und fuhr sich mit der Hand über die Stirn. Seit Gigi gestorben war, kam es ihr vor, als würde sie haltlos im Nichts treiben, und nun war ihre Mutter hier und erbot sich als Anker. Das konnte sie nicht ablehnen.

»Mit siebzehn Jahren habe ich mich verliebt«, begann sie. »Und er hat mir das Herz gebrochen.«

»Hast du dich jemals entliebt?«, fragte Florence. Eine seltsame Frage. Eine, die von Wissen zeugte.

Sadies Schweigen war Antwort genug.

»Jetzt ist er zurück, und er ist verlobt. Mit einer Frau namens Bethany. Und sie hat ihm erzählt, dass sie schwanger ist. Aber das stimmt nicht.«

»Ach, Kacke«, erwiderte Florence. »Das klingt wirklich nach einem Problem.«

»Was du nicht sagst!« Sadie musste lachen. »Ich weiß nicht, was ich tun soll. Er muss es erfahren, oder?«

»Und du denkst, dass ihr beide dann noch eine Chance habt?«

»Es geht nicht nur darum. Ganz unabhängig von mir – es steht ihm doch auf jeden Fall zu, die Wahrheit zu erfahren.«

»Aber du kannst nicht diejenige sein, die es ihm sagt.«

»Kann ich nicht?« Sie schnitt eine Grimasse. »Nein, kann ich nicht. Du hast recht.«

»Das würde den Brunnen vergiften. Ob es uns gefällt oder nicht, wie sind alle nur Menschen, und ein solches Geheimnis zu verraten, wird sich irgendwann rächen. Und du glaubst nicht, dass sie es ihm sagen wird? Oder er es selbst herausfindet?«

»Sie versucht, jetzt im Nachhinein schwanger zu werden und ihm dann etwas von versehentlich falsch ausgerechneten Terminen zu erzählen.«

»Oha. Wie ist die denn drauf?«

»Sie hat bloß Angst, dass er sie verlässt. Man tut schon irre Sachen, wenn man liebt.«

»Das ist keine Liebe, Schätzchen, das ist Einsamkeit. Jemanden auf diese Art festzuhalten, hat mehr mit Kontrolle zu tun. Liebt er sie?«

»Ich glaube, dass sie beide die Vorstellung von dem anderen lieben«, überlegte Sadie laut.

»Die eine Hälfte seines Herzens ist bei dir, die andere gehört ihren Lügen. Aber die Wahrheit siegt immer auf die eine andere Weise, glaub mir.«

Und aus irgendeinem Grund tat Sadie das.

»Solange er mit halbem Herzen bei ihr ist, würde ich ihn ohnehin nicht wollen.« Und noch während sie den Satz aussprach, erkannte sie, wie ernst es ihr damit war. Falls sie ihr Herz tatsächlich noch einmal der Gefahr aussetzen wollte, gebrochen zu werden, durfte kein Zweifel daran bestehen, wem seines gehörte.

»Wenn dein Herz zweigeteilt ist, kannst du keiner Hälfte gerecht werden. Es ist, als seist du zwei verschiedene Menschen, die sich einen Herzschlag teilen.« Und bei diesen Worten leuchteten Florence' Augen auf. »Sadie. Ich habe eine Idee, die vielleicht die Lebensschuld tilgt.«

Orangen-Honig-Vanille-Scones

Die setze ich gerne ein, wenn die Leute nicht miteinander reden wollen. Sie verbinden Offenheit und Aufrichtigkeit mit einem Kick Freude. Ich habe sie einmal für jemanden gebacken, bei dem sie nicht gewirkt haben. Manche Leute sind einfach zu stur, sogar für Magie.

Zutaten

2 Tassen Mehl (Type 550)
1 EL Backpulver
¼ TL koscheres Salz
7 EL kalte Butter in Würfel geschnitten
¾ Tasse Sahne
1 EL Vanilleextrakt
2 EL getrocknete Chrysanthemenblüten
¼ Tasse Orangenhonig

ZUBEREITUNG

1. Ofen auf 190°C vorheizen.
2. Mehl, Salz und Backpulver in einer großen Schüssel mischen..
3. Mit einem Teigschneider oder zwei Messern die Butter einarbeiten, bis erbsengroße Krümel entstanden sind.
4. Sahne, Honig, Chrysanthemenblüten und Vanilleextrakt vermengen und in die Schüssel geben.
5. Mit einem Holzlöffel verrühren, bis sich alles langsam zu einer Kugel zusammenfügt.
6. Die krümelige Teigmasse und die Reste aus der Schüssel auf eine leicht bemehlte Arbeitsfläche geben und nur ganz kurz kneten, bis alles sich zusammenfügt, dann zu einem Quadrat von ungefähr 20 x 20cm formen.
7. In Quadrate von 5 x 5cm teilen und diese dann zu Dreiecken schneiden. Auf das mit Backpapier ausgelegte Backblech legen.
8. 8–12 Minuten backen, bis die Ränder sich leicht golden färben.
9. Aus dem Ofen holen, 10 Minuten ruhen lassen, dann auf ein Abkühlgitter legen oder warm genießen.

Sechzehn

~

»HOL DEINEN BRUDER«, SAGTE FLORENCE ATEMLOS.

So durch den Wind hatte Sadie ihre Mutter noch nie erlebt. Angesteckt von Florence' Aufregung, sprang Sadie auf und lief ins Haus. Ihr Herz hämmerte dreimal so schnell, und ihre Hände zitterten vor Hoffnung.

Seth saß an seinem Computer.

»Was ist los, Schwester?«, fragte er, und als er aufsah, erschrak sie über den hohlen Ausdruck seiner Augen. Die Angst hatte in seinem Gesicht deutliche Spuren hinterlassen, und er brauchte einen Moment, um seinen Blick auf sie zu fokussieren, als krieche er aus der Dunkelheit und müsse erst nach Licht suchen.

»Florence glaubt, dass sie eine Idee für das Opfer hat«, sagte Sadie und versuchte, sich ihre Besorgnis nicht anmerken zu lassen.

»Glaubt sie, oder hat sie wirklich eine?«

»Halt die Klappe«, gab sie zurück. »Ich bin die Pedantin von uns beiden, schon vergessen?«

Sie machte auf dem Absatz kehrt und hörte, wie er den Laptop hinter ihr zuklappte. Ehe sie die Tür erreicht hatte, packte er ihre Schulter.

»Sade«, sagte er mit rauer Stimme. »Ich habe Angst. Ich

kann nachts nicht mehr schlafen. Und ich vermisse Gigi entsetzlich. Die Dunkelheit nimmt zu. Ich habe das Gefühl, als würde ich langsam durchdrehen.«

»Ich auch«, sagte sie und nahm seine Hand. »Ich bin halb verrückt vor Angst. Und ich weiß, dass es für dich schlimmer ist, weil hier dein Leben auf dem Spiel steht. Es tut mir so furchtbar leid.«

»Nicht schlimmer, nur anders. Wenn es dein Leben wäre, das am seidenen Faden hängt, dann würde ich … nein, ich kann nicht einmal in Worte fassen, was ich dann täte.«

Sie hatte Seth noch nie so reden hören, was sie nur darin bestärkte, für ihn tapfer sein zu wollen. »Hey, ich bin hier. Wir stehen das gemeinsam durch. Und es wird funktionieren.«

Er nickte und kontrollierte seine Gesichtszüge, sodass seine Stirn sich glättete und die Falten um seine Mundwinkel gemildert wurden, dann folgte er ihr schweigend hinaus.

Florence ging auf der Terrasse auf und ab, als sie zu ihr stießen. Ihr kurzes Haar wehte im Wind.

»Wenn dein Herz zweigeteilt ist, ist es, als seist du zwei verschiedene Menschen, die sich einen Herzschlag teilen«, wiederholte sie. »Aber ihr zwei seid wie ein Mensch mit zwei Herzen. Die Lebensschuld verlangt ein Opfer. Aber wenn ihr beide die Hälfte gebt, dann … nun, wir werden ja sehen, ob es funktioniert.«

»Verstehe ich nicht«, sagte Seth. »Soll das was werden wie in der Bibel, wo zwei Frauen dasselbe Baby für sich beanspruchen und der König vorschlägt, es in zwei Teile zu schneiden, damit jede eine Hälfte bekommt?«

»Im Ernst jetzt?«, fragte Sadie.

»Opfer können auf unterschiedliche Weise dargebracht werden. Stellvertretermagie ist genauso stark wie traditionelle – manchmal sogar noch stärker. Wenn jeder von euch seine Essenz in ein Totem fließen lässt, kann daraus ein Ganzes entstehen. Zumindest hoffe ich das.«

»Clever.« Sadie nickte zustimmend. »Ich kann kaum glauben, dass ich nicht selbst draufgekommen bin.«

»Tja, ich bin halt ein Genie.« Ihre Mutter lächelte. »Aber es könnte funktionieren. Ihr würdet beide die Hälfte eurer Magie aufgeben, was in sich ein Opfer ist. Aber in Anbetracht der Alternative scheint es mir das wert zu sein.«

»Würde es weitere Konsequenzen geben?«

»Um ehrlich zu sein, Liebes, weiß ich das nicht.«

»Wenn man bedenkt, was du beinahe getan hättest, ist die Hälfte deiner Magie so gut wie nichts«, sagte Seth.

Florence runzelte die Stirn. »Was hat sie denn getan?«

»Nichts«, antwortete Sadie hastig. »Erklär uns, wie du es dir vorstellst.«

»Ihr braucht ein Totem – etwas, das euch wichtig ist –, in das wir die Magie fließen lassen können. Etwas, das symbolisiert, wer ihr seid. Oder das einen bedeutenden Moment in eurem Leben darstellt.«

Seth nickte und ging konzentriert ins Haus zurück. Sadie sann darüber nach. Etwas, das sie symbolisierte. Und dann wusste sie es.

Als sie noch ein Kind gewesen war, vielleicht zwölf, und kurz vor der Teezeremonie, hatte Gigi ihr einen gläsernen Parfümflakon geschenkt, der einmal ihr gehört hatte, und ihr beigebracht, wie man verschiedene Öle zu einem Duft mischt, der ihr ganz eigenes Wesen verkörperte. Stundenlang hatten sie mit der Verwendung, Bedeutung und den Düften dieser Öle experimentiert und zwischendurch immer wieder Pausen eingelegt, um den Geruchssinn zu neutralisieren, indem sie an Kaffeebohnen schnupperten. Schließlich entschieden sie sich für einen Tropfen Valor für Mut, Patschuli für ihren Freigeist, White Angelica für den Frieden und Lavendel für Ruhe. Sadie hatte es sich aufgetupft und in jenem Moment begriffen, dass dieser Duft für sie gemacht war. Von da an hatte das Parfüm sie jeden Morgen, wenn sie es sich aufgesprüht hatte, daran erinnert, dass sie nicht allein war, weil ihre Magie – und Gigi – immer bei ihr sein würden. Seit Gigis Tod hatte sie es nicht mehr benutzt, und nun holte sie es aus dem Bad. Der geschliffene Flakon warf Lichtprismen auf die Arbeitsfläche, als sie die Kappe abzog und ihn an die Nase hielt. Es war der Geruch von Erinnerungen und Liebe, von Hoffnung und Versprechen.

Sie lief wieder hinaus und reichte den Flakon ihrer Mutter, die nickte, ohne Fragen zu stellen.

Seth war auch wieder zurück. Er hielt einen silbernen Ring in der Hand, den Sadie lange nicht gesehen hatte. Der Ring war nicht geschlossen, sondern endete in zwei Wolfsköpfen, deren aufgerissene Mäuler ein winziges Stück voneinander entfernt waren und nur darauf zu warten schienen, sich gegenseitig zu zerfleischen. Sadie wollte ihn fragen, was der Ring für ihn bedeutete, aber als sie den Mund öffnete, schüttelte er ganz leicht den Kopf, und sie begriff, dass jetzt der falsche Zeitpunkt dafür war.

Simon lief zwischen ihren Beinen, als sie in den Garten gingen. Sadie und Florence betraten ihn zuerst durchs Tor, doch als Seth ihnen folgen wollte, fiel es krachend zu. Simon miaute, und Sadie hätte schwören können, dass es sich wie ein Lachen angehört hatte. Der Kater schlüpfte zwischen den Holzlatten hindurch und warf Seth einen Blick zu, der eindeutig »Du unfähiger Mensch!« besagte.

»Benimm dich«, ermahnte Sadie den Garten streng.

Seth drückte die Klinke hinunter, doch das Tor ließ sich nicht öffnen.

»Ich habe mal gehört, dass kommerzieller Dünger aus dem Baumarkt Wunder wirkt«, sagte Sadie, und das Törchen ging auf, als sei nie etwas gewesen.

Seth machte den Mund auf, und da Sadie ahnte, dass ihm eine böse Bemerkung auf der Zunge lag, hielt sie die Hand hoch.

»Ich tät's nicht«, bemerkte sie. »Es sei denn, du willst einen Pfirsich an den Kopf.«

»Dies ist ein heikler Zauber«, begann Florence, als sie um einen kleinen Erdhaufen herumstanden, auf dem die Parfümflasche und der Ring lagen. Ein Kreis aus Salz und vier Kerzen umgaben die Gegenstände. »Es bedarf Konzentration. Höchste Konzentration.« Sie hielt ihren Kindern jeweils eine Hand hin. Sadie und Seth ergriffen sie und vollendeten den Kreis, indem sie sich ebenfalls an die Hand nahmen.

Ringel, Ringel, Reihe, sind der Kinder dreie, dachte Sadie unwillkürlich.

»Schließt die Augen«, wies Florence sie an.

Sie gehorchten.

»Konzentriert euch auf eure Atmung. Sperrt die Geräusche aus. Steigt in euch hinab. Tief nach unten. Zapft die uralte Macht an, die in uns steckt.«

Sadie spähte verstohlen durch ein Auge. Seth machte sich normalerweise über solche Sprüche lustig, aber seine Augen war fest geschlossen.

»Augen zu«, ermahnte Florence sie.

»Sorry«, murmelte sie und wurde rot, während sie sich wieder auf ihre Atmung konzentrierte. Auf das Heben und Senken ihrer Brust. Seths Hand in ihrer, die sie im Moment verankerte. Sie war immer schlecht im Meditieren gewesen. Darin, ihren Geist zur Ruhe zu bringen. Sobald sie versuchte, ihren Kopf frei zu machen, stürzte eine Lawine von Gedanken auf sie ein. Aus irgendeinem Grund dachte sie plötzlich an Gigis Schoko-Pekan-Pie. Die Pie hatte angeblich Heilkräfte, die Sadie jetzt gut hätte gebrauchen können. Zumal Schokolade beruhigte. Sie konnte die Vereinigung von Schokolade, Sirup, Butter und Vanille förmlich schmecken …

»Sadie«, sagte ihre Mutter. »Du musst dich konzentrieren. Stell dir einen Fluss vor. Wenn ein Gedanke kommt, nimm ihn wahr und schick ihn dann mit der Strömung weiter.«

Sadie verdrängte den köstlichen Geschmack und stellte sich mehrere Minuten lang eisern den Strom unter der Two Hands Bridge vor, bis ihre Atmung endlich ruhiger wurde.

»Gut. Nun schickt euren Geist hinaus und verbindet euch mit dem Gegenstand.«

Sadies Finger wurden warm, und Schweiß trat auf ihre Stirn. Einen Moment darauf zischte es, als alle vier Kerzen gleichzeitig entflammten. Sadie roch die feuchte Luft, eine Andeutung von Patschuli aus dem Flakon, schmelzendes Wachs. Sie konnte beinahe die Flammen flackern und tanzen hören.

»Ja«, flüsterte Florence. »Bleibt dran. Schürt die Glut und speist sie in die Verbindung ein. Lasst eure Magie frei und gebt sie in den Gegenstand.«

Stille entstand. Dann ein leises Summen.

»Kanali Symbalo. Kanali Symbalo«, begann Florence mit tiefer, eindringlicher Stimme zu singen.

Eine leichte Brise erhob sich, und Sadie schauderte, während ihre Mutter mit dem Singsang fortfuhr. Flüchtig überlegte sie, was die Worte bedeuten mochten, blieb aber auf ihre Aufgabe konzentriert.

Der Wind frischte auf und ließ die Pflanzen im Garten erbebten.

Und dann hörte er schlagartig auf. Die Blätter verharrten. Die Stille hallte in ihren Ohren wider. Es gab nur noch die Verbindung, warm, wie Honig, zu dem Kristallflakon, und da war auch Seths Magie – sie spürte sie –, die in den Ring daneben strömte.

Sadie war, als sei sie im Moment erstarrt. Als müsse die Welt stehen geblieben sein, falls sie nun die Augen öffnen würde.

Donner krachte über ihnen, und sie fuhr zusammen.

Ihre Mutter hörte zu singen auf.

Ein Geräusch wie ein Brutzeln kam von dem Erdhaufen, dann klang es wie eine kleine Explosion. Sadie riss die Augen auf und sprang zurück, als Funken hervorbarsten und sie am Schienbein trafen. Die Totems brannten, und die Flammen der Kerzen schwebten einen halben Meter über den Dochten. Und dann, so plötzlich, wie es entstanden war, verlosch das Feuer. Sadie roch Regen, und der Himmel öffnete seine Schleusen. Dicke fette Tropfen durchweichten sie innerhalb weniger Sekunden, spülten das Salz weg und überdeckten den Brandgeruch.

»Ach, verfluchter Dreck«, sagte Florence.

»Es hat nicht funktioniert«, bemerkte Sadie.

»Du bist ja ganz schlau«, gab Seth zurück.

»Herrgott! Wie alt bist du – zwölf?«, konterte Sadie. Doch dann sah sie die Angst in seinem Blick, und das schlechte Gewissen überkam sie so schnell und gewaltig, dass sie davon Bauchschmerzen bekam.

»Das reicht, ihr beiden. Nein, es hat nicht funktioniert.« Florence kniff sich in den Nasenrücken und schloss die Augen. Sadie kannte sich mit der Geste aus. Da versuchte jemand, nicht durchzudrehen. »Wir lassen uns was anderes einfallen.«

»Ja«, antwortete Seth gedämpft. »Klar.« Er kehrte zum Haus zurück und schenkte Sadie im Vorbeigehen ein trauriges Lächeln. Florence folgte ihm.

Sadie stand da, und der Regen mischte sich mit ihren Tränen, bis beides versiegte. Es hatte nicht funktioniert. Ihre Brust zog sich zusammen. Ihr Atem kam stoßweise, und obwohl sie zitterte, stand ihr Körper plötzlich in Flammen. Ein Kribbeln begann in ihren Fingern und arbeitete sich aufwärts, bis ihre Arme taub waren. Bis alles andere auch taub war. Die vom Regen durchweichte Welt schwankte. Oder kippte. Spielte es eine Rolle?

Die Panik schnürte ihr die Luft ab, vertraut wie ein alter Freund.

Wenn ihnen nicht gelang, eine Lösung zu finden, würde Seth sterben. Bei dem Gedanken glaubte sie, sich übergeben zu müssen.

Ich kann das nicht, dachte sie.

Vielleicht, wenn sie wegrannte? Aber nein, ihre Füße waren bleischwer. Sie blickte auf sie herab, bloß und schlammig. Ein panischer Gedanke jagte den anderen. Das Gras unter ihren Sohlen kräuselte sich und vertrocknete, und der Effekt breitete sich aus und leckte wie eine unsichtbare Flamme über den Boden zu den Zucchinipflanzen und darüber hinaus, und je mehr ihre Furcht wuchs, desto schneller fraß sich die Vernichtung durch das Grün.

Sadie hustete von dem Geruch, als der Garten vor ihren Augen starb. Es hing mit ihr zusammen, sie spürte es. Aber wie?

»Sadie«, rief Florence vom Tor aus.

Sadie wandte sich um und sah sie mit wildem Blick an. Sie versuchte sich zu bewegen, aber es ging nicht.

»Ich kann nicht rein.« Florence rüttelte am Tor. »Du musst atmen. Du musst deine innere Ruhe zurückerlangen.«

»Kann ich nicht«, flüsterte Sadie keuchend. Ihr T-Shirt war nass vor Schweiß und Regen und klebte ihr am Rücken, ihre Atmung ging schwer. Ihre Sicht verschwamm.

»Lass mich mal«, sagte Sage, die hinter ihrer Mutter auftauchte.

Ihre Hand berührte kaum das Tor, als es auch schon aufsprang. Sobald das Mädchen eingetreten war, fiel das Tor wieder zu.

Sage ging zu Sadie und legte ihr eine Hand auf den Unterarm.

Sadie sog scharf die Luft ein.

»Alles gut«, sagte Sage leise.

Sadie spürte, wie Sages Ruhe in sie eindringen wollte, doch ihr Körper wehrte sich dagegen.

»Du musst mich einlassen«, flüsterte Sage.

Angst fraß sich in Sadies Eingeweide. Aber es gab keine Alternative, wenn sie diesen Wahnsinn stoppen und ihren Garten retten wollte. Ihr ganzes Leben lang hatte sie die Menschen von sich ferngehalten, doch das Klopfen an ihrem Herzen war beharrlich.

Lass mich ein.

Also tat sie es.

Zuvor hätte sie gesagt, dass sie keine Wahl hatte. Aber nun wusste sie, dass man immer eine Wahl hatte. Und je näher man der Verzweiflung war, desto leichter war es zu akzeptieren, was man eigentlich immer schon gewollt hatte – wodurch die Wahl greifbar, wenn nicht sogar einfacher zu treffen wurde. Schließlich war es kein Problem, jemanden einzulassen, wenn man vorhatte, ihn sofort wieder rauszuwerfen.

Ihre Atmung verlangsamte sich. Sie schloss die Augen und konzentrierte sich auf die Ruhe. Ließ sie bis ins Mark einsickern. Spürte Sages Gegenwart neben sich und die ihrer Mutter am Tor. Und ohne die Augen zu öffnen, wusste sie, dass Seth auch da war, und das Wissen erdete sie. Und langsam wurde die Taubheit wieder zu einem Kribbeln, das schließlich ebenfalls verschwand.

Als sie die Augen wieder aufzuschlagen wagte, hatte die Verwüstung aufgehört. Die Tomaten, alle vier Sorten, waren dezimiert, die Zucchini verkohlt, die Steckrüben hatten zu welken begonnen.

»Es liegt an mir«, flüsterte Sadie, und bei der Erkenntnis drohten ihr die Knie einzuknicken. »Es ist meine Schuld.« Sie sank zu Boden. Es war ihre Magie, die all das hier verursacht hatte. Keine immaterielle Gestalt, kein bösartiger Geist. Sie war es gewesen. Jeder verbrannte Strauch war Zeugnis ihrer Furcht, ihrer Trauer. Es war eine Spiegelung dessen, was in ihr geschah, wie sie nun erkannte. Das Chaos, die Zweifel. *Sie* steuerte die Vernichtung.

Sie dachte an jedes Mal zurück, das ein Stückchen Garten verwelkt oder verbrannt war, und erinnerte sich an die Angst oder Panik, die sie kurz davor überkommen hatte. Sage hatte ihr heute geholfen, die Auswirkung unter Kontrolle zu bringen. Doch sie würde nicht immer rechtzeitig zur Stelle sein.

»Lasst uns ins Haus zurückgehen«, sagte Florence, die der Garten endlich eingelassen hatte.

Sadie ließ sich hineinführen, und während sich ihre Beine automatisch bewegten, kam ihr plötzlich ein Gedanke. Wenn sie diejenige war, die den Garten abfackelte, was hatte es dann mit dem Geist auf sich, den sie ein paarmal am Waldrand gesehen hatte? Was wollte er? Sie schauderte und verdrängte den Gedanken.

Der Himmel hatte sich so verfinstert, als würde bereits der Abend dämmern. Sadie wünschte sich bloß, sich im Bett verkriechen zu können und sich ihrem Elend hinzugeben.

Aber sich von Angst und Panik leiten zu lassen, war genau das, womit sie sich selbst zugrunde richtete, und davon hatte sie genug.

Im Haus ächzte und quietschte es, als versuche das alte Gemäuer Geräusche zu produzieren, weil es den Lärm vermisste. Sadie bewegte sich um die Geräusche herum, suchte sich ihren Platz zwischen dem einen Quietschen und dem nächsten und verlor sich im Tropfen der Zeit, die sich zu Pfützen sammelte und sie verlocken wollte, hineinzutreten. Doch Sadie weigerte sich, sich die Füße nass zu machen und auf die immer drängender klingenden Schläge der Standuhr zu hören. Seit Gigis Tod war sie meistens stumm geblieben, wurde nun aber von Tag zu Tag kühner und mahnte sie mit wachsamem Hahnenkrähen über Elstergeschnatter bis hin zu unheilverkündendem Krähenkrächzen, und Sadie schauderte. Ihnen lief die Zeit davon, und sogar die Standuhr wusste es.

Sie ignorierte das Knarzen der Gittertür, und sie ignorierte ihre Mutter, die sich auf den Stuhl neben ihr niederließ und eine lange braune Zigarette hervorholte.

Wie die, die der Geist in der Hand gehabt hatte, dachte Sadie. Oder was immer es war.

»Mir war nicht klar, dass du regelmäßig rauchst«, sagte Sadie. Ihre Stimme war vom Nichtgebrauch kratzig.

»Schlechte Angewohnheit von früher. Ich habe angefangen, weil es mich an Mom erinnert hat. Ich rauche nicht oft und nur, wenn Sage schon im Bett ist, aber …« Sie zuckte die Achseln und zündete sich die Zigarette an. »Wie geht's dir?«, fragte sie, als sie den Rauch ausstieß.

Nun war es an Sadie, mit den Schultern zu zucken. Sie sah zu, wie der Rauch aufstieg und sich auflöste, und in der Luft hing der Duft von Nelken und Tabak.

»Hör mal, gibt es irgendwas, was ich für dich tun kann, Liebes? Es tut mir weh, dich so zu sehen.«

Die Stimme ihrer Mutter schrammte über ihre Nerven. Sadie wollte Stille. Sehnte sich danach. Als sie nicht antwortete, fuhr Florence fort: »Ich weiß, dass du dir Sorgen machst. Aber deinem Bruder wird nichts passieren. Uns fällt schon etwas ein.«

»Was denn? Was genau wird uns denn einfallen?« Wieder drückte die Angst Sadie auf die Brust, und Zorn kochte hoch wie in einem Kessel mit zähem, ätzendem, blubberndem Zaubertrank, der überzuquellen drohte.

»Weiß ich noch nicht«, antwortete Florence.

»Du scheinst immer auf alles eine Antwort zu haben. Und doch bist du im Grunde genommen schuld an dieser ganzen Geschichte. Wenn du nicht mit Julian zusammen gewesen wärst, wäre nichts von all dem je passiert. Gigi wäre nicht gezwungen gewesen, die Dunkelheit an sich zu binden, hätte keinen Krebs gekriegt und hätte noch nicht sterben müssen.«

»Wenn ich nicht mit Julian zusammen gewesen wäre«, zitierte ihre Mutter ruhig, »dann hätte es dich und deinen

Bruder nicht gegeben. Und ich werde nie auch nur eine Sekunde bereuen, dass dieser bösartige Mann in mein Leben getreten ist. Denn aus dieser Asche ist Schönheit entstanden.«

Darauf fiel Sadie keine Entgegnung ein. Sie wusste, dass ihre Mutter recht hatte. Aber die Angst machte süße Dinge bitter. Und es lag ein grausames Vergnügen darin, anderen wehzutun, wenn man selbst litt. Und Sadie musste sich abreagieren.

»Aus Asche mag Schönheit entstehen, aber auch Zerstörung. Vielleicht gab es einen Grund, warum du ursprünglich keine Kinder kriegen konntest.«

»Sadie«, sagte Florence einen Hauch vorwurfsvoll.

»Du hättest nie zurückkommen sollen.« Die Worte kamen ihr geschmeidig von der Zunge und trafen hart und kalt.

Kurz darauf ging Florence wortlos hinein, nicht ohne jedoch innezuhalten und ihrer Tochter für einen Moment die Hand auf die Schulter zu legen. Sadie blieb draußen und starrte auf den Garten und die verkohlten Überreste, die sie selbst verursacht hatte.

Schoko-Pekan-Pie

Man sagt Pekannüssen nach, die eigenen Heilkräfte und Langlebigkeit zu unterstützen, aber eigentlich ist es vollkommen egal. Wir lieben diese Pie einfach.

Zutaten

1 Tasse Maissirup (dunkel oder hell)
3 Eier
1 Tasse Haushaltszucker
2 EL geschmolzene Butter
2 TL Vanilleextrakt
1 ½ Tassen grob gehackte Pekannüsse
1 Tasse Schokotröpfen oder -chunks
1 Pie Crust – ich kenne das Rezept nicht, das ist Sadies Domäne. Also entweder Sadie nach dem Rezept fragen oder einen Fertig-Mürbeteig nehmen.

ZUBEREITUNG

1. Ofen auf 175°C vorheizen und Backblech im Ofen heiß werden lassen.
2. Tarteform mit dem Teig auslegen, Schokolade auf dem Boden verteilen.
3. Sirup, Eier, Zucker, Butter und Vanille in einer Schüssel vermengen, Nüsse einrühren, alles auf die Schokolade geben.
4. Ungefähr eine Stunde backen, bis die Nüsse braun geröstet sind oder, wenn man es genau nehmen will, bis das Innere eine Temperatur von 95°C erreicht hat. So sagt Sadie jedenfalls immer. Die Pie soll 2 Stunden abkühlen, aber das Mädchen hält keine Viertelstunde durch, bis sie reinbeißt – und sich natürlich jedes Mal die Zunge verbrennt.

SIEBZEHN

~

ES WAREN NUR NOCH SIEBEN TAGE bis zum Vollmond, und Gigis Brief verfolgte sie auf Schritt und Tritt. Was sie beharrlich ignorierte. Sie kannte den Wortlaut ohnehin auswendig.

Wenn sie aus dem Garten zurückkam, wartete er auf der Treppe. Wenn sie aus der Dusche trat, lag er auf dem Waschtisch, die Kanten vom Wasserdampf aufgebogen wie ein gekrümmter Zeigefinger, der sie lockte. Wenn sie die Schublade aufzog und ihre Lieblingssocken herausholte, lag der Brief darunter. Und als sie für ihren Tee die Zuckerdose aufmachte und den Brief wie eine Schriftrolle eingedreht darin vorfand, hatte sie genug.

»Na schön!«, sagte sie laut in die leere Küche hinein.

Sie rührte Zucker in den Tee, setzte sich an den Tisch und holte tief Luft. Ihr Brustkorb schmerzte, und ihre Schultern waren verspannt, die Muskeln steinhart, körperliche Auswirkungen des seelischen Drucks, unter dem sie stand. Sie bewegte den Kopf hin und her, um den Nacken zu lockern, entrollte den Brief und stellte ihren Becher auf eine Ecke, damit er sich nicht wieder einrollte.

»Hallo, Spätzchen«, begann sie zu lesen, und prompt begannen ihren Augen zu brennen. Was eigentlich tota-

ler Quatsch war. Die Worte hatten sich in ihr Bewusstsein gestanzt, doch sie geschrieben zu sehen – in Gigis Handschrift –, das war zu viel. Und bestimmte Abschnitte erschlossen sich ihr nun anders als noch wenige Tage zuvor.

»Ich weiß, wie sauer du manchmal werden kannst.«

Eine Untertreibung.

»Gott weiß, dass die Revelares verdammt nachtragend sein können, und wenn es etwas gibt, das ich bereue, dann, nicht eher von meinem Groll gelassen zu haben.«

Sie musste an ihre Mutter denken.

»Du kannst leicht verzeihen, es sei denn, es geht um die Menschen, die du am meisten liebst.«

Jake. Seth. Florence.

Und dann kam sie zu den Sätzen, die in ihrem Verstand widerhallten, seit sie sie zum ersten Mal gelesen hatte.

»Wenn du dich opferst, ist Seth in Sicherheit. Wenn du aufgibst, wer du bist, wirst du eine andere. Und das bedeutet, dass alte Schuld vergeben ist und die dunkle Magie gelöscht wird. Du wirst ein neues Wesen sein. Es ist eine Art Taufe, dieses Opfer. Sieh nur zu, dass du wirklich darauf vorbereitet bist.«

Sie las die Zeilen erneut. Als sie den Brief zum ersten Mal gelesen hatte, war sie bei *»Wenn du dich opferst, ist Seth in Sicherheit«* hängen geblieben. Doch nun war es der Folgesatz, der ihre Aufmerksamkeit erregte. *»Wenn du aufgibst, wer du bist«*, hatte Gigi geschrieben. Was bedeutete das? Wer *war* sie?

Wieder las sie den Abschnitt aufmerksam durch.

Eine andere werden.

Sie dachte daran, zu was für einem Menschen sie geworden war, in welche Richtung sie sich zu entwickeln erlaubt hatte, an die Bitterkeit, die sie zu einem lebenden Tod verlocken wollte, in dem sie dafür sorgte, dass alle Menschen um sie herum sich genauso mies fühlten, wie sie es tat. Und sie sehnte sich danach, eine andere zu werden. Loszulassen. Freude zu erfahren, selbst wenn die Möglichkeit bestand, dass ihr das Herz gebrochen werden konnte. Aber wie? Sie war nicht stark genug.

Gib auf, wer du bist. Sie legte den Kopf in die Hände und stieß pustend den Atem aus. Gigi hatte nicht angedeutet, dass Sadie sich opfern sollte, indem sie ihr Leben beendete, sondern indem sie aufgab, wer sie war. Und sie war einiges. Verbittert? Ja. Jemand, der anderen grollte? Gigi hatte nur allzu recht damit gehabt, dass die Revelares nachtragend waren. Und sie, Sadie, war darüber hinaus unflexibel und wild, ängstlich und tapfer – und vor allem ständig in Sorge, verlassen zu werden. Allein gelassen zu werden. Wegen des Fluchs. Der Fluch der gebrochenen Herzen. Den sie akzeptiert hatte, um ihre Magie zu behalten. Und das, erkannte sie nun, war das, was sie war.

Sie war Magie.

Und das war es, was sie opfern musste.

Sie schluckte hart. Erstaunlich, dass ihr der Gedanke daran, sich das Leben zu nehmen, leichter gefallen war als der, ihre Magie aufzugeben. Sie dachte an den Gesichtsausdruck ihrer Mutter, als Sadie gesagt hatte, sie wünschte, sie wäre nie zurückgekommen. Daran, wie Seth permanent bemüht war, wiedergutzumachen, dass er vergangenes Jahr fortgegangen war. Alle versuchten ihr ständig klarzumachen, dass niemand sie verlassen wollte. Sie musste zuhören. Die Magie konnte nicht länger als Krücke herhalten.

Sie würde ihre Magie für ihren Bruder opfern. Aber solange sie diese Fähigkeit noch hatte, musste sie noch ein paar Dinge regeln.

Sie begann, die Zutaten für ein weiteres Blech Honig-Chrysanthemen-Scones bereitzustellen. Jake musste Bescheid wissen. Sie konnte es ihm nicht sagen, aber vielleicht konnte sie Bethany dazu bringen, es selbst zu tun.

Als sie eine Tüte Pekannüsse entdeckte, fiel ihr ein, dass Jake noch nie Pekan-Pie gegessen hatte. Nun, wenn sie es genau bedachte, war es riskant, noch einmal die Chrysanthemen einzusetzen, aber wenn sie stattdessen etwas gemahlenen Huflattich unter die Nüsse mischte, würde niemand etwas merken. Ja, der Effekt war ein anderer – *Möge dir Gerechtigkeit widerfahren!* –, aber das Ergebnis sollte ähnlich ausfallen.

Während die Pie im Ofen war, rief sie ihren Chat mit Raquel auf und hatte augenblicklich ein schlechtes Gewissen. Zehn unbeantwortete Nachrichten. Sie schluckte.

Du hattest recht, schrieb sie ihr zurück.

Sofort erschienen die drei Antwortpunkte.

Ach was. Und womit diesmal?

Gigi wollte nicht, dass ich mein Leben opfere. Sie meinte, dass ich meine Magie opfern müsste.

Heilige Scheiße, kam Raquels Antwort postwendend. Sadie sah förmlich ihre Finger über die Tasten fliegen. *Machst du's?*

Nein. Ich lasse Seth sterben. Ja, natürlich mach ich's.

Benimm dich ruhig weiter wie ein Arsch.

Wollte dir nur sagen, dass ich dich lieb hab. Und es mir leidtut.

Hab dich auch lieb. Und es muss dir nicht leidtun. Wir alle haben doofe Phasen.

Lächelnd legte Sadie das Handy weg und nahm Gigis Rezeptbuch zur Hand.

Hyazinthbohnen waren giftig. Aber sie zweimal in frischem Wasser zu kochen, machte sie essbar. Der heiße Dampf färbte ihre Wangen rosa, als sie den Topfdeckel anhob. Trauer. Vergebung. Reue. Nachdem sie zum zweiten Mal Wasser aufgesetzt hatte, begann sie, Zwiebeln zu schälen und zu hacken, und die Tränen rannen ihr ungehindert über das Gesicht. Während die Zwiebeln in einer Pfanne glasig wurden, würfelte sie Kartoffeln, Möhren und Tomaten und fügte sie den Zwiebeln hinzu. Nachdem sie die Bohnen abgegossen hatte, gab sie alles zusammen in den Slow Cooker und schaltete ihn auf niedriger Stufe ein.

Als es im Topf zu köcheln begann, blickte sie aus dem Fenster über der Spüle und beobachtete Florence und Sage im Vorgarten. Sage saß still beim Zitronenbaum, dessen Blüten kaum geöffnet waren, und spielte mit etwas, das wie ein gefaltetes Stück Papier aussah. Florence wachte genauso über sie, wie Gigi über Sadie und Seth gewacht hatte.

Sie hatte so vieles falsch gemacht. Hatte andere immer wieder vor den Kopf gestoßen. Vielleicht war es zu spät – für sie zumindest. Aber sie würde nicht zulassen, dass es auch für Jake zu spät war. Während die Bohnen fröhlich vor sich hin blubberten, nahm sie die Pekan-Pie und machte sich auf den Weg zum Rock Creek House. Es roch nach Moos und Sonnenschein, und obwohl Sadie die Präsenz unterwegs zu spüren glaubte, tat sie, als bemerke sie nichts. Am Haus angekommen, überlegte sie, ob sie klopfen sollte, wollte im Augenblick jedoch weder Jake noch Bethany gegenübertreten. Vielleicht war sie ein Feigling. Aber eine Spur Hoffnung folgte ihr auf dem Weg zurück. Sie schmeckte strahlend und rein, wie die erste Süßigkeit, die man am Weihnachtsmorgen aus dem Strumpf am Kamin nimmt, wie die schläfrigen Gedanken, kurz bevor man einschlummert. Hoffnung, dass Jake die Wahrheit herausfinden und Bethany sich selbst genug lieben würde, um nicht auf Lügen zurückgreifen zu müssen, um jemandem an sich zu binden. Hoffnung auf Seths Leben und eine Beziehung zu ihrer Mutter. Aber Hoffnung war gefährlich. Sie war flüchtig und scharf und gemein, insofern sie uns träumen ließ. Aber sie war auch eine wilde Kraft, ein Flackern in der Dunkelheit, das half, die schier endlose Nacht zu überstehen, bis die Welt wieder in Ordnung kam. Selbst wenn die Ordnung nicht mehr dieselbe wie vorher war, sondern eine neue. Und ja, neu konnte erschreckend sein, aber auch schön.

Wieder in der Küche und umgeben von Kochbüchern und dem tröstenden Duft der Bohnen, setzte Sadie den Reis auf und fügte drei Esslöffel Butter und eine Prise Salz hinzu. Sie bereitete gerade den Salat zu, als Seth hereinkam.

»Du machst Abendessen?«, fragte er überrascht.

»Ein Versöhnungsessen«, erklärte sie. »Meinst du, es wird funktionieren?«

»Keine Ahnung. Du warst ein ziemliches Miststück.«

»Was du nicht sagst!« Sie musste lachen. »Deckst du den Tisch?«

»Und wie kommt's?«, fragte er, als er ihr das Besteck abnahm.

»Erzähl ich dir beim Essen. Wenn Florence hier ist.«

»Du darfst sie auch gerne Mom nennen.«

»Dann eben, wenn Mom hier ist«, wiederholte sie und blieb an dem Wort so gut wie gar nicht hängen.

»Wow! Wir machen Fortschritte. Wo soll das noch enden?«

»In der Apokalypse«, antwortete sie ernst.

»Und du bist einer der apokalyptischen Reiter? Welche Katastrophe kündigst du an?«

»Hunger. Ganz eindeutig.«

»Ganz eindeutig.« Er nickte und starrte auf das Körbchen Naan-Brot, das sie in die Tischmitte stellte. »Dann bin ich wohl der Tod«, fügte er nach einem Augenblick hinzu.

»Das werden wir noch sehen.«

Sobald der Reis fertig war, öffnete Sadie das Fenster. »Essen«, rief sie hinaus, und Sage kam hereingerannt.

»Na, das ist aber mal nett«, bemerkte Florence mit hochgezogenen Augenbrauen, die mehr als Worte sagten.

»Hm-hm«, machte Sage genießerisch und schnupperte in die Luft.

Sadie gab mit einer Schöpfkelle Suppe in Schüsseln, und Sage trug sie zum Tisch.

»Hyazinthbohnensuppe«, sagte Florence überrascht.

»Meine Art, mich zu entschuldigen«, gab Sadie zurück.

»Du bist wirklich Gigis Enkelin.« Florence lachte und probierte einen Löffel. »Sogar besser als Moms.« Sie tauchte ein Stück Naan in die Suppe und schloss die Augen.

»Mom«, sagte Sadie, und Florence hörte zu kauen auf und schlug die Augen auf, um ihre Tochter anzustarren. Sadie konnte ihr ansehen, dass sie Tränen unterdrücken musste. »Deine Idee mit den Totems, weißt du noch?«

»Die nicht funktioniert hat?« Florence lachte harsch.

»Sie hat nicht funktioniert, weil der Zauber wusste, dass wir nur jeweils die Hälfte geben.« Sie erzählte ihnen, wie sie noch einmal Gigis Brief gelesen und verstanden hatte, dass sie ihre Magie aufgeben musste. »Wenn wir es noch einmal versuchen, nur dass ich diesmal all meine Magie in den Gegenstand fließen lasse, dann wird es funktionieren. Ich weiß es. In ihrem Brief stand, dass man zu einem neuen Menschen wird, wenn man ein solches Opfer bringt. Das alte Ich stirbt, man wird wiedergeboren. Und damit ist die Schuld bezahlt.«

»Aber …«, begann Seth und hielt inne, nur um wieder neu anzusetzen. »Nein. Das kannst du nicht machen.«

»Sei still, Seth. Ich kann machen, was ich will.«

»Liebling«, sagte ihre Mutter und griff über den Tisch nach ihrer Hand. »Ich weiß, wie viel dir deine Magie bedeutet.«

»Sie bedeutet mir nicht annähernd so viel wie Seth. Du wirst mich das für dich tun lassen müssen«, sagte sie streng an Seth gewandt.

»Bist du dir da ganz sicher?«

»Ich bin mir noch keiner Sache so sicher gewesen wie

jetzt«, sagte sie. »Ich meine, mein Herz darf nur noch einmal brechen. Ich will nicht mehr ständig Angst haben müssen. Eigentlich tust du mir also einen Gefallen damit.«

Die Stuhlbeine schrammten über den Boden, als Seth abrupt aufstand, sich herabbeugte und Sadie zu ihrer großen Überraschung fest umarmte.

»Danke«, sagte er heiser. »Ich habe mir die letzten Tage bei dem Versuch, einen Weg aus diesem verfluchten Desaster zu finden, fast in die Hosen gemacht.«

»Du weißt, dass ich alles für dich tun würde«, sagte sie gepresst, als ihre Kehle sich zuzog. »Wirklich alles.«

»Ja. Ich weiß.«

»Magie ist unter dem Vollmond am stärksten. Wir haben sieben Tage. Und ich weiß nicht, wie Gigi das geplant haben will, aber es ist außerdem Julians Todestag. Also machen wir's am Old Bailer und schlagen zwei Fliegen mit einer Klappe.« Sie schluckte hart und ignorierte das nervöse Flattern in ihrem Bauch. »An dem Tag findet außerdem das Herbstfest statt. Und da Miss Janet mich umbringen wird, wenn ich nicht auftauche, dachte ich, wir machen unseren Stand wie immer und sind um Mitternacht am Old Bailer, wenn der Mond technisch gesehen untergeht.«

»Mein Leben«, sagte Seth und hielt eine Hand hoch, die Innenfläche nach oben. »Und das Herbstfest.« Er nahm auch die andere Hand hoch und bewegte beide auf und ab wie zwei Waagschalen. »Immer gut zu wissen, welchen Stellenwert man so hat.«

»Soll ich dein Leben retten oder nicht?«, herrschte Sadie ihn hochmütig an.

»Na gut, na gut«, brummelte er. »Allerdings werde ich nicht …«

Aber Sadie schnitt ihm das Wort ab. »O doch. Du stehst mit mir am Stand.«

»Großer Gott, bin ich jetzt für immer dein Sklave? Vielleicht sollte doch lieber ich die Lebensschuld ausgleichen.«

»Das klingt, als hättest du alles durchdacht.« Florence lächelte, und Sadie glaubte, Stolz in ihrem Blick zu erkennen.

»Wenn ihr nicht dabei sein wollt, kann ich das verstehen«, sagte Sadie an sie gewandt. »Eigentlich kann ich es allein. Und vielleicht ist es sogar besser so. Falls der Schuss nach hinten losgeht.«

»Vergiss es«, schnaubte Seth.

»Keine Chance«, stimmte Florence ein.

»Okay.« Sadie stieß erleichtert die Luft aus, noch nicht bereit zuzugeben, dass um Mitternacht ganz allein die eigene Magie zu opfern, sehr weit unten auf ihrer Wunschliste stand.

»Vollmondmagie«, sagte Sage.

»Opfer und Lebensschulden«, gab Sadie nickend zurück.

»Ein ganz normaler Freitagabend eben«, befand Seth.

Sadie musste lachen. Ihre Hände bebten, und sie war unruhig, als hätte sie mindestens sechs Tassen Kaffee zu viel getrunken. Sie schwiegen, bis Seth schließlich die Frage stellte, die Sadie gar nicht hören wollte.

»Denkst du, es funktioniert?«

»Das wird es.«

»Ich kann mir gar nicht vorstellen, wie es sein wird. In

der Lage zu sein, die Stimmen auszusperren. Wieder unter Leute gehen zu können.«

Sie versuchte, nicht genauer darüber nachzudenken, dass Seth anschließend die Magie, die er nie wollte, noch haben würde, während ihre verschwunden wäre.

Sie hörte zu, als das Plaudern wieder einsetzte, und sah Seths Lächeln. Das echte Lächeln, nicht das gepresste, dünnlippige der vergangenen Wochen, mit dem er seine Sorgen zu überspielen versucht hatte. Die Löffel klapperten, Brotstücke wurden eingetaucht und die Schüssel geleert, und es kam ihr vor, als beobachte sie das Leben einer anderen. Und doch war es ihres. Und die Erkenntnis hüllte sie ein wie eine Umarmung, die sie zu Hause willkommen hieß.

Hyazinthbohnensuppe

Wenn jemand sauer auf einen ist oder man sich entschuldigen will, ist das die Suppe der Wahl. Herzhaft und ideal für Herbst und Winter. Wer keine Hyazinthbohnen (auch Helmbohnen genannt) findet, kann sie durch weiße Bohnen ersetzen.

Zutaten

1 Zwiebel, gewürfelt
2 Tomaten, gewürfelt
3 mittelgroße Kartoffeln, gewürfelt
2 Tassen Bohnen
3 Tassen Wasser, Gemüse- oder Hühnerbrühe
Salz nach Geschmack
1 TL Knoblauchpulver
Thymian

ZUBEREITUNG

1. Bohnen zweimal kochen, beide Male frisches Wasser nehmen (dieser Schritt ist bei weißen Bohnen nicht nötig. Dann einfach abgießen und abspülen).
2. Zwiebeln in Öl glasig werden lassen, Tomaten und Möhren zufügen und 2–3 Minuten braten lassen.
3. Zwiebelmischung, Bohnen und Kartoffeln in einen Slow Cooker oder Suppentopf geben und köcheln, bis die Kartoffeln gar sind, aber nicht zerfallen.
4. Mit Reis servieren.

ACHTZEHN

~

SADIE VERBRACHTE DIE NÄCHSTEN SECHS TAGE im Café und zu Hause mit Backen und nahm auch wieder ihren Lieferservice für *Wharton's*, *Lavender und Lace* und den Blumen- und Geschenkeladen auf. Florence brachte ihr Konzentrationsübungen, Atemtechniken und Meditationspraktiken bei, mit deren Hilfe sie ihre Magie in das Totem leiten sollte … das sie noch immer nicht ausgewählt hatte. Von Jake hörte sie nichts. Sie hatte keine Ahnung, ob die Pekan-Pie gewirkt hatte. Aber eines Abends, als sie von der Bäckerei nach Hause gekommen war, hatte sie auf dem Gartentor ein kleines Kästchen gefunden, in dem sich wieder ein Löffel befand, diesmal aus Wyoming. Der Griff war mit einem sich aufbäumenden Bronco verziert, und in den Löffel selbst war das Capitol eingraviert. Sie schob ihn in die Tasche wie ein Amulett.

Der Tag des Vollmonds dämmerte frisch und knackig wie ein Granny Smith heran. Ausnahmsweise war das Haus still. Kein Ächzen, keine zuschlagenden Türen, keine aufmüpfigen Drohungen der Standuhr. Als würde es wie alle anderen den Atem anhalten. Im Herd brannte ein Feuer, und jemand bereitete Zimttoast auf dem Grillrost zu. Sadie ertappte sich dabei, alle paar Minuten den Amethystring an ihrem Finger zu drehen und abzuziehen, nur um ihn wieder aufzustecken. Ihre Magen war wie verknotet, und sie wagte es kaum, einen Kaffee zu trinken, aus Angst, dass er ihr wieder hochkam.

Nur um etwas zu tun, lief sie zum Blumenladen und kaufte Sonnenblumen, die sie anschließend für das Herbstfest mit Schleierkraut arrangierte.

Wieder dachte sie an Jake. An die Pie, die sie vorbeigebracht hatte. Hatte sie funktioniert? Selbst wenn sie nicht kurz davor gestanden hätte, ihre magischen Kräfte zu opfern, wusste sie, dass sie ihren letzten Herzschmerz für ihn riskiert hätte. Liebe, echte Liebe, war es wert, egal, wie lange sie hielt.

Und das war genau die Art von Liebe, die sie retten würde. Heute Nacht.

Mit einem Gefühl des Triumphes kehrte sie nach Hause zurück und blieb wie angewurzelt vor dem Zitronenbaum stehen. Sage hatte nur wenige Tage zuvor am Stamm gespielt, und die Blüten waren neu gewesen, doch nun trugen die Äste schwer an reifen Früchten. Lächelnd schüttelte Sadie den Kopf.

Das Haus summte inzwischen geradezu. Fensterläden klapperten, und das Pendel der Standuhr schwang doppelt so schnell wie sonst.

Bambi schaute auf, als sie ihr Zimmer betrat und sich aufs Bett setzte. Es blieb noch die Frage nach dem Totem. Es musste etwas sein, dass ihr wichtig war. Es musste eine Bedeutung haben.

Und plötzlich wusste sie, was sie nehmen wollte. Aber es schien auch albern.

Den Entschluss einmal gefasst, tappte sie eine Minute

später den Flur entlang zu Gigis ehemaligem Zimmer. Sie zögerte, ehe sie klopfte.

»Herein«, rief Florence. »Oh, hallo, Liebling. Ich räume gerade nur auf.« Ihre Mutter hatte sich das Haar hinter die Ohren gestrichen und sah unfassbar schön aus.

»Ich habe mich für ein Totem entschieden«, erklärte Sadie. »Was ist das?«, fügte sie hinzu, als sie einen billigen Bilderrahmen auf dem Nachttisch entdeckte, auf dem Florence gerade Verschiedenes arrangierte.

Florence folgte Sadies Blickrichtung. »Das war das einzige Bild, was ich von ihr hatte.«

Sadie hatte Gigis Hochzeitsfoto seit Jahren nicht mehr gesehen. Gigi trug ein schickes Kostüm und Pumps, und ihr Haar war in makellose Locken gelegt. Neben ihr ein Mann, dessen Anzug, obwohl das Foto den typischen Sepia-Ton hatte, erkennbar weiß war. Auch sein Hut, ein Trilby, war weiß. Er hielt eine lange braune Zigarette in der Hand, von der der Rauch wie ein Fragezeichen aufstieg.

»Er ist der Geist«, hauchte Sadie ungläubig.

»Was?«, fragte Florence verdutzt. »Welcher Geist?«

»Der Geist, von dem ich dachte, dass er meinen Garten zerstört. Ich habe ihn mehrmals gesehen.« Sie schüttelte den Kopf. Das ergab doch keinen Sinn.

»Tja, Liebling, Mom hat immer gesagt, dass er auf sie warten würde«, bemerkte ihre Mutter nachdenklich. »Er hat sich geweigert, ohne sie weiterzuziehen.«

Natürlich!

»Einmal habe ich versucht, Gigis Geist zu beschwören. Im Wald. Er hat versucht, mich daran zu hindern.«

Florence lächelte. »Kann ich mir vorstellen. Nun, da er sie endlich wieder bei sich hat, denkt er ja gar nicht dran, sie wieder gehen zu lassen, nicht einmal für ein bisschen Plauderei.«

Eine Last hob sich von Sadies Schultern.

»Aber wenn sie jetzt wieder zusammen sind, warum kommt er dann noch?«

»All seine Kinder waren hier versammelt – ich denke, er konnte einfach nicht fernbleiben. Er ist schon eine Weile tot, und wie ich gehört habe, wird die Fähigkeit, den eigenen Geist zu projizieren, mit der Zeit immer stärker.«

»Meinst du, ich kann Gigi eines Tages noch einmal sehen?«, fragte Sadie. Bei dem Gedanken bildete sich ein Kloß in ihrer Kehle.

»Was willst du als Totem nehmen?«, fragte Florence, ohne auf ihre Frage einzugehen.

Sadie hielt einen Finger hoch und verschwand in Gigis Bad, wo sie im Schrank herumwühlte, bis sie das Gesuchte gefunden hatte.

»Moms Haarbürste?«, fragte ihre Mutter verwirrt und betrachtete das alte hellrosa Plastikding.

»Ich weiß, aber ich wollte unbedingt etwas von Gigi nehmen, mir war nur nicht klar, was. Aber immer, wenn ich an sie gedacht habe, habe ich sie vor mir gesehen, wie sie sich das Haar macht. Früher habe ich immer auf ihrem Bett gesessen, und wir haben uns unterhalten, während sie sich Locken festgesteckt und ihren braunen Schal drumgewickelt hat. Wenn die Haare trocken waren, hat sie sie mit der Bürste gelockert. Ich … ich liebe diese Erinnerung einfach.«

»Das verstehe ich«, sagte Florence leise. »Und die Bürste ist ideal. Aber …« Sie hielt inne.

»Sie wird zerstört, ich weiß. Aber die Erinnerungen bleiben, und nur das zählt.«

Darauf sagte ihre Mutter nichts mehr. Sie streckte nur die Hand aus und legte sie ihr für einen kurzen Moment auf den Arm.

»Es wird funktionieren. Komm, gehen wir frühstücken, ehe Sage alle Cornflakes weggefuttert hat.«

Den Rest des Morgens buken sie und unterhielten sich über das Fest. Sie machten Ahorn-Butterscotch-Walnuss-Fudge und Verbene-Rührkuchen mit Lavendel und Zitronenguss, anschließend Sadies Version der traditionellen chinesischen Mondkuchen, runde Pastetchen gefüllt mit Lotussamenpaste und bestrichen mit Aprikosenmarmelade statt mit Eidotter. Sadie brachte ihnen alles bei – wie Gigi es ihr beigebracht hatte –, wie man die getrockneten Lotussamen kochte, bis sie weich waren, und sie dann, wobei sie sich abwechselten, mit der Hand zu einer feinen Paste zerstampfte. Nachdem sie etwas Wasser hinzugegeben und die Paste durch ein Sieb gestrichen hatten, kam sie in ein Mulltuch, womit die Flüssigkeit herausgepresst wurde, bis eine krümelige Masse entstanden war. Mit Zucker, Honig und Sonnenblumenöl wurde anschließend eine süße, geschmeidige Substanz daraus, die perfekt mit dem Gebäckteig harmonisierte.

»Lotussamen wachsen im schlammigen Wasser«, erklärte Sadie ihrer Schwester. »Aber obwohl sie so einen schmutzigen Start haben, wachsen sie zu außergewöhnlich schönen Blumen heran. Deswegen symbolisieren sie spirituelles Wachstum und sind hilfreich dabei, Hindernisse zu überwinden. Gleich hinter unserem Grundstück liegt ein kleiner Teich, in dem ich den Lotus ziehe. Ich kann dir gerne zeigen, wie, wenn du willst.«

Sage zog die Brauen zusammen. »Ich mag keinen Matsch.«

»Na gut«, antwortete Sadie und verkniff sich ein Lachen. »Dann mache ich es eben weiterhin allein. Aber manchmal macht es Spaß, sich die Hände schmutzig zu machen.« Sie zwinkerte dem Mädchen zu.

Zum Mittagessen gab es Tomaten-Käse-Sandwiches und selbst eingelegte saure Gurken, die Sage verschmähte. Und die ganze Zeit über kämpfte Sadie gegen die drohende Panik an, die in ihrem Hals kratzte und einen Juckreiz auf ihren Armen erzeugte, als sei sie mit Brennnesseln in Berührung gekommen.

Es wird funktionieren, wiederholte sie in Endlosschleife. Denn die Alternative war buchstäblich undenkbar. Auch wenn ein kleiner Teil von ihr sich noch immer den Kopf zerbrach, wie sie vielleicht doch ein ganz kleines bisschen Magie behalten konnte.

Um zwei Uhr kam Raquel, und sie beluden die Autos mit Klapptischen und Laternen. Sadie zog sich warme schwarze Leggings und einen safrangelben Pulli an, der ihr bis zur Mitte der Oberschenkel reichte. Ihr Haar konnte sich nicht entscheiden, ob es lockig oder glatt sein wollte, daher steckte sie es zu einem losen Knoten auf, wodurch potenzielle Veränderungen nicht so auffallen würden.

Um halb vier fuhren sie los. Sadie, Raquel und Seth fuhren in Sadies altem Subaru, Florence mit Sage in ihrem eigenen Wagen.

Die Main Street war für alle bis auf die Verkäufer gesperrt. Die ganze Straße entlang wurden Zelte und Pavillons errichtet. Sadie fuhr im Schritttempo nach Miss Janets Anweisungen zu der für sie reservierten Stelle an der Ecke, wo der meiste Publikumsverkehr herrschen würde, und sie machten sich daran, den Stand aufzubauen. Sage, die ein Auge für Deko hatte, arrangierte Honig, Marmelade und Olivenöl auf umgedrehten alten Kisten und schmückte die Tische mit Zierkürbissen und farbenfrohen Herbstblättern, die sie gefunden hatte, und um sie herum herrschte die rege Geschäftigkeit der anderen Händler, die dasselbe taten. Nachbarn plauderten über das Fest vom letzten Jahr und bewunderten neue Produkte, und von einem Stand in der Nähe drang Musik zu ihnen.

Als die Preistafeln mit Kreide beschriftet und aufgestellt und die Laternen zum Entzünden bereit waren, nahm Sadie Sages Hand und schlenderte mit Florence und Raquel einmal die Straße auf und ab, die sich bereits mit Leuten füllte.

Der Übergang von Herbst zu Winter in Poppy Meadows roch immer nach Äpfeln, Ingwerkeksen und unzähligen Möglichkeiten. In diesem Jahr schien das Fest größer als üblich. Es gab Stände, an denen man sich Äpfel selbst glasieren und mit einer Vielfalt an Toppings verzieren konnte, Zelte, in denen Kinder sich schminken lassen oder eigene Kerzen gießen konnten. Der Duft nach Apfel-Zimt-Zuckerwatte waberte über die Straße und verfolgte einen, bis man der Versuchung nachgab. Am Ende der Straße stand eine

Kletterwand für Kinder, und ein Bereich war für Live-Musik reserviert. Überall standen Feuerschalen, an denen sich die Besucher aufwärmen konnten, wenn es am Abend frischer wurde. Ein Antiquitätenstand war wie ein gemütliches Zimmer mit Ohrensessel und Beistelltischchen eingerichtet. An anderen Ständen gab es alles von selbst gestrickten Mützen und Schals bis zu Lichterketten in Einmachgläsern. Die Luft war warm und dicht, und alle paar Meter änderten sich die Gerüche. Lavendel und Zitrone von handgemachten Seifen, exotische Gewürze zwischen Nüssen und Trockenfrüchten.

Und dann stellten sich Sadies Nackenhaare auf, und ein Prickeln rann ihr über die Wirbelsäule. Ehe ihr Blick durch die Menge dem seinen begegnete, wusste sie, dass Jake nach ihr suchte.

»Hallo«, sagte Sage zu ihm, als er auf sie zukam.

Doch er sah nur Sadie an, deren Herz im Galopp davonraste. Sie konnte den Ausdruck in seinem schönen Gesicht nicht deuten. Er hielt eine kleine Papiertüte in der Hand und hatte dunkle Ringe unter den Augen. Augen, in denen sie sich selbst nach so langer Zeit verlieren und nie wiederfinden wollte. Ihr Magen hob sich, als sein Blick hungrig ihr Gesicht absuchte.

»Sage, komm, gehen wir zu unserem Stand zurück. Ich glaube, die zwei brauchen einen Moment«, sagte Florence.

Raquel warf Sadie einen fragenden Blick zu – *Alles okay?* –, und als Sadie kaum merklich nickte, neigte sie den Kopf und rief: »Na so was! Kätzchenkalender!« und marschierte davon, sodass Jake und Sadie mitten im Trubel in einer Blase des Schweigens zurückblieben.

»Komm hier rüber.« Er nahm ihre Hand und zog sie hinter ein Zelt. Das Licht dort war gedämpfter, hüllte sie schützend ein und verlockte zu Geheimnistuerei und ineinander verschränkten Fingern.

»Danke für die Pie«, sagte er schließlich.

Sie regte sich nicht. Atmete nicht.

»Ich wollte dir nur sagen, dass ... dass Bethany nur so getan hat, als sei sie schwanger.« Seine Stimme war ruhig.

»Ich weiß«, flüsterte sie atemlos.

»Warum überrascht mich das nicht?« Sein Lachen rumpelte in seiner Brust, und Sadie spürte es in ihren Fingerspitzen. »Ich wäre schon eher zu dir gekommen, aber ich brauchte Zeit, um das zu verarbeiten. Ich habe mich von ihr getrennt. Sie wohnt im Moment im *Elmwood* und reist morgen ab. Ich lasse ihre Sachen packen und schick sie ihr hinterher.«

»Oh.« Sadie konnte in dem geringen Raum, der noch zwischen ihnen bestand, kaum sprechen.

»Hör zu. Ich war anfangs unfassbar wütend auf sie. Richtig sauer. Aber ich trauere um« – er brach ab, als klebten die Worte in seiner Kehle fest – »um die Vorstellung, dass ich hätte Vater sein können. Nicht um die Beziehung. Das musst du wissen. Das musst du *unbedingt* wissen. Dennoch wünsche ich ihr nur das Beste. Nur nicht mit mir. Für mich warst es immer du.«

Das waren die Worte, die sie sich immer zu hören gewünscht hatte, warum also fühlte sie sich nicht besser? Weil es noch mehr Wahrheiten zu offenbaren gab.

»Hör zu, auch ich muss dir was erzählen.« Und tatsächlich erzählte sie ihm alles. Sie wusste, dass er eine Ahnung von ihren magischen Kräften gehabt hatte, nicht aber, welches Ausmaß diese hatten – doch nun klärte sie ihn auf. Und sie erzählte ihm auch von der Pie und dem Fluch der gebrochenen Herzen.

»Sadie …«, begann er, brach jedoch wieder ab und schien nach Worten zu suchen.

»Es ist alles verdammt viel auf einmal, ich weiß. Aber … aber ich dachte, ich muss es dir sagen. Die Wahrheit steht dir zu.«

Sein Blick schoss zu ihrem. »Die Wahrheit … Willst du die Wahrheit wissen?«

Sie nickte, ihre Kehle wie zugeschnürt.

»Ich habe mich vor zehn Jahren in dich verliebt. Und ich werde nie jemanden so lieben wie dich. Ich bin dumm gewesen und wütend und völlig daneben. Und ich wünsche mir so sehr, dass du mir verzeihst.« Er reichte ihr die Tüte, die er in der Hand hielt.

Verwirrt sah Sadie hinein. Und dort, in dieser schlichten Papiertüte, befand sich wie Juwelen der Hoffnung ein ganzer Stapel Kästchen mit Löffeln.

»Das erste Mal habe ich einen gekauft, um mich dir näher zu fühlen. Und dann, glaube ich, bin ich vor allem gereist, um noch mehr von den Löffeln kaufen zu können. Ich bin ständig durch alle Souvenirshops gezogen, bis ich den allerschönsten gefunden hatte. Irgendwie jämmerlich, ich weiß, aber du bist es eben immer gewesen.«

Sie sah ihn an, kaum in der Lage zu atmen. Sie antwortete nicht sofort. Stattdessen trat sie näher und fuhr ihm sanft mit der Hand durchs Haar. Über seinen Nacken. Die Spannung knisterte an ihren Fingerspitzen.

»Ich verzeihe dir«, sagte sie, und ehe die Worte noch aus ihrem Mund waren, packte er schon ihre Hüften und zog sie hart an sich. Er legte seine Stirn an ihre, und seine Brust hob und senkte sich schnell.

»Jake«, flüsterte sie.

»Sadie«, erwiderte er, und ihr Name war wie ein Gebet, als er die Stelle unter ihrem Ohr küsste. »Sadie.« Diesmal war es eine Opfergabe, und er küsste ihren Hals. »Sade.« Ein Flehen. Und dann fanden seine Lippen ihre.

Sadie schauderte, ihre Finger in seinem Haar, jeder Zentimeter von ihm an ihren Körper geschmiegt. Der Kuss war sanft und fühlte sich an, wie nach Hause zu kommen. Aber das war nicht genug. Nicht, nachdem sie zehn Jahre gewartet hatte. Sie presste sich gegen ihn und keuchte auf, als er den Kopf schräg legte, um den Kuss zu vertiefen, und seine Zunge hungrig in ihren Mund drang. Und alles, was sie dachte, war: *Mehr!*

Rastlos schob sie die Hände unter sein T-Shirt, um ihn zu fühlen. Rau stieß er den Atem aus, als ihre Nägel über dem Bund seiner Jeans über seinen Bauch fuhren. Überall, wo sie sich berührten, erwärmte sich ihr Körper wie schmelzender Zucker. Und plötzlich packte er ihre Taille, hob sie hoch und drückte sie mit dem Rücken an die Mauer hinter ihr. Sie schlang die Beine um seine Hüften und zog ihn noch näher, und die Ziegel in ihrem Rücken fühlten sich herrlich an.

Sie atmeten einander ein, inhalierten den Duft des

anderen und prägten ihn sich für die Ewigkeit ein. Er biss in ihre Unterlippe, und sie stöhnte. Es war ein kaum auszuhaltendes, unausweichliches Anschwellen, das von Sekunde zu Sekunde drängender wurde. Ihr Blut pulsierte. Ihre Haut knisterte. Jede Liebkosung seiner Zunge war ein Wort. Ein Wettkampf. Eine Einladung. *Komm näher, trau dich. Lass mich dir zeigen, was du verpasst hast.* Seine Hände strichen die Rückseite ihrer Oberschenkel hinauf, und köstliche Hitze sammelte sich zwischen ihren Beinen. Scharf sog sie die Luft ein, als diese Hände, diese Hände, von denen sie so oft geträumt hatte, sich unter ihren Pullover und weiter hinaufschoben. Sie bog sich ihm entgegen, und er stöhnte und löste sich von ihren Lippen, um ihren Hals zu küssen. Lecken, beißen und wieder von vorne.

In der Nähe kreischte plötzlich ein Kind, und sie lösten sich voneinander, ohne sich jedoch loszulassen.

»Ich fürchte, wenn wir so weitermachen, sind wir wegen Erregung öffentlichen Ärgernisses dran«, murmelte er dicht an ihren Lippen.

»Mir egal«, brachte sie atemlos hervor. »Ich will nicht aufhören. Hätte ich gewusst, dass das dabei rauskommt, hätte ich dir schon vor Jahren verziehen.«

»Warte ab, bis wir ein Bett finden. Dann beweise ich dir, wie froh ich bin, dass du mir verziehen hast«, flüsterte er. »Ich möchte dich nicht runterlassen.«

»Na, dann laufen wir doch jetzt immer so rum«, gab sie zurück, die Stimme noch durchsetzt von Verlangen und dem Hunger nach mehr. Immer noch mehr.

»Ich werde nicht so tun, als ob ich Magie … verstehe oder weiß, wie ich damit umgehen soll. Aber ich habe einmal die falsche Entscheidung getroffen, und diese zweite Chance werde ich mir nicht entgehen lassen. Hier bin ich also, mit Haut und Haar.«

»Fragst du mich etwa, ob ich mit dir gehen will?«, neckte sie ihn.

»Ich frage dich, ob du sehr, sehr viel mehr willst, aber als Anfang – warum nicht?« Er schob ihr eine Haarsträhne hinters Ohr und küsste sie zärtlich.

Sie kehrten eine Viertelstunde vor der offiziellen Eröffnung zu ihrem Stand zurück, Hand in Hand, Sadies Wangen gerötet. Raquel grinste, stieß ihre Freundin mit der Schulter an, und ihre Augen lächelten.

Schon jetzt standen ein paar Kunden vor ihrem Tisch. Sadie übernahm und packte die Einkäufe der Leute ein, als sie Seths Unruhe bemerkte. Es würde nur noch schlimmer werden, je mehr Kunden kamen.

»Geh«, sagte sie an ihn gewandt. »Raquel, geh mit ihm. Wir schaffen das hier allein.«

»Danke, Schwester«, gab er leise zurück. »Es ist nur so … es ist schwierig, mit all dem umzugehen. Die Geheimnisse, die Stimmen – es ist einfach so viel.«

»Nicht mehr lange«, flüsterte sie ihm zu, und bei dem Gedanken, was ihnen bevorstand, begann ihr Herz erneut zu rasen. »Wir treffen uns am Old Bailer.«

Als Seth fort war, ließ sie sich in den Bann der Geschäftigkeit ziehen und verdrängte alle Gedanken an Opfer und Verstärkermagie. Bis Sage nach Luft schnappte.

»Schau mal!« Sie deutete zum Himmel, wo der blasse Schatten des Monds zu sehen war.

Sadies Herzschlag beschleunigte sich rapide. Ihre Muskeln verspannten sich. Plötzlich wurde ihr übel.

Der restliche Abend waberte vor sich hin, bis Jake endlich mit Sage losging, um das Auto zu holen, damit sie einpacken konnten, während Florence und Sadie die Tische zusammenklappten. Sie waren restlos ausverkauft, jedes einzelne Glas, jedes Gebäcktütchen war weg bis auf eine einzelne Packung Schwarz-Weiß-Kekse, die hinter einer Kiste versteckt gewesen war. Sadie hatte Sage in Verdacht.

»Ich bin stolz auf dich«, sagte Florence, die die Tischdecken faltete.

Sadie lachte. »Weswegen?«

»Wegen allem. Weil du schwere Entscheidungen triffst. Dich deiner größten Angst stellst, um deinen Bruder zu retten. Weil du dir das Leben hier aufgebaut hast. Ich weiß, das ist nicht mein Verdienst, aber ich hab verdammt tolle Kinder. Wahrscheinlich hab ich sie nicht verdient. Und all das hier auch nicht. Trotzdem wird sich alles fügen. Glaub mir.«

Und in diesem Moment begriff Sadie, dass man nicht schwach oder feige war, nur weil man Angst hatte. Etwas zu tun, *obwohl* es einem Angst machte oder das Herz brach, das war es, was wahren Mut ausmachte.

Dann mach's halt mit Angst, sagte sie sich. *Das Leben deines Bruders hängt davon ab*.

Orangenhonig

Dieser Honig bringt wieder Freude ins Leben, aber man sollte nicht zu viel davon essen, denn wenn das Leben zu gut zu einem ist, neigt man dazu, die Dankbarkeit zu vergessen. Die aber ist der Schlüssel dazu, sich die Freude auch auf Dauer zu bewahren.

Zutaten

Honig (vorzugsweise naturbelassen)
Orangen, in dünne Scheiben geschnitten
Einmachglas

Zubereitung

1. Orangenscheiben in ein Einmachglas stapeln. Mit Honig aufgießen, bis das Glas fast voll ist. Deckel fest zuschrauben und das Glas neigen, damit der Honig alles umschließt.
2. Mindestens 5 Tage stehen lassen. (Je länger der Honig zieht, desto intensiver das Aroma.)
3. Abgießen – und nur Geduld! Das dauert ein Weilchen.

Neunzehn

~

NUN WAR ER DA, DER MOMENT, in dem ihr Bruder endlich frei sein würde.

Und das Gleichgewicht wiederhergestellt wurde.

Keine Magie mehr für dich, flüsterte eine kleine Stimme in ihrem Kopf. *Willst du wirklich, dass das funktioniert?*

Halt die Klappe, sagte sie der Stimme, die hämisch kicherte, aber immerhin verhallte.

Während ihr Fuß das Gaspedal weiter durchtrat, jagten ihre Gedanken einander, bis ihr der Kopf schwirrte. Sie spürte noch Jakes Kuss auf ihren Lippen, seine Finger in ihrem Haar, auf ihrer Haut. Wie sein Körper den ihren auf so aufregende Weise an die Wand gepresst hatte. Und ehe sie sichs versah, bog sie schleudernd auf den Parkplatz vom Old Bailer ein, vor dem schon der alte rote Corolla ihrer Mutter stand, den Seth gefahren hatte. Ein schwacher rötlicher Schein umgab das Gebäude und wurde von dem Maschendrahtzaun reflektiert, der die Baustelle einfasste.

Die Luft war schlagartig kalt geworden und kroch ihnen in die Knochen, als versuche sie, sie von ihrem Vorhaben abzubringen. Und das mochte durchaus sein; schließlich ging es bei der Magie um das Gleichgewicht, und die Erde musste ihren Anteil leisten.

Sadie nahm den Salzbehälter aus dem Kofferraum und begann, auf der Suche nach der geeigneten Stelle das Grundstück abzugehen. Die Stille war nach dem Lärm auf dem Fest misstönend. Nur das Pfeifen des Windes durch die Bäume und über ihnen die Sterne, die hell und klar auf sie herabsahen. Kiefern, Mauerwerk und feuchte Erde mischten zu einem Geruch nach verlorenen Geheimnissen und dunklen Verheißungen.

»Hier«, rief Sadie den anderen zu. Sie befand sich vierzig Schritte vom Hauptgebäude entfernt auf einem Rasenstück. Mit dem Salz streute sie einen Kreis von ungefähr drei Metern Durchmesser aus. Der Wind frischte auf, und Sadie zog die Jacke fester um sich, unterdrückte die Übelkeit und versuchte zu ignorieren, dass sich Stirn und Nacken klamm anfühlten.

»Bist du sicher, dass wir nicht stattdessen irgendein Blutopfer bringen können?«, fragte Seth seine Schwester, als er sich zu ihr in den Kreis gesellte.

»Ich bin mir sicher«, antwortete sie. »Reich mir die Schüssel da.« Sie deutete auf die Gegenstände auf dem Boden neben ihrer Tasche.

»Von Zweigen der heiligen Eiche, die ich heute Vormittag verbrannt habe«, erklärte sie, als sie die Finger in die Asche tauchte und damit auf Seths und ihren Unterarm eine Art Ypsilon malte. »Die Elhaz-Rune, die für die göttliche Macht des Universums steht. Wir brauchen jede Unterstützung, die wir bekommen können. Hier an dieser Stelle ist Julian begraben worden.«

»Und ich war diejenige, die dabei geholfen hat«, sagte

eine Stimme hinter ihnen. Und da waren Tante Anne mit Kay und Tava, die Sages Hand hielt, dahinter Florence und Onkel Brian.

»Ihr seid gekommen«, sagte Sadie atemlos, als sich alle um den Kreis scharten.

»Natürlich sind wir gekommen. Und ich habe das hier mitgebracht.« Anne holte einen Strick aus ihrer Tasche, und alle griffen danach, bis sie um den Salzkreis ihren eigenen bildeten. »Wir machen das zusammen«, sagte sie. »Unsere vereinten Kräfte für dich.«

Das ist es, das ist es, sagte sich Sadie wieder und wieder. Nervosität jagte über ihre Haut, doch tief in sich spürte sie eine erstaunliche Sicherheit. Das hier war richtig. Die ganze Familie zusammen. Um etwas einen Riegel vorzuschieben, was niemals hätte initiiert werden dürfen.

Sie nahm Seths Hand.

»Bist du bereit?«, flüsterte sie.

»Du?«

»Kein Zurück«, sagte sie.

»Kein Zurück.« Er drückte ihre Hand.

Sie schloss die Augen.

Die Erde unter meinen Füßen, dachte sie und richtete ihren Geist aus. *Die Moleküle der Luft, die ich atme.* Sie holte tief und ruhig Luft. *Konzentriere dich auf den Zweck.* Wieder frischte der Wind auf und sang eine traurige Weise, während der Mond mit kaltem Licht auf sie herabschien.

»Ich werde dich als Leitung benutzen«, sagte sie beim Ausatmen. »Meine Magie wird durch dich hindurchströmen, ehe sie ins Totem fließt. Es wird erst schlimmer, ehe es besser wird.«

Er nickte stumm.

»In dem Moment, in dem meine Magie durch dich in das Totem geleitet wird, werde ich die Reste dazu benutzen, die Bürste zu zerstören. Wodurch das Totem in die Erde fährt, in der Julian begraben ist.«

»Wird dir das nicht alle Kraft rauben?«, wollte Seth wissen, und zum ersten Mal, seit sie sich erinnern konnte, klang er ängstlich.

»Wir werden verbunden sein. Du wirst die doppelte Magie haben, aber wir zwei sind in dem Moment vereint – deine und meine Magie wie eins. Und wenn sich meine wieder trennt und dich verlässt, wird der Fluch den Unterschied zwischen Magie und Leben nicht erkennen. Dann ist die Schuld getilgt.«

»Das beantwortet meine Frage aber nicht«, erwiderte Seth mit bebender Stimme.

»Es wird alles gut.«

Die Schatten von Old Bailer wirkten plötzlich feststofflich und bedrohlich. Die hoch aufragenden Birken, die das Haus umgaben, schimmerten silbern im Mondlicht, und ihr Laub rauschte im Wind, der immer stärker wurde. Wieder schloss sie die Augen. Roch die frische Farbe vom Haus, das Gras unter ihren Füßen, und da – Seth. Sie atmete ihn ein. Den Trost, den er ihr bot. Ihr Bruder. Ihr Zwilling. Um sie herum Florence, Kay, Tava, Anne und Brian, die sich gegenseitig zunickten. Ein paar Meter abseits Sage, Raquels Arme um sich.

Die Quelle in Sadies Innerem war, wie ihr schien, ihr ganzes Leben lang immer weiter angeschwollen. Und nun zapfte sie sie an. Holte die Kraft hervor. Lenkte den Strom in die Verbindung zwischen ihr und Seth. Und dann hörte sie die Stimmen.

Sie kamen von Seth. Eine Symphonie. Eine Kakophonie. Sie schlug die Augen auf. Seths Gesicht war schmerzverzerrt, er hatte die Augen zusammengekniffen. Die Magie drängte ihn in seine persönliche Hölle, und sogar im Dunkeln konnte sie erkennen, dass seine Haut fahl geworden war.

Der Wind fuhr auf und peitschte Sadie das Haar ins Gesicht. Mit einem Mal spürte sie, wie Seths Finsternis in sie zu sickern begann. Sie hielt dagegen. *Er* war der Leiter. *Er* musste all die Magie in sich vereinen, damit es funktionierte.

Doch die Stimmen strömten weiter auf sie ein und waren nun ihre. Die Schrecken – ihre. Die Hölle – fleischgeworden und real – drückte ihr die Brust zusammen, erstickte sie. Eine Leere, die nach ihr rief. Schwärze. Dämonen der Verzweiflung und Trübsal.

»Sadie«, hörte sie ihre Mutter schreien, doch es war nur ein Echo im Nebel, das sich im unendlichen Abgrund verlor.

Kay betete, während ihr die Tränen über die Wangen strömten.

Die Luft um sie herum tobte, Schattenkrallen schabten an ihren Knöcheln und versuchten, durch den Kreis zu brechen, den sie gebildet hatte. Die Geschwister schlossen die

Reihen, rückten näher an die Zwillinge heran, und dann hörten auch sie die Stimmen, wie Sadie erkannte. Spürten die schreckliche Last des Elends, das Seth plagte.

Das war es also, womit er sich auseinandersetzen musste? Kein Wunder, dass er hatte gehen müssen.

Sadie konnte nicht dagegen ankämpfen. Sie war nie so stark wie er gewesen. Der Abgrund lockte, und sie sehnte sich danach, sich fallen zu lassen.

»Sadie«, schrie nun auch Seth, und sie richtete ihren vernebelten Blick auf ihn. Ihr Bruder. Ihr bester Freund. Hier ging es nicht um sie, sondern um ihn. Familie war Stärke.

»Wir sind hier«, rief Anne.

»Wir sind bei dir«, brüllte nun auch Brian. Seine Gesichtszüge waren hart, doch sie konnten das Entsetzen nicht verbergen.

Und sie spürte sie. Sie schmeckte ihre Angst, fühlte den Schmerz, ahnte ihre Geheimnisse. Sie flehten sie an, hinzusehen, und lockten sie mit der Macht, die sie ihr verleihen konnten. Doch weil Seths Magie durch sie strömte, wusste sie auch, was sie brauchten. Nämlich, dass Sadie stark war. Und ihre Familie nutzte. Sich auf sie stützte.

Sie konzentrierte sich auf ihre vereinte Energie und sammelte jeden Fetzen Willenskraft zusammen, um sich mit ihrem eigenen Licht durch die Dunkelheit zu kämpfen und dieses Licht in Seth strömen zu lassen – Licht und alles, was sie an Magie besaß, jeden noch so winzigen Funken. Ihre Haut fühlte sich wächsern und feucht an, ihre Hände zitterten, ihre Knie drohten nachzugeben. Der Boden zwischen ihnen entflammte in grünem Feuer, und Sadie spürte durch die Trance dieselbe bösartige Präsenz, die am Waldrand gelauert hatte. Nicht ihr Großvater, sondern der andere Geist. Schweiß rann ihr über das Gesicht, als das Feuer näher rückte.

Er war fast weg. Sie spürte, wie er sich auflöste, und die Kälte, die er hinterließ, nahm zu, bis sie unkontrolliert zitterte. Noch gähnte der Abgrund vor ihr, doch sie drängte ihn zurück und zog die Energie aus dem Kreis außerhalb des Salzes. Ihre Familie.

Sie konnte den Fluch spüren. Dunkel und rau und gewaltsam, und er wollte sie fernhalten. Doch als der letzte Rest ihrer Magie sich aus ihr löste, lenkte sie sie durch Seth in das Totem auf der Erde und in das jahrzehntealte Grab darunter.

Seth schrie schmerzerfüllt auf, als Sadie auf die Knie sank.

Die Flammen erstarben und hinterließen verbrannte Erde. Sie wusste, dass dort nie wieder etwas wachsen würde.

»Seth«, flüsterte Sadie. Kaum war ihr der Name über die Lippen gekommen, als er auch schon aus dem Kreis geschleudert wurde und zusammenbrach.

Trotz des Klingelns, das in ihren Ohren nachhallte, und dem reißenden Schmerz, der ihren Körper durchfuhr, ließ sich Sadie nach vorne sinken, packte Seth an den Schultern, zog seinen Kopf schützend zu sich und rief seinen Namen. Der Boden rauchte noch, und der beißende Geruch ließ sie würgen. Sage und Florence eilten herbei und knieten sich links und rechts von Seth.

Beide nahmen jeweils seine Hand und schlossen die Augen. Noch immer wehte ein kalter Wind, doch von den Stellen, wo sie sich berührten, ging eine starke und süße Wärme aus, die nach Hoffnung und Erinnerungen roch. Ihre Mutter und ihre Schwester schleusten ihre Energie in ihn, um ihn zurückzuholen.

Sadie konnte kaum atmen; ihr war, als lägen eiserne Ringe um ihre Brust, die sich immer weiter zuzogen, bis alles wehtat. Onkel Brian und die Tanten hielten sich noch immer an den Händen und hatte die Augen geschlossen, und ihre Münder bewegten sich in stummen Gebeten und Zaubersprüchen.

Doch Sadie konnte nichts tun. Ihre Magie war fort, kein Funke war geblieben.

Endlich schlug Seth die Augen auf. Sie waren klar.

Er sah sich um. Sah die verkohlte Stelle im Kreis.

»Wow, wir haben den Todesstern vernichtet«, brachte er hervor, und Sadie lachte schluchzend und schlang die Arme um ihn.

»Hat es funktioniert?«, fragte Sadie und blickte zu Florence, die, wie sie jetzt erst erkannte, geisterhaft weiß war und aussah, als würde sie jeden Moment zusammenklappen. Doch ehe sie etwas tun konnte, war Anne schon bei ihr, half ihr auf und legte ihr einen Arm um die Taille, um sie zu stützen.

»Mir geht's gut«, sagte Florence mit einem schwachen Lächeln und streckte Sage, die erschüttert, aber wohlauf und erleichtert wirkte, die Hand entgegen.

»Es hat funktioniert«, antwortete Seth an ihrer Stelle,

und in seiner Stimme klang Staunen und Ehrfurcht mit. »Die Dunkelheit … sie verblasst. Ich spüre die Kontrolle. Ich spüre sogar … die Erde?« Verwundert sah er sie an. »Sie summt. Ich spüre die Energie der lebendigen Dinge.« Er legte die flache Hand auf den Boden und nahm sie dann langsam hoch. Ein einzelnes Gänseblümchen spross hervor. »Deswegen hat der Garten mich immer rausgeworfen«, flüsterte er. »Er hat den Fluch gespürt.«

»Na toll«, seufzte Sadie. »Noch was, wobei du in Zukunft besser bist als ich.«

Seth lachte zittrig.

»Es ist vorbei«, sagte er.

»Es ist vorbei«, wiederholte Sadie. Und dann weinte sie. Vor Erleichterung und Erschöpfung und schlechtem Gewissen, weil sie Trauer um ihre verlorene Magie empfand, obwohl sie damit ihren Bruder gerettet hatte. In ihr war eine Leere, die sie noch nie empfunden hatte. Das Summen der Erde, von dem Seth gesprochen hatte und das sie immer hatte spüren können, war fort. Sie tastete nach dem Licht, das ihr ganzes Leben lang in ihr geleuchtet hatte, der Funke der Magie, doch da war nichts.

»Hey, hässliches Entlein«, sagte Seth sanft und zog sie in die Arme. »Alles wird gut.«

»Ich kann's nicht mehr spüren«, schluchzte sie. »Es ist wirklich alles weg.«

»Es tut mir so leid«, flüsterte er gequält.

»Mir nicht. Ich bin froh. Ich würde es wieder tun, nur … weiß ich nicht mehr, wer ich bin.«

»Ich werde dir helfen, dich wiederzufinden, Sadie, das

verspreche ich. Du bist immer schon so viel mehr als deine Magie gewesen. Aber es tut mir so, so leid. Wirklich.«

Sie legte den Kopf an seine Schulter, und er schlang den Arm um sie, als sie zusammen zum Wagen zurückgingen.

»Danke«, sagte Sadie zu Tante Anne. »Dass du alle zusammengetrommelt hast.«

Kay tätschelte ihre Wange. »Wir konnten euch das doch nicht allein machen lassen.«

»Wer braucht eine Margarita?«, fragte Onkel Brian, und Sadie lachte durch ihre Tränen.

»Und für dich heiße Schokolade, kleine Miss«, fügte Tava hinzu.

»Geht schon mal vor«, sagte Florence. »Ich brauche einen Moment für mich allein. Um zu sagen, was ich zu sagen habe, und das Ritual für Julians Grab zu vollenden. Das möchte ich allein machen. Ich *muss* es allein machen«, fügte sie hinzu, als Seth etwas einwenden wollte. Sie zog Sage in die Arme und küsste sie auf den Scheitel, ehe sie sich an Sadie wandte. »Tja, Liebes, du hast es geschafft. Ich bin sehr stolz auf dich.«

Sadie schluckte so hart, dass es wehtat, konnte aber nicht verhindern, dass die Tränen wieder zu laufen begannen. Sie drückte ihre Mutter an sich – umarmte sie zum ersten Mal in ihrem Leben richtig. Und das gab ihr aus irgendeinem Grund das Gefühl, Gigi ein Stück näher zu sein. »Und mein Goldschatz«, fuhr Florence fort und drückte auch Seth an sich. »Du hast so lange gegen deine Dämonen gekämpft. Du hast das hier verdient. Vergeude es nicht.« Dann löste sie sich von ihm. »Jetzt geht schon, ihr alle.«

Als sie wenig später auf die Auffahrt von ihrem Haus fuhren, wartete Jake auf sie.

»Hey.« Jake packte ihre Hand und hielt sie zurück, während die anderen ins Haus gingen.

»Hey«, antwortete sie, lehnte sich an ihn und ließ sich von ihm die Arme warm rubbeln. »Ich habe mir immer gewünscht, dass du zurückkommst. Eine ganze Weile habe ich sogar dafür gebetet. Aber dann verstrich die Zeit, und ich habe angefangen, mir auszumalen, was ich alles zu dir sagen würde. Ich habe alle möglichen Gespräche durchgespielt. Und dann bist du wirklich zurückgekommen. Und ich kann mich beim besten Willen nicht mehr daran erinnern, was ich dir in diesen imaginären Unterhaltungen alles gesagt habe.« Sie lachte, aber sogar das klang müde.

»Ich geh nicht mehr weg. Das hier – du und ich – das wird gut.«

»Das klingt wie ein Versprechen.«

»Oh, das ist eine Garantie.«

»Ach, sei still und küss mich bitte«, murmelte sie, als er sie auch schon an den Wagen drückte.

Als sie schließlich hineingingen, glühten ihre Wangen, und sie war nicht mehr ganz so müde wie noch kurz zuvor.

»Ich schätze, du kannst meinen Hund behalten«, flüsterte er an ihrem Haar.

»Unseren Hund«, korrigierte sie ihn.

Raquel hatte Tee gemacht, und die Tür zum Garten stand offen. Der schwache Geruch einer gerade angezündeten Zigarette wehte hinein. Seth begegnete Sadies Blick über dem Küchentisch und nickte. Gigi war hier.

Raquels Kopf ruhte an Seths Schulter. Onkel Brian und Kay diskutierten darüber, wie man eine richtige Margarita mixte, während Anne die Augen verdrehte und Tava mit Kleinkindstimme auf Abby (in ihrem Schoß) und Bambi (zu ihren Füßen) einredete.

Sadie hatte mehr als ihr halbes Leben in Angst vor einem gebrochenen Herzen verbracht und sich lieber darauf berufen, seltsam und anders zu sein. Sie hatte sich an ihren Familiennamen geklammert, als habe sie keine andere Identität. Und vielleicht hatte sie das sogar eine lange, lange Zeit auch nicht gehabt. Ihr Alltag war um Ordnung und Tradition, Kontrolle und Angst herum strukturiert gewesen. Doch nun setzte sich das Unbekannte zum ersten Mal als Abenteuer in ihr fest, nicht als Panik.

Bisher hatte sie immer nur ihrer Magie vertraut. Es war Zeit, sich selbst zu vertrauen.

Sie küsste Jake und umarmte Raquel, als die beiden gingen. Anne brachte Sage ins Bett, während Brian auf der Couch einschlief und innerhalb von Sekunden zu schnarchen begann. Tava und Kay machten sich auf den Heimweg in ihre Wohnung über *Lavender and Lace's Icecream Parlor*.

Sadie und Seth blieben allein in der Küche zurück. Stumm saßen sie da, und die Luft verdichtete sich in gespannter Erwartung, bis Anne mit einem Ausdruck wilder Entschlossenheit auf dem Gesicht hereinkam. Und Sadie wusste, ohne dass es dazu Worte oder Magie bedurfte, dass ihre Mutter heute Nacht nicht mehr zurückkommen würde.

»Warum?«, fragte Seth, der es offenbar ebenso wusste.

»Hier«, sagte Anne und schob einen Umschlag über den Tisch.

Sadie öffnete ihn, und Seth beugte sich über ihre Schulter, und gemeinsam lasen sie den Brief in der eleganten Handschrift ihrer Mutter, die sich wie eine Zauberformel über die Seite ergoss.

Seth und Sadie,

eines vorweg: Ich komme wieder. Ganz sicher. Aber ich habe eine Menge Fehler in meinem Leben gemacht, und zumindest einen muss ich versuchen wiedergutzumachen. Sadie, ich weiß, was dir deine Magie bedeutet hat, und ich will verdammt sein, wenn ich nicht alles in meiner Macht Stehende versuche, dir dabei zu helfen, sie wieder zurückzuholen. Denn ich glaube, dass es möglich ist. Seth, nun, da du in Sicherheit bist und deine Magie unter Kontrolle hast – erforsche sie. Ich weiß, dass du, genau wie ich, normal sein wolltest. Aber wenn ich eins gelernt habe in diesem Leben, dann, dass »normal zu sein« ein Widerspruch in sich ist. Es gibt kein »normal«. Mit oder ohne Magie. Jeder einzelne Mensch ist so einzigartig und bedeutsam, dass es keine Messlatte für das Gewöhnliche geben kann. Wodurch wir alle außergewöhnlich sind. Lass dich darauf ein, anstatt dich davor zu verstecken. Und lass dir von deiner Schwester helfen.

Sage wird so lange bei Kay und Tava bleiben. Schaut

mal nach ihr, ja? Ich komme zurück, hoffentlich mit Antworten, und dann sind wir wieder alle zusammen.

Eure euch liebende Mutter

»Das kann doch nicht funktionieren«, brachte Sadie atemlos hervor. »Oder doch? Dass ich meine magischen Kräfte zurückkriege?«

»Wenn jemand herausfindet, wie es geht, dann Florence«, sagte Anne.

»Du bist doch diejenige, die immer von Hoffnung und Glauben spricht«, fügte Seth mit einem Grinsen hinzu, schob den Brief in den Umschlag zurück und steckte ihn wie einen Talisman in seine hintere Jeanstasche.

»Hoffnung«, murmelte Sadie, und es klang wie ein Segen.

»Genau. Und Flüche gibt es auch keine mehr«, rief er ihr in Erinnerung.

»Ist es nicht so, dass Flüche sich manchmal im Nachhinein als Segen herausstellen?«

Seth bedachte sie nur mit einem vielsagenden Blick.

»Aber ja.« Sadie lachte. Sie fühlte sich plötzlich leicht. »Keine Flüche mehr.«

»Und ich fange eine Therapie an«, fügte er hinzu. »Jetzt, da der Fluch von mir abgefallen ist, kann ich irgendwie spüren, welche Anteile dieser Dunkelheit zu der Lebensschuld gehörten und welche von mir selbst stammen. Ich weiß, dass das Opfer mich nicht geheilt hat, aber jetzt habe ich zum ersten Mal das Gefühl, dass ich erkenne, wie ich mit meiner Magie umgehen muss, verstehst du?«

Sadie lächelte. »Ich nehme an, dass wir deine Entscheidung Raquel zu verdanken haben?«

»Sie hatte gute Argumente«, gab er zu. »Und ich sehe ja, wie sehr ihr die Therapie geholfen hat. Das, was ich ändern kann, möchte ich ändern – allein für sie.«

»Mein Bruder und mein bester Freund.« Sadie schüttelte ungläubig den Kopf. »Tja, dann freust du dich bestimmt auch, wenn ich dir sage, dass ich zur Trauerbewältigung gehen werde.«

»Und wieder hat Raquel zugeschlagen. Und hey.« Er tätschelte ihr den Kopf, wie man es bei einem kleinen Kind oder einem Hund machte. »Was ich noch sagen wollte: Ich habe in den letzten Wochen recherchiert, welche Agenturen am besten für Kochbücher sind, und dir eine Kalkulation erstellt. Außerdem habe ich einen Haufen Links für rechtliche und geschäftliche Anlaufstellen gesammelt, die hilfreich sind, wenn du Kochkurse geben willst.«

»Seth«, begann Sadie, doch ihre Kehle hatte zu viel damit zu tun, die aufsteigenden Tränen zurückzuhalten.

»Stopp!« Er hielt eine Hand hoch. »Ich musste mich beschäftigen. Und du brauchst einen Tritt in den Hintern, damit du endlich was für dich tust.«

Sie schlang die Arme so fest um ihn, bis er entnervt stöhnte.

»Danke«, flüsterte sie. »Danke, dass du der beste Bruder der Welt bist.«

»Danke, dass du fast für mich gestorben bist«, erwiderte er mit einem kleinen Lächeln.

Sadie trat benommen hinaus auf die Veranda und starrte in das raschelnde Laub des Pfirsichbaums und auf das Fleckchen Erde, wo einst ihre Magie gediehen war. Die Lichterketten funkelten, und der nachtblühende Jasmin versetzte die Luft mit seinem blumigen Duft. Sicherheit, erkannte sie, war kein unmöglich zu erfüllender Traum. Sicherheit war ein Garten wie der vor ihr: verletzlich und pflegeintensiv, aber wunderschön und strahlend.

Und nun war es Zeit, ihre neue Welt mit dem Mann, den sie liebte, der Familie an ihrer Seite, ihrer Stadt, Gigis Andenken im Herzen und dem Revelare-Erbe, das es zu erhalten galt, zu erkunden.

Das Lied einer Nachtigall tanzte durch die Bäume, die Terrasse summte anerkennend, und die Standuhr drinnen schlug sanft. Und als sich ein lauer Wind erhob, begannen ihre Fingerspitzen zu prickeln. Ein altes, vertrautes Gefühl, von dem sie geglaubt hatte, es nie wieder erleben zu dürfen.

Sie hielt den Atem an, als sie beobachtete, wie die Knospen von Gigis Rosen, noch blass im ersten Licht der Dämmerung, vor ihren Augen erblühten. Sie dachte an Gigis Lektionen und Regeln, mit denen sie aufgewachsen war.

Gefundene Münzen immer um Mitternacht im Garten vergraben, um Wünsche wahr werden zu lassen. Niemals drinnen pfeifen, um kein Unglück heraufzubeschwören. Immer irgendetwas Grünes tragen. Und: *Ein bisschen Speck, Butter oder Zucker peppt so gut wie jedes Gericht auf.* Aber am allerwichtigsten: *Halte um jeden Preis an der Hoffnung fest, denn solange es Hoffnung gibt, sind alle anderen Sorgen und Probleme nur ärgerliche Nebenwirkungen von Herzschmerz und Magie.*

Danksagung

~

ZUALLERERST DANKE ICH DIR, GOTT, DASS du diesen Traum in mein Herz gepflanzt und ihn dann verwirklicht hast.

Zweitens wäre nichts davon geschehen, wenn meine Topagentin mich nicht aus dem Sumpf gezogen und all das möglich gemacht hätte. Natalie, du übertriffst meine Erwartungen immer und immer wieder. Du trittst für mich ein, beantwortest unermüdlich tausend Fragen und hast mir Hoffnung gegeben, als es keine gab. Danke, dass du mich nie aufgegeben hast.

Drittens Holly: Du hast meine traurige Tee-und-Frühstücksroutine komplett auf links gekrempelt. Dieses Buch ist durch dich mindestens sechstausend Prozent besser, und das ist nichts als einfache Mathematik.

Danke an das gesamte Team von Alcove Press: Was ihr macht, ist wahre Magie, und ich bin so dankbar, dass dieses Buch bei euch eine Heimat gefunden hat.

Mom und Dad, Worte allein können niemals ausdrücken, wie viel ihr mir bedeutet. Ich danke euch, dass ihr auf die Mädchen aufgepasst und mir die Zeit ermöglicht habt, meinen Traum zu verfolgen. Ich könnte ein ganzes Buch darüber schreiben, wie sehr ich euch liebe. Alles, was ich bin, habe ich euch zu verdanken.

Mein Liebster, für deine unerschütterliche Unterstützung und deine Angewohnheit, jeden kleinen Sieg zu feiern, liebe ich dich jeden Tag ein bisschen mehr.

Meine wunderbaren Töchter, Evelyn und Rosalie, danke, dass ihr Mamas Arbeit (meistens jedenfalls) mit Nachsicht und Geduld begegnet seid.

Grandma und Grandpa, euch danke ich für eure nie nachlassende Begeisterung und dass ihr so stolz auf mich seid. Und Onkel Matt, danke, dass du mit mir immer nach dem Wetter schaust. Ich hab dich lieb.

Alyssa, deine Liebe trägt mich. Mac, du bist mein ewiger Bookish-Wonder-Zwilling. Onkel Teddy, mit dir hat alles angefangen. Jinnae, du wirst immer mein Tweedle Dee bleiben – oder ist es Dum? Kienda, meine Seelenverwandte, deine GIFs sind der Hammer.

An meine TikTok-Family – eure Begeisterung hat das hier in etwas weit Größeres verwandelt, als ich mir je hätte vorstellen können. Danke!

Und an jede und jeden, die oder der dieses Buch liest – ich bin euch unendlich dankbar. Ich habe es geschrieben, um die Trauer um den Tod meiner Großmutter zu verarbeiten, und wenn es euch auf irgendeine Art berührt, dann ehrt es ihr Andenken, wofür ich euch auf ewig dankbar bin.